W0357324

Le Mars Club

DU MÊME AUTEUR

Télex de Cuba, *Cherche-Midi, 2008*
Les Lance-Flammes, *Stock, 2015 ; Le Livre de Poche, 2016*

Rachel Kushner

Le Mars Club

roman

Traduit de l'anglais (États-Unis)
par Sylvie Schneiter

Stock
la cosmopolite

TITRE ORIGINAL :
The Mars Room

L'épigraphe est extraite du poème "Entrückung"
de Stefan George.

Les chapitres 10, 16, 20, 25 et 28 sont des extraits adaptés du journal codé de Ted Kaczynski, déchiffré par James Benning.

L'éditeur remercie chaleureusement Patricia Duez pour sa précieuse relecture.

Couverture Le Petit Atelier d'après le design
de Peter Mendelsund.
Photographie © Nan Goldin, *Amanda in the Mirror*,
Berlin, 1992.

ISBN 978-2-234-08501-5

Je sens l'air d'une autre planète.
Des visages amicaux se tournaient vers moi,
à présent ils s'estompent dans les ténèbres.

I

1

Une fois par semaine, le jeudi, c'est la nuit des Chaînes. Une fois par semaine, soixante femmes vivent ce moment décisif. Et certaines parmi ces soixante le revivent encore et encore. Pour elles, ça devient de la routine. Moi, je ne l'ai vécue qu'une fois. On m'a réveillée à 2 heures du matin, menottée, décomptée : Romy Leslie Hall, détenue W314159. Et je me suis mise dans la queue avec les autres pour un trajet d'une nuit dans la vallée.

Dès que le bus banalisé est sorti de l'enceinte de la prison, je me suis collée à la fenêtre grillagée pour tenter d'apercevoir le monde extérieur. Il n'y avait quasiment rien à regarder. Des passages souterrains et des bretelles d'accès, des boulevards déserts plongés dans l'obscurité. Personne dans les rues. On roulait à une heure tellement impossible que les feux ne passaient même plus du vert au rouge, ils clignotaient, bloqués à l'orange. Une voiture a surgi, tous phares éteints. Elle a doublé le bus à vive allure, un bolide noir à l'énergie démoniaque. Une fille du même quartier que moi à la maison d'arrêt du comté avait écopé d'une condamnation à vie simplement parce qu'elle conduisait. Ce n'était pas elle qui avait tiré, certifiait-elle à quiconque lui prêtait l'oreille. Elle n'avait pas tiré, non, elle conduisait. Rien de plus. Ils s'étaient servis du système de reconnaissance automatique des plaques d'immatriculation. Elle apparaissait sur les images enregistrées par les caméras de vidéosurveillance. On voyait la voiture en pleine nuit, phares allumés puis éteints. Si le conducteur éteint les phares, c'est qu'il y a préméditation. S'il éteint les phares, c'est qu'il y a meurtre.

Ils avaient une bonne raison de nous transférer à cette heure-là, de nombreuses raisons même. S'ils avaient pu nous mettre dans une capsule et nous catapulter dans la prison, ils ne s'en seraient pas privés. N'importe quel moyen pour empêcher les gens normaux d'apercevoir ce groupe de femmes menottées et enchaînées dans un fourgon cellulaire.

Lorsqu'on s'est engagés sur l'autoroute, quelques-unes, parmi les plus jeunes, pleurnichaient et reniflaient. Une fille était enfermée dans une cage, elle semblait enceinte de huit mois, son ventre était tellement gros qu'ils avaient dû rajouter une chaîne pour maintenir ses mains enchaînées sur les côtés. Elle hoquetait et tremblait, le visage ravagé par les larmes. Ils l'avaient mise dans une cage à cause de son jeune âge, pour la protéger de nous. Elle avait quinze ans.

Une femme assise devant s'est tournée vers la fille qui pleurait et elle a sifflé bruyamment, comme si elle pulvérisait de l'insecticide. Ça n'a eu aucun effet, alors elle a hurlé :

« La ferme, bordel !

– Punaise », s'est exclamée la personne en face de moi.

Je viens de San Francisco et un transgenre, ça n'a rien d'extraordinaire pour moi, si ce n'est que cette personne-là avait vraiment l'air d'un homme. Épaules aussi larges que l'allée du bus, barbe au menton. J'ai supposé qu'elle venait d'un quartier de la prison du comté réservé aux gouines. C'était Conan, je ferais sa connaissance plus tard.

« Merde, c'est qu'une gosse. Fiche-lui la paix. »

La femme a dit à Conan de la boucler, ils ont commencé à se chamailler et les flics sont intervenus.

Dans les maisons d'arrêt et les prisons, il y en a certaines qui font la loi, et cette femme qui réclamait le silence était de celles-là. Si on se plie à leurs règles, elles en inventent encore d'autres. Il faut toujours se battre, sinon on se retrouve sans rien.

J'avais déjà appris à ne pas pleurer. Quand j'ai été arrêtée, il y a deux ans, je ne pouvais pas m'en empêcher. Ma vie était fichue, je le savais. La première nuit que j'ai passée en taule, je ne cessais de me dire que tout ça n'était qu'un rêve, que j'allais bientôt me réveiller. Mais chaque fois que j'ouvrais les yeux, je retrouvais le même matelas puant la pisse, j'entendais de nouveau les portes claquer, les cris de démence et les sirènes. La fille qui partageait ma cellule n'avait rien d'une démente, elle. Elle m'avait brutalement secouée pour obtenir mon attention. J'avais levé les yeux. Alors, elle s'était retournée et avait remonté sa chemise de prisonnière pour me montrer le tatouage au creux de ses reins, son label de femme de mauvaise vie :

Ferme ta putain de gueule

Ça avait marché. J'avais retenu mes larmes.

Un instant de douceur avec ma codétenue, à la maison d'arrêt du comté. Elle voulait m'aider. Tout le monde n'est pas capable de la fermer et moi, malgré mes efforts, je n'étais pas ma codétenue, que j'ai fini d'ailleurs par considérer un peu comme une sainte. Pas à cause de son tatouage, mais de sa fidélité au commandement. Il ne s'agissait ni de sacrifice, ni de stoïcisme. Pas plus que de la nécessité de purger sa peine sans gémir ni se plaindre. Il s'agissait de dignité, d'être digne enfermée dans une cage. Même entravée, même sous le coup d'une décharge de Taser. Être quelqu'un à n'importe quel prix.

J'y crois toujours.

*

Les flics m'avaient placée à côté d'une autre Blanche dans le bus. La plupart des détenues étaient noires ou latinos. Ma voisine avait de longs cheveux bruns, fins et luisants, et elle affichait un grand sourire flippant, comme si elle faisait la pub d'un produit de blanchiment pour les dents. On a rarement les dents blanches en maison d'arrêt ou en prison et elle ne dérogeait pas à la règle, mais son immense sourire avait quelque chose d'inconvenant. Il me déplaisait. On aurait dit qu'elle avait subi une lobotomie partielle. Elle m'a dit son prénom, et aussi son nom, Laura Lipp, et expliqué qu'on la transférait de Chino à Stanville, comme si on n'avait rien à cacher. Depuis, personne ne s'est plus jamais présenté comme ça, en donnant son nom entier et en essayant de fournir une version crédible de qui elle est à la première rencontre. Personne ne ferait une chose pareille, moi compris.

« Lipp avec deux *p*, c'est le nom de famille de mon beau père que j'ai pris sur le tard », a-t-elle précisé comme si je lui avais posé la question. Comme si cela pouvait m'intéresser maintenant ou jamais.

« Mon père biologique était un Culpepper. Les Culpepper d'Apple Valley, pas ceux de Victorville. Il y a un cordonnier qui s'appelle Culpepper à Victorville, mais ça n'a rien à voir. »

On n'a pas le droit de parler dans le bus. Mais ça ne l'a pas arrêtée.

« Ma famille vit à Apple Valley depuis trois générations. La vallée des pommes. Ça a l'air d'un endroit génial, hein ? On a presque l'impression de sentir les pommiers en fleur et d'entendre le bourdonnement des abeilles, et ça fait penser au cidre frais et à la tarte aux pommes qui sort du four. Toutes ces décorations d'automne qu'ils commencent à accrocher en juillet chez Craft Cubby, les feuilles aux couleurs éclatantes et les citrouilles en plastique : à Apple Valley, la tradition, c'est surtout de préparer et de fabriquer de la meth. Pas dans ma famille, je ne veux pas que tu aies une fausse impression. Les Culpepper sont des gens bien. Mon père avait son entreprise de bâtiment. Ce n'est pas comme ma belle-famille qui… oh ! oh regarde ! C'est Magic Mountain ! »

Les boucles blanches d'un grand huit se profilaient de l'autre côté de l'immense autoroute.

Quand j'avais emménagé à Los Angeles trois ans plus tôt, ce parc d'attractions m'était apparu comme le sésame de ma nouvelle vie. La première image spectaculaire aperçue depuis l'autoroute filant vers le sud, scintillante, laide et excitante, mais cela n'avait plus d'importance à présent.

« Il y avait une femme dans mon quartier, à la prison, qui kidnappait des gosses à Magic Mountain, a repris Laura Lipp. Avec son taré de mari. »

Elle ne cessait de jouer avec ses cheveux, malgré ses mains menottées, on aurait dit qu'ils étaient reliés à son corps par un courant électrique.

« Elle m'a expliqué comment ils s'y prenaient. On leur faisait confiance, à son mari et à elle, parce qu'ils étaient vieux. Des personnes âgées toutes gentilles, tu vois ce que je veux dire : quand une mère dont les mômes couraient dans tous les sens filait en rattraper un, la vieille – j'ai partagé la même cellule qu'elle à CIW[1] et elle m'a tout raconté en détail – qui était là, en train de tricoter, lui proposait de surveiller l'autre. Dès que la mère avait disparu, les deux vieux emmenaient l'enfant jusqu'aux toilettes, un couteau sous le menton. Ils avaient mis tout un stratagème au point, ces deux vieux sournois. Le môme était déguisé avec une perruque et d'autres vêtements, et ensuite ils l'entraînaient de force hors du parc.

– C'est affreux », ai-je dit, tentant de m'éloigner d'elle autant que mes chaînes me le permettaient.

J'ai un enfant à moi, Jackson.

J'aime mon fils, mais c'est dur de penser à lui. J'essaie d'éviter de le faire.

*

Ma mère m'a donné le prénom d'une actrice allemande qui avait déclaré à un braqueur de banque, dans une émission de télé, qu'il lui plaisait énormément.

Beaucoup, avait insisté l'actrice. Vous me plaisez beaucoup.

Comme l'actrice allemande, l'homme était là pour être interviewé. D'ordinaire ceux qu'on interviewe ne se parlent pas entre eux, ils sont assis à la gauche de l'animateur et interviewés l'un après l'autre au cours de l'émission, le dernier étant celui placé à l'extérieur.

1. California Institution for Women : prison pour femmes située à Chino en Californie. (*Toutes les notes sont de la traductrice.*)

Le premier couvert à utiliser est celui placé à l'extérieur, m'avait expliqué un connard. Quelque chose que je n'avais jamais appris, qu'on ne m'avait jamais enseigné. Il me payait pour sortir avec lui et n'avait le sentiment d'en avoir eu pour son argent que s'il avait réussi à m'infliger de petites humiliations au cours de la soirée. En quittant sa chambre d'hôtel, cette nuit-là, j'avais piqué le sac d'un magasin posé près de la porte. Il n'avait rien remarqué, se sentant libéré du besoin de m'observer pour mieux me rabaisser, libre de se prélasser avec délice dans son lit. Le sac venait de chez Saks sur la Cinquième Avenue et en contenait plein d'autres remplis de cadeaux destinés à une femme, la sienne avais-je supposé. Des vêtements démodés et coûteux que je n'aurais jamais mis. J'avais balancé le sac dans une poubelle en me dirigeant vers ma voiture que j'avais garée dans un parking de Mission Road, à plusieurs pâtés de maisons de là, car je ne voulais pas que ce type sache quoi que ce soit sur moi.

*

Un braqueur de banque invité dans une émission de télé pour parler de son passé se tenait sur le siège placé à l'extérieur; l'actrice allemande était assise à côté de lui, elle s'était tournée vers le braqueur et lui avait dit qu'il lui plaisait.

Ma mère m'a donné le prénom de cette actrice qui s'était adressée au braqueur de banque plutôt qu'à l'animateur.

*

Ça l'avait amusé que je vole le sac, je crois. Il a voulu me voir régulièrement par la suite. Il avait envie d'une « *girlfriend experience*[1] », le nec plus ultra pour un tas de femmes que je connaissais : les hommes de ce genre réglaient d'avance l'équivalent d'un an de loyer ; il suffisait d'en avoir un et on était tiré d'affaire. C'est ma vieille copine Eva qui m'avait persuadée d'accepter. Parfois ce que veulent les autres paraît tentant, l'espace d'un instant du moins, avant que votre propre désir ne reprenne le dessus. Ce soir-là, quand ce ringard de la Silicon Valley s'est comporté comme s'il existait une complicité amoureuse entre nous, ce qui signifiait me traiter comme de la merde, qualifier ma beauté de « quelconque », se servir de son fric pour me dominer, genre on avait une relation mais puisqu'il payait pour ça on devait faire comme il le voulait, lui, et il était en droit de décider ce que je devais dire, comment je devais marcher, ce que je devais commander, quelle fourchette je devais utiliser, et ce que je devais faire semblant d'aimer – ce soir-là, donc, j'ai compris que la « *girlfriend experience* », ce n'était pas mon truc. Je préférais gagner ma vie comme strip-teaseuse au Mars Club, dans

1. Référence au titre d'un film de Steven Soderbergh (2008) dont le personnage principal, une call-girl, propose à ses clients d'être leur compagne d'un soir.

Market Street. L'important, ce n'était pas d'avoir un boulot honnête, mais un qui ne me répugne pas. La lap dance m'avait appris qu'il était plus facile de remuer des hanches que de parler. On a tous des valeurs différentes et des choses différentes à offrir. Je suis incapable de feindre l'amitié. Je ne voulais pas que quiconque me connaisse, à part deux mecs à qui je voulais bien donner quelques miettes. Jimmy the Beard, le videur, qui exigeait simplement que je fasse comme si son sens de l'humour sadique me paraissait normal. Et Dart, le gérant de nuit, parce qu'on aimait tous les deux les vieilles voitures et qu'il répétait tout le temps qu'il voulait m'emmener aux Hot August Nights[1] à Reno. Quelle blague, il n'était que gérant de nuit. Hot August Nights, ce n'était pas le genre de manifestation automobile qui me plaisait. J'allais sur le circuit de Sonoma avec Jimmy Darling, je mangeais des hot-dogs en buvant de la bière pression, alors que les voitures de course projetaient de la boue sur la clôture des spectateurs.

Certaines filles du Mars Club voulaient avoir des clients réguliers et elles s'efforçaient en permanence de les chouchouter. Moi pas. J'ai pourtant fini par en avoir un. Kurt Kennedy. Kennedy le Pervers.

*

1. Le plus grand rassemblement automobile du monde, organisé en août, chaque année, dans le Nevada.

Parfois, San Francisco me semble maudite. Le plus souvent, je trouve que c'est une ville triste et merdique. On vante sa beauté, mais seuls les nouveaux venus y sont sensibles, pour ceux qui y ont dû y grandir elle est invisible. Le bleu de la baie, par exemple, que l'on aperçoit entre les passages couverts de la rue située derrière le Buena Vista Park. Plus tard, en prison, je voyais ce panorama se dérouler sous mes yeux comme si j'errais dans la ville, tel un fantôme. Une maison après l'autre, j'observais ce qui s'offrait à mon regard, j'appuyais mon visage contre les portails en fer forgé des demeures victoriennes longeant l'est de Buena Vista Park, je distinguais le bleu de l'eau estompé par un infime vestige de brume, un baiser de moiteur, une lueur. Je n'admirais rien de tout ça du temps de ma liberté. Quand j'étais adolescente, ce parc était le lieu où on picolait. Où des vieux types draguaient et se faufilaient en douce vers des matelas cachés sous les fourrés. Où des garçons que je connaissais tabassaient ces vieux types qui draguaient et en avaient balancé un du haut d'une falaise après qu'il leur avait acheté une caisse de bière.

Depuis la Dixième Avenue, à Moraga, où j'habitais avec ma mère pendant mon enfance, on apercevait le Golden Gate Park, le Presidio, les pointes rouge mat du Golden Gate Bridge et, derrière, l'ondulation des vallons verdoyants et escarpés de la péninsule des Marin Headlands. Je savais que le monde entier considérait le Golden Gate Bridge comme un monument exceptionnel mais, pour mes copains et moi, il ne représentait rien. On ne pensait qu'à la défonce.

La ville, pour nous, c'étaient des doigts trempés de brouillard s'insinuant sans trêve dans nos vêtements, des nappes de brume humide s'engouffrant dans Judah Street, où j'attendais devant des rails couverts de sable un tram de la ligne N qui ne passait qu'une fois par heure, la nuit, une attente interminable, le bas de mon pantalon maculé de boue après avoir traversé le parking d'Ocean Beach couvert de flaques ou grimpé en haut d'Acid Mountain sous acide, puisque c'est à ça qu'Acid Mountain servait. La sensation désagréable d'un poids supplémentaire me tirant vers le bas, provenant de la boue collée à mon pantalon. La sensation désagréable après avoir sniffé de la cocaïne avec des inconnus dans un motel de Colma, près du cimetière. La ville, c'était ça, et aussi des pieds mouillés et des cigarettes ramollies lors d'une beuverie sous la pluie dans Grove Street. La pluie, la bière, les bagarres violentes à la Saint-Patrick. Vomir après avoir bu du Bacardi 151 et m'ouvrir le menton sur un parapet en béton dans le Minipark. Quelqu'un faisant une overdose dans une chambre de la cité pour Blancs sur Great Highway. Un type qui, sans raison, visait ma tête avec un pistolet chargé à Big Rec, le terrain où les gens jouent au base-ball dans le Golden Gate Park. La nuit était tombée, ce psychopathe s'était accroché à nous qui étions assis là, à boire des litres de bière forte, un événement tellement banal, même si ça ne s'est jamais reproduit, que j'ai oublié comment ça s'est terminé. Pour moi, San Francisco, c'était les McGoldrick, les McKittrick, les Boyle, les O'Boil, les Hick, les Hickey et leurs tatouages proclamant « *Erin go bragh*[1] », les bagarres qu'ils provoquaient et gagnaient.

*

Le bus s'est rabattu sur la voie de droite et a ralenti. On prenait la sortie de Magic Mountain.

« Ils nous emmènent faire des tours de manège ? a lancé Conan. Ce serait génial. »

Magic Mountain se trouvait sur la gauche, de l'autre côté de l'autoroute. Sur la droite, il y avait un établissement pénitentiaire pour hommes. Le bus a tourné à droite.

Le monde s'était scindé entre le bien et le mal, unis l'un à l'autre. Le parc d'attractions et la prison.

« Super, a dit Conan. J'en avais pas vraiment envie. Les billets coûtent une blinde. Vaut mieux retourner au grand O. Or-lan-do.

– Écoutez un peu cette débile, s'est exclamée une détenue. T'as jamais mis les pieds à Orlando.

– J'ai claqué vingt mille dollars là-bas. En trois jours, a rétorqué Conan. J'ai emmené ma nana. Et ses gosses. Suite avec jacuzzi. Pass multiactivités. Steaks d'alligator. C'est le pied, Orlando. Cent fois plus que ce bus, y a pas photo.

– Tu croyais qu'on t'emmenait à Magic Mountain, pauvre conne », a lancé la femme assise devant Conan. Elle avait le visage constellé de tatouages.

1. « L'Irlande pour toujours », slogan nationaliste irlandais.

« Merde alors, t'es tatouée de partout ! De tout le groupe ici, t'es celle qui a le plus de chances de réussir, c'est moi qui te le dis », a plaisanté Conan.

La femme a gloussé et s'est détournée.

*

Ce que j'ai fini par comprendre, à propos de San Francisco, c'est que j'étais immergée dans une beauté qu'il m'était interdit de voir. Pourtant, je ne suis jamais parvenue à partir de cette ville, du moins pas avant que mon client régulier, Kurt Kennedy, ne m'y oblige, mais la malédiction de la ville m'a poursuivie.

*

En fin de compte, elle était vraiment malheureuse, l'actrice dont je porte le prénom. Son fils avait escaladé un portail, s'était perforé une artère fémorale et il était mort. Il avait quatorze ans. Après quoi, elle n'avait pas arrêté de boire, jusqu'à en mourir à quarante-trois ans.

J'ai vingt-neuf ans. Quatorze années c'est une éternité, si c'est ce que je dois vivre. En tout cas, il s'en écoulera bien plus du double – trente-sept – avant que je comparaisse devant une commission de probation et, au cas où on me l'accorde, je commencerai à purger ma deuxième peine. On m'a condamnée à deux peines consécutives de réclusion à perpétuité, plus six ans.

Je n'ai pas l'intention de vivre longtemps. Ni brièvement non plus, d'ailleurs. Je n'ai aucun projet. Le problème, c'est qu'on continue d'exister, qu'on en ait l'intention ou pas, jusqu'à ce qu'on cesse d'exister, et alors, les projets ne riment plus à rien.

Mais ne pas avoir de projets ne signifie pas que je n'ai pas de regrets.

Si seulement je n'avais pas travaillé au Mars Club.

Si seulement je n'avais pas rencontré Kennedy le Pervers.

Si seulement Kennedy le Pervers n'avait pas décidé de me traquer.

Mais il a décidé de le faire et il s'y est appliqué, implacablement. Si rien de tout cela n'était arrivé, je ne serais pas dans ce bus, en route vers une vie dans un trou en béton.

*

On était arrêtés à un feu rouge à la sortie de la bretelle. Dehors, il y avait un matelas posé contre un faux poivrier. Même ces deux choses-là doivent être unies, ai-je pensé. Aucun faux poivrier aux feuilles dentelées et aux baies roses sans un vieux matelas crasseux posé contre son tronc écailleux. Le bien uni au mal, perverti. Le mal partout.

« Je croyais qu'ils étaient à moi, a fait Laura Lipp, les yeux rivés sur le matelas abandonné. Je conduisais dans Los Angeles, j'en voyais un sur le trottoir et je me disais : Hey, on m'a piqué mon sommier ! Et je me répétais : C'est mon lit… c'est mon lit. Chaque fois. Parce que, honnêtement, on aurait dit le mien. Je rentrais chez moi et mon lit était là où je l'avais laissé, dans la chambre. J'arrachais les couvertures et les draps pour examiner le matelas, m'assurer que c'était bien le mien et, à chaque fois, ça l'était. Je le retrouvais à la maison, même si je l'avais vu dans la rue. J'ai l'impression de ne pas être la seule, que c'est une sorte de confusion générale. Le fait est que tous les matelas sont fabriqués pareil, même tissu, même rembourrage, même couleur pêche, même liseré blanc tout autour, alors, quand on en voit un à la sortie d'une autoroute, on ne peut pas s'empêcher de penser : Bon sang, pourquoi est-ce qu'ils ont traîné mon lit jusqu'ici ! »

On est passés devant un panneau qui annonçait TROIS COSTUMES POUR 125 $. C'était le nom du magasin. Trois costumes pour 125 $.

« On te met le grappin dessus dans ce genre d'endroit. Et quand t'en ressors, t'as l'air d'un frimeur, a dit Conan.

– Où est-ce qu'ils l'ont trouvée, cette cinglée qui délire sur des costards minables ? » a rétorqué une autre détenue.

Où nous avaient-ils toutes trouvées ? Chacune de nous était la seule à le savoir, et aucune ne le disait. À part Laura.

« Tu veux que je te raconte ce qu'ils faisaient des mômes à Magic Mountain, cette vieille bonne femme et son taré de mari, a-t-elle repris.

– Non, ai-je répondu.

– Tu ne le croirais pas, c'est inhumain. Ils... »

Une voix a fait une annonce en hurlant. On était sommées de rester assises. Le bus allait s'arrêter pour déposer les trois hommes enfermés derrière un grillage à l'avant. On a braqué des armes sur eux et sur nous pendant leur transfert.

« Des frappadingues là-dedans. J'y ai passé six mois », a déclaré Conan.

La femme devant lui s'est agitée comme une folle : « T'es un mec pour de vrai ? Pour de vrai ? Merde. Gardien ! Gardien !

– Du calme, a fait Conan. Je suis au bon endroit. Enfin, au mauvais. Y a rien de correct dans tout ça. Mais ils ont rectifié mon dossier. À la prison pour hommes, dans le centre-ville, ils s'étaient gourés et m'avaient fichu avec les caballeros. Une sacrée bourde ! »

Il y a eu des éclats de rire et des ricanements.

« Ils t'ont foutue dans une taule pour hommes ? Ils ont cru que t'étais un mec ?

– Pas seulement à la maison d'arrêt du comté. J'étais à la prison fédérale de Wasco. »

Une vague d'incrédulité s'est répandue dans tout le bus. Conan n'a pas insisté. Plus tard, j'ai appris les détails de l'histoire. Conan avait réellement séjourné dans une prison pour hommes, du moins dans une cellule d'attente. Il avait vraiment l'air d'un homme, et c'est comme ça que je l'ai considéré dès notre première rencontre.

*

Je regrette pour le Mars Club et pour Kennedy. Peut-être qu'il y a d'autres choses que vous voudriez ou espéreriez que je regrette, mais ce n'est pas le cas.

Je ne regrette pas les années passées à me défoncer et à lire des livres de la bibliothèque. Ce n'était pas une mauvaise vie, même si je ne reviendrai sans doute jamais en arrière. Je gagnais de l'argent en faisant du strip-tease et je pouvais m'acheter ce que je voulais, de la came en l'occurrence ; si vous n'avez jamais essayé l'héroïne, j'ai une info pour vous : c'est un moyen de se sentir bien dans sa peau, surtout au début. Et d'avoir de l'affection pour les autres. On a envie de donner une chance au monde entier, de lui offrir un répit, de le considérer avec tendresse. Rien n'est aussi apaisant. La première fois, c'était de la morphine, un comprimé que quelqu'un avait fait fondre dans une cuillère avant de m'aider à me l'injecter, un certain Bill, je ne m'étais pas plus intéressée à lui qu'à l'effet que produirait la drogue sur moi, mais la précaution avec laquelle il avait attaché un garrot autour de mon bras, trouvé une veine, enfoncé l'aiguille, fine et délicate, bref le moment passé avec cet inconnu que je n'ai jamais revu, me faisant un shoot dans une maison abandonnée, correspondait exactement à l'idée qu'une fille peut se faire de l'amour.

« C'est une sensation d'enfer, m'avait-il assuré. Ça va t'attraper par la nuque. » Une poigne de fer m'a attrapée par la nuque, des pinces en caoutchouc, puis un flot de chaleur m'a envahie. Je baignais dans la transpiration, relaxée comme jamais. Je suis tombée amoureuse. Cette époque-là ne me manque pas. Je vous raconte, c'est tout.

*

Dès qu'on a de nouveau roulé sur l'autoroute, je me suis éloignée le plus possible de Laura Lipp et j'ai fermé les yeux. Cinq minutes après, elle a recommencé à me parler à l'oreille en chuchotant : « Tout ça, c'est parce que je suis bipolaire. Au cas où tu te le demanderais. Et tu dois sûrement te le demander. C'est chromosomique. »

Ou peut-être a-t-elle dit « chromosique ». Voilà le genre de personnes que j'étais obligée de fréquenter désormais. Convaincues qu'un complot « scientique » était à l'origine de n'importe quoi. À la maison d'arrêt du comté, je n'en avais pas rencontré une seule qui ne croyait pas dur comme fer que le sida était une invention de l'État pour anéantir les gays et les toxicos. C'était impossible de discuter. En un sens, ça semblait vrai.

La femme qui avait sifflé bruyamment et fait taire tout le monde s'est retournée, autant que le lui permettaient ses chaînes. Elle avait un tatouage décoloré et flou en forme de larme, et des sourcils dessinés au crayon. Ses yeux jetaient des éclats gris-vert comme si on était dans un film de zombies et non dans un bus en direction d'une prison de l'État de Californie.

« C'est une tueuse de bébés », a-t-elle lancé à la cantonade, ou seulement à moi peut-être. Elle parlait de Laura Lipp.

Un flic responsable du transfert s'est avancé dans l'allée.

« Hé, mais c'est Fernandez. Si je t'entends sortir un mot de plus, je te mets en cage. »

Fernandez ne l'a pas regardé, ne lui a pas répondu. Il a regagné son siège.

Laura a fait une grimace et esquissé un sourire, comme si ce qui venait de se produire était un peu gênant mais sans réelle importance, comme si quelqu'un avait pété. Pas elle, en tout cas.

« Merde, t'as tué ton gosse ? C'est dégueulasse, s'est indigné Conan. J'espère que je ne vais pas partager la même cellule que toi.

– Tu as certainement de plus gros problèmes que de savoir avec qui on va te mettre en cellule, a rétorqué Laura Lipp. Apparemment, t'es du style à passer ton temps en maison d'arrêt et en prison.

– Pourquoi tu dis ça ? Parce que je suis noir ? Moi, au moins, je suis à ma place ici. Toi, tu ressembles à une nana de Manson. Sans vouloir te vexer. Et puis, je n'ai rien à cacher. Inapte à la réhabilitation : voilà ce qu'il y a d'écrit dans mon casier. TOP. Ça veut dire trouble oppositionnel avec provocation. Je suis une criminelle narcissique et récidiviste qui refuse de coopérer. Et aussi une accro aux pruneaux et une obsédée sexuelle. »

*

Toutes les filles s'étaient repliées sur elles-mêmes, quelques-unes avaient fini par s'endormir. Conan ronflait comme un sonneur.

« Il y a des sacrés numéros qui vont dans la vallée avec nous, m'a murmuré Laura. Crois-moi, je ne suis pas une fille de Manson, je sais de quoi je parle. Je connais la différence. À la prison de Corona, il y avait Susan Atkins et Leslie Van Houten. Elles avaient toutes les deux la marque entre les yeux. Susan essayait de la cacher avec une crème spéciale, mais elle n'y arrivait pas. C'était une snobinarde qui se la pétait, avec une croix gammée entre les yeux. Elle avait des trucs sympas dans sa cellule. Des parfums de luxe. Une lampe de chevet. Je me suis sentie mal quand une des filles a poussé une surveillante à forcer la porte de sa cellule et qu'elles lui ont tout piqué. C'est à quoi j'ai pensé, le jour où j'ai appris sa mort. Il lui manquait une partie du cerveau et elle était paralysée, et pourtant ils refusaient de la laisser rentrer chez elle. Quand je l'ai appris, j'ai repensé à ce moment où elles avaient dévalisé sa cellule, où elles lui avaient piqué ses crèmes et sa lampe de chevet. Leslie Van Houten, elle correspond davantage à ce qu'on appelle une détenue. Il y a des gens qui trouvent que c'est un terme respectueux. Pas moi. C'est rien qu'une pensée de groupe. Elle mourra en prison comme Susan Atkins. Ils ne la laisseront pas sortir. Pas tant qu'il y aura du café Folgers, autrement dit jamais, sinon qu'est-ce que les gens boiraient le matin ? Le café Folgers, tu piges, une des victimes était une héritière de la famille Folger. Et elle ne veut pas que Leslie soit libérée, c'est une famille qui a beaucoup d'influence. Tant qu'il y aura du Folgers, Leslie mourra en prison. »

*

Sa mère avait eu une aventure avec Hitler. La mère de l'actrice allemande. Dont je porte le prénom. Sa mère avait eu une aventure avec Hitler mais, d'après ce que je sais, qui n'en avait pas eu une à l'époque ?

*

Un jour, Jimmy Darling m'a demandé : « Comment ça se fait que tu ne parles pas allemand ? »

Que ma mère m'apprenne l'allemand ne m'avait jamais effleuré l'esprit. Qu'elle m'enseigne quoi que ce soit était difficile à imaginer.

« Elle était trop déprimée pour s'en donner la peine. » Certains parents élèvent leurs enfants dans le silence. Le silence, l'exaspération, la réprobation. Comment aurais-je pu apprendre l'allemand dans cette atmosphère. J'aurais dû le faire avec des phrases du genre « T'as fauché du fric dans mon portefeuille, petite merdeuse ? » ou « Ne me réveille pas quand tu rentreras ».

Jimmy a ajouté qu'il ne connaissait qu'un mot d'allemand.

« C'est *Angst* ?

– *Begierden*. Qui signifie luxure, désir. Le jardin de la bière, voilà comment ils désignent le désir. Ça se tient. »

*

J'ai essayé de dormir. Mais, entravée comme je l'étais, la seule position possible, c'était de baisser le menton sur la poitrine. La douleur irradiait dans mes deux bras depuis les menottes reliées à la chaîne qui m'entourait la taille et me plaquait les mains sur les hanches. À cause de la clim, on avait l'impression qu'il faisait douze degrés dans ce bus. J'étais frigorifiée et installée de manière très inconfortable, et on n'avait pas encore dépassé le comté de Ventura. Il nous restait six heures de route. Je me suis mise à penser aux enfants qu'on forçait à mettre une perruque dans les toilettes de Magic Mountain, à enfiler à toute vitesse d'autres vêtements et des lunettes de soleil. Ils finiraient par être méconnaissables, non seulement dans leurs nouvelles tenues, mais aussi dans leurs nouvelles vies. Ils deviendraient des enfants différents, des étrangers, dénaturés et détruits par leur kidnapping, longtemps avant qu'ils ne servent les buts maléfiques de leur nouvelle et violente destinée. J'ai imaginé ces gosses avec leur perruque, et puis la foule éparse des visiteurs du parc d'attractions, incapables d'aider un enfant perdu, volé. J'ai vu Jackson, comme s'il m'était arraché par une vieille femme tricotant sur un banc et que je ne pouvais rien faire d'autre que regarder les images de sa frimousse constellée de taches de rousseur, des images qui flottaient et tremblotaient sans jamais s'estomper ni se disperser.

*

Jackson est avec ma mère. La seule chance de ma vie, malgré mon peu d'affection pour elle, c'est qu'elle s'occupe de lui. Ce n'est pas une grand-mère psychopathe tricotant sur un banc. C'est une Allemande acariâtre qui fume clope sur clope et parvient à s'en sortir en enchaînant mariages, divorces et remariages. Elle est glaciale avec moi, mais se montre affectueuse avec Jackson. On avait beau être brouillées depuis des années, elle l'a pris avec elle après mon arrestation. Il avait cinq ans. Il en a sept à présent. Pendant les deux ans et demi que j'ai passés en maison d'arrêt, le temps que mon affaire soit jugée, elle l'a emmené me voir aussi souvent que possible.

S'il y avait eu de quoi payer des honoraires d'avocat, j'en aurais pris un. Ma mère avait proposé d'hypothéquer son studio situé sur l'Embarcadero à San Francisco, mais comme elle l'avait déjà fait à deux reprises, elle était endettée pour plus de sa valeur. Carol Doda, la célèbre strip-teaseuse dont les tétons en néons rouges clignotaient au-dessus de Broadway quand j'étais enfant, habitait dans l'immeuble de ma mère. Lorsque j'allais là-bas, je l'apercevais dans le hall, se débattant avec ses sacs de courses et un chien qui jappait. Elle n'avait pas l'air tellement plus en forme que ma mère au chômage et accro aux analgésiques.

Durant un court moment, j'avais cru pouvoir bénéficier d'une assistance juridique grâce à l'aide d'un ami de ma mère, un certain Bob, qui conduisait une Jaguar bordeaux, portait des costumes écossais et buvait des Manhattan en bouteille. Bob paierait l'avocat, m'avait-elle affirmé. Sauf que Bob avait disparu ; il s'était littéralement volatilisé. On avait découvert son corps flottant sous un tronc dans la Russian River. Ma mère s'entoure mal ; elle a des relations souvent peu fiables. Du coup, on m'avait désigné un avocat commis d'office. On espérait tous que les choses se dérouleraient autrement. Cela n'a pas été le cas. Elles ont pris cette autre tournure.

*

Notre bus se traînait en gémissant sur la voie de droite, au milieu des semi-remorques. On était à Castaic, le dernier arrêt avant le canyon de Grapevine. J'étais allée dans un bar de Castaic avec Jimmy Darling, après avoir fui à Los Angeles pour échapper à Kurt Kennedy, dont j'étais la victime à l'époque. Jimmy Darling avait déménagé à Valencia où il enseignait dans une école d'art. Il sous-louait un logement dans un ranch non loin de là.

Ce qu'on n'a pas le droit de dire : je suis toujours la victime de Kurt Kennedy, même s'il est mort.

Je connaissais cette région, et aussi le canyon de Grapevine, un endroit balayé par le vent, désert, aride, une épreuve à franchir pour atteindre le nord de la Californie. Avec cette terre inhospitalière si proche derrière la fenêtre grillagée, je brûlais d'envie que la réalité, soudain, se torde comme un sac, jusqu'à se trouer et se déchirer pour me laisser sortir, m'enfuir dans ce no man's land.

Comme si elle lisait en moi, Laura a dit : « Je me sens plus en sécurité dans ce bus quand je pense à tout ce qui se passe dehors. Des trucs tordus, glauques, qui filent la chair de poule, tu n'as même pas idée. »

J'ai regardé par la fenêtre et je n'ai vu que le tapis inégal de roches et d'arbrisseaux que la nature déroulait à perte de vue.

« Il y a des tas de camionneurs qui sont des tueurs en série, et on ne les chope jamais. Ils n'arrêtent pas de bouger. D'un État à l'autre. Les juridictions ne communiquent pas entre elles, alors personne n'est au courant. Tous ces camions qui traversent l'Amérique. Certains avec des femmes ligotées et bâillonnées à l'arrière de la cabine. Cachées derrière un rideau. Celles qui sont assassinées sont jetées par petits bouts dans les bennes à ordures des aires de repos. On jette des corps à la poubelle. Des corps de femmes et de jeunes filles. »

À cet instant, on a longé une de ces aires de repos. Quel sage et beau concept. Tout ce que je pouvais imaginer était beau en comparaison de ce bus et de cette femme partageant ma banquette. Que n'aurais-je donné pour dormir derrière les distributeurs automatiques d'une de ces aires-là dont les lumières brillaient d'un éclat froid, tandis que nous filions sur l'autoroute. Quiconque s'y arrêtant par hasard serait mon âme sœur, mon allié contre Laura Lipp. Mais je n'avais personne et j'étais ligotée à Laura Lipp.

« Je suis bien vivante, a-t-elle enchaîné. Sauf que ça ne veut pas dire grand-chose. On m'a découpé le cœur à la tronçonneuse. »

On descendait une côte à présent, qui, après avoir franchi une voie de détresse, s'enfonçait dans le canyon de Grapevine et la vallée. Je la connaissais, cette voie-là. C'était une route gravillonnée et escarpée ne menant nulle part, réservée aux véhicules aux freins défaillants. Je ne la verrais plus jamais, cette voie de détresse pour camions, et je l'aimais, c'était une bonne route, utile, je ne m'en rendais compte que maintenant, à quel point tout était bon, utile et précieux, fragile et précieux.

« Tu sais ce qu'on raconte sur ce qu'on n'a pas et qu'on a envie de donner à quelqu'un qui n'en veut pas ? » m'a demandé Laura.

Je lui ai lancé un regard hostile.

« Je parle de l'amour. Disons que je sors et que je ramasse une petite pierre. Je la brandis et je dis à quelqu'un, Eh, cette pierre, c'est moi. Prends-la. Et lui, il pense, Je n'en veux pas. Ou il dit, Merci, avant de la fourrer dans sa poche ou, peut-être, dans un concasseur, et il se fiche complètement que la pierre ce soit moi, parce que ce n'est pas vraiment le cas, j'avais simplement décidé que c'était moi. Je me suis laissé écrabouiller. Tu comprends ? »

Je n'ai rien répondu, mais elle a continué. Elle ne se tairait jamais jusqu'à Stanville.

« Au moins, en prison, on sait ce qui va se passer. Enfin, pas tout à fait. C'est imprévisible. Mais d'un tel ennui. Ce n'est pas comme si quelque chose d'horrible ou de tragique pouvait arriver. C'est possible, évidemment. Bien sûr que oui. Sauf qu'on ne peut pas tout perdre en taule, parce qu'on a déjà tout perdu. »

*

La barmaid à Castaic avait flirté avec Jimmy Darling, le soir où on s'était retrouvés là-bas. Un des mauvais côtés de notre relation, à Jimmy et moi, c'est que lorsqu'on était ensemble, je devais me farcir des bimbos qui s'évertuaient à lui faire comprendre qu'il devait larguer cette garce avec qui il était.

Il ne m'avait pas larguée. Du moins jusqu'à ce que je l'appelle depuis la prison, à la seconde où j'avais entendu le son de sa voix j'avais deviné que c'était fini. Mais j'étais sur la défensive et je m'en étais fichue. Je devais me concentrer sur ma situation. Il m'avait demandé comment j'allais d'un ton poli, comme une formalité. « Putain, tu reçois un appel en PCV d'une nana détenue dans une prison de Los Angeles, et tu lui demandes comment ça va ? » m'étais-je énervée.

J'avais fait mon temps, ma période était révolue, pour moi comme pour lui. Il m'avait écrit une fois, une lettre où il ne parlait que de la saison de base-ball qui allait bientôt commencer, sans évoquer à aucun moment la perpétuité que je risquais.

À la place de Jimmy Darling, vous auriez peut-être fait pareil. Non pas écrire une lettre sur le base-ball, mais couper les ponts avec quelqu'un dont la vie était foutue. N'importe quel homme sensé aurait laissé tomber une nana comme moi qui allait être mise à l'ombre pour toujours, d'autant plus s'il n'était qu'un petit ami ou un amant, si c'était une relation pour s'amuser. La fête est terminée lorsque la prison entre en jeu. Finalement, c'était peut-être moi qui avais repoussé Jimmy.

*

Jimmy Darling avait grandi à Detroit. Son père bossait chez General Motors. Pendant son adolescence, Jimmy Darling avait travaillé dans une entreprise de pare-brise. La première fois qu'il avait senti la colle utilisée pour fixer les vitres, m'avait-il raconté, il s'était aperçu qu'il en avait rêvé, de cette odeur, l'odeur de cette colle très spéciale, et que remplacer des pare-brise de voiture, c'était ça, sa destinée. Jimmy Darling avait la chance d'avoir de multiples destinées. Après avoir abandonné ses études, il s'était mis à tourner des films sur la *rust belt*, la région industrielle en déclin du pays. Son fonds de commerce, c'était sa classe sociale ; son truc : être le cinéaste en col bleu. Même si je le taquinais à ce sujet, son attachement à Detroit me touchait. L'un de ses films montrait sa main retournant une à une, sur un bureau de la General Motors, des cartes à jouer, cadeau de départ à la retraite qu'avait reçu son père au terme de quarante ans passés sur la chaîne de montage. L'entreprise l'avait remercié pour des décennies de loyauté et de travail épuisant avec un jeu de cartes. « Tu sais ce qu'il y a maintenant au siège de la GM, à Cadillac Place, m'avait demandé Jimmy Darling. Un centre de paiement du Loto. » Il se postait devant toute la journée, attendant qu'un gagnant entre toucher son argent pour le filmer. Personne ne venait.

J'avais rencontré Jimmy Darling par l'intermédiaire d'un de ses étudiants avec qui je couchais à l'époque. Ajax, un jeune type fauché, vivant au sud de Market Street, dans un dôme géodésique sur le toit d'un entrepôt. Ajax était gardien au Mars Club. On se moquait de moi là-bas parce que je couchais avec le jeunot chargé de vider les poubelles remplies de préservatifs usagés. Ça me laissait de marbre. Et puis on ne cessait de me répéter qu'il portait le nom d'une poudre à récurer, alors que lui m'avait dit que c'était un prénom grec. Ces femmes et leurs principes débiles : on vend son cul, mais on ne sort pas avec un gardien. C'est vrai qu'Ajax était jeune et immature ; il m'offrait des cadeaux bizarres et inutiles, un aspirateur cassé trouvé dans la rue, par exemple ; il s'était pointé une fois en plein trip d'acide, en parlant avec un accent irlandais, et quand je lui avais intimé d'arrêter, il m'avait dit que c'était impossible. Un soir, il m'avait emmenée à une fête dans une école d'art et présentée à Jimmy Darling, et voilà. J'étais partie avec Jimmy. Il était plus séduisant. Il ne me tapait pas sur les nerfs.

*

« Comment se fait-il que tu n'aies pas fait d'études ? » m'a demandé Jimmy, un jour. Il me trouvait intelligente. Il avait cette naïveté des gens instruits qui s'imaginent que si on n'est pas allé à la fac, c'est juste qu'on n'était pas à la hauteur.

« J'étais trop déprimée.

– Tu m'as répondu la même chose quand j'ai voulu savoir pourquoi ta mère ne t'avait pas appris l'allemand.

– C'est pas pour ça que c'est pas vrai. Ça t'étonne qu'une fille travaillant dans une boîte de strip-tease soit intelligente ? Toutes les strip-teaseuses que je connais ont un cerveau. Certaines même sont presque des génies. Peut-être que tu pourrais venir faire un tour au club avec ta petite caméra et tu leur demanderais pourquoi elles ne sont pas allées à la fac. »

Quand j'étais adolescente, tout le monde estimait que j'avais des capacités. Des professeurs, et aussi d'autres adultes, me l'assuraient. Si jamais c'était le cas, je n'en ai rien fait. Je me suis tout de même débrouillée pour ne pas finir comme Eva, et c'était plutôt une prouesse de ne pas faire le tapin sur Eddy Street ou Jones Street à sept heures du matin, un jour de semaine. Dès que j'ai découvert que j'étais enceinte, j'ai arrêté de me droguer, je ne considère pas ça comme un exploit, c'était plus une façon d'éviter la catastrophe. Je travaillais au Mars Club, je faisais des lap dances. Ce n'est même pas le meilleur club de strip-tease de San Francisco. Il n'a aucun attrait, à moins que cela vous impressionne de savoir que ce club n'est ni passable ni médiocre, mais qu'il est définitivement le plus notoirement infâme, miteux et bordélique de la ville. Peut-être que j'avais un penchant pour cette boîte, comme Jimmy en avait un pour moi. Elle avait un côté excessif qui en faisait un lieu spécial et drôle, et en plus, certaines nanas étaient vraiment géniales.

Je ne veux pas dire que je suis moi-même spéciale ou excessive, mais Jimmy n'était jamais sorti avec une fille capable de l'éjecter de son Impala tout en conduisant. On roulait lentement, à dix ou quinze kilomètres à l'heure. Après cette fois-là, où je l'avais fait sous le coup de la colère, il m'avait demandé de recommencer, pour se marrer. J'avais refusé. Il n'avait jamais connu personne qui vivait dans un hôtel du quartier de Tenderloin, alors il était toujours un peu déconcerté par les scènes qui éclataient sur le palier, la pagaille et les cris, l'obligation de payer pour monter dans les étages. Un jour, dans un magasin de produits diététiques, on était tombés sur une fille que je connaissais, elle était défoncée et se grattait comme une folle. Elle avait demandé à Jimmy si le jus qu'elle avait choisi était bio et il avait réagi comme s'il n'avait jamais été confronté à une telle contradiction, une junkie ne buvant que du jus de fruits bio. Comme la plupart de ceux venus habiter à San Francisco, il avait une existence plutôt protégée. Normal, éduqué, il avait un travail, l'impression que sa vie avait un sens, et ainsi de suite. Il ne comprenait pas ceux qui avaient grandi ici, leur nihilisme, leur incapacité à faire des études ou à s'insérer dans la société, à décrocher un vrai boulot ou à croire en l'avenir. Pour lui, je faisais partie d'une sorte de récit. Cela ne voulait pas dire que Jimmy Darling basculait dans une classe sociale inférieure en me fréquentant. Non. Il était aussi ordinaire que moi, voire davantage, mais c'était lui qui s'encanaillait.

*

Avez-vous déjà remarqué qu'on peut qualifier le physique d'une femme d'ordinaire, et jamais celui d'un homme ? Personne ne dira jamais de l'apparence d'un homme qu'elle est ordinaire. Un homme ordinaire, c'est un homme normal, typique, un être convenable, travailleur, aux rêves et aux revenus modestes. Une femme ordinaire, c'est une femme vulgaire. Une femme vulgaire n'est pas digne de respect, elle a donc une valeur relative, une moindre valeur.

*

Au Mars Club, je n'étais pas tenue d'arriver à l'heure, ni de sourire, ni de me plier à aucun règlement, ni de considérer la plupart des hommes autrement que comme des losers à exploiter, mais qui étaient convaincus du contraire. Un environnement hostile, donc, même s'il semblait y régner une certaine soumission – la nôtre. On pouvait faire ce qu'on voulait au Mars Club, du moins le croyais-je. À l'époque où je sortais avec le père de Jackson, j'avais cassé une bouteille sur sa tête et il m'avait donné un coup de poing dans la figure ; cinq heures après, je m'étais pointée au boulot avec un œil au beurre noir et des lunettes de soleil, et personne n'avait fait la moindre remarque. À plusieurs reprises, j'étais arrivée tellement saoule que je tenais à peine sur mes jambes. Pour certaines filles, c'était devenu une habitude de passer les premières heures de leur service à dormir dans la loge, leur boîte de fond de teint à la main. Cela ne posait aucun problème. La direction s'en fichait. Quelques-unes appâtaient le public en slip et soutien-gorge de dentelle, l'uniforme standard, mais chaussées de vieilles tennis avachies et non de talons hauts. Quand on avait pris une douche, on avait un avantage concurrentiel. Avec des tatouages sans fautes d'orthographe, on était très demandée, et si on n'était pas enceinte de cinq ou six mois, on était la nana de la soirée. Des filles attaquaient des clients au gaz lacrymogène, et on se retrouvait alors tous dans la rue, suffoquant et toussant. Une danseuse s'était emportée contre d'Artagnan, le gérant de nuit, et avait incendié le vestiaire. Elle avait été virée, certes, mais c'était une exception.

On devait feindre d'avoir les clients à la bonne, rien de plus, c'était la seule chose qu'on avait à faire, et encore ce n'était pas vraiment obligatoire. On le faisait pour le fric, alors ce n'était pas difficile de se motiver. Et puis, il fallait éviter d'être sur la liste noire de Jimmy the Beard et de Dart, mais ça aussi c'était facile. Il suffisait de flirter avec eux. Leur ego surdimensionné ne résistait pas longtemps, c'en était presque comique.

À propos, il ne faut pas confondre Jimmy the Beard et Jimmy Darling. Ils n'ont rien en commun, à part leur prénom. Jimmy the Beard était videur au Mars Club, et Jimmy Darling était mon petit ami, du moins pendant un temps.

*

J'ai dit que tout allait bien, mais c'est faux. On me vampirisait. Il ne s'agissait pas d'un problème moral. Cela n'avait aucun rapport avec la moralité. Ces hommes me ternissaient, je n'avais plus d'éclat. À cause d'eux, j'étais insensible au toucher et en colère. J'obtenais quelque chose en échange de ce que je donnais, mais ce n'était jamais assez. Je leur soutirais le plus possible, à ces portefeuilles – des portefeuilles ambulants, c'est ainsi que je voyais ces hommes. Malgré tout, l'échange n'était pas équitable, et le fait de le savoir m'enrobait d'une sorte de pellicule. Quelque chose mijotait en moi. Au fur et à mesure des années passées au Mars Club, à m'asseoir sur des genoux, à supporter ces échanges viciés. Quelque chose mijotait et bouillonnait. Et lorsque je l'ai dirigé sur une cible – ce n'était pas une décision, l'instinct avait pris le dessus –, c'était fini.

*

Quoi qu'il en soit, Jimmy the Beard et Jimmy Darling avaient davantage en commun que leur prénom. Ils m'avaient, moi, en partage. Puis ils ne m'avaient plus eue, ni l'un ni l'autre.

Je me rends compte à présent que je n'ai pas toujours dirigé ma colère sur les bonnes personnes. Par exemple, l'homme en quête de la « *girlfriend experience* », celui qui me disait comment me tenir à table : il me déplaisait parce qu'il me rappelait quelqu'un surgi des oubliettes de mon enfance, un homme à qui j'avais demandé mon chemin. J'avais onze ans. J'étais partie retrouver Eva en centre-ville pour assister à un concert, à minuit, dans une boîte de punk rock. Il était tard et j'étais perdue. Il s'était mis à pleuvoir. Après une certaine heure, le centre de San Francisco est totalement désert, mais là, il y avait un homme âgé aux cheveux gris qui verrouillait les portes d'une belle Mercedes et qui m'a demandé s'il pouvait m'aider. Il avait l'air d'un père de famille, d'un homme d'affaires respectable, avec son costume. J'avais besoin d'aide. Je lui ai dit où j'allais et il m'a répondu que c'était trop loin pour que j'y aille à pied.

« Je peux te donner de l'argent pour que tu prennes un taxi.

– C'est vrai ? » me suis-je exclamée, pleine d'espoir. J'étais trempée à cause de la pluie.

Il m'a dit que ça lui ferait plaisir de m'aider, on devait juste passer d'abord à son hôtel, et ensuite il le ferait. Oui, ça lui ferait plaisir de m'aider, mais d'abord on devait monter dans sa chambre boire un verre.

*

L'homme à la Mercedes n'était pas plus un homme digne de ce nom que celui en quête de la « *girlfriend experience* » qui me disait comment me tenir à table. J'ignorais comment ils s'appelaient, l'un comme l'autre. En fait, ils désiraient la même chose.

*

Le bus a descendu à toute allure la route menant à Central Valley.

« Des tas de gens disent du mal de la prison, mais faut vivre chaque minute de son destin, a déclaré Conan. La dernière fois que j'étais en taule, on faisait des fêtes incroyables. On se serait jamais cru en prison. Il y avait plein d'alcool. Une musique d'enfer. Des cachetons. Des stripteaseuses. »

« Hé ! » Fernandez a appelé le surveillant assis à l'avant. « Vous devriez venir vérifier l'état de ma voisine. »

Le flic qui la connaissait s'est retourné et lui a ordonné de la boucler.

« Mais cette femme… elle va vraiment pas bien ! »

La grosse femme à côté d'elle se tenait complètement avachie, la tête enfouie dans la poitrine. La position dans laquelle tout le monde dormait.

*

Vous n'y seriez pas allé. Je le comprends. Vous ne seriez pas monté dans cette chambre. Vous ne lui auriez pas demandé de l'aide. Vous n'auriez pas erré seul dans les rues, à minuit, à onze ans. Vous auriez été en sécurité, au sec, dans votre lit. Chez vous, avec votre mère et votre père qui vous aimaient, fixaient des règles et des heures, avaient des espérances. Tout aurait été différent pour vous. Mais si vous aviez été à ma place, vous auriez fait comme moi. Optimiste, stupide, vous seriez monté chercher l'argent du taxi.

*

En plein cœur de Central Valley, le ciel était toujours sombre. J'ai regardé par la fenêtre et distingué au loin deux ombres noires, immenses. On aurait dit des geysers de pétrole. Qu'est-ce qui dégueulait comme ça dans le ciel et l'emplissait de suie ? D'énormes nuages de fumée ou de poison s'accumulaient.

J'avais lu des articles sur une fuite de gaz, sur des tonnes de pollution déversées dans le ciel à Fresno ou ailleurs. Quand on évalue en tonnes des quantités gazeuses, c'est que c'est grave. Il s'agissait peut-être d'une catastrophe écologique, du pétrole brut avait fait exploser le pipeline souterrain, ou alors c'était quelque chose de trop effrayant pour pouvoir être expliqué, un feu dont les flammes étaient noires, au lieu d'être orange.

Le bus se rapprochait des gigantesques geysers, et je les ai vus de plus près.

C'étaient des silhouettes d'eucalyptus qui se détachaient dans le noir.

Non pas une situation d'urgence. Non pas l'Apocalypse. Simplement des arbres.

*

À l'aube, on était en plein brouillard. Toute la Central Valley avait dérivé vers la mer. Des écharpes de brume flottaient sur l'autoroute. Je ne voyais rien d'autre que ce gris fumée.

Laura Lipp avait guetté mon réveil.

« Tu as lu l'article sur la femme qu'ils ont trouvée assassinée dans sa voiture ? Un type l'aborde en brandissant un couteau ou quelque chose, une arme quelconque, et il lui ordonne de l'emmener à un distributeur de billets. Il monte dans la voiture et finalement il la tue, il lui défonce le crâne sans raison. Ils ne se connaissaient même pas. La vie en ville, c'est devenu tellement brutal et dangereux ! Tu te rends compte, à deux heures de l'après-midi, sur Sepulveda Boulevard. La police l'a découverte quelques heures plus tard. Le mec était sorti de taule le matin même. Il s'est baladé dans le coin jusqu'à ce qu'il trouve quelqu'un à tuer. Moi je te le dis, on est plus en sécurité en prison. On me chopera plus à l'extérieur, ah ça, non. Sûrement pas. »

La route traversait des champs immenses. Personne n'y travaillait. Ils étaient abandonnés aux machines, et moi à Laura Lipp.

« Si on n'avait pas libéré ce type, elle serait vivante. Il y a des gens pour qui la réalité est trop mince. Des gens pour qui la lumière est transperçante, un certain genre de gens, des cinglés, des malades mentaux, j'en sais quelque chose – je te l'ai dit, je suis ici parce que je suis bipolaire – et d'ailleurs je suis contente qu'ils aient mis la clim parce que la chaleur, ça me déclenche des crises. Ça va très vite. »

*

Au lever du soleil, le brouillard s'est dissipé. Le vent soufflait sur les lauriers-roses luxuriants du terre-plein central, les fleurs couleur pêche ployaient de mauvaise grâce, dans tous les sens, puis elles se redressaient et elles se faisaient de nouveau fouetter par une rafale.

Des relents de bouse de vache ont empli le bus, ce qui a réveillé Conan. Il a regardé par la fenêtre en bâillant.

« Le truc des vaches, a-t-il dit, c'est qu'elles sont entièrement couvertes de cuir. De la tête aux pieds, rien que du cuir. C'est trop cool, quand on y pense.

– La pauvre femme avait un gosse. Il est dans un orphelinat maintenant », a dit Laura Lipp.

La route était bordée d'eucalyptus, ces arbres que j'avais pris pour les ombres noires de l'Apocalypse dans la nuit. À présent, ils semblaient juste mélancoliques et poussiéreux. En Californie du Sud, les feuilles restent accrochées aux arbres pendant des décennies. Du coup, ces arbres qui ne perdent pas leurs feuilles font autre chose : ils accumulent de la poussière au fil des années, ils se chargent de crasse et de gaz d'échappement.

« J'ai entendu parler d'un steak qu'ils servent maintenant dans les restaus Outback. Les vaches sont nourries à la bière », a repris Conan, tout en observant les malheureux bestiaux serrés les uns contre les autres, les pattes dans la terre, il n'y avait que ça, de la terre, pas l'ombre d'une touffe d'herbe, si bien que les bêtes elles-mêmes avaient l'air d'être de la terre, une terre animée, une terre sans pesticides qui respirait et chiait. « De la Budweiser pour être précis. Ils en gavent les vaches. Ils les forcent à boire. Ça attendrit la viande. Mais bon, est-ce que ces vaches ont l'âge de picoler ? Je veux y goûter à ce steak. Voilà ce que je ferai quand je sortirai de cette merde : Outback. »

Un gardien s'est avancé dans l'allée pour une inspection de routine.

« Vous avez déjà bouffé des fleurs d'oignon ? » lui a crié Conan. Le gardien a continué de marcher, et Conan de hurler, en s'adressant à son dos, maintenant, qui s'éloignait : « On ouvre les pétales du truc, on les enrobe de farine et on les fait frire. Putain, c'est bon. On trouve ça nulle part ailleurs. C'est protégé. »

On est passés devant un ranch où il y avait une balançoire-pneu et un bouquet de palmiers éventails tout ébouriffés – on les appelle aussi des palmiers aux rats, c'est la mascotte officieuse de la Californie. Dans la cour, une pancarte annonçait : Elect Kritchley Fresno County DA. Elect Kritchley.

Une équipe d'ouvriers travaillait sur la voie de gauche ; l'un d'eux brandissait un panneau indiquant aux voitures de ralentir et de se rabattre sur la droite.

« C'est moi qui ai fabriqué ta chemise, enculé ! » a beuglé Conan à la vitre. On était les seuls à pouvoir l'entendre, l'homme ne le pouvait pas, lui. « Du calme, London », a ordonné un flic par le haut-parleur.

« On fabrique les vestes de ces ouvriers à Wasco. On colle des bandes réfléchissantes dessus. »

C'est alors que j'ai commencé à voir passer dehors des machins blancs et légers. Partout sur l'autoroute. Ils ne tombaient pas à la verticale, ils voltigeaient, tourbillonnaient. Des débris duveteux s'échappaient de la cargaison d'un camion devant nous. Je n'ai compris ce que c'était qu'une fois qu'on l'avait dépassé : il transportait des rangées de cages en métal bourrées de dindes, il y en avait tellement qu'elles devaient plier leur long cou. Le vent arrachait leurs plumes, qui mouchetaient la chaussée de blanc. On était en novembre. C'étaient les dindes de Thanksgiving.

« Vous devriez venir voir ce qu'elle a, celle-là ! a crié de nouveau Fernandez à propos de sa voisine qui s'affaissait sur le côté. Hé oh ! »

La femme était énorme. Elle devait peser dans les cent cinquante kilos. Elle a glissé de son siège et s'est retrouvée dans une position bizarre, par terre, dans l'allée. Ça a provoqué de l'agitation dans le bus, on entendait des *tss-tss* agacés, des chuchotements.

« Voilà ce que j'appelle piquer un bon roupillon, a dit Conan. Elle dort à poings fermés. Si seulement je pouvais faire pareil. J'ai du mal à trouver la bonne position dans un bus.

– Hé oh ! a répété Fernandez. Ramenez-vous. Cette femme a un problème. »

Un des flics s'est levé et dirigé vers l'arrière. Il s'est planté devant la femme qui avait glissé sur le sol et a crié : « M'dame ! M'dame ! » N'obtenant aucun résultat, il lui a tapoté l'épaule de la pointe de sa ranger.

Pus il a hurlé vers l'avant du bus : « Pas de réaction. »

Ces flics s'appellent des surveillants pénitentiaires. Les vrais flics ne les considèrent pas comme faisant partie des leurs, les gardiens de prison, pour eux, sont des losers situés au plus bas de l'échelle des personnels chargés de faire respecter la loi.

Celui à l'avant a passé un coup de fil.

Sur le point de le rejoindre, l'autre s'est arrêté devant Fernandez.

« J'ai appris que tu t'étais mariée, Fernandez.

– Foutez-moi la paix.

– Dis-moi, Fernandez, ça existe les mariages paralympiques, comme les jeux paralympiques ? »

Fernandez a souri : « Si je devais épouser un demeuré comme vous, je le saurais. »

Conan a approuvé en s'esclaffant.

« Des demeurés dans mon genre ne se marient pas avec des taulardes aussi grosses et moches que toi », a rétorqué le gardien.

Il est retourné s'asseoir à sa place. Apparemment, il avait oublié la femme inconsciente.

Laura Lipp a sombré, elle allait enfin la fermer.

On a continué de rouler en silence, avec un monticule humain écroulé dans l'allée du bus, à moitié dissimulé par un siège.

2

Le problème avec San Francisco, c'est que je ne pourrais jamais y avoir un avenir, seulement un passé.

Pour moi la ville se résumait au Sunset District, un quartier noyé de brouillard, sans arbres, monotone, aux innombrables maisons uniformes, construites sur des dunes de sable s'étirant sur quarante-huit rues jusqu'à la plage, des maisons habitées par des Sino-Américains de la classe moyenne inférieure et des catholiques irlandais de la classe ouvrière.

« Du lit fli », disions-nous en commandant notre déjeuner quand nous étions au collège. Du riz frit servi dans une barquette en carton. C'était délicieux mais jamais suffisant, surtout si vous étiez défoncé. On les appelait des niakoués. Sans savoir que cela signifiait vietnamien. Pour nous, les niakoués, c'étaient les Chinois. Les Laotiens et les

Cambodgiens, eux, c'étaient des BP, des boat people. On était dans les années 1980, alors imaginez un peu ce que ces gens avaient enduré pour arriver aux États-Unis. Nous, on n'en savait rien, on ne savait pas que c'était important. Ils ne parlaient pas anglais et on trouvait qu'ils avaient l'odeur de leurs plats exotiques.

Le Sunset, donc, c'était ça San Francisco, avec fierté, même si ce n'était pas celui que vous devez connaître : pas question ici de drapeaux arc-en-ciel, de poésie de la Beat Generation, de rues escarpées et tortueuses, ici c'était le brouillard, les bars irlandais, les magasins d'alcool qui se succédaient jusqu'à Great Highway, où une mer de bris de verre scintillait tout au long de l'interminable parking d'Ocean Beach. C'était nous, des filles à l'arrière d'une Dodge Charger ou Challenger qui n'avait reçu encore qu'une couche d'apprêt, descendant les quarante-huit blocs menant jusqu'à la plage, un trajet court et long à la fois, un mec à l'avant avec un extincteur volé, aspergeant de blanc des gens au hasard, massés au coin des rues.

Un touriste ou un habitant d'un autre quartier plus classe, en allant à la plage à l'époque, aurait certainement aperçu derrière la digue nos feux de camp, qui imprégnaient d'une odeur de fumée les cheveux des filles. Début janvier, il en aurait vu de plus grands encore, où s'entassaient des sapins de Noël tellement secs, tellement inflammables, qu'ils explosaient au sommet des bûchers. Après chaque explosion, il nous aurait entendus nous exclamer.

Par nous, je veux dire nous, les WPOD. On aimait plus la vie que l'avenir. *White Punks on Dope*[1], c'est une chanson des Tubes ; on ne l'écoutait même pas. Le sigle, c'était autre chose, pas un gang, un groupe plutôt. Une attitude, une manière de s'habiller, un mode de vie, une façon d'être. Il y en avait certains qui taguaient *White Powder on Donuts*[2] au lieu de *White Punks on Dope*, et beaucoup d'entre nous n'étaient même pas blancs, et ça c'est plus difficile à expliquer parce que dans l'univers des WPOD de Sunset, ce qui comptait, c'était le pouvoir blanc, pas la neige, mais tout ça, c'étaient des convictions de gamins vulnérables qui finiraient certainement en centre de désintox ou en prison, à moins de faire partie des rares, des très rares élus, à être embauchés chez John John Roofing, l'entreprise de toiture, sur la Neuvième Avenue entre Irving Street et Lincoln Way.

*

Quand j'étais petite, j'avais vu en couverture d'un vieux magazine les tuniques et les pieds des gens qui avaient bu le Kool-Aid que Jim Jones leur avait distribué au Guyana. L'image m'avait hantée et torturée toute mon enfance. J'en avais parlé une fois à Jimmy Darling, qui m'avait affirmé que ce n'était pas du Kool-Aid, mais du Hi-C.

1. Punks blancs accros à la drogue.
2. Poudre blanche sur beignets.

Qui peut avoir envie d'expliciter ce genre de chose ?

Un frimeur. Quelqu'un que cette image n'effrayait pas comme moi. Il y avait peu de chances que je devienne membre d'une secte. Pas à cause du danger que j'avais ressenti devant les pieds des morts, du seau dans lequel ils avaient bu. Non, à cause de la preuve, contenue dans cette photo, qu'on pouvait boire la mort volontairement.

À cinq ou six ans, dans un supermarché, j'avais vu un livre de poche où était dessiné en couverture le corps dénudé d'une femme, poignardé de deux couteaux, au milieu d'une mare de sang. Le livre s'appelait *Tuée deux fois*. Ma mère était en train de faire des courses ailleurs dans le magasin. On était à Park and Shop sur Irving Street et j'avais l'impression non pas d'être à quelques allées d'elle, mais d'avoir été emportée à jamais dans la mer, dans les profondeurs du monde de *Tuée deux fois*. En rentrant à la maison, j'avais la nausée et j'ai été incapable d'avaler le dîner préparé par ma mère. Elle ne faisait pas vraiment la cuisine. Sans doute avait-elle fait des nouilles chinoises en sachet, avant d'aller s'occuper d'un des hommes avec qui elle sortait à ce moment-là.

Des années durant, il me suffisait de penser à la couverture de *Tuée deux fois* pour avoir des haut-le-cœur. Maintenant, je comprends que c'était normal. On apprend que le mal existe quand on est jeune. Une idée qu'il faut assimiler. La première fois, c'est difficile à avaler. Ça reste en travers de la gorge.

*

À dix ans, je suis tombée sous le charme d'une fille plus âgée que moi. Tyra. Elle avait le regard vitreux, le teint mat et la voix rauque d'une dure à cuire. Le soir où je l'ai rencontrée, j'étais dans une voiture, on roulait en buvant des Löwenbräu light. Des Lowie light, bouteille verte et étiquette bleu clair. On est passés prendre Tyra dans une maison de Noriega Street, un foyer privé pour filles. Le type qui le gérait, Russ, abusait d'elles la nuit, de manière imprévisible, mais c'était couru d'avance. Quand on habitait là, tôt ou tard, Russ, ce vieux type méchant et plein de muscles, se pointait une nuit dans votre chambre. Les filles se plaignaient qu'il les viole comme pour les discipliner ou leur faire payer un loyer. Elles le supportaient, elles n'avaient pas d'autre choix. Et nous, on ne faisait rien parce que Russ nous achetait de l'alcool et puis, de toute façon, qu'est-ce qu'on aurait pu faire, appeler les flics ? Il y en avait un qui était connu pour emmener les filles à Point Lobos, la réserve naturelle, plutôt qu'au poste de police de Taraval.

Tyra a exigé de s'asseoir à la place du mort d'un ton menaçant, et elle s'est installée, les pieds sur le tableau de bord. Elle était déjà bourrée, a-t-elle bredouillé, elle avait une façon de manger ses mots que j'ai trouvée très glamour. Les diamants qu'elle portait à ses oreilles de petite fille ont étincelé quand elle a descendu sa Lowie light et l'a lancée par la fenêtre. Ils étaient peut-être faux. Aucune importance. Ils faisaient le même effet. Pour moi, elle était magique.

Cette année-là, j'avais eu l'occasion de faire la connaissance d'une fille bien, de la classe moyenne, avec un père et une mère. Elle était venue dormir un jour chez moi. La semaine suivante, à l'école, elle avait raconté à tout le monde que chez moi on mangeait des gâteaux fourrés en guise de dîner et qu'on jetait les emballages sous le lit. Je ne m'en souviens pas. Je ne dis pas que c'est faux. Ma mère me laissait manger ce que je voulais aux repas. En général, elle était avec son mec du moment, un mec qui n'aimait pas les gosses, si bien qu'ils s'enfermaient à double tour dans sa chambre. On avait un compte à la supérette du coin et j'allais acheter là-bas des bonbons, des chips, des litres de soda, tout ce dont j'avais envie. Je n'avais pas eu l'idée de faire semblant de vivre autrement pour impressionner une gamine. Ce que cette fille avait raconté sur moi, sur ma maison, m'avait attristée. Et même quand je lui ai planté une aiguille dans les fesses au moment où elle descendait du bus 6 à Parnassus Street, après les cours, j'étais triste. Postée à la porte arrière, je l'ai piquée à travers son pantalon. Tout le monde faisait ça. On fauchait des aiguilles dans la salle de travaux manuels. Mais ç'avait beau être normal, quand ça nous arrivait, on ne pouvait pas s'empêcher de pleurer.

Les diamants sont éternels, dit-on, ce qui faisait bien rire Jimmy Darling. Tous les minéraux de la Terre sont éternels, affirmait-il. Mais ils font comme si les diamants l'étaient plus que les autres, tout ça pour les vendre, et ça marche.

Quelques jours après, Tyra m'a appelée et on a décidé d'aller se balader un dimanche dans le Golden Gate Park et sur le pont, un endroit où les gens venaient traîner et faire du roller. Comme j'habitais à quelques pâtés de maisons du pont, c'est Tyra qui est venue me prendre.

« Il y a une petite garce à qui j'ai envie de défoncer la gueule », m'a-t-elle annoncé.

J'ai dit d'accord et on est parties vers le parc.

La fille avec qui Tyra avait rendez-vous pour lui défoncer la gueule était déjà là, avec deux de ses grands frères. Ils n'étaient pas de Sunset. J'ai appris plus tard qu'ils vivaient dans le quartier de Haight-Ashbury. Les deux frères étaient des adultes, ils travaillaient comme mécaniciens dans un garage de Cole Street. L'adversaire de Tyra était plutôt grande, avec des traits fins, des cheveux noirs et brillants attachés en queue-de-cheval. Elle portait un short rose, un T-shirt sur lequel était marqué « ET ALORS », et elle s'était maquillé les lèvres avec du gloss bleuté. Tyra était une fille athlétique et balèze. Personne n'avait envie de se battre avec elle. Elle a enlevé ses rollers, et la fille aux longues jambes et à la queue-de-cheval a fait pareil. Elles se sont battues sur l'herbe, en chaussettes. Les chaussettes n'ont rien amorti.

Tyra a balancé un violent coup de pied, mais l'autre lui a attrapé la cheville et lui a fait perdre l'équilibre, et Tyra s'est retrouvée à terre. Alors la fille a bondi sur elle, l'a plaquée au sol avec ses genoux et s'est mise à lui bourrer le visage de coups de poing, gauche, droite, gauche, comme si elle pétrissait de la pâte, qu'elle l'étalait. Et elle l'écrasait, elle l'aplatissait, cette pâte qui était un visage. Ses frères criaient pour l'encourager. Ils la soutenaient, mais si elle avait été en mauvaise posture, ils ne seraient pas intervenus, je le savais. Un combat se devait d'être honnête, et bien combattre, c'était une source de fierté, voilà ce qu'ils croyaient et pourquoi ils étaient là. La fille tapait encore et encore. Ses bras paraissaient trop maigres pour donner de la force à ses coups, et pourtant ils ont fini par faire très mal. À aucun moment ça ne m'est venu à l'esprit de m'en mêler. J'ai regardé Tyra se faire dérouiller.

Une fois que la fille a eu le sentiment d'avoir suffisamment bien exprimé son point de vue, elle a arrêté. Elle s'est relevée, a resserré sa queue-de-cheval, tiré sur son short qui lui était rentré dans les fesses. Tyra s'est assise, s'efforçant d'essuyer ses larmes. Je me suis approchée d'elle pour l'aider. Elle avait les cheveux tout emmêlés, et elle était couverte de brins d'herbe.

« Je lui ai collé un pain, à cette garce. T'as vu le coup de pied que je lui ai filé en pleine poitrine ? » a-t-elle lancé.

Ses yeux étaient presque fermés, tellement ils étaient gonflés, et ses joues ressemblaient à deux grosses boules luisantes. En plus de ça, la bague de la fille lui avait ouvert le menton. « Je lui ai collé un sacré pain », a-t-elle répété.

C'était la meilleure façon de voir les choses, alors qu'en vérité elle avait été battue à plate couture, violemment, et par une pétasse avec un T-shirt proclamant « ET ALORS », une gagnante improbable qui n'avait rien d'une gagnante improbable, ç'avait été clair dès qu'elles avaient commencé à se battre. La gagnante, c'était Eva.

*

Je ne suis pas devenue son amie ce jour-là, mais plus tard. Peut-être un an après, quoi qu'il en soit je me souvenais parfaitement d'elle et de ses coups de poing. Je savais qui elle était. La plupart des filles la ramènent, et finalement elles ne font que griffer et se tirer les cheveux, ou bien elles se défilent.

J'imagine qu'on pourrait dire que j'ai échangé Tyra contre Eva, comme j'ai échangé Ajax contre Jimmy Darling. Il n'empêche, dans les deux cas, c'est le premier qui m'a conduite au second. Dans la vie, il est permis de faire des évaluations, et des réévaluations. De toute façon, qui a envie de rester avec un loser ?

Eva était une pro. Elle faisait partie de ces filles qui ont toujours avec elles un briquet, un décapsuleur, des marqueurs pour taguer, une flasque, du nitrite d'amyle, un canif, même leur propre démagnétiseur – l'appareil dont se servent les caissiers des grands magasins pour enlever les badges antivol sur les vêtements. Elle l'avait fauché. Nous autres, on arrachait les antivols avant de sortir du magasin avec notre butin. Laisser un antivol dans une cabine d'essayage, ç'aurait été nous trahir, alors on les emportait, coincés sous nos aisselles, pour les neutraliser et ne pas déclencher l'alarme. On n'était pas cleptomanes. Les cleptomanes, ce sont des riches qui volent de manière compulsive. Nous, on inventait des moyens pour se procurer des produits de maquillage, des parfums, des sacs et des fringues – toutes ces choses normales qu'une fille est censée avoir et désirer et qu'on ne pouvait pas se payer.

Tous mes vêtements avaient un trou à l'emplacement de l'antivol. Pas ceux d'Eva. Avec son instrument magique, elle enlevait le badge proprement. Un jour, elle est entrée tout droit dans le grand magasin I. Magnin, a cisaillé les câbles en acier d'un manteau de lapin avec une pince coupante, elle l'a enfilé et s'est sauvée. Les câbles étaient glissés dans les manches des manteaux en fourrure et en cuir, avec des anneaux qui pendouillaient au bout comme de gigantesques menottes.

Eva a traversé une phase de garçon manqué pendant laquelle elle a arrêté de mettre des manteaux de fourrure. Elle s'habillait comme un mec de Sunset Boulevard, pantalon Ben Davis et porte-clés mousqueton accroché à un passant de la ceinture. Plus il y avait de clés, mieux c'était. Peu importait qu'elles n'ouvrent rien, si ce n'est des bouteilles de bière. Elle portait aussi un blouson Derby noir, celui avec la doublure dorée à motifs cachemire et la surpiqûre entre les deux épaules. Et comme les garçons, elle complétait sa tenue avec des bottes au bout en métal – pour donner des coups de pied dans la tête des gens si nécessaire.

Un soir, au Big Rec, j'ai rencontré une bande de types plus âgés, assis dans le noir, en train de boire du Bacardi 151 ; je ne les avais jamais vus, ils venaient de Crocker Amazon, une sorte de territoire ennemi. Ils ont voulu me montrer des polaroids d'Eva. C'est ta copine ? Sur les photos, Eva gisait, ivre morte, dépouillée de son uniforme de mauvais garçon, une batte de base-ball entre ses cuisses nues.

Eva se bagarrait à coups de poing avec des mecs et gagnait. Question came et alcool, elle battait tout le monde. Ces types savaient ce que ça signifiait d'avoir fait ça à Eva et ils tenaient à ce que je le voie.

Je ne lui en ai jamais parlé, et même en pensant à ce qui s'est passé ensuite, à elle accro au crack, dans ce quartier pourri de Tenderloin, cette photo avec la batte, c'est la chose la pire qui lui soit arrivée. Elle se faisait beaucoup de mal, mais c'est pas pareil.

*

Certains jeunes ont une tendance irrésistible à se droguer. C'est plus fort qu'eux. Eva était comme ça. La première fois qu'elle a volé du Valium à sa mère, on a pris chacune un comprimé avant d'aller à West

Portal[1]. Je ne sens rien, et toi ? a-t-elle demandé. Non, pas encore. On en prend un autre. Je ne sens toujours rien, et toi ? Pas grand-chose. On en prend un autre. Tu planes ? Je suis pas sûre. On a avalé le flacon et on s'est réveillées quelques heures plus tard au Round Table Pizza, le visage brûlant, collé sur une table d'arcade Ms. Pac-Man. On est rentrées chez nous en trébuchant et on a dormi pendant trois jours.

Peu de temps après, j'étais à l'arrêt de bus de Laguna Honda, en face de la station de métro de Forest Hill. Il était minuit, et les bus ne passaient qu'une fois par heure, en pleine nuit. Quelqu'un d'autre attendait, un homme, qui m'a offert une cigarette, du feu, et m'a demandé ensuite si je savais où il pouvait trouver des cachets. Il devait être jeune – dans les vingt ans –, mais je me fichais de son âge. Tous ceux qui avaient plus de dix-huit ans me semblaient vieux à l'époque. Il savait comment parler à une gamine, la flatter. J'ai fanfaronné, je pouvais lui vendre du Valium. Un mensonge. J'étais une enfant de douze ans, dont la copine avait eu la veine de tomber sur la réserve momentanée de sa mère. N'empêche, je lui ai dit que je pourrais probablement lui en procurer. Maintenant ? a-t-il demandé. Je devais d'abord appeler mon amie, ai-je répondu. Il a voulu me donner son numéro de téléphone pour que je l'appelle une fois que j'aurais parlé à ma copine. Ni l'un ni l'autre n'avions de quoi écrire

1. Quartier résidentiel de San Francisco.

et, au fond de moi, j'étais loin d'être sûre de pouvoir récupérer du Valium, mais j'étais prisonnière de mon mensonge. Il a enlevé une de ses chaussures, des chaussures de vieux, des chaussures de ville, et, avec le talon noir, il a écrit les huit chiffres de son numéro sur le mur de soutènement, à côté de l'abribus. J'ai observé cet homme, transpirant dans la nuit froide, en train de griffonner son numéro sur le mur avec le talon de sa chaussure, pour que je puisse lui téléphoner dès que j'aurais ce qu'il lui fallait, et j'ai pensé : Qu'est-ce que j'ai fait ?

*

En général, je ne prévoyais pas de me défoncer avant qu'Eva ne frappe à ma porte. Un matin, elle a déboulé avec deux doses d'un truc appelé Delcourt, un mélange d'acide et de PCP[1]. On en a pris chacune une. On sortait de sixième, c'était l'été, encore une journée morne et brumeuse sans rien à faire, si ce n'est peut-être jouer à des jeux vidéo au Café Roma d'Irving Street, manger un piroshki, ce petit pain farci à la viande hachée et au fromage fondu américain, aller au parc boire de la bière Mickey's, celle qui sent les chaussettes sales, discuter avec le vendeur de la librairie de BD, qui m'avait expliqué ce que c'était que les « boules bleues ». (Ma question l'avait sans doute mis dans cet état d'excitation sexuelle prolongée qui les caractérise.)

1. Phencyclidine : psychotrope hallucinogène.

Pour vivre autre chose, ce jour-là, on a avalé le mélange acide/PCP et marché le long des rails du tram jusqu'à Ocean Beach. On s'est arrêté au 7-Eleven, dans Judah Street. J'ai acheté une barre chocolatée et j'en ai croqué un morceau : c'est devenu du sable dans ma bouche. Je hais ma vie, me suis-je dit. Plus tard, alors qu'on écoutait Slayer, assises au fond d'une camionnette dans le garage de quelqu'un, Eva a rejeté la tête en arrière, fermé les yeux et, en voyant son visage de profil, ses longs cheveux noirs, j'ai eu la conviction que le diable était maître de notre avenir, à Eva et moi, et que rien ne pouvait nous sauver.

Ça, c'était avant qu'il y en ait qui fréquentent la maison d'Anton LaVey, où se réunissaient des adorateurs de Satan. À Richmond, de l'autre côté du Golden Gate Park. Je n'y suis jamais allée, contrairement à des jeunes que je connaissais. Il fallait être issu d'un milieu conventionnel pour rendre un culte à Satan. Ma mère était athée et elle se serait fichue de moi si elle avait pensé que je m'étais convertie à une religion, même satanique. La Viking, ma future coéquipière à l'atelier de menuiserie de Stanville, aurait adoré être invitée chez Anton LaVey. Mais elle est en prison, et la maison d'Anton LaVey appartient au passé. Anton LaVey est mort et sa maison noire n'existe plus, elle a été remplacée par un immeuble.

Il y avait une maison qui m'intéressait davantage, elle appartenait à un groupe de gens appelés les Scummerz. C'est Eva qui m'y a emmenée.

Elle était située dans Masonic Avenue, près de Haight-Ashbury. Une maison victorienne typique, pleine de coins et de recoins, dont les vitres des bow-windows tremblaient au passage des bus qui descendaient la colline. Le 43, qui allait jusqu'à Sears sur Geary Boulevard, où on s'allongeait sur les lits du rayon meubles quand on était fatiguées. Je ne savais rien sur les Scummerz, qui ils étaient vraiment, ou depuis quand ils habitaient cet immense logement. À l'intérieur, on était toujours en 1969. Ils avaient peint toutes les pièces avec des balles de tennis, qu'ils trempaient dans des pots de peinture de différentes couleurs, avant de les lancer et de les faire rebondir contre les murs, par terre et au plafond – une explosion de spaghettis multicolores, créant un effet répétitif dans la maison qui n'avait rien d'apaisant. Les barbouillages d'un esprit confus projetés sur les murs, une sorte de crasse ambiante, voilà ce que c'était. Beaucoup de gens, sans aucun lien de parenté avec eux, vivaient chez les Scummerz, mais ils travaillaient tous dans l'affaire familiale : la vente de petits comprimés violets de LSD. Dans la cuisine, une énorme femme les glissait dans des sachets en papier cristal avec un couteau de boucher. Il n'y avait aucun gaspillage. C'est elle qui distribuait les sachets. Quand quelqu'un venait en acheter un, il devait s'asseoir à la table, et une fois qu'elle était prête, elle levait les yeux vers lui, prenait son argent et lui donnait son sachet. La première fois que je suis allée là-bas, un garçon, torse nu, avec un regard vide de somnambule, se tenait derrière elle, près de la gazinière, où il faisait bouillir de l'eau pour préparer des macaronis au fromage. Mince, le corps souple, il avait des cheveux d'un blond terne rappelant la couleur des lentes, et un torse concave, qui lui donnait encore davantage l'apparence d'un fantôme. Le bruit sec des macaronis sortant de la boîte m'a mise mal à l'aise. Il a ouvert le paquet de fromage et l'a versé dans la casserole. Puis il a mangé ses macaronis avec la cuillère dont il s'était servi pour les remuer. Il était pieds nus. Il aurait eu besoin d'une ceinture à son pantalon. On lui donnait une dizaine d'années.

*

Qui étaient les Scummerz, et où sont-ils allés ? Des pans entiers de l'histoire ne sont pas connus. Quantité de mondes ont existé dont on ne trouve rien sur Internet ni dans aucun livre, même vous qui pensez avoir la liberté de chercher des informations, contrairement à moi, puisque je n'ai pas accès à Internet, googlez Scummerz, vous ne trouverez rien, pas la moindre trace, et pourtant ils ont bien existé.

Et dans l'hypothèse où quelqu'un, à part moi, se souviendrait d'eux, le récit qu'il en ferait leur enlèverait une part de réalité, parce qu'alors mes souvenirs seraient soumis à l'épreuve des faits, et les faits ne tiennent jamais compte de ce qui constitue une impression, de ce qui reste gravé dans l'esprit au bout de tant d'années, les véritables images qui me happent, venues d'un passé effacé, et qui refusent de me lâcher.

*

Le bar d'Upper Haight où la mère d'Eva passait tout son temps s'appelait le Pall Mall. Les mômes avaient le droit d'y entrer. Les clients nous offraient des Love Burgers, c'étaient de simples hamburgers, sauf qu'on pouvait mettre du curry sur le pain si on en avait envie et c'était peut-être ça, l'amour, une sauce qui colorait les mains en jaune vif. Quand on n'en voulait plus, on filait le reste à Leatherman, dehors.

Vous vous souvenez de Leatherman ? Des tas de gens de Haight-Ashbury se souviendraient de lui si vous les interrogiez. Leatherman portait un pantalon en cuir noir, une chemise en cuir, un chapeau en cuir noir. Ses pieds nus étaient noirs de la crasse des rues. Il se postait devant le Pall Mall, ou bien il errait à l'est du Golden Gate Park, le long de Stanyan Street, du rivage, et il passait tout au crible. Ce n'était pas jonché de coquillages, par terre, mais de déchets du McDonald's situé de l'autre côté de la rue. Le bruit courait que Leatherman ne se déshabillait jamais. Qu'il n'enlevait plus ses vêtements de cuir depuis des années. Un jour, la mère d'Eva est restée avec nous devant le Pall Mall à le regarder fouiller dans une poubelle.

« Les filles, vous savez ce qui se passera s'il enlève ces fringues ? »

On a secoué la tête.

« Il mourra. »

Elle a soufflé la fumée, puis jeté sa cigarette d'une manière que j'imiterais plus tard, une chiquenaude, un petit geste qui me donnerait le sentiment d'être forte.

Leatherman a ramassé le mégot et savouré les quelques bouffées dont la mère d'Eva avait les moyens de se priver.

*

Il ne fallait pas confondre Leatherman avec Liverman, mais ça ne risquait pas d'arriver à quiconque les connaissait tous les deux.

Liverman prenait le bus 71 dans Noriega Street. Je ne l'ai vu qu'une fois et j'ai su tout de suite que c'était lui, le pauvre type dont j'avais entendu parler. Un morceau de plastique dur, ressemblant plus ou moins à un bifteck ou à une tranche de foie, avait été fondu ou moulé sur sa tête. C'était ce truc collé sur lui en permanence, comme une partie de lui, qui le rendait horrible à regarder. Une plaque épaisse, luisante, fixée là où il devait y avoir eu des cheveux ou du cuir chevelu. On racontait que c'était un ancien combattant de la guerre de Corée. Un rescapé qui avait survécu à un traumatisme, dont il avait résulté ce truc-là collé au sommet de son crâne.

Le Shuffler[1] était un autre de ces types qu'on apercevait çà et là. De l'autre côté du parc, près

1. Traîne-la-Patte.

du magasin de glaces Baskin-Robbins, sur Geary Boulevard, où je travaillais quand j'étais au lycée. Il marchait normalement puis, soudain, ses jambes s'agitaient, saisies d'une accélération, comme s'il était une machine conçue pour astiquer le trottoir, pour l'astiquer avec des semelles de chaussure. Il glissait, descendait la rue en traînant les pieds, s'arrêtait, et ensuite il revenait sur ses pas en marchant normalement. C'était peut-être une maladie, un truc lié aux nerfs, mais ç'avait plutôt l'air d'être son destin. C'était l'homme qui traînait tout à coup la patte sur Geary Boulevard, puis retrouvait sa démarche habituelle.

Travailler, c'est un peu exagéré. On servait des glaces et on n'enregistrait pas toutes les ventes sur la caisse. À la fin de la soirée, on faisait le décompte et on empochait le montant qu'on avait volé. On torpillait la bonbonne de protoxyde d'azote utilisée pour remplir les bacs de crème fouettée. La plupart des employés étaient des filles. On laissait les garçons entrer dans le magasin à skate-board, se faufiler derrière le comptoir, se servir à la bonbonne de protoxyde d'azote et concocter leurs glaces. Le soir, on avançait la pendule pour fermer plus tôt, et le coup de serpillière qu'on était censés passer se résumait à renverser de l'eau par terre. Le magasin était tenu par des gamins laissés à eux-mêmes parce que la gérante, une Écossaise alcoolique, Helen, partait de bonne heure tous les soirs, dès qu'elle avait fini de faire ses gâteaux à la crème glacée, une compétence qu'on n'avait pas.

*

Ce type dans l'abribus de Laguna Honda qui voulait du Valium, en fait c'était son optimisme excessif qui m'avait inquiétée, son insistance à écrire son numéro de téléphone sur un mur avec le talon de sa chaussure. Il avait tellement besoin de sa drogue qu'il était prêt à dealer avec une gamine de douze ans. Il avait besoin de lui faire confiance, alors qu'il était évident qu'elle devait mentir.

*

La mère d'Eva était blanche, son père philippin. La mère d'Eva était héroïnomane, son père très strict. Il travaillait dans une boîte de sécurité et était chargé de surveiller l'entrée de la gigantesque brasserie Lucky Lager à Bayview, un vieil établissement qui a fermé depuis. On y est allées une fois pour lui emprunter de l'argent. Il a froissé les billets, les a balancés à Eva et a repassé le portail. Dix ans plus tard, j'étais avec des mecs qui se sont introduits par effraction dans cet endroit. Ils ont volé pas mal de matériel. L'un d'entre eux y est retourné peu après avec une tractopelle qu'il avait louée, pour embarquer des machines trop lourdes à soulever. À ce moment-là, le père d'Eva était à la retraite. Eva faisait le trottoir. Sa mère était morte d'une overdose. Le Pall Mall avait fermé. Les Scummerz étaient partis. Le Sunset s'était métamorphosé. La supérette d'Irving Street était devenue une épicerie fine. Une de mes copines de lycée travaillait au rayon boucherie. Dans les rues, ça grouillait de gens qui avaient une allure d'étudiant, avec des sweat-shirts de l'université et un énorme gobelet en polystyrène d'une boisson vitaminée à la main. On avait même déplacé le bureau de poste, un véritable outrage. L'argent avait tout changé, et même s'ils n'étaient pas associés à de bons souvenirs, ces endroits glauques me manquaient, j'avais envie de les retrouver. Les bars au sol poisseux, avec des distributeurs de capotes dans les toilettes, comme le Golden Grommet, qu'on surnommait le Golden Vomit, à cause des Irlandais qui dormaient sur le seuil en attendant l'ouverture, à sept heures du matin. Les tramways solitaires, peu fiables, me manquaient aussi, maintenant on entendait leur sonnerie toutes les huit minutes et ils étaient bourrés de gens avec des chaussures de luxe et bien coiffés.

Le petit abribus de Laguna Honda où j'attendais le 44 avait été restauré. Finis, les odeurs de pisse, le beige rosé du mur de soutènement et de l'abri, cette couleur terne qui avait été celle du Centre de détention pour jeunes en difficulté situé juste derrière, au sommet de la colline. Désormais, le centre avait un autre nom, un nom censé être plus sympa, plus gentil. Le mur où le type avait écrit avec le talon de sa chaussure avait été repeint.

Et si on ne l'avait pas repeint, et si, par miracle, les chiffres que ce type avait griffonnés étaient encore là, déteignant au fil du temps, ces chiffres qu'il avait écrits avec le noir du talon de sa chaussure ? Qui répondrait à ce numéro de téléphone ? Où est ce type à présent ? Où est le garçon qui touillait des macaronis sur une gazinière dans Masonic Avenue, le jeune Scummerz ? Où est Leatherman ? Où est Eva ? Où sont-ils tous, et que leur est-il arrivé ?

3

Les vêtements orange sont interdits

Les vêtements bleus, de toutes les nuances de bleu, sont interdits

Les vêtements blancs sont interdits

Les vêtements jaunes sont interdits

Les vêtements beiges ou kaki sont interdits

Les vêtements verts sont interdits

Les vêtements rouges sont interdits

Les vêtements mauves sont interdits

Les jeans sont interdits quelle que soit la couleur

Les pantalons de survêtement et les sweat-shirts sont interdits

Les soutiens-gorge à armature de métal sont interdits

Les femmes doivent porter un soutien-gorge

Les vêtements en tissu fin ou transparent sont interdits

La « superposition » de vêtements est interdite

Les épaules nues sont interdites

Les débardeurs et hauts à manches courtes sont interdits

Les décolletés sont interdits

Il est interdit de découvrir son corps – de porter des mini hauts ou des pantalons taille basse

Les logos et inscriptions sont interdits

Les corsaires sont interdits

Les shorts sont interdits

Les jupes et robes au-dessus du genou sont interdites

Les pantalons qui sont en fait des bermudas longs sont interdits

Les chemises sans col sont interdites

Tous les hauts doivent être rentrés dans le pantalon

Les bijoux sont interdits (une alliance « discrète » est tolérée et sera notée dans l'inventaire par les surveillants pénitentiaires à l'arrivée)

Les piercings sont interdits

Les pinces ou les barrettes métalliques dans les cheveux sont interdites

Les cheveux doivent être coiffés et attachés

Les sandales de douche sont interdites

Les tongs sont interdites

Les lunettes de soleil sont interdites

Les vestes sont interdites

Les surchemises sont interdites

Les sweats à capuche et les vêtements à capuche sont interdits

Les vêtements moulants sont interdits

Les vêtements ne doivent être ni d'une largeur excessive ni « flottants »

L'apparence, la coiffure et la tenue vestimentaire doivent être d'une qualité professionnelle et de bon goût.

Ceux qui se présentent dans un centre de détention de l'État dans une tenue non correcte seront renvoyés et leur visite sera annulée.

4

Si ses élèves apprenaient à réfléchir, à s'intéresser à ce qu'elles lisent, une partie d'entre elles ne seraient pas enfermées. C'est ce que se disait Gordon, et ce qu'il leur disait aussi. Mais certains jours, comme celui où une femme était entrée dans la salle de classe de la prison et avait balancé de l'eau bouillante sucrée au visage d'une autre, il n'y croyait plus. Certains jours, il lui semblait que son travail ne consistait en réalité qu'à détruire sa vie en essayant d'instruire des gens qui voulaient se brûler le visage, les uns les autres. Les surveillants, avec leur haine des femmes et leur hostilité envers les employés du monde extérieur comme Gordon, compliquaient tout. Ils étaient furieux d'avoir été obligés de suivre une formation psy aux relations interpersonnelles. « Tout ça, c'est à cause de vos pleurnicheries et des explications que vous exigez, espèces de salopes, assuraient-ils. Bande de garces, avec vous, c'est toujours pourquoi, pourquoi, pourquoi. » Ils évoquaient les temps meilleurs, l'époque où ils travaillaient dans une prison pour hommes, où ils regardaient des bagarres sanglantes sur des écrans en circuit fermé, bien à l'abri dans leur poste de surveillance, et où les prisonniers auxquels ils avaient affaire respectaient leur propre code. Les prisonnières, elles, se plaignaient et se disputaient avec les gardiens, lesquels, apparemment, trouvaient que leur façon de se chamailler avec eux, de tout contester, avait quelque chose de plus perfide, de plus déloyal qu'une mutinerie à maîtriser. Aucun maton ne voulait bosser dans une prison de femmes. Gordon ne l'avait compris qu'en arrivant à NCWF, la prison pour femmes de Californie du Nord, il l'avait choisie parce que c'était suffisamment près d'Oakland pour faire le trajet tous les jours et que ça lui paraissait moins risqué de se retrouver avec des femmes qu'avec des hommes dans une salle de classe.

Il avait commencé par travailler avec des jeunes délinquants à San Francisco. Il avait tenu six mois, mais c'était trop déprimant. Des gosses enfermés qui lui racontaient des histoires sur leurs familles d'accueil, sur les abus sexuels qu'ils avaient subis, toutes sortes d'abus. La plupart n'avaient pas de parents, mais certains si. Gordon les apercevait dans la salle d'attente du tribunal, avant de franchir la porte sécurisée pour se rendre dans sa salle de classe : des gens en pantalon de survêtement troué et

T-shirt publicitaire, mal chaussés, des pauvres gens à la vie chaotique. Quand ils voyaient leurs tuteurs, les juges des enfants ne se rendaient-ils pas compte que ces jeunes n'avaient aucune chance ? Il y avait des panneaux qui disaient de remonter son pantalon, car le porter trop bas sur les hanches, c'était un manque de respect. Un des élèves de Gordon avait toujours des ennuis parce qu'il ne le faisait pas. Il était blanc, grand, avec des yeux très rapprochés. « Tu parles comme si t'étais noir, lui avait dit un jeune Noir. Mais t'as l'air d'un demeuré. » Un panneau à l'entrée indiquait : IL EST INTERDIT D'ÊTRE PIEDS NUS. Comme si quelqu'un allait tenter de pénétrer sans chaussures dans un centre de détention et un tribunal, un bâtiment municipal situé loin de la plage, au coin d'une rue désolée et battue par les vents. LES DÉBARDEURS SONT INTERDITS, annonçait un autre panneau. Et en dessous, évidemment, se tenaient trois générations d'une même famille, en débardeur, toute chair dehors. À quoi rimait cette histoire d'épaules ? À quoi rimait cette peur des épaules qui exigeait un règlement ?

*

« Pour être ici, il faut être un gros tas sans dents, un super thon, quoi », avait dit le surveillant de la cour de promenade à Gordon, lors de sa première semaine à NCWF. Pendant qu'il disait ça, de jolies femmes passaient derrière lui, serpillières et balais à la main, poussant des poubelles, certaines minces et avec toutes leurs dents, des jeunes nanas souriantes qui adressaient des clins d'œil à Gordon, comme si la moquerie concernait le surveillant de la cour, lui-même obèse.

Une femme avait aussitôt tapé dans l'œil de Gordon, sans qu'il le montre. Son visage enfantin, sa moue, ses grands yeux sombres l'avaient ému. C'est ça, la beauté, avait-il pensé. Un visage qui fait naître des sentiments. Elle lisait tout le temps, tranquillement, les yeux fixés sur sa page. En règle générale, les jolies filles étaient trop conscientes de leur beauté, elles s'en servaient pour soumettre les autres, elles la monnayaient, la troquaient contre quelque chose, la contrôlaient. Un petit jeu qui n'était pas du goût de Gordon Hauser, ni en prison ni dans son autre vie, la vie réelle qui lui semblait de moins en moins réelle. Cette fille-là ne savait pas utiliser sa beauté pour manipuler les gens, elle ne savait même pas qu'elle était belle, d'après Gordon, et un jour où il l'avait longuement regardée, elle lui avait jeté un coup d'œil et avant qu'elle se détourne, il avait perçu de la peur dans son regard, ou ce qu'il avait pris pour de la peur.

Il ignorait dans quel quartier elle était. Elle avait fait partie de l'équipe de la cour, mais on avait dû la changer d'affectation parce qu'elle n'y apparaissait plus. Il l'avait vue plusieurs fois travailler à la bibliothèque, préparant sa requête en habeas corpus comme les autres prisonnières. Une fois, à la chapelle, où elle priait au milieu d'un petit groupe. Une autre, dans le quartier des arrivants où elle attendait un colis, et il avait été saisi d'une jalousie irrationnelle qu'on lui en envoie un – qui l'avait fait ? Un rival sans doute. Elle était trop jolie pour que ce ne soit pas un homme. Et s'il s'agissait de sa mère ou de sa sœur, c'était le signe qu'elle n'était pas seulement une fille abandonnée, une fille qu'il aurait trouvée et recueillie, elle avait une famille qui l'aimait, et le lien qu'il imaginait possible entre elle et lui serait éclipsé par sa loyauté envers d'autres êtres réels, qu'il ne connaissait pas et qui faisaient partie de sa vie.

*

NCWF signifie « Northern California Women's Facility », mais pour les matons, ça voulait dire « No Cunt Worth Forty K », « Aucune chatte pour quarante mille dollars », ce qui faisait croire qu'ils étaient tous confrontés au même dilemme : faire leur boulot ou se taper les prisonnières. Dans cette vision fantasmée, le gardien, lorsqu'il pointait, actionnait la manette d'une machine à sous et obtenait soit trois fois le signe du dollar, soit une rangée de cerises. Si c'était les cerises, c'était à chacun d'avoir la force de caractère, le bon sens, de résister.

« S'il y a bien une chose que je peux dire sur toi, c'est que tu sais parfaitement te maîtriser », avait dit une fois le père de Gordon à son jeune fils, alors qu'il était venu le chercher à la bibliothèque municipale de Martinez, beaucoup plus grande que la petite bibliothèque de la ville proche du détroit de

Carquinez où il avait grandi. Son père, un métallurgiste, pensait que celui qui pouvait rester assis une journée entière à regarder des petits symboles sur une page était capable de réprimer ses autres pulsions. Mais la lecture en était une pour Gordon. Elle élargissait l'horizon. Il était tombé amoureux de Dostoïevski au lycée, un genre de littérature qui correspondait à son scepticisme désenchanté. Dostoïevski ne croyait en rien, si ce n'est au monde pourri, terre à terre, où les hommes erraient, luttaient, soudoyaient et tuaient. D'un autre côté, Dostoïevski était chrétien, et ceux qui luttaient et erraient dans ses romans étaient des êtres égarés, au contraire de Dieu. Chez Dostoïevski, tout était vaste – à la dimension de l'univers, un univers où régnait un certain ordre, différent de l'ordre grec, figé et artificiel. C'était un royaume divisé, jalonné d'épreuves chaotiques, et quand il lisait ses livres, Gordon était convaincu de pénétrer en terre de vérité.

À présent son père était mort. Et Gordon, pour finir, avait un travail qui aurait remporté son approbation – avec un syndicat et des avantages sociaux. Gordon n'avait jamais prévu de travailler dans une prison. Il avait connu des périodes de découragement, fait des efforts pour rester à la fac, réussi des oraux au second essai, obtenu la validation à mi-parcours de son diplôme – un master en littérature anglaise. Le mémoire, il comptait le rédiger sur Thoreau – l'image, attachée à Thoreau, d'une mue spirituelle, d'un homme nouveau, le concept fatidique d'un Adam américain, une idée dont l'arrogance vertigineuse lui plaisait. Qui ne rêve, en effet, de changer de vie ? De renaître sans entraves, lavé de ses péchés ? Mais le travail de recherche lui avait causé un terrible stress. Il ne s'entendait pas avec son directeur de mémoire. Plus il progressait dans le sens voulu par ce dernier, moins il parvenait à se passionner pour son sujet. Il se sentait piégé par un engagement impossible à respecter. Il était endetté et sur le point de perdre sa bourse. Il devait travailler. Il avait trouvé un poste de professeur auxiliaire dans un centre universitaire de premier cycle à Oakland. Cet emploi, dont le salaire couvrait à peine ses dépenses, ne lui laissait pas un instant pour son mémoire. Sans doute était-ce là son côté positif, car il avait ainsi un prétexte pour ne pas poursuivre sa recherche. Mais c'était un emploi temporaire. Fauché et plutôt désespéré, il avait alors posé sa candidature pour un poste d'enseignant mis en ligne par l'administration pénitentiaire de Californie. Il avait passé un entretien. On voulait l'engager comme professeur à plein temps, ce qui avait dissipé sur-le-champ sa peur de manquer d'argent. Son ami Alex, lui, avait soutenu son mémoire sur Melville et s'était lancé sur le marché du travail en tant qu'américaniste, même s'il dénigrait les américanistes qu'il considérait comme une bande de mauviettes. Il avait eu droit à la réception d'accueil, aux entretiens, au grand oral. On le qualifiait de petit prodige, alors qu'il avait le même âge que Gordon et ses pairs. Il avait l'air d'avoir dix-huit ans, voilà pourquoi. Alex savait comment se conduire avec les gens de pouvoir, maniant avec habileté ironie et déférence. Des professeurs de son département l'avaient pris sous leur aile, coaché. Des gens qui n'avaient jamais eu beaucoup de sympathie pour Gordon. Et Gordon se donnait beaucoup de mal pour rester l'ami d'Alex, se persuadant qu'il ne l'enviait pas.

*

Avant même que Gordon s'en rende compte, ses journées à NCWF furent déterminées par la possibilité d'apercevoir ou pas la fille sur laquelle il s'interrogeait. Elle détournait les yeux dès qu'il la regardait. Il réfléchissait à la façon de l'aborder.

Lorsqu'il découvrit qu'elle suivait une formation en esthétique, le côté aléatoire de ses journées prit fin. Il y avait un salon de beauté où les employés de la prison pouvaient se faire couper les cheveux pour douze dollars. Il s'inscrivit, s'assurant d'y aller à un moment où elle serait là. Le jour dit, si important, il s'assit et elle s'approcha de lui pour l'envelopper dans une cape. Le contact de ses doigts sur son cuir chevelu le cloua dans le fauteuil, déclenchant une réaction en chaîne qui mit ses nerfs à vif.

Peut-être, ce jour-là, était-il hypersensible au toucher, après tous ces mois de solitude. Au contact du peigne, lorsque la jeune fille traça sa raie, sa tête et son cou furent parcourus de frissons. Comme si un circuit électrique s'allumait. Le contact du peigne que tenait cette fille produisait en lui une sensation de désir à la fois ardent et, d'une certaine façon, apaisé.

« Vous avez de beaux cheveux », déclara-t-elle. Gordon avait des cheveux tout à fait normaux, sans rien d'extraordinaire. Raides et bruns.

Il trouvait étrange que la beauté lui paraisse parfois éblouissante, et d'autres fois sans le moindre effet, comme réduite à rien. La fille avait une vilaine peau, et cette vilaine peau la rendait encore plus jolie, lui donnait chair. Elle portait les tennis fournies par l'administration pénitentiaire, des « bubble-gums », comme les appelaient les détenues, des chaussures de pauvres, parce que si on avait de quoi cantiner, on commandait des baskets de marque sur un catalogue par correspondance. Elle ne semblait pas avoir conscience, ni se soucier non plus, du fait que rien sur elle ne montrait qu'elle bénéficiait d'un tel privilège, d'une aide extérieure. Dans les rêves de Gordon Hauser, sa tenue bleue ressemblait plutôt à une blouse stérile d'hôpital, une blouse d'infirmière, sans lien avec la prison : l'uniforme de quelqu'un qui s'occupait des autres, et c'était ce qu'elle faisait. Elle rafraîchissait sa coupe, lui touchait la tête avec un peigne.

Il y avait autre chose. Elle était noire, et pourtant elle s'adressait à Gordon comme une Blanche. Elle avait une place dans le dortoir d'honneur, réservé aux détenues modèles, et elle ne se séparait jamais de sa bible. Qu'il associe sa lecture de la Bible à un goût pour l'étude était peut-être une erreur, mais peut-être pas.

À partir de ce jour-là, Gordon alla se faire couper les cheveux toutes les semaines. Une fois, alors qu'il se dirigeait vers l'atelier de soins esthétiques, il croisa ce gros porc qui surveillait la cour, il était au volant de sa voiturette de golf.

« Vous allez là-bas très souvent, monsieur Hauser, pas vrai ? C'est pas la semaine dernière déjà, que vous avez été vous faire couper les cheveux ? »

Le surveillant de la cour et ses collègues, dont beaucoup étaient trop gros pour marcher, rappelaient à Gordon les jumeaux obèses du *Guinness Book des records*, des jumeaux coiffés d'un chapeau de cow-boy qui se rendaient de leur chambre à la cuisine à mobylette.

Gordon fixa le surveillant d'un air légèrement méprisant, puis il porta le regard derrière lui, sur la femme pour laquelle il était là, elle balayait les cheveux au pied du fauteuil au fond de l'atelier, celui où il s'assiérait, où elle lui toucherait bientôt la tête.

Trop gros pour marcher, et la plupart d'entre eux apportaient des gamelles de la taille d'un sac de voyage. Des boîtes à roulettes dotées d'une poignée télescopique, trop lourdes à soulever et à porter. En quoi est-ce que ça pouvait concerner ce surveillant, le nombre de fois où Gordon déboursait douze dollars pour que la fille lui touche la tête ? Ce n'étaient pas ses oignons.

C'est que ses cheveux devaient pousser vite, lui répondit-il. Le surveillant parut satisfait, il lui avait suffisamment cassé les pieds, avait réussi à le mettre un peu à cran.

Alors il s'éloigna dans sa voiturette, son énorme cul, pareil à un B majuscule à l'horizontale, moulé dans son pantalon de treillis.

*

Même des gens comme le père de Gordon, qui possédaient peu de livres, avaient un exemplaire du *Guinness Book des records* chez eux. Il y en avait plusieurs exemplaires à la bibliothèque de la prison. C'était une bible pour ceux qui n'avaient pas de livres.

Qu'il ait assimilé la minceur de sa bien-aimée à de l'instruction parce que les surveillants obèses étaient des crétins ne traversa l'esprit de Gordon que bien plus tard. En fait, il ne pensa jamais que c'était vrai. Sa toquade résultait d'un faisceau de raisons : son propre snobisme, son rejet de la culture militaire ambiante, son attirance physique pour la fille. Tout cela avait fait naître un sentiment en lui, une sorte d'espoir focalisé sur elle, une promesse, mais ce n'est pas ce qui arriva.

*

Il y avait eu une petite amie, Simone, une enseignante du centre universitaire où il avait été professeur auxiliaire. Elle était jolie, pleine d'esprit, peu bavarde. La majorité des gens parlent pour meubler le silence sans se rendre compte des dégâts qu'ils provoquent. Simone ne s'exprimait que lorsqu'elle avait quelque chose à dire, et Gordon n'en avait pas moins rompu avec elle. On fait parfois les choses sans raison. Peut-être l'aimait-elle plus qu'il ne le souhaitait. Il comprenait que certaines personnes ne veuillent pas demander, mais ce n'était pas valable pour lui. Dès qu'il lisait dans les yeux d'une femme qu'elle avait besoin de lui, il était déjà parti, ou presque. Simone lui manquait de temps en temps, mais chaque fois qu'il éprouvait le désir de la revoir, il était aussitôt soulagé de ne pas avoir à s'occuper d'elle. Si elle avait pu apparaître seulement à certains moments – quand il était excité ou qu'il avait envie de parler à quelqu'un –, cela aurait été parfait, mais les gens n'étaient pas comme ça. Il fallait parfois écouter quelqu'un exprimer ses sentiments pendant des heures sur un sujet qui paraissait sans intérêt, et on acquiesçait de la tête, on faisait comme si cela en avait. Il fallait dissimuler son ambivalence, feindre d'être amoureux en permanence, et il aurait autant aimé nager dans un lac de feu en enfer.

La fille admettait cette relation de familiarité entre eux comme si elle comprenait pourquoi il venait si souvent se faire couper les cheveux. Mais elle ne lui livrait rien de ce qu'elle ressentait. Il y avait des femmes qui l'appelaient mon chou, l'incitaient à flirter. Pas elle. Elle, elle lui coupait les cheveux et fuyait son regard. Répondait timidement à ses questions, avec un minimum de détails. Rien dans son langage corporel ne suggérait qu'ils flirtaient. Ainsi, tout cela semblait sans risque. Cela se limitait à la sensation du peigne sur son crâne. À sa respiration calme. Au bruit feutré des ciseaux qui se refermaient lentement sur les pointes de ses cheveux mouillés. Aux doigts de la jeune femme enlevant les mèches de ses épaules.

Malgré sa fixation sur cette fille, Gordon avait parfois envie de quitter ce boulot à la prison, mais c'est si compliqué de changer les choses. Un homme peut ainsi annoncer tous les jours qu'il a envie de changer de vie, qu'il va changer de vie et, de jour en jour, cette complainte devient partie intégrante de la vie qu'il mène, de sorte que son désir de changement est une sorte de stase qui permet à la vie inchangée de continuer, car ainsi, au moins, son insatisfaction persiste-t-elle, tout n'est donc pas perdu et cela le rassure.

Un soir où il rangeait des documents dans sa serviette, elle entra dans la salle de classe déserte avec un laissez-passer. Elle ne suivait pas son cours. Elle referma la porte derrière elle. La pièce était équipée d'une petite fenêtre d'observation, mais Gordon savait qu'aucun gardien ne passerait avant une quinzaine de minutes.

Il aurait aimé dire que rien ne s'était produit. Principalement parce qu'il s'était passé si peu de chose et qu'il avait le sentiment d'être du mauvais côté de la justice. Après avoir fermé la porte, elle s'approcha de lui. Leurs lèvres se touchèrent. Oui, il l'embrassa, et davantage encore. Il effleura sa chemise, puis glissa une main entre ses jambes pour voir comment elle réagirait, et elle réagit comme il fallait, comme si elle en avait envie, et on pourrait appeler cela penser, choisir, entreprendre, mais ce n'est pas ce que fit Gordon. Ce n'était pas prémédité. Ils restèrent serrés l'un contre l'autre, rien de plus, tout habillés, pendant une minute, moins peut-être, puis ce fut le comptage du soir et elle dut retourner dans son quartier.

Elle déposa plainte auprès de l'administration pénitentiaire, prétendant qu'il l'avait pelotée. Cette jolie fille l'avait pris pour cible. Et ce, comprit-il plus tard, pour une raison complexe concernant une amie à elle, qui était son élève. C'était la parole de cette fille contre la sienne. Le service d'enquête interne le contacta, ils l'interrogèrent, ne trouvèrent rien d'accablant, mais jugèrent qu'il y avait un risque qu'il se montre trop familier. Ils recommandèrent qu'il soit affecté dans un autre établissement. On le catapulta à Central Valley, comme une boîte de conserve à travers un couloir. On le transféra dans la prison pour femmes de Stanville, où personne, vraiment personne, ne voulait travailler.

5

Peut-être déciderez-vous de lier mon sort au soir où j'ai trouvé Kurt Kennedy en train de m'attendre, mais pour moi il est lié au procès, au juge, au procureur, à mon avocat commis d'office.

Voilà ce dont je me souviens du jour où j'ai rencontré mon avocat : l'ascenseur dans lequel on me met, qui sent la sueur s'ionisant sur l'inox. L'éclat sinistre de la rampe d'éclairage. L'ambiance de la salle d'audience. Les savates sur le côté desquelles il est écrit Comté de LA.

À l'heure dite, les huissiers m'ont emmenée dans un couloir – je marchais en traînant les pieds à cause de mes chevilles entravées – et conduite jusqu'à la cage de verre du service numéro trente, là où les prévenus en détention provisoire voient le juge. On m'a fait entrer dans le box des accusés, il était doté d'une ouverture au niveau du visage afin que les prévenus puissent parler à leurs avocats. J'avais une vue panoramique sur la salle d'audience. Ma mère était là. J'étais sa fille et sa fille était innocente. Sa présence m'a donné de l'espoir, comme à un enfant. Quand elle m'a vue, elle m'a fait un signe de la main, l'air malheureux. Un huissier s'est approché d'elle et lui a dit quelques mots. Les signes de la main devaient être interdits.

Interdiction de se tenir avachi, était-il écrit sur des panneaux dans la salle d'audience. De mâcher du chewing-gum. De dormir. De manger. D'avoir un portable. D'emmener des enfants de moins de dix ans, à moins qu'ils ne soient cités à comparaître comme témoins. Dans toutes les salles d'audience où j'ai dû m'asseoir, pendant le jugement de mon affaire, je me suis efforcée de ne pas les lire. On doit renvoyer l'image de quelqu'un perclus de remords au cas où quiconque jetterait un coup d'œil dans notre direction, un membre du jury ou de la famille de la victime, un juge. Il faut en permanence sembler ne plus pouvoir se regarder en face après ce qu'on a fait. Impossible de montrer une expression d'ennui, de faim, de fatigue. On doit seulement avoir l'air d'être taraudé par la culpabilité afin de paraître, peut-être, un tout petit peu moins coupable.

J'ai scruté les avocats présents dans la salle, devant le bureau du juge, cherchant celui susceptible d'être le mien.

Mon affaire serait jugée après celle de l'accusé assis à côté de moi, une personne que la cour appelait

Johnson, Johnson contre l'État. J'avais hâte de faire la connaissance de mon avocat mais, comme il ou elle n'était pas encore là, j'ai observé ce Johnson qui essayait de communiquer avec le sien, un vieil homme avec des cheveux gris qui lui tombaient dans le dos.

« Ma maman est shérif », a dit Johnson, s'exprimant difficilement. Il avait un visage tellement ligaturé qu'il parvenait à peine à ouvrir la bouche. Il émettait des sons rauques comme s'il était bâillonné.

« Votre mère est shérif, monsieur Johnson ? a demandé le vieil avocat d'un ton faussement étonné. Dans quelle circonscription ?

– Pas la mienne, celle de ma copine. C'est pour la caution.

– Votre petite amie travaille dans une société de cautionnement ? Alors elle n'est peut-être pas shérif, monsieur Johnson.

– C'est à sa maman.

– Votre belle-mère possède une société de cautionnement ? Comment s'appelle-t-elle?

– Yolanda's.

– Où est-elle située, monsieur Johnson ?

– Il y en a partout.

– Donc elle travaille dans une filiale ?

– C'est à elle. Je vous l'ai dit. YO-LAN-DA. »

Le procureur de l'affaire Johnson est arrivé avant le juge. Il étincelait, comme un objet lavé au jet.

À partir de ce jour-là, chaque fois que j'ai été convoquée au tribunal, j'ai trouvé que les procureurs étaient ceux qui semblaient les plus compétents dans la salle d'audience. Beaux, malins, soignés, organisés, habillés de vêtements sur mesure, et portant de luxueuses serviettes en cuir. En revanche, les avocats commis d'office étaient reconnaissables à leur mauvaise façon de se tenir, leurs costumes mal coupés, leurs chaussures éraflées. Les hommes avaient des cheveux longs dans des styles différents, ou sans style du tout, et tous étaient coupables d'arborer une cravate d'une largeur démesurée. Les boutons de leur chemise pendouillaient, prêts à tomber. Les femmes avaient les cheveux courts, des coupes affreuses, pratiques. Les procureurs avaient tous l'air de Républicains nantis et détendus, tandis que les avocats commis d'office étaient de bonnes âmes surmenées, qui arrivaient hors d'haleine, en retard au tribunal, laissaient tomber des feuilles volantes, tombées plus d'une fois vu les traces de semelles crantées imprimées dessus. J'avais le sentiment que Johnson, moi, tous ceux défendus par un avocat commis d'office étaient foutus, complètement foutus.

Johnson a averti le sien qu'il avait besoin de son médicament contre l'hypertension. Il n'avait pas ses anxiolytiques. Il avait besoin de calmants. Il souffrait de douleurs chroniques à cause d'une blessure par balle. Il a soulevé sa chemise de prisonnier pour la montrer à l'avocat. Je n'ai pas pu voir son torse. L'avocat s'est reculé brusquement.

« Bonté divine, monsieur Johnson. C'est même incroyable que vous soyez encore en vie. Et qu'est-ce que vous avez là, à la bouche ? »

Le vieil avocat hurlait comme si Johnson était dur d'oreille ; je ne les quittais pas des yeux, tendue, sur le qui-vive, parce que j'étais la suivante.

« Elle est ligaturée. J'ai eu la mâchoire brisée. Je suis un bon citoyen. J'ai une fille. »

L'avocat a voulu savoir quand elle était née.

« 1980.

– Je crois que c'est votre date de naissance à vous, monsieur Johnson. »

L'accusé, ce Johnson, avait vingt et un ans. Blessures par balle. Hypertension. Douleurs chroniques. On lui donnait quarante-huit ans. Je l'ai observé tandis qu'on exposait les faits de son existence, comme si on retournait les poches de son pantalon.

« D'accord, d'accord, a acquiescé Johnson. Ils m'ont drogué. Désolé. Attendez... »

Je l'ai regardé lever la jambe et retrousser maladroitement son pantalon avec ses mains enchaînées. L'anniversaire de sa fille était tatoué sur son mollet. Il a lu la date lentement comme s'il tentait de déchiffrer celle d'une plaque commémorative.

« Le juge n'apprécie pas les cambriolages de maisons, monsieur Johnson.

– Dites à ma fille que je suis désolé », bredouilla Johnson entre ses mâchoires bloquées.

*

J'avais envie de croire que, lorsqu'il était dans son élément, Johnson devait se sentir parfaitement bien, un homme au sommet de son art, quel qu'il soit. La vie. Être au sommet de son art, autrement dit maîtriser sa vie. Faire les choses comme il faut. Inspirer le respect. Être aimé par les femmes, craint par ses ennemis, et maintenant il était arraché à ce qui le faisait rayonner. D'une façon ou d'une autre, Johnson était un être humain à part entière, même s'il avait oublié la date de naissance de sa fille.

De m'être ainsi immergée dans le nouvel univers de Johnson m'a permis de comprendre pourquoi il avait paru si absent dans le box des accusés : ces enfoirés lui avaient fait une piqûre de chlorpromazine sans son consentement. Lorsqu'un certain type de détenus devaient être transférés au tribunal, les surveillants pénitentiaires se facilitaient la tâche en leur injectant un antipsychotique. L'écume aux lèvres et défoncés par ces horribles médicaments abêtissants, ces détenus faisaient mauvaise impression devant un juge ou leur avocat commis d'office, qui s'adressaient à eux comme s'ils avaient trois ans.

À la fin de la lecture de l'acte d'accusation de Johnson, les huissiers enfilèrent des gants de caoutchouc bleu et le prirent chacun par un bras. Il avait du mal à se déplacer avec ses chaînes aux pieds. Les huissiers le tenaient le plus loin possible d'eux. Vas-y doucement, lui a conseillé l'un des deux. Ils ont fait un bond de côté lorsque Johnson a trébuché. Il est tombé sur son visage brisé, là, dans le bocal. Personne ne l'a aidé. Il portait une combinaison marron, ce qui signifiait qu'il bénéficiait d'un suivi médical. À son poignet, il avait un bracelet de la maison d'arrêt du comté, où il était inscrit « plaies ouvertes ». Il pouvait transmettre une infection bactérienne, ou pire encore. La méfiance. La dépression. La dyslexie. Le sida. La folie. La malchance.

*

J'étais la suivante, et pourtant rien ne se passait. Le juge est sorti. Je suis restée assise là une vingtaine de minutes, un huissier derrière moi, sans qu'aucun avocat appelle mon nom. Je ressentais la tristesse de ma mère, et pourtant j'étais incapable de croiser son regard car ç'aurait été encore plus pénible. J'ai observé l'aigle en haut du mât de la salle d'audience. Il planait à son sommet comme si la proie qu'il avait attrapée était le drapeau américain qui y était attaché. J'ai vu flotter d'énormes drapeaux, hissés sur d'imposants mâts. Devant des concessionnaires automobiles. Et aussi devant des McDonald's, de gigantesques drapeaux, à la gloire du commerce et proclamant « Amérique ». Ici, dans le tribunal, ils pendaient mollement, de vrais ramassis de poussière. Un drapeau a besoin de vent, ai-je pensé, à l'instant où le juge a prononcé mon nom et le numéro de mon affaire, une fois, deux fois.

On m'avait prévenue que le premier contact que j'aurais avec un conseiller juridique se ferait à la lecture de mon acte d'accusation. Je me suis levée dès que l'huissier me l'a ordonné, mais aucun avocat n'est apparu.

Celui de Johnson, avec ses longs cheveux gris détachés, s'est approché de moi en boitant. Ils boitaient tous. Que me veut-il, celui-là ? me suis-je demandé.

« Mademoiselle Hall ? Romy Hall ? Je suis votre avocat commis d'office. »

*

Si vous éprouvez de la compassion pour l'avocat de Johnson, c'est votre droit, moi je n'y suis pas obligée. Il était plein de bonnes intentions. Mais c'était un vieil homme incompétent et surmené. Il m'a fait écoper de deux condamnations à perpétuité et n'est pas parvenu à rendre crédibles l'histoire sordide de Kurt Kennedy ni son obsession pour moi.

Kennedy était obsédé. Sa mission dans la vie, c'était de se poster devant mon immeuble. Dans le parking où je garais ma voiture. De rôder dans les allées étroites de ma supérette. De me suivre à pied ou à moto. Dès que j'entendais le bruit de son moteur, une plainte stridente, je tressaillais. Il m'appelait trente fois d'affilée. J'ai changé de numéro. Il a découvert le nouveau. Il venait au Mars Club, ou il y était déjà quand j'arrivais. J'ai demandé à Dart de le virer. Il a refusé, m'expliquant que c'était un bon client. Je n'étais pas indispensable. Les hommes qui dépensaient de l'argent, si. Kennedy me traquait sans relâche. Mais le procureur a convaincu le juge que le comportement de la victime n'avait pas à être pris en compte. La nuit en question, il ne constituait pas une menace imminente, si bien que le jury n'a jamais eu la moindre information à ce sujet, pas le moindre détail. Même si c'était la faute du juge, j'en veux à l'avocat. J'en veux à l'avocat, il était censé m'aider et j'ai le sentiment qu'il ne l'a pas fait.

« Pourquoi est-ce que je peux pas témoigner et apporter des explications ? lui ai-je demandé.

– Parce que le contre-interrogatoire vous démolirait. Je ne peux pas vous laisser faire ça. Aucun avocat digne de ce nom ne vous appellerait à la barre. »

Quand je le lui ai redemandé, il m'a bombardée de questions. Sur le boulot que je faisais pour gagner ma vie. Sur ma relation avec Kennedy et d'autres clients. Sur ma décision de m'emparer d'un instrument lourd. Sur le fait – le fait, a-t-il répété – que j'avais frappé un homme assis dans un fauteuil, un homme incapable de marcher sans béquilles. J'ai essayé de répondre à ses questions. Il a démonté mes réponses, il les a transformées en questions auxquelles j'ai tenté de répondre, mais j'avais du mal. Il m'en a encore posé une autre, et là je lui ai crié de s'arrêter.

« Vous ne témoignerez pas », a-t-il conclu.

Les douze personnes présentes savaient donc simplement qu'une jeune femme à la moralité douteuse – une strip-teaseuse – avait tué un citoyen honorable, un ancien combattant de la guerre du Vietnam, souffrant d'une invalidité permanente à la suite d'un accident du travail. Et comme, en plus, un gamin était présent lors des faits, on avait ajouté l'accusation de mise en danger de mineur.

Peu importait qu'il s'agisse de mon fils et que celui qui le mettait en danger ait été Kurt Kennedy.

L'avocat de Johnson avait tenté de me convaincre de plaider coupable. J'avais refusé. Je connaissais le système, au moins vaguement. La plupart des affaires ne faisaient pas l'objet d'un procès parce que les procureurs effrayaient les accusés, jusqu'à ce qu'ils plaident coupables, et que les avocats les poussaient à faire ce choix par intérêt personnel, pour ne pas être déboutés. Mon cas était différent. Il y avait des circonstances atténuantes. N'importe quelle personne au courant du dossier aurait compris ce qui s'était passé, et pourquoi, mais cette personne n'était pas là, et personne ne comprenait.

À l'époque, je ne m'étais pas rendu compte que la plupart des gens plaidaient coupables pour éviter de croupir toute leur vie en prison.

*

Je ne l'ai jamais considéré comme mon avocat. Il était celui de Johnson, même si je n'ai jamais connu Johnson, ni pensé à ce qui s'est passé pour lui ; c'était juste quelqu'un de plus coincé dans le système, un Johnson parmi un millier d'autres. Malgré tout, j'avais de l'affection pour lui. La mère de sa petite amie était shérif, que tous ceux qui en doutent aillent au diable.

*

À l'audience, l'avocat de Johnson ne cessait de dire : « Rayez ça », au milieu de chacune de ses phrases : « Rayez ça. » C'était peut-être normal. Je n'en savais rien. Si ce n'est que mon cœur se serrait chaque fois qu'il le disait.

*

Le jury n'a rien su de ce que Kurt m'avait fait subir, sa traque inlassable, il me guettait, me filait tout le temps, ses appels incessants, ses apparitions impromptues. On ne parlerait de rien de tout ça à l'audience. Ce que les jurés savaient, c'est que l'arme utilisée était un démonte-pneu (pièce à conviction n° 89). Que la victime était assise dans un fauteuil de jardin lorsqu'elle avait reçu le premier coup (pièce à conviction n° 74) et qu'elle avait appelé au secours (témoin n° 17, Clemencia Solar).

*

« Combien d'autopsies avez-vous effectuées ? a demandé le procureur au médecin légiste, son premier témoin.

– Plus de cinq mille, monsieur.

– Combien avec un traumatisme crânien ?

– Des centaines, à mon avis. »

Le médecin légiste a désigné deux blessures mortelles sur des photos. La cause déclarée de la mort était un grave traumatisme craniocérébral. Le médecin a fait remarquer que M. Kennedy avait apparemment vomi beaucoup de sang sur la véranda de l'accusée.

« Combien de coups M. Kennedy a-t-il reçus sur la tête ? a poursuivi le procureur.

– Au moins quatre. Peut-être cinq.

– M. Kennedy a-t-il souffert quand on lui a infligé ces blessures ?

– Oh, oui.

– Les blessures sur ses bras et ses mains sont-elles typiques d'une personne qui essaie de se défendre ?

– Oui, c'est exact.

– Est-ce vrai qu'il faut moins de force pour fracturer le crâne d'un quinquagénaire que celui de quelqu'un de bien plus jeune ? » Une question posée par mon avocat lors du contre-interrogatoire.

« Je suppose, mais…

– Objection. C'est hypothétique.

– Objection accordée. »

*

Le procureur a appelé à la barre un autre de mes voisins. Clemencia Solar disait n'importe quoi pour se faire remarquer, elle affirmait avoir entendu Kurt appeler au secours, par exemple. C'était une menteuse. Un témoin à décharge, un certain Coronado, qui habitait juste à côté de Clemencia. On ne s'était jamais parlé, lui et moi. Il ne parlait qu'espagnol et moi qu'anglais. Je me souvenais de l'avoir vu réparer des voitures. Un jour, une de ses voitures s'était entièrement vidée de son essence dans la rue, et un voisin l'avait injurié. Coronado avait déclaré à la police qu'il avait vu Kurt Kennedy arrêter sa moto, se garer et attendre. Il avait entendu une dispute et il était convaincu que c'était un cas de légitime défense. Voilà ce qu'il avait à dire. L'avocat de Johnson l'avait interrogé et il s'était montré accommodant. Il témoignerait.

« Le juge du comté de San Bernardino a lancé des mandats d'arrêt contre M. Coronado, a dit le procureur au juge. Il a été arrêté plusieurs fois pour conduite en état d'ivresse, ces dernières années, et il est soumis à une injonction thérapeutique. »

Un interprète a traduit pour le témoin, mon témoin, mon voisin, M. Coronado, qui s'est alors adressé au juge. L'interprète a traduit.

« Votre Honneur, je veux tirer cela au clair tout de suite. Je suis prêt à le faire. Je ferai tout ce qu'il faut. »

Le juge et un greffier se sont concertés à voix haute à propos du mandat de M. Coronado et des permanences assurées par tel ou tel tribunal.

« Vos problèmes juridiques concernent le comté de San Bernardino. Vous devez les régler là-bas. Nous sommes vendredi et il n'y a pas de permanence aujourd'hui. Allez-y lundi matin. »

L'air de ne pas avoir assimilé ce que l'interprète lui avait dit, l'homme a répété :

« Je suis prêt, Votre Honneur. Je paierai l'amende et je purgerai ma peine. Je veux tirer cela au clair maintenant. Je suis prêt, Votre Honneur. Je veux tirer cela au clair. »

C'était notre témoin. Un homme qui souhaitait m'aider, mais ne le pouvait pas.

*

Le jour des plaidoiries, l'avocat de Johnson avait l'air saoul. Il a invectivé les jurés et tapé du pied. Il leur a parlé avec colère comme si c'étaient eux qui avaient commis un délit. Les jurés ne voulaient plus rien savoir de lui, ni de moi. Ils ont rempli un formulaire et l'ont tendu au juge. Il y a deux cases sur le formulaire. Le président du jury en avait coché une.

6

Les enfants doivent être en permanence surveillés, se conduire sagement et rester calmes, sinon les gardiens auront l'obligation de les faire sortir du parloir

Les détenues n'ont pas le droit de posséder de cartes pour le distributeur automatique

Les distributeurs automatiques n'acceptent pas les pièces. Vous devez acheter une carte prépayée lors des démarches effectuées pour une visite

Une carte coûte cinq dollars. Deux dollars cinquante sont remboursés *si la carte est réutilisable*

Les détenues n'ont pas le droit de s'approcher à moins de quatre-vingt-dix centimètres des distributeurs automatiques

Une brève étreinte est autorisée au début de la visite, et une encore plus brève à la fin. Tout contact physique prolongé est interdit, sinon il sera mis fin à la visite

Se tenir par la main est un contact prolongé et n'est donc pas toléré

Il est interdit à une détenue et à un visiteur de se taper dans la main

Il est interdit de mettre les mains sous la table pendant la visite. Les visiteurs et les détenues doivent les laisser visibles en permanence

Il est interdit de mettre les mains dans les poches

Il est interdit de crier

Il est interdit d'élever la voix

Il est interdit de se disputer

Il est interdit de chahuter

Il est interdit de rire bruyamment et de déborder de gaieté

Il est demandé de pleurer le moins possible

7

La route qui mène à Stanville est toute droite. Elle va vers les montagnes que l'on aperçoit de la cour principale, les jours de brouillard bas. L'hiver, leur sommet est saupoudré de blanc. La neige est très loin. Elle ne tombe jamais au fond de la vallée où est situé Stanville. On distingue les sommets blancs à travers les différentes couches atmosphériques. La neige nous semble aussi loin que notre maison.

*

Seuls les gens qui doivent aller à Stanville empruntent cette route. Le matin de notre arrivée, il n'y avait que nous. De chaque côté, on voyait des plantations d'amandiers. Je n'aurais pas su ce que c'était, et je ne l'aurais pas deviné non plus, si Laura

Lipp ne s'était pas réveillée et remise à parler; elle racontait que les amandes en sachet n'étaient pas de véritables amandes, mais des noyaux de fruits empoisonnés, je le savais ça ? et l'un de ses enfants avait failli mourir après en avoir mangé.

« Tu as déjà cassé un noyau de pêche ? m'a-t-elle demandé. C'est de là qu'elles viennent. C'est pas des vraies amandes. C'est la partie empoisonnée des pêches. Une voisine en a donné un jour à mon gosse sans me le dire, et si les secours étaient pas venus, elle l'aurait tué.

– C'est toi qui l'as tué », est intervenue une femme derrière nous.

J'ai senti comme une vibration autour de moi : les femmes claquaient la langue de dégoût.

Les Blanches vont en prison soit pour infanticide, soit pour conduite en état d'ivresse. Elles commettent évidemment bien d'autres délits, mais ce sont des stéréotypes qui contribuent à classifier les femmes, les races.

« Elles ne savent pas ce qui s'est passé, a protesté Laura Lipp. Elles ne le connaissent pas, elles ne savent pas ce qu'il m'a fait, ce qu'il nous a fait… à moi et au bébé. Aucune de vous n'a le droit de me juger. Vous ne savez rien. Comme moi, je ne sais rien sur vous. »

Elle s'est tournée vers moi comme si j'étais la seule avec qui elle pouvait discuter.

« Tu sais qui est Médée ?

– Non. Tais-toi ! Je ne te connais pas et je n'ai pas envie de te parler.

– Tu veux que je la boucle, c'est ça, mais je le ferai quand j'aurai fini, pas avant. Moi je suis allée à la fac, contrairement à vous autres. Le mari de Médée l'a abandonnée et c'est ce qui m'est arrivé. Il lui a tout pris, même ses enfants. Elle devait le faire souffrir. Pour qu'il ressente la douleur qu'elle avait ressentie. C'est historique. C'est la réalité. On ne peut pas faire ça à quelqu'un sans provoquer des dégâts. Il avait fichu sa vie en l'air, eh ben elle a trouvé le moyen de lui infliger la même chose. C'est ma seule consolation. C'est très très très peu. À tel point que je n'en ai pas conscience la plupart du temps. »

Les yeux fermés, je lui tournais le dos. J'avais beau être enchaînée à elle, je voulais être ailleurs. J'ai imaginé une femme sur le palier d'un hôtel, ramassant les peluches d'une moquette rouge horrible pour voir si c'est du crack. Elle ramasse une miette, une tête d'allumette, une bouloche, et puis elle examine ce qu'elle tient entre ses doigts, elle le sent, le goûte, le repose. Elle ramasse une autre miette et l'examine de la même façon. Soudain elle fond en larmes, en plein milieu de sa quête, sa quête sans fin. Je n'avais jamais vu semblable tristesse. Malgré moi, je continuais de la voir, tandis que Laura Lipp ne cessait de jacasser.

La femme qui passait la moquette au peigne fin, c'était Eva, ai-je compris. Je refoule certains souvenirs. Comme tout le monde. C'est sain. Cependant, là, en tentant de me protéger des mots de Laura Lipp, j'avais des pensées sinistres. Eva avait pris de la cocaïne très jeune. D'abord en la fumant sous forme de free base, puis en se l'injectant, et finalement le crack lui avait suffi et elle avait plongé dedans. Elle avait maigri, perdu une dent dans une bagarre, s'était mise à boiter après un accident de voiture. Mais c'était toujours Eva et je l'aimais.

*

Quand on aperçoit des lumières encore plus hautes que celles d'un stade, c'est qu'on est arrivé dans une prison.

Ils nous ont fait sortir du bus deux par deux, en braillant. Allez, on se dépêche. J'essayais de ne pas trébucher. Devant moi, Conan gardait l'équilibre. Les chaînes aux pieds n'avaient pas d'effet sur sa façon de marcher. Je ne sais pas comment il s'y prenait. Il flottait presque. Il avait une démarche traînante et chaloupée. Une démarche adoptée dans les rues de Compton, ou sur le parking du Forum, la salle de sport d'Inglewood, ou encore au salon de l'auto de Pomona, mais pas dans une file de femmes entravées se dirigeant vers le quartier des arrivants d'une prison.

Les surveillants qui nous ont reçues étaient de mauvaise humeur. Les femmes surtout. Un accueil désagréable et agressif, mais ça a fait taire Laura Lipp. La seule qui a été traitée avec douceur, c'était la femme obèse qui avait glissé de son siège. Ils l'ont laissée allongée là, par terre, et nous, qui étions plus valides et conscientes, ils nous ont poussées dans l'allée. La femme paraissait dormir paisiblement quand je suis passée à côté d'elle. La dernière passagère. Des médecins l'ont descendue sur un brancard, déclarée morte et déposée sur le sol à l'entrée de la prison, une bâche sur le visage.

*

On a fait la queue pour le traitement antiparasites et les muumuus[1]. Le lieutenant s'appelait Jones, une femme corpulente à l'allure de camionneuse, ce qui était en partie dû, comme je le comprendrais plus tard, à son gilet pare-balles. Les hommes avaient l'air de culturistes avec ces gilets, et les femmes de cartons d'emballage.

On s'est enduites de lotion Lindane contre les poux et autres vermines. C'est un poison : je m'en étais servie deux fois pour soigner la gale que j'avais contractée au Mars Club et, chaque fois, j'avais eu mes règles quelques heures après. Ils voulaient que la fille, celle qui avait quinze ans et qui semblait enceinte de huit mois, l'utilise aussi. Je le lui ai déconseillé. On était l'une à côté de l'autre sous la douche. Mais ils l'ont obligée à le faire et elle a obéi en pleurant. Si elle était officiellement déclarée enceinte, elle échapperait à certaines procédures, mais il fallait que ce soit indiqué sur le panneau fixé à sa couchette, et pour le moment aucune d'entre nous n'en avait une. Elle allait donc devoir attendre, comme nous toutes, l'examen médical qui lui serait fixé, puis les papiers

1. Robes hawaïennes très amples.

requis concernant son test de grossesse, même si on pouvait pratiquement voir le bébé donner des coups de pied. Après quoi, le Centre pour le contrôle et la prévention des maladies lui délivrerait un certificat de grossesse, et ce serait indiqué en énormes majuscules noires au dos de son T-shirt et de la veste imperméable fournis par l'administration. Elle n'aurait pas droit à un supplément de nourriture, ni à des examens prénatals, ni à des vitamines, ni à un soutien thérapeutique. Elle aurait seulement le droit d'avoir une couchette du bas, et de mettre un peu plus longtemps à s'allonger sur le ventre quand l'alarme de la cour retentirait. C'était pour ça qu'il y avait imprimé le mot ENCEINTE sur sa veste. C'était comme SWAT[1]. Ça signifiait NE TIREZ PAS (JE SUIS LENTE).

Il y a eu ensuite la fouille au corps. J'y étais habituée depuis la maison d'arrêt. Les gardiennes nous criaient d'écarter davantage les jambes, ça s'adressait plus particulièrement à celles qui avaient une toison épaisse. Quelques filles pleuraient. Fernandez, qui avait ordonné en hurlant à la jeune fille enceinte de la fermer, quand on était dans le bus, s'en prenait maintenant à celles qui pleuraient à cause de la fouille au corps. Toutes les gardiennes la connaissaient. « Alors Fernandez, t'es de retour », répétaient-elles. Et elle, soit elle plaisantait amicalement, soit elle les envoyait se faire foutre. Les autres filles semblaient avoir peur d'elle.

1. *Special weapons and tactics*: unités de police d'élite aux États-Unis.

On nous a donné des muumuus à pois, taille unique, et des chaussons en toile avec au moins trois pointures de trop. Même Conan, grand et charpenté comme il était, avec sa barbe au menton, a été forcé d'enfiler un muumuu. Il a rejeté ses épaules en arrière pour montrer aux flics que c'était trop petit.

« Il me faut un pantalon et une chemise. Je peux pas porter ça. Ça va pas, sergent. »

Il levait sans arrêt les bras : « C'est trop serré aux épaules.

– Qu'est-ce que tu comptes faire là-dedans, ma belle, diriger un orchestre ? a raillé Jones. Ferme-la et baisse les bras. »

Les muumuus m'ont fait penser aux noms d'animaux dont on qualifie les femmes, cochonne, truie, vache… Aucune femme ne devrait être l'objet de ces comparaisons insultantes, ni être obligée de porter cette tenue-là. Conan non plus. Les chaussons m'ont rappelé les Wino, les chaussures qu'on achetait au surplus de Market Street quand on était ados. C'est là que je m'achetais aussi la tenue de sport imposée par l'école. Plus tard, devenue adulte, je passais devant ce surplus lorsque j'allais au Mars Club. Les deux étaient situés près de l'endroit où, un soir de pluie, l'homme d'affaires à la Mercedes m'avait promis de l'argent pour un taxi. C'était ça San Francisco, une ville où les différentes strates de mon passé étaient compressées, jusqu'à n'en former plus qu'une. Entre le surplus et le Mars Club, il y avait Fascination, un magasin où Eva et moi, on passait des heures à l'adolescence, Eva flirtait avec le caissier, c'était avant qu'elle coure à sa perte dans le quartier sordide de Tenderloin, au nord de Fascination, dans des hôtels miteux et bruyants, maillons de sa vie misérable, encore plus misérable que la mienne.

La dernière fois que j'ai vu Eva, c'était au mariage d'une autre amie, une ancienne prostituée qui, au cours d'une cure de désintoxication, avait rencontré un type avec qui elle avait rejoint la Church of Christ. On est tous allés à la cérémonie sans alcool, où les invités souriaient comme si on était dans une émission de télévision chrétienne. Ils avaient fait quelque chose à notre copine. Ça se voyait sur son visage. Elle sanglotait à l'autel. Il y avait eu une révélation, c'était évident. Ils l'avaient brisée et maintenant ils étaient ses directeurs de conscience. Elle était très belle, comme on l'aurait dit d'une couronne de fleurs en plastique dans un funérarium. Une autre invitée, de Sunset elle aussi, n'arrêtait pas de faire allusion à son copain qui n'avait pas pu venir avec elle parce qu'un type de son club était mort et on l'enterrait ce matin-là. Son club. C'étaient les obsèques d'un Hells Angel ce jour-là, un monde fou y était attendu. Elle avait envie de la ramener, tout en voulant la jouer discrète. Elle ne cessait de parler de son boulot de serveuse au Pier 39 qui lui rapportait un paquet de thunes. Comme si elle savait ce que je faisais dans la vie, elle a précisé : « Moi, je gagne mon fric d'une façon respectable. » Le Pier 39, c'est merdique.

Eva s'est pointée au milieu de la cérémonie. Accompagnée de ce type latino. On aurait dit qu'ils n'avaient pas dormi depuis trois jours. Eva s'était mis une couche de fond de teint beaucoup trop clair pour sa peau. Elle a gardé ses lunettes de soleil à l'intérieur. A tourné vers moi son visage au maquillage à moitié effacé.

« Putain, Romy, qu'est-ce qui se passe ici ? »

La bonne question à poser, c'était bien celle-ci.

Le Latino était sans doute son dealer. Même si elle l'appelait son petit ami, la distinction n'avait pas d'importance. L'année précédente, Eva sortait avec un mec, un micheton à l'origine. Il était devenu un client régulier, puis il lui avait interdit d'en avoir d'autres que lui et lui finançait sa drogue pour qu'elle n'ait plus à faire le trottoir. Un soir, ce type m'attendait devant le Mars Club, il voulait me parler. Il cherchait Eva. Il était très ébranlé. Cette année-là, la dépendance d'Eva à la cocaïne lui avait coûté quatre-vingt mille dollars et à présent elle avait disparu. Qu'espérait-il ? Je ne doutais pas qu'il soit amoureux d'elle, ni qu'il sache qu'il n'aurait jamais une femme comme Eva, aussi sublime et libre, s'il n'allongeait pas l'argent, s'il ne s'agissait pas avant tout d'une camée qui avait besoin de lui soutirer quelque chose. « Lâche-moi », lui avais-je dit, le plantant là, à l'entrée de la boîte.

Le client obsédé par Eva s'appelait Henry. Il a commencé à apparaître presque partout où j'allais, dans l'espoir que je partais retrouver Eva et qu'il pourrait la coincer. Mais je n'avais pas parlé à Eva, je ne savais pas où elle était, et elle n'était pas le genre de personne qu'on appelle au téléphone. J'avais une dizaine de numéros à son nom, aucun n'était le bon. Je n'ai pas tardé à oublier Henry et cette histoire, parce que j'ai commencé à me faire poursuivre, moi aussi, par un type, Kurt Kennedy. Henry poursuivait Eva, pas moi. S'il me suivait à la trace ou me guettait, c'était pour la retrouver. Eva s'était volatilisée pour lui échapper. Quand je pense à Henry ou à Kurt, j'ai la gorge qui se serre.

*

On était enchaînées à un banc dans un couloir, attendant d'être interrogées, dans une petite pièce tout en béton, sur notre consommation de drogue, notre sexualité, notre santé mentale, et sur nos complices ou ennemies éventuelles purgeant actuellement une peine à Stanville. Au bout de plusieurs heures, ils nous ont remis à chacune un sac de couchage et un manuel du CDC[1] concernant les délinquants, ainsi qu'un mode d'emploi de quarante pages du manuel du CDC. Conan s'est demandé à voix haute si on n'allait pas aussi nous filer un mode d'emploi du mode d'emploi du manuel.

1. *California Department of Corrections*: département des affaires pénitentiaires de Californie.

« Le refus de signaler une infraction au règlement, a-t-il dit d'un ton nasillard, constitue aussi une infraction au règlement. Le refus de signaler une infraction au règlement d'un refus de signaler une infraction au règlement constitue une autre infraction au règlement.

– Ça ne fait même pas six heures que tu es en prison, London, et tu viens d'écoper de ton premier 115[1] », a fait remarquer Jones.

J'ai cru qu'elle plaisantait, mais elle a regagné le bureau des surveillants et commencé à écrire un rapport sur lui.

« London, a dit quelqu'un. *London.* »

Quelques filles ont ricané, se moquant de Conan qui faisait l'objet d'un rapport. Vous imaginez peut-être qu'on était solidaires. Même si on formait un groupe totalement disparate, nous les soixante du bus, on aurait pu facilement terrasser les flics chargés de notre transfert, s'emparer du véhicule et filer au Mexique. Mais pas question de coopérer. Les détenues ne rêvaient que d'une chose, en voir d'autres souffrir autant qu'elles.

C'était pareil en maison d'arrêt. La première fois que je m'étais retrouvée dans une prison du comté, j'avais tout de suite perdu mon gobelet en polystyrène. Je croyais qu'il était jetable, alors que c'était le seul auquel j'aurais droit, mais je ne le savais pas, et aucune des autres détenues ne m'avait prévenue. Elles avaient rigolé lorsque j'avais récupéré une canette de soda au fond d'une poubelle.

1. Formulaire de l'administration pénitentiaire de Californie.

Pendant les dix-huit mois qui avaient suivi, je m'en étais servie pour boire de l'eau. La prison est l'incubateur idéal pour développer un comportement de flic, même si des flics, il y en a partout. En coulisses, au Mars Club, des filles en critiquaient d'autres parce qu'elles n'avaient pas un beau costume, pas de chorégraphie, pas de numéro travaillé. Quelle importance – le but de ce boulot, c'est de gagner du fric, pas de le gaspiller en costumes –, et pourtant il y en avait qui voulaient instaurer des règles pour le strip-tease. Elles estimaient qu'on devait créer un numéro de qualité et acheter des costumes qui coûtent cher parce que c'était plus convenable, plus professionnel, plus respectueux du standing qu'elles s'attachaient à avoir. Mais la plupart d'entre nous, si on travaillait là, c'était précisément parce qu'on s'en fichait du standing et qu'on ne ferait jamais rien pour en avoir. On n'est pas obligé de croire en quoi que ce soit pour travailler au Mars Club. Les Russes, quand elles ont commencé à danser dans ce club, ont apporté avec elles quelque chose d'une brutalité postsoviétique, un désintérêt total, plutôt stimulant, pour les costumes et le glamour, pour tout ce qui ne concernait pas directement les profits à se faire. Elles faisaient des branlettes aux types dans le public, et ça réduisait de beaucoup nos gains, à nous, les honnêtes travailleuses.

Il y avait des types super glauques qui venaient au Mars Club avec des pantalons de survêt' légers et satinés pour que le contact soit maximal, mais beaucoup étaient moins expérimentés, ou plus polis.

Il y en avait même qui ne voulaient pas que les filles s'assoient sur leurs genoux, mais à côté d'eux pour parler. Je préférais ceux en pantalon de survêt'. Pas besoin de faire d'efforts avec eux. De sourire, de jouer un rôle, de feindre une complicité. C'est eux qui nous faisaient bouger à leur guise, on n'avait aucun mal à se donner, et c'était vingt dollars de gagnés pour une chanson. Mais une fois que les Russes ont envahi notre boîte, tous les mecs ont exigé qu'on leur fasse une branlette pour le même prix. Elles ont saboté notre boulot. Pompé le fric de tous les portefeuilles. C'était réglo, ce fric leur revenait, après tout, elles étaient plus futées et plus désespérées que nous. Tout le système est fondé sur la cupidité, alors celui qui gagne, gagne.

*

On était rassemblées dans la salle commune de notre nouveau quartier, en attendant qu'on nous affecte une couchette. C'était un grand bâtiment en parpaings, avec des rangées de cellules sur deux niveaux. Tout était en béton brut ou peint d'une couleur rose sale. Les femmes dans les cellules collaient leur visage sur l'étroite fenêtre de leur porte pour nous regarder. L'une d'elles a crié qu'on avait des gueules de balayettes à chiottes. Hé, balayette ! Hé, la pouf ! Viens me torcher le cul. Et me lécher la chatte pendant que t'y es. Elle a continué de hurler jusqu'à ce qu'une gardienne donne des coups de matraque sur sa porte.

Laura Lipp s'est assise près de moi. J'ai voulu m'éloigner d'elle, mais Jones a aboyé :

« Tu restes à ta place. C'est pas le jeu des chaises musicales, ici.

– À côté de la tueuse de bébés, a lancé Fernandez d'une voix forte. Vous deux, vous êtes comme les jumeaux Bobbsey. »

C'était qui, les jumeaux Bobbsey[1] ? Personne n'avait l'air de le savoir. Elle voulait dire qu'on se ressemblait parce qu'on était blanches, et j'allais devoir faire quelque chose. Me séparer de Laura Lipp.

*

« Combien parmi vous sont dyslexiques ? » a demandé Jones aux soixante femmes du groupe.

Tout le monde a levé la main, sauf moi.

Jones a fait le compte et n'a pas remarqué que la mienne était restée baissée. Heureusement. Ainsi que j'en étais venue à le comprendre, la loi de 1990 relative aux Américains affectés d'un handicap était souvent le seul rempart qui nous protégeait contre un recours illimité aux mauvais traitements. Laura Lipp a sauté sur cette occasion pour resserrer nos liens.

« Je ne suis pas vraiment dyslexique, mais on a plus de temps pour compléter les formulaires quand on l'est. Tu aimes lire ? »

1. Personnages d'une série de livres pour enfants publiés entre 1904 et 1972.

J'ai détourné les yeux. J'ai essayé de croiser le regard d'une autre fille, sans y parvenir. « Si tu atterris dans le dortoir d'honneur, les filles là-bas échangent des bouquins, même si la plupart lisent des romans nuls. »

Jones s'est mise à lire les panneaux de la salle, à haute voix, en détachant chaque syllabe, puisque nous étions toutes dyslexiques ou présumées analphabètes. Ils commençaient tous de la même façon.

Mesdames, prévenez le personnel si vous avez une infection au staphylocoque.

Mesdames, pas de jérémiades.

Mesdames, dépasser les limites entraîne automatiquement un rapport 115.

Le panneau sur les tirs de sommation était plus direct. PAS DE TIRS DE SOMMATION DANS CETTE ZONE.

Sur l'horloge murale, il y avait une marque rouge allant de cinq minutes avant l'heure pile à cinq minutes après. C'était pour celles qui ne savaient pas lire l'heure. Jones en a donné l'explication. Tout ce que vous devez savoir, c'est que lorsque la grande aiguille est sur le rouge, les portes des cellules sont déverrouillées.

En prison, tout est conçu à l'intention de celle pour qui la marque rouge est peinte sur l'horloge, l'imbécile. Je ne l'ai jamais rencontrée. J'en ai rencontré à la pelle qui ne savaient pas lire, et pas lire l'heure pour certaines, ce n'est pas pour autant qu'elles ne sont pas futées, ce sont des individus supérieurs capables d'en remontrer à n'importe quel intello. Les gens en prison sont sacrément intelligents. L'imbécile, celle à qui les règlements et les panneaux sont destinés, est introuvable.

Jones a lu le mode d'emploi du manuel, puis le manuel. Il y avait des règles pour tout, l'apparence, les idées, le courrier et le vocabulaire, la nourriture, le comportement et l'emploi du temps, les outils, le matériel et leur utilisation. Des tas de consignes sur qui ne pas toucher (tout le monde), et où (nulle part). Et, bien sûr, la fornication est interdite, a souligné Jones, prononçant le mot avec la lenteur d'un prédicateur émoustillé.

« C'est quoi déjà, forniquer ? a demandé Conan. Baiser, c'est ça ? »

Des femmes s'endormaient ; on avait roulé toute la nuit et on était épuisées. Jones n'a pas levé les yeux un seul instant, a poursuivi sa lecture machinale sans s'arrêter. Moi aussi, je me suis assoupie, mais des hurlements m'ont réveillée.

La fille enceinte se tenait le ventre et criait. Jones lui a jeté un coup d'œil, a léché son pouce, tourné une page du manuel et continué sa lecture. Elle devait lire les quatre-vingts pages du manuel et le mode d'emploi du manuel tous les vendredis, à l'arrivée du nouveau fourgon, si bien qu'elle le connaissait sur le bout des doigts, pouvait le lire à toute vitesse afin de rallonger sa pause. La fille enceinte l'a interrompue en commençant à accoucher.

J'ai dit que les femmes prenaient un malin plaisir à s'associer aux punitions que subissaient leurs codétenues, mais ce n'était pas toujours vrai. Certaines d'entre nous ont apporté de l'aide, ce jour-là, dans le quartier des arrivants. Jones a ordonné à tout le monde de rester assis en attendant les secours. Fernandez ne l'a pas écoutée et s'est précipitée vers la fille, celle-là même qu'elle avait insultée dans le bus. Je l'ai suivie. C'était l'occasion de m'éloigner de Laura Lipp. Et puis je ne pouvais pas supporter de voir souffrir cette gamine sans défense, abandonnée à elle-même. Elle hurlait de douleur. Fernandez et moi, on lui a tenu chacune une main, et Conan a empêché Jones et les autres surveillants du quartier des arrivants de s'approcher de nous. Ils l'ont aspergé de gaz poivre, ce qui n'a fait que l'énerver encore plus. Il a bousculé Jones, qui est tombée par terre. Une sonnerie a retenti. Je parlais à la fille, je lui disais de respirer. « Non », ne cessait-elle de répéter, comme si elle ne voulait pas avoir de bébé, comme si elle pouvait interdire à l'avenir de faire irruption dans le présent. Des flics sont apparus. Quatre d'entre eux ont plaqué Conan au sol.

Tu vas t'en sortir, je n'arrêtais pas de dire ça à la fille. Ce n'était pas vrai puisqu'elle était en prison, mais je faisais de mon mieux pour la consoler, jusqu'à ce que d'autres flics débarquent, m'arrachent à elle et me menottent. Ils ne se sont pas du tout occupés de la fille en train d'accoucher ; elle hurlait de douleur, abandonnée à son sort.

Comme Conan, Fernandez était courageuse. Ils l'ont aspergée de gaz et elle n'a pas eu l'air de s'en rendre compte. Elle a continué de leur résister, jusqu'à ce qu'ils la neutralisent avec leur taser et l'enferment dans une cage.

J'ai eu droit au même sort. Les cages n'étaient pas assez grandes, si bien que je devais baisser la tête en permanence. J'étais devenue une dinde de l'autoroute. Conan, ils ont pratiquement dû l'enfoncer dedans. Conan dans une cage, c'était pire que Conan dans un muumuu. Il la remplissait entièrement, le regard noir de rage, les muscles saillants. On allait être mis tous les trois à l'isolement.

C'était mon premier jour en prison, et j'avais déjà fichu en l'air mon passage devant la commission de probation, prévu dans trente-sept ans.

*

Le personnel médical était arrivé, trop tard toutefois pour déplacer la fille en plein travail. Elle a accouché dans le quartier des arrivants. Le bébé a poussé un cri, qui s'est répercuté dans la pièce de béton, un cri perçant de venue au monde.

Une naissance devrait être un événement joyeux. Là, c'était un moment de profonde solitude. La mère était entre les mains de l'État, le bébé aussi ; l'un et l'autre n'étaient liés qu'à une seule chose, la bureaucratie. Ça semblait amuser les surveillants de voir un bébé dans le quartier des arrivants. Aucun bébé n'était censé se trouver là. Le bébé, c'était un objet de contrebande.

Jones secouait la tête comme si une naissance, ici, dans son quartier, était un exemple de plus, une preuve supplémentaire, de notre incapacité à vivre en société. Les toubibs ont allongé la fille sur un brancard. Elle a demandé à prendre son bébé dans les bras, mais on l'a ignorée, un des toubibs tenait le nouveau-né loin de lui comme si c'était un sac d'ordures sur le point de fuir.

*

Jackson était né au General Hospital de San Francisco, où ils sont obligés d'accepter tout le monde, même ceux sans couverture médicale. L'infirmière l'avait posé sur ma poitrine, il m'avait regardée, un petit être sauvage, tout mouillé, surgi d'un marécage, avec d'immenses yeux qui lui mangeaient le visage, et dont le cri n'avait rien d'hystérique ni de plaintif, un cri comme une question, une question très sérieuse : Es-tu là ? Es-tu là pour moi ?

Moi aussi, je criais, en pleurs, répétant, Je suis là, je suis bien là. Une infirmière l'a nettoyé, puis couché dans une boîte en plastique transparent et, toute la nuit, il y a eu un va-et-vient d'infirmières et d'aides-soignantes qui le secouaient doucement, le tapotaient, le dérangeaient. J'avais beau être là, comme je l'avais promis, je ne le protégeais pas.

Le père de Jackson était videur au Crazy Horse, une boîte de nuit située dans la même rue que le Mars Club, où je travaillais aussi de temps à autre. Il était sorti avec ses potes le soir de la naissance de son fils, au lieu de rester avec moi dans cette salle de réveil minable, que je partageais avec une femme, sans compagnon elle aussi, et qui a regardé la télé toute la nuit. Les jours et les semaines qui ont suivi la naissance de Jackson, chaque fois qu'il passait chez moi, je lui ai hurlé dessus, l'accusant d'être un bon à rien, ce qu'il était, si bien qu'il ne s'est plus jamais pointé. Je n'avais pas envie de le voir de toute façon, mais lorsque j'ai appris qu'il était mort d'une overdose, je n'arrivais plus à regarder ce pauvre petit Jackson sans m'en vouloir. Il avait perdu son loser de père. Et n'avait qu'une personne sur qui compter. Il dodelinait de la tête, me fixait de ses grands yeux bleus humides avec un émerveillement de myope, ses cheveux duveteux au garde-à-vous, comme une couronne, et il ne savait pas qu'il était orphelin de père. Il savait uniquement que j'étais la seule. La seule.

À l'époque, j'habitais le quartier des Avenues. Quand Jackson a eu trois ans, le propriétaire a vendu l'immeuble. Le nouveau a expulsé les locataires pour augmenter les loyers. La ville changeait. Se loger était devenu cher. J'avais le choix entre aller vivre chez ma mère, qui ne me l'avait jamais proposé, sans doute parce qu'on se disputait et qu'elle en avait marre de moi, ou déménager dans le Tenderloin, où il était encore possible de trouver un studio abordable, pour peu qu'on supporte l'atmosphère qui régnait dans ces immeubles. Je me suis installée dans Taylor Street. Le territoire d'Eva, comme je l'appelais. Je suis retournée au Mars Club et j'ai payé ma nouvelle voisine pour qu'elle surveille Jackson. Elle avait un enfant de trois ans et était dans la même situation que moi. Sans argent et seule à élever sa fille. Elle s'occupait beaucoup de Jackson, surtout après que j'ai commencé à sortir avec Jimmy Darling.

*

On était tous les trois enfermés dans nos cages à dindes pendant que Jones obligeait les autres détenues à s'asseoir, le temps de finir la séance d'intégration. Elles étaient toutes super agitées. Certaines pleuraient. Jones leur a ordonné de la fermer et elle leur a rappelé qu'elles avaient toutes fait des choix, que Sanchez, c'était comme ça qu'elle appelait celle qui venait d'accoucher, en avait fait de très mauvais et qu'elle aurait dû penser à l'avenir de son bébé avant d'enfreindre la loi.

Jones a fait venir deux gardiennes, des Blanches à l'air morose, avec des tresses africaines et une peau grélée, et leur a demandé de nettoyer les traces de l'accouchement. Impossible de savoir si c'était la situation qui les rendait si tristes ou si elles étaient tout le temps comme ça.

Elles ont envoyé des giclées de détergent et lavé le sol à grande eau au tuyau d'arrosage. Des flots d'eau savonneuse se sont écoulés dans les canalisations.

Enfermée dans ma cage, je n'arrivais pas à me sortir de la tête le cri strident du bébé, alors que sa mère et lui avaient disparu depuis longtemps. Ils n'étaient pas pressés de s'occuper de nous. En cage, incapables de faire le moindre mouvement, on pouvait être abandonnées là à attendre, à contempler les murs rose sale pendant qu'un surveillant remplissait lentement, très lentement, la paperasse concernant notre transfert du quartier des arrivants aux cellules d'isolement, ce qui était bien pire qu'une prison normale.

Malheureusement pour le bébé, c'était une fille.

8

MERCI D'INDIQUER VOTRE EXPÉRIENCE PROFESSIONNELLE DES CINQ DERNIÈRES ANNÉES

MERCI DE FAIRE UN COMPTE-RENDU PRÉCIS ET DÉTAILLÉ

Dans la partie du formulaire consacrée à l'expérience professionnelle, la suspecte a écrit qu'elle travaillait comme employée. L'agent de probation lui a expliqué que cela ne suffirait pas.

*

Sur la transcription de l'interrogatoire du suspect mené par des inspecteurs de la brigade criminelle, quand on lui avait demandé quelle était son activité, le suspect avait répondu : « Recycler. »

Contrôle qualité, avait-elle écrit pour le type de travail.

Je suis un employé, leur avait-il dit, apparemment incapable de spécifier dans quel domaine.

Recyclage.

Équipe de maintenance.

Vente au détail.

Vente en gros.

Distribution de prospectus.

Entrepôt de distribution.

Magasin à un dollar.

Magasin à bas prix.

Entrepôt de stockage.

Walmart.

Il a dit qu'il distribuait des prospectus.

Il avait écrit recyclage.

Les deux avaient travaillé avec une équipe qui distribuait des prospectus.

Il livrait des journaux gratuits, mais pas régulièrement.

Il travaillait dans un entrepôt de distribution.

Elle avait écrit contrôle qualité.

Il avait dit qu'il travaillait à mi-temps en aidant un ami qui faisait le ménage dans des magasins à bas prix après la fermeture.

Caissier.

Chômeur.

Actuellement au chômage.

CQ, pour contrôle qualité, avait-elle expliqué.

Déchargement de camions.

Manutentionnaire.

Il leur avait dit qu'il déballait des caisses dans un entrepôt de distribution.

Quand on lui avait demandé comment elle gagnait sa vie, la suspecte avait répondu qu'elle travaillait.

Recycler, avait-il écrit.

Il apportait des produits à recycler dans un centre de récupération, avait-il expliqué.

Recyclage.

Recyclage.

Recyclage.

Recyclage.

Rédemptions, leur avait-il dit.

Rédempteur, c'était ce qu'elle avait écrit.

La suspecte avait dit qu'elle avait essentiellement gagné sa vie en ramassant des bouteilles et des canettes.

9

Quand on tape Stanville sur Google, des visages apparaissent : des photos d'identité judiciaires. Après les photos, c'est un article signalant que Stanville a le pourcentage de smicards le plus élevé de l'État. L'eau de Stanville est contaminée, l'air pollué. La plupart des commerces ont fermé. Il y a des magasins à bas prix, des stations-service qui font office de points de vente d'alcool, et des laveries automatiques. Les gens qui n'ont pas de voiture marchent dans la rue principale en fin d'après-midi, à l'heure la plus chaude de la journée, quand il fait quarante-cinq degrés. Ils marchent dans le caniveau, poussant des caddies vides dont le bruit de ferraille déchire la torpeur ambiante. Il n'y a pas de trottoirs.

Stanville et sa prison sont synonymes. Comme Corcoran, Chino, Delano, Chowchilla, Avenal, Susanville et San Quentin, toutes ces villes, du nord au sud de l'État, hébergeant une prison qui porte leur nom.

*

Gordon Hauser loua, sans l'avoir vue, une cabane dans la montagne, pas trop loin du centre de Stanville, dans les contreforts ouest de la Sierra Nevada. Il n'y avait qu'une pièce et un poêle à bois. Ce serait son année Thoreau, écrivit-il à à son ami Alex, en lui joignant le lien de l'agent immobilier.

Ton année Kaczynski[1], le corrigea celui-ci, après avoir regardé les photos de la cabane.

Il est vrai qu'ils ont tous les deux vécu dans des cabanes d'une seule pièce, répondit Gordon. *À part ça, il ne me semble pas avoir grand-chose en commun.*

L'amour de la nature, l'autonomie, K était même un lecteur de Thoreau, précisa Alex. Walden *figure sur sa liste de livres, dans sa cabane. Et aussi R.W.B. Lewis, ton idole.*

Tu ne crois pas que tu simplifies à l'extrême ?

Si. Mais ça également : ils étaient tous les deux encore puceaux quand ils sont morts.

1. Ted Kaczynski (né en 1942 à Chicago), alias Unabomber : entre 1978 et 1995, ce docteur en mathématiques, militant écologiste fermement opposé à la société industrielle et à la technologie, a été l'auteur de seize attentats au colis piégé, causant la mort de trois personnes et en blessant vingt-trois, jusqu'à son arrestation en 1996, après dix-huit ans de cavale. Il a été condamné à la perpétuité incompressible.

Kaczynski n'est pas mort, Alex.

Tu me comprends.

Les trains préoccupaient Thoreau, fit valoir Gordon. *Alors que Ted K. a vécu à l'époque de la bombe atomique. Il a connu la destruction technologique du monde.*

Je reconnais que c'est une différence significative. Ni l'un ni l'autre ne peuvent être dissociés du contexte historique dans lequel ils ont vécu. De plus, en matière de colis piégés, Thoreau aurait été totalement incompétent. Son acte de résistance incendiaire n'était pas une invitation à lui rendre visite.

Quand ils se retrouvèrent au bar de Shattuck Avenue pour un au revoir autour d'une bière, Alex offrit à Gordon un recueil de textes de Ted Kaczynski, pour plaisanter. Gordon avait parcouru le manifeste. Comme tout le monde. Dans sa jeunesse, ce type avait brièvement enseigné à Berkeley.

Ils trinquèrent au départ de Gordon. « À ma mise au vert, dit celui-ci.

– La mise au vert, c'est pas quand tu te fais virer d'Oxford ?

– C'est temporaire, ils t'envoient juste à la campagne quelque temps. »

*

Gordon sortit du centre d'Oakland en fin d'après-midi, et prit la direction de l'est, puis du sud. Alors qu'il traversait les immenses terres agricoles qui bordaient la highway 99, une odeur de brûlé mêlée à celle de pesticides entra par les grilles d'aération de la voiture, malgré le recyclage de l'air, et une lueur orangée apparut dans le lointain, un énorme nuage cerclé de noir. Une mystérieuse source de lumière, comme si une grande usine se dressait au milieu des champs plongés dans une totale obscurité. C'étaient elles, devina-t-il : les femmes, les trois mille femmes. Exactement comme NCWF, c'était un endroit où il ne faisait jamais nuit parce que la sécurité devait être assurée vingt-quatre heures sur vingt-quatre, sept jours sur sept.

Il prit une chambre à l'Holiday Inn. Il avait rendez-vous avec l'agent immobilier le lendemain matin pour récupérer les clés de son nouveau logement. Il eut envie de demander à la réceptionniste de l'hôtel si elle connaissait quelqu'un qui travaillait à la prison de Stanville. Mais se ravisa. Il demanda si l'eau du robinet était potable. « Vous pensez que je suis du genre à boire de l'eau du robinet », répondit-elle en haussant la voix. Et un restaurant, pouvait-elle lui en recommander un ?

« Bon, vous aimez les beignets de crevettes ? » Manifestement, c'était aussi un genre.

*

L'eau de la cabane de Gordon était polluée. Pas à cause de l'agriculture. Du fait d'un gisement d'uranium, si bien qu'on devait boire de l'eau minérale. La cabane lui plut. Elle sentait le pin qui venait d'être raboté. Une maison petite et rationnelle.

Douillette, même. Sur pilotis, perchée sur une colline escarpée et entourée de peu de voisins, elle offrait une vue panoramique sur la vallée.

Gordon devait se présenter à son nouveau travail une semaine plus tard. Il passa les journées qui précédaient à déballer ses maigres affaires et à couper du bois. À se promener. Le soir, il mettait des bûches dans son poêle et lisait.

Ted Kaczynski se nourrissait essentiellement de lapins, apprit-il. Les écureuils n'aiment pas le mauvais temps, constatait Ted. Dans son journal, il décrivait surtout son mode de vie, ce qu'il voyait dans la nature environnante, et Gordon se rendit compte que la comparaison avec Thoreau n'était pas aussi stupide qu'il l'avait cru au début. À ceci près que Ted n'aurait jamais écrit : *À travers notre innocence recouvrée nous discernons celle de nos voisins.*

Les nouveaux voisins de Gordon étaient tous blancs, chrétiens, conservateurs. Des gens qui bricolaient des camions et des motos tout-terrain, qui se faisaient des idées sur Gordon, lequel se gardait de les détromper car il savait que ces idées joueraient en sa faveur s'il avait besoin d'aide. Il neigeait là-haut. Les routes étaient coupées, bloquant l'accès aux magasins. Les arbres tombaient et démolissaient les lignes électriques. En été et en automne, des incendies éclataient. Gordon n'appréciait pas le bruit pétaradant des moteurs à deux temps qui se répercutait dans la vallée, le week-end, mais c'était ça, cette région : non pas un monde pur et sans contraintes fait de nature sauvage et de chants d'oiseaux, mais une campagne habitée par des gens qui abattaient les arbres de leur propriété à la tronçonneuse, recouvraient le sol de dalles ou de gazon artificiel, dégageaient des pistes dans la forêt pour faire du motocross et de la motoneige. Gordon ne les jugeait pas. Ces gens savaient bien mieux que lui comment vivre dans la montagne. Survivre à l'hiver, aux feux de forêt, aux coulées de boue déclenchées par les pluies printanières. Empiler du bois de chauffage, ainsi que son voisin le lui avait patiemment montré après qu'un certain Beaver, qui avait perdu presque tous ses doigts, en avait balancé deux stères dans son allée. Gordon apprit à fendre des bûches. La première partie de sa mise au vert.

Le voisin, en bas de la route, qui avait aidé Gordon à empiler le bois avait une femme ou une petite amie. Gordon ne l'avait pas vue, mais il les avait entendus se disputer. La colline renvoyait les échos de leurs voix.

Une nuit, au tout début de sa nouvelle vie dans les montagnes, il fut réveillé par ce qui lui sembla être un cri de femme. Il chercha à tâtons l'interrupteur. Il était sûr que c'était la femme de son voisin. Leur maison se trouvait à environ trois cents mètres de la sienne. Il entendit un autre cri. Un hurlement de terreur. Plus proche, cette fois. Celui de quelqu'un en mauvaise posture.

Il sortit sur la terrasse en sous-vêtements. La maison des voisins était dans le noir, aucune lumière. Il se tint là un moment, sans plus rien entendre. Il se dit qu'il ne pouvait pas prendre le risque de ne rien faire. Il s'habilla et marcha en direction de l'endroit d'où venaient les cris. Il se posta sur la route et tendit l'oreille.

Il n'y avait pas de lune et ses yeux ne s'accoutumaient pas à l'obscurité. Il ne voyait presque rien, hormis une vague ligne à l'intersection du ciel et de la cime des pins.

Le scintillement vacillant des étoiles, brillant, moins brillant, brillant, le fit penser à des phares de voiture. Une voiture en pleine nuit, sur une route bordée d'arbres, dont les phares projetaient une lueur intermittente. Mais si les étoiles étaient merveilleuses, des phares de voiture pouvaient avoir quelque chose de sinistre. Les étoiles, c'était la nature. Les voitures dépendaient d'une intention humaine inconnue.

Sous l'effet d'une bourrasque de vent, les arbres bruirent et tremblèrent. Gordon se demanda si c'était le vent qui faisait scintiller les étoiles là-haut, un vent en continuité avec celui d'ici-bas.

Il entendit de nouveau le cri, le cri perçant d'une femme, à une plus grande distance à présent.

Il s'écria : « Il y a quelqu'un ? Est-ce que tout va bien ? »

Il attendit dans le froid. Il n'entendit que le vent.

Il remonta en haut de la colline et alla se coucher. Tenta de dormir, en vain.

10

Comme je marchais dans le froid mordant, j'ai repéré un porc-épic dans un arbre et j'ai tiré. J'ai cru qu'il était mort, puis j'ai remarqué qu'il respirait encore. À cause de la fourrure et des piquants, je ne pouvais pas repérer sur sa tête l'endroit où se trouvait le cerveau. J'ai collé mon arme là où il me semblait qu'il devait être et appuyé sur la détente. Ce fut difficile de le dépecer parce que la peau se détachait mal et que je devais me méfier des piquants. Son abdomen était plein de ténias, aussi, après l'avoir nettoyé, ai-je lavé mes mains et le couteau dans une solution à forte concentration de Lysol. Évidemment, il faudra que je fasse bien cuire la viande.

Ce matin, j'ai crapahuté dans la neige pendant deux heures. Quand je suis rentré, j'ai fait bouillir le reste du porc-épic (cœur, foie, rognons, quelques morceaux de graisse, un gros caillot de sang retiré des poumons). J'ai mangé les rognons et un bout de foie, délicieux. Ainsi qu'une partie du caillot de sang, assez bon, mais sa texture desséchée m'a déplu.

Après la première fonte des neiges, des explosions de dynamite ont commencé à retentir partout dans les collines. Audibles de temps en temps de ma cabane. Exxon menait des explorations sismiques à la recherche de pétrole. Deux hélicoptères survolaient la zone, faisaient descendre au bout d'un câble un truc bourré de dynamite qui explosait au sol. Des instruments mesuraient les vibrations. À la fin du printemps, je suis allé camper, espérant tirer sur un hélicoptère à l'est de Crater Mountain. Cela s'est révélé plus dur que prévu parce qu'un hélicoptère bouge tout le temps. Une petite chance à un moment donné. Deux tirs rapides tandis qu'un hélicoptère apparaissait entre les arbres. Sans succès chaque fois. De retour à mon campement, j'ai pleuré. En partie à cause de mon échec, mais surtout parce que ce qui se passe dans cette région me désole. Tant de beauté. Un désastre si on trouve du pétrole.

11

« C'est bon, tire la chasse ! » Sammy Fernandez m'apprenait à faire passer des choses par les W.-C. On actionnait une corde attachée à la colonne montante pour faire monter ou descendre des produits. Burritos. Twinkies. Cigarettes. Flacon de shampooing rempli de pruno, le vin de prison.

Sammy et moi, on partageait une cellule dans le quartier disciplinaire, où on devait rester quatre-vingt-dix jours, sanction dont on avait l'une et l'autre écopé pour avoir refusé d'obéir aux ordres des surveillants. La pièce mesurait un mètre sur trois, elle était équipée d'un W.-C. et de deux couchettes en béton recouvertes de matelas en plastique. On se parlait et, à tour de rôle, on se tenait devant la petite fenêtre pour regarder dans le couloir, surnommé la grand-rue, où, avec de la chance, on voyait une codétenue menottée, poussée vers la douche par deux gardiens qui se tenaient derrière elle, la procédure à suivre à l'isolement. On était enfermées vingt-quatre heures sur vingt-quatre, sauf deux fois par semaine, la première quand on nous emmenait chacune prendre une douche, et la deuxième quand on nous accordait de passer une heure, enfermées dans une cage, dans la cour de promenade.

Le couloir de la mort était juste en dessous, dans le même bâtiment. Les gardiens l'appelaient le « niveau A ». Ils le disaient environ cinquante fois par jour et l'administration pénitentiaire estimait sans doute que c'était mauvais pour le moral du personnel de répéter sans arrêt « couloir de la mort ».

Une vieille copine de Sammy, Betty LaFrance, partageait la même colonne montante que nous, à l'étage inférieur. Comme les autres femmes du couloir de la mort, Betty avait accès tant à la cantine qu'à la fraude. Et nous, on avait accès à Betty par le W.-C. et la bouche d'aération ; Dieu merci, parce que Betty ne parlait pas à n'importe qui et faisait encore moins passer des burritos ou de l'alcool distillé à n'importe qui. Sammy et elle avaient été en maison d'arrêt ensemble, quelques années plus tôt, à l'époque où Betty plaidait sa cause.

« C'est toi, ma petite Mexicaine ? Sammy ? » avait-elle crié par la bouche d'aération, le premier soir. Betty avait ses bébés noirs et ses filles mexicaines. Sammy était sa préférée.

Betty avait été mannequin de jambes pour les collants Hanes Her Way. « Ses jambes sont assurées pour des millions. Elle a les pieds aussi cambrés que ceux d'une poupée Barbie, mais pour de vrai. » Sammy a ajouté que Betty avait des talons aiguilles dans sa cellule du couloir de la mort. Elle avait filé des centaines de dollars à un maton pour les faire entrer clandestinement, juste pour pouvoir les mettre de temps en temps et admirer ses jambes.

Des centaines. Des millions. Impossible de croire tout ce que les gens racontent. Mais c'est tout ce qu'on a.

Mannequin de jambes ou pas, le pruno de Betty avait l'aspect et l'odeur du vomi, comme tous les vins de prison. Son odeur de pourri est tellement reconnaissable que lorsque les détenues le font fermenter, elles répandent du talc pour bébé dans toute la cellule pour qu'on ne la sente plus.

« C'est la meilleure gnôle de Stanville, mais il faut la décanter deux fois, mon chou, a crié Betty par la bouche d'aération. N'oubliez pas de la filtrer. Elle doit respirer. »

Elle la fabriquait de la façon habituelle en mélangeant, dans un sac en plastique, du jus de fruits en boîte et du ketchup en sachet, en guise de sucre. Puis elle mettait dans le sac une chaussette bourrée de pain – la levure – et laissait fermenter pendant quelques jours.

Betty a envoyé ensuite un verre à vin, en plastique avec un pied vissé.

« Où s'est-elle procuré ce verre, bon sang ?

– Par le moyen habituel, a répondu Sammy. La cave ou le canoë. »

Les femmes introduisaient en contrebande de l'héroïne, du tabac et des portables, reçus lors des visites, en les mettant dans le vagin ou le rectum. Betty, c'étaient des verres à pied.

Tandis qu'on se partageait le pruno, Sammy m'a raconté que Betty avait organisé l'assassinat de son mari pour toucher son assurance-vie. On ne parle pas des crimes qu'ont commis les gens. Mais Betty, ce n'était pas pareil. Les condamnées du couloir de la mort, ce n'était pas pareil. C'étaient les stars de Stanville, et cancaner sur les stars, ça a une utilité. Tuer le temps.

Le tueur à gages qui avait assassiné son mari était son amant, mais en attendant l'argent, Betty avait eu peur qu'il la trahisse, si bien qu'elle l'avait fait abattre par un flic pourri rencontré dans un bar de Simi Valley. Elle s'apprêtait à faire liquider le second tueur à gages – le policier corrompu qui avait tué le premier – quand on l'avait arrêtée. Elle ne voulait pas partager la police d'assurance avec le flic pourri et elle craignait qu'il vende la mèche. Ils étaient à Las Vegas, où ils faisaient la fête avec l'argent de l'assurance. Elle avait demandé à un vigile du casino El Cortez s'il acceptait de supprimer le flic moyennant une récompense.

« Trésor, ce n'était pas El Cortez, a hurlé Betty dans la bouche d'aération. C'était le Caesars Palace. Franchement, si tu racontes mon histoire et que tu ne connais même pas la différence entre les deux, alors il y a plein d'autres trucs que tu ne connais pas. El Cortez, c'est pour les chauffeurs de limousine en congés et les Philippins. J'ai rien contre eux. J'aurais dû en engager un pour me débarrasser de Doc quand j'en avais l'occasion. »

Doc était le flic pourri, a expliqué Sammy.

« Il a essayé de mettre une prime sur ma tête au moins cinq fois. On pourrait tout de même foutre la paix à une femme dans le couloir de la mort. La laisser tranquille. »

Parmi les preuves ayant contribué à la condamnation de Betty, il y avait une photo d'elle où elle était allongée, nue, sous un monceau d'argent. Une photo prise par Doc, le flic pourri, juste après qu'elle avait reçu le montant de l'assurance-vie de son mari. Betty adorait l'argent, a précisé Sammy. À la maison d'arrêt du comté, elle dormait avec un oreiller bourré de billets. Quand elle était allée au tribunal, elle avait demandé à Sammy de le garder. Sammy m'a dit qu'elle avait eu le sentiment d'être une reine lorsqu'une femme de la classe de Betty LaFrance lui avait confié un oreiller plein d'argent.

Betty et Doc avaient été arrêtés à Las Vegas. Même si Sammy connaissait toutes ces histoires par cœur, Betty trouvait que cela valait la peine de se répéter pour un nouveau public. Par la bouche d'aération, elle nous a décrit la maison d'arrêt du Nevada où elle avait été incarcérée avant son extradition en Californie. Là-bas, toutes les filles – les gonzesses, plutôt – travaillaient. Elles devaient compter des cartes à jouer, les classer pour en faire des jeux destinés aux casinos. Ils l'avaient obligée à le faire, a dit Betty, et elle avait eu les doigts horriblement crevassés.

La gnôle nous était montée à la tête.

« Est-ce qu'elle t'a jamais montré la photo, celle avec l'argent ? » J'avais envie de la voir.

Non. Pourtant, aux dires de Sammy, Betty avait un dossier complet sur elle dans sa cellule, les articles parus dans les journaux, la transcription de son procès, tout. Son affaire avait fait sensation et la une des magazines. Les multiples tueurs à gages qu'elle avait engagés, le flic compromis dans un tas d'autres affaires, l'énorme scandale concernant la police de Los Angeles. Sammy a demandé en criant à Betty si on pouvait jeter un œil à la photo. Ivre comme je l'étais, tout ce dont j'avais envie, c'était de regarder la photo de quelqu'un dont la voix m'était parvenue par la bouche d'aération, une femme couverte de billets, voilà à quoi se résumait la totalité de mes espoirs et de mes désirs. En réalité, ce que je voulais, c'était m'évader par le regard de notre minuscule cellule aux murs de béton.

Betty a refusé d'envoyer la photo par les W.-C. Elle craignait que ça l'abîme. C'est possible d'envelopper des choses correctement dans du plastique pour que l'eau ne s'infiltre pas. Par les W.-C., on envoie des sandwichs à la crème glacée venant de la cantine, emballés dans des serviettes hygiéniques, puis dans du plastique. Betty se faisait prier. Sammy a demandé à McKinnley, le surveillant de nuit, s'il voulait bien lui faire passer un livre de Betty. Tout le monde l'appelait grand-papa. « Je dois le finir, grand-papa, lui a expliqué Sammy. J'ai tout lu, sauf la fin, la dernière fois que j'étais ici. » S'il acceptait, Betty glisserait la photo entre les pages.

« J'ai pas le droit, Fernandez. S'ils te chopent avec un truc qui t'appartient pas, ils rallongeront ta peine. Tu le sais, ça. J'aime pas voir mes petites filles souffrir. Respecte le règlement, Fernandez, et tu retourneras bientôt dans une cellule normale.

– Dommage que t'étais pas mon père, grand-papa. Ma vie aurait été complètement différente.

– Enfin, Fernandez, je suis sûr que ton père a fait de son mieux », a dit le sergent McKinnley.

On a entendu le bruit de ses godillots dans le couloir.

« Mon père, je l'ai pas connu ! a crié Sammy par la fente du passe-plat. Ma mère non plus, elle l'a pas connu ! Elle sait même pas vraiment qui c'était ! »

Nos éclats de rire sont parvenus aux oreilles de Betty et ça a changé la donne. Elle n'était plus le centre de l'attention, alors elle a accepté de faire monter la photo.

Après avoir enlevé la trentaine d'épaisseurs de plastique, Sammy a déplié une feuille de journal où figurait le cliché compromettant. J'avais imaginé un nu classique, avec un bikini en billets de cent dollars, des jambes longues et bronzées assurées pour des millions.

Sur la photo, on voyait une femme couchée sur un lit, rigide comme un cadavre, écrasée sous un monceau de billets d'où seule sa tête émergeait. On aurait dit qu'un camion de gravier avait reculé vers le lit et déversé son chargement de plusieurs tonnes sur elle, l'ensevelissant sous un tas d'argent.

Ni l'une ni l'autre n'avons prononcé un mot. Sammy a replié la feuille, l'a renveloppée et renvoyée par le conduit.

*

Notre sortie hebdomadaire ne se faisait pas dans une véritable cour de promenade, mais dans celle du quartier disciplinaire. Une petite surface bétonnée, ceinturée de barbelés. Mais ça nous donnait la possibilité d'apercevoir Conan, dans une parcelle identique, contiguë à la nôtre. Conan faisait des pompes et parlait voitures avec moi, cela depuis qu'il m'avait demandé d'où je venais.

« Frisco, hein ! La ville où on rallongeait les essieux dans les années quatre-vingt-dix. Des tisonniers, ça s'appelait. Bon sang, vous avez des comptes à rendre, vous autres. »

Dire « Frisco » était aussi crétin et incorrect qu'un essieu rallongé, sauf que Conan avait raison. On aurait dit qu'un matin je m'étais réveillée et que j'avais découvert que tous mes voisins avaient rallongé leurs essieux, de sorte que les roues de leurs voitures dépassaient de chaque côté. Un souvenir lointain à présent, un truc démodé. Cela se passait avant que je déménage du centre-ville, quand la ville avait été envahie et où je n'avais plus les moyens de louer un studio ailleurs que dans le Tenderloin. Les essieux rallongés, ça n'était pas moins important que tous les autres souvenirs qui constituaient le sujet de nos conversations : la vie que nous avions connue.

Conan et moi, on se rappelait les grandes jantes, les jantes en alu customisées. Les kits de néons à mettre sous le châssis. Les carburateurs Holley et Hemis. Les pick-up et les SUV. La Chevrolet Intruder. La Dodge Rendition.

On était d'accord tous les deux pour trouver que l'Intruder semblait avoir été conçu pour être imbriqué dans quelque chose.

« Il y a une nouvelle Nissan, qu'on appelle le Cube, a annoncé Conan. On ne la trouve qu'au Japon. Mais qui a envie d'une voiture carrée ? Le Cube. En voilà un concept aérodynamique. Nissan fabrique des pick-up avec un pot catalytique qu'on peut scier en trois minutes. Je peux pas passer devant une de ces bagnoles sans voler le silencieux. Je devrais le poursuivre en justice, ce fabricant qui me force à être un criminel. »

On se moquait de la Smart. Pour moi, cette voiture ressemblait à l'embout qu'on met sur un pied de meuble. Un truc vertical et compact qui va partout.

« C'était quoi, ta bagnole ? m'a demandé Conan.

– Une Impala 1963.

– Merde alors !

– Putain ! s'est exclamée Sammy. C'est tout toi, ça. »

Mais à l'instant même où je l'ai évoquée, le plaisir est retombé. Je n'avais plus de voiture.

« Tu sais ce que je déteste, c'est quand les gens mettent un échappement libre sur une Cadillac Escalade », a poursuivi Conan, tandis que je tentais de rassembler mes pensées, d'écouter, de rester détachée. « Les Escalade, c'est de la merde. Elles font cheap, on dirait du plastique. Par contre, je refuserais pas une Eldorado. Les années 1970, c'est la fin des bonnes voitures américaines. Avant, on fabriquait des pick-up dans ce pays, maintenant on fabrique des balloches, des *truck nuts*[1].

– Ces horribles machins qu'on voit pendouiller sur les routes à cent trente kilomètres à l'heure ? Je savais pas qu'on les appelait comme ça. »

Que les hommes aient envie d'exhiber des bourses factices – la partie la plus fragile de leur corps – à l'arrière de leur pick-up, ça n'avait pas de sens, ai-je déclaré à Conan, qui était de mon avis.

« Quelle fierté il y a à traîner ces machins pendus à un pare-chocs ? Si j'étais un mec, je m'accrocherais un gros cul, une grosse remorque avec une Harley dessus. Ou je conduirais la Harley.

– Je t'ai entendu te vanter de rouler en Harley auprès de McKinnley.

– Précisément. Si j'étais un mec, je serais comme je suis maintenant. Sauf que je serais pas derrière les barreaux. »

Sammy nous a alors raconté qu'à quinze ans elle possédait une Pontiac Trans Am. Smokey, son dealer et petit ami, la lui avait offerte.

« Je connais un Smokey », a dit Conan.

Moi aussi. Pas personnellement. Celui que je connaissais, c'était Smokey Yunick, le concepteur

1. Sacs avec des balles de tennis représentant des testicules, accrochés à l'arrière de voitures.

de la NASCAR[1]. Smokey Yunick, qui nous avait rapprochés Jimmy Darling et moi. Smokey Yunick, qui trichait dans toutes ses innovations pour la NASCAR, comme tout le monde. Quand il était un jeune pilote de course, il conduisait, le bras posé sur le bord de la fenêtre. Smokey Yunick était un fanfaron. Mais Smokey Yunick était mort. Moi, j'étais en prison. Et Jimmy, je ne savais où. Avec une autre femme, sans l'ombre d'un doute, et qui que fût cette femme, elle me rappelait celle que je n'étais pas. Plus.

« C'est de Smokey de Bell Gardens que tu parles, oui ou non ? a voulu savoir Conan.

– Oui, a répondu Sammy.

– Smokey était ton copain ? Je viens de Bell Gardens et le Smokey que je connais est une femme.

– Je ne le savais pas quand je l'ai rencontré, a expliqué Sammy. Ce type canon qui portait ces petits coquillages blancs, là, autour du cou – comment on les appelle déjà ? –, eh ben, il se pointe, on fait la fête – il avait une bouteille de PCP – et l'instant d'après je suis dans un motel de Whittier, et on est deux jours plus tard.

– Des coquillages puka », a précisé le sergent McKinnley par le haut-parleur. Installé dans le bureau de l'administration, derrière une vitre sans tain, il écoutait nos conversations grâce à des micros longue portée.

1. *National Association for Stock Car Auto Racing* : principal organisme qui régit les courses de stock-cars aux États-Unis.

« Je me réveille sans du tout me rappeler comment j'ai atterri là. Je suis couverte de suçons et cette personne, Smokey, dort à côté de moi. Tous les deux, on est complètement à poil. Je jette un œil sous le drap et je découvre qu'il était comme moi, là en bas. Ça m'a flanqué un choc. On est restées ensemble deux ans. »

Smokey ne savait pas faire démarrer un véhicule en frottant les fils de la batterie et du démarreur. « Elle volait une voiture, on s'amusait dedans, on nettoyait nos empreintes et on la bazardait. » Un jour où elles se faisaient la gueule, Sammy était en train d'essayer d'acheter de l'héroïne dans un burger de Compton, et Smokey était arrivée à toute blinde dans un camion toupie horriblement bruyant, la bétonnière tournant à plein régime. Sammy avait été obligée de hurler pour demander à Smokey de l'arrêter. « Impossible de discuter à côté d'une bétonnière, alors je me suis éloignée de Smokey et elle a roulé moins vite pour me suivre. Au milieu d'une scène pareille, aucun dealer n'allait me vendre quoi que ce soit. Je lui hurle encore d'arrêter ce truc, la toupie, ça s'appelle je crois, et elle me répond : "Je sais pas comment il faut faire." Elle savait juste mettre le contact sur cet engin et le conduire. On a continué de se crier dessus et finalement je suis montée dedans pour qu'on se dispute en privé. Nous v'là parties dans ce camion toupie et on se réconcilie. Je ne suis plus furax. Le chauffeur avait laissé sa gamelle sur le siège. Je l'ai ouverte, en me disant que j'allais boire le jus de fruits et manger le sandwich, enfin ce qu'il avait mis dedans, et en fait je trouve son portefeuille. Alors on a recommencé à se disputer. Elle s'était fourré dans la tête que le portefeuille était à elle parce qu'elle avait fait démarrer le camion. Eh ben, non. Désolée. J'ai pris le fric et je suis sortie. Ce genre de scène, il y en a eu plein entre nous. On voyait pas les choses de la même façon. »

*

Lorsque la prison faisait l'objet d'une mesure de confinement, on était privées de sortie. Parfois, c'était à cause du brouillard, parfois en raison d'une pénurie de personnel. Pendant ma troisième semaine à l'isolement, c'était parce qu'une prisonnière en régime de sécurité minimale s'était échappée de la plantation d'amandiers. Pour décrocher un boulot dans cette plantation, située à l'extérieur de la prison, il fallait avoir seulement soixante jours encore à purger. Cette fille en décidant de s'enfuir avait tout gâché. Betty avait la télé et c'est là qu'elle l'avait appris, elle nous a crié la nouvelle par le conduit. On avait retrouvé la fille chez sa mère, elle avait filé chez elle directement. Personne n'a jamais réussi à s'enfuir de Stanville, m'a dit Sammy.

« Une nana qui était condamnée à perpète, Angel Marie Janicki, a failli y arriver. Elle était à deux doigts d'y arriver, vraiment. »

Elle avait planqué des vêtements dans la cour, une combinaison de mécano et une casquette de base-ball, afin de se faire passer pour un des entrepreneurs qui travaillait là. Quelqu'un lui avait fourni des pinces coupantes. Un jour où la vallée était noyée dans un brouillard laiteux, elle travaillait dans un coin de la cour impossible à voir depuis le mirador. Elle a ouvert une brèche dans la clôture, s'est faufilée dehors et s'est éloignée en marchant. Un gardien qui sortait de la prison a aperçu une silhouette au bord de la route, et ça a éveillé ses soupçons. Les routes autour de la prison n'étaient pas destinées aux êtres humains, mais aux engins d'une agriculture industrielle et aux véhicules se rendant à la prison. Quelques minutes après, on l'avait rattrapée. À présent, la clôture de Stanville était électrifiée. Électricifiée, ainsi que le disait Sammy. « Tu grilles si tu la touches.

– Et se cacher dans le coffre à outils d'un pick-up ? ai-je demandé.

– Tu crois qu'ils ne vérifient pas ? Ils fouillent tous les véhicules.

– En dessous alors. En s'attachant au châssis.

– Ils ont des miroirs sur roulettes. Ils regardent sous chaque véhicule. À moins d'avoir un amant qui pilote un hélicoptère, capable de tirer sur les miradors et d'atterrir dans la cour, tu ne sortiras pas d'ici. Ou peut-être que tu peux simuler un problème grave de santé qui exige qu'on te transfère en urgence à l'hôpital de Stanville, et là, un groupe armé t'attend, prêt à t'aider à te tirer avec des grenades et des fusils d'assaut, sans oublier l'hélicoptère, et bien sûr ils ont aussi prévu le nouveau passeport, le fric, tout ce dont tu auras besoin. »

*

La cinquième semaine à l'isolement, Conan nous a raconté comment on l'avait classé comme homme.

« J'étais dans un poste de police quelque part dans la Vallée, et ils m'ont collé avec les mecs et j'ai préféré les laisser se tromper. Il faut surtout jamais les corriger, parce que ça peut être un mal pour un bien. T'attends, tu vois ce qui se passe, si tu vas pouvoir te sortir de ce merdier. Au milieu de la nuit, ils m'ont emmené au dépôt du centre-ville. Il y avait tellement de monde à mon arrivée là-bas que si t'étais pas un K-10[1], ils s'intéressaient à peine à toi. Moi, ils ont même pas vu que j'avais un briquet. Un coup d'œil à la raie du cul, et au suivant. Ils m'ont interrogé et m'ont demandé si j'étais gay. J'ai répondu oui : il faut toujours dire la vérité quand on peut. Ils m'ont demandé : Quelles boîtes tu fréquentes ? Qu'est-ce qu'il y a à l'étage ? J'ai improvisé et j'ai eu bon. Le flic continue ses questions : Comment s'appelle le videur ? Rick, je dis. Tu es sûr ? Ouais je réponds, mais je me suis gouré, et le flic m'ordonne de foutre le camp. Seuls les vrais pédés ont le droit au dortoir gay. Pas de zumba pour toi, mon pote. Les flics arrêtaient pas de me répéter ça. Pas de zumba pour toi. Comme si je m'étais laissé coffrer pour prendre un cours de zumba à la prison centrale de LA. Je sais même pas ce que c'est, la zumba. Ils m'ont filé les

1. Prisonnier mis à l'écart des autres pour des raisons de sécurité.

accessoires normaux des maisons d'arrêt du comté, les bleu foncé, pas les bleu layette, et ils m'ont mis avec les autres détenus, les mecs normaux. Ça s'est bien terminé. Mon codétenu, un type qui s'appelait Chester, était cool. Je l'ai aidé à récupérer un bout de la grille d'aération au-dessus de la douche parce que j'étais le plus grand de l'étage et, en échange, il me protégeait. Une prison pour hommes, c'est mieux pour plein de raisons. Meilleure bouffe. Bons équipements sportifs. Bibliothèque géniale. Plus de téléphones, pression d'eau plus forte… »

Je l'ai coupé :

« Personne ne s'est aperçu que tu n'étais pas un mec quand tu prenais ta douche ?

– Cette taule, c'était une vraie cocotte-minute. Il fallait toujours être prêt pour la bagarre ou une mutinerie. Tout le monde se douchait en caleçon et avec des grosses godasses aux pieds. Suge Knight[1] était là en même temps que moi. Les matons disaient qu'il avait quatre-vingt mille dollars sur son compte à la prison. Ça faisait beaucoup de sachets de nouilles instantanées. Beaucoup de déodorants.

– Et Chester, qu'est-ce qu'il voulait avec sa grille de ventilation ? ai-je demandé.

– Il se fabriquait une lance. C'était la dernière trouvaille là-bas, une lance avec un manche extensible fabriqué avec des bibles enroulées.

– Qu'est-ce qu'il voulait faire avec ?

1. Ancien footballeur américain, producteur de musique, créateur du label de rap Death Row, condamné pour meurtres.

– J'en sais rien. C'est pas à toi de te demander ce que font les gens. Putain, t'aurais pas survécu une seconde dans une taule de mecs si tu leur avais posé ce genre de questions. »

On avait transféré Conan de la prison centrale pour hommes à la prison fédérale de Wasco. Là, lors d'une fouille au corps dans le couloir sécurisé menant aux ateliers, ils s'étaient rendu compte qu'il était biologiquement une femme. On l'avait fait remonter dans un bus, celui d'une prison pour femmes cette fois, et emmené à Stanville.

*

Un matin, McKinnley a crié à travers la porte que ma préparation au GED[1] aurait lieu dans l'après-midi.

« Quand un gardien viendra te chercher après le déjeuner, tu te tiens bien, Hall. »

Je ne m'étais pas inscrite pour ce diplôme, le seul proposé en formation continue à Stanville. Je l'avais décroché à la fin du lycée. Je n'étais pas une mauvaise élève quand je m'en donnais la peine. J'ai pensé à ce que Conan venait de dire. Ne corrige pas leurs erreurs. Ça peut être un mal pour un bien.

Cet après-midi-là, on m'a fait sortir de la cellule. Ça avait comme un goût de liberté de se retrouver enchaînée et poussée le long d'un couloir après

1. *General Educational Diploma* : diplôme d'études secondaires obtenu en candidat libre.

des semaines de confinement. Dans le bureau de l'administration du quartier disciplinaire, on m'a enfermée dans la cage à oiseaux et abandonnée là, j'entendais les bégaiements et le cliquetis des machines à coudre du couloir de la mort.

« Travaille bien, Hall. Prouve-leur qu'ils avaient tort. Montre à tout le monde que tu n'es pas complètement mauvaise. »

McKinnley s'est éloigné dans le couloir, marchant d'un pas lourd avec ses énormes godillots.

*

Si j'avais compris à quel point les matons haïssaient le personnel civil, peut-être que je me serais montrée plus gentille avec G. Hauser, c'était le nom indiqué sur le badge épinglé à la chemise du prof qui préparait au GED. Il s'est assis sur une chaise près de ma cage, une liasse de feuilles à la main. Du même âge que moi, ou un peu plus vieux, avec une moustache de beauf et d'affreuses baskets.

« Commençons par quelque chose de simple. » Il a lu la première question sur une fiche d'exercices de maths. « Quatre plus trois, ça fait (a) huit, (b) sept, (c) aucun des deux.

– Vous vous foutez de moi.

– C'est (a) huit, (b) sept, ou (c) aucun des deux ? Ça aide quelquefois de se servir de ses doigts pour calculer.

– C'est sept. Je crois qu'on peut passer à quelque chose de plus difficile. »

Il a feuilleté les fiches d'exercices : « D'accord, un problème alors. Si cinq enfants, deux mères et un cousin vont au cinéma, ils ont besoin de combien de billets ? (a) sept, (b) huit, (c) ni l'un ni l'autre.

– Ils vont dans quel cinéma ?

– Ce qui est formidable avec les maths, c'est que cela n'a aucune importance. On peut faire des calculs sans avoir ce genre de détails.

– Il m'est difficile d'imaginer ces gens sans savoir qui ils sont ou dans quel cinéma ils vont. »

Il a acquiescé comme si ma réponse était raisonnable, qu'il n'y voyait rien à redire.

« Peut-être que nous avons brûlé les étapes. Et si nous inventions une question. Plutôt, si nous simplifiions celle-ci. »

Ce mec avait la patience d'un crétin fini.

« Il y a trois adultes et cinq enfants : combien de billets nous faut-il ? »

Sa voix n'était empreinte d'aucune ironie. G. Hauser était tellement résolu à travailler avec celle qu'il me croyait être qu'il m'était impossible de jouer le jeu.

« Si les gosses ont le droit d'entrer gratuitement dans la salle, comment est-ce que je peux savoir le nombre de billets dont ils ont besoin ? Et puis, ça dépend de qui sont ces gens, de quelle salle il s'agit – ils viennent du ghetto ou ils sont ringards, comme vous ? Parce qu'ils ont peut-être fait entrer un des adultes, un cousin par exemple, par une issue de secours, après avoir acheté deux billets. »

J'ai revu la moquette pelucheuse et tachée du multiplexe situé près de l'aéroport d'Oakland, celui où un cousin se serait introduit par une issue de secours au lieu de payer. Sans doute a-t-il disparu, comme tous les autres cinémas que je connaissais. Le Strand, dans Market Street, où Eva et moi, quand on était gamines, buvions du vin de mauvaise qualité, fortifié et aromatisé, avec des adultes. Le Serra, à Daly City, où on passait le *Rocky Horror Picture Show*. Le Surf, à côté de la plage, où ma mère m'avait emmenée, petite, voir un film où jouait l'actrice dont je porte le nom. On voyait sans arrêt les scènes au ralenti du même accident de voiture. J'imagine que j'avais posé trop de questions parce que ma mère avait fini par me sortir de mon siège et me dire qu'on partait. Je lui avais gâché le film.

« Ils sont normaux, a répondu G. Hauser. Comme moi.

– Tous les enfants doivent avoir un billet ? »

Il a hoché la tête.

« Huit.

– Parfait.

– Vous venez de féliciter une femme de vingt-neuf ans qui a trouvé combien faisait trois plus cinq.

– Je dois bien commencer par quelque chose.

– Qu'est-ce qui vous a fait penser que je ne sais pas compter ?

– Il y a des femmes ici qui en sont incapables, qui ont du mal à faire des additions. Je peux vous remettre des exercices d'entraînement au GED et si vous êtes sûre de réussir, je fixerai un jour pour que vous le passiez.

– Je n'ai pas besoin de ce diplôme. Je suis ici parce qu'on m'a convoquée.

– Vous avez l'impression de ne pas avoir besoin d'un diplôme, mais vous serez contente d'en avoir un quand vous serez libérée.

– Je ne sortirai pas. »

Sur un ton calme, l'air de réciter une leçon, il s'est lancé dans tout un baratin sur les gens qui n'ont pas de date de libération et les nombreux cursus d'études auxquels j'aurais droit avec un GED. Je n'ai pas dit que j'étais sortie diplômée du lycée. Je lui ai assuré que j'y réfléchirais et on m'a ramenée dans ma cellule.

*

Jimmy Darling aimait bien compter avec Jackson. Il avait commencé avec une leçon sur l'histoire du calcul, à la table de pique-nique du ranch de Valencia. Jimmy a dessiné un rond sur un bout de papier. « Ça, c'est l'étable où l'homme garde ses bêtes. » Il a dessiné trois autres ronds pour les animaux. « C'est quoi, comme animaux ? » a demandé Jackson. On aime tous les deux les détails superflus, apparemment. « Des moutons, d'accord ? a répondu Jimmy. Le paysan a trois moutons qui ont chacun un nom : Sally, Tim et Joe. Tous les matins, il les laisse sortir pour qu'ils mangent de l'herbe ; le soir, il les ramène dans l'étable. Comme ils ne sont que trois, c'est facile pour lui de vérifier, avec la liste de leurs noms, qu'ils sont tous là, et de s'assurer que Sally, Tim et Joe sont en sécurité pour la nuit, qu'aucun loup ne viendra les dévorer.

« Maintenant, on va dire que le paysan a dix moutons, au lieu de trois. S'il leur donne à chacun un nom, il devra se rappeler dix noms quand ils rentreront. Il devra reconnaître dix moutons. Chaque nom correspond à un mouton et un seul. Si Sally est enceinte, il peut la reconnaître à son gros ventre et cocher son nom lorsqu'elle rentre du pâturage. Bon, maintenant, on va dire que le paysan a trente moutons. Ils sont trop nombreux pour qu'on leur donne un nom à chacun, tu es d'accord ? Alors il met des cailloux dans un panier, un caillou par mouton. Le matin, chaque fois qu'un mouton sort de l'enclos, il enlève un caillou du panier, et le soir, il en remet un au retour de chaque mouton. Quand tous les cailloux sont de nouveau dans le panier, il sait que tous ses moutons sont à l'abri. Les moutons n'ont plus besoin d'avoir de noms. Le paysan a simplement besoin de savoir combien ils sont. » Et il a expliqué à Jackson que les nombres découlaient du comptage, et le comptage, des noms. De même qu'on passe d'un nom à un numéro d'écrou en prison. Sauf que mon numéro ressemblait plus à un nom que le caillou correspondant à l'animal, car il pouvait correspondre à n'importe quel animal, tandis que mon numéro ne correspondait qu'à moi. Même si on nous comptait tous les jours. Ce comptage-là était un comptage total du nombre de personnes dans la prison, pas un comptage par numéro de détenue. On était donc les deux : des animaux qui ne broutaient pas et des individus impossibles à confondre.

*

Quand on nous conduisait dans la cour, pour la sortie hebdomadaire, on pouvait voir en chemin, depuis la coursive, la zone grillagée du couloir de la mort en bas. Sammy a beuglé :

« Je t'aime, Candy Peña ! Je t'aime, Betty LaFrance. »

Candy a levé les yeux. Son visage s'est fendu d'un sourire triste. Elles étaient installées devant leur machine à coudre, piquant une couture sur un sac de toile, déplaçant le tissu à quatre-vingt-dix degrés pour en faire une autre, puis le retournant pour une troisième avant de jeter la pièce sur un tas. Je n'ai pas aperçu Betty, qui refusait souvent de travailler et perdait ainsi les privilèges auxquels elle avait droit.

Elles cousaient des sacs de sable dans le couloir de la mort. Rien d'autre. Elles avaient six machines et elles cousaient des sacs de sable utilisés contre les inondations. Si vous en voyez le long d'une route de Californie, eh bien, vous saurez que les mains de nos célébrités les ont touchés.

Elles gagnent cinq *cents* par heure, dont on leur retire cinquante-cinq pour cent à titre de réparation, pour un travail répétitif qui n'apporte même pas la satisfaction du produit fini. Les sacs ne sont pas terminés. Il faut encore les remplir.

Qui s'en charge ? Des hommes, à mon avis. Des hommes les remplissent et les ferment.

*

D'autres fois, quand on prenait notre douche, les femmes du couloir de la mort étaient au téléphone – il y en avait deux à leur disposition –, ou bien elles attendaient leur tour de passer un coup de fil. Elles parlaient à des journalistes et à des avocats, m'a expliqué Sammy. Les femmes du couloir de la mort se servaient des médias, elles ne cessaient de communiquer avec des gens du monde extérieur. Elles connaissaient toutes sortes de personnes, compte tenu de qui elles étaient. Elles les faisaient marcher, leur laissant entendre qu'elles pourraient leur accorder une interview ou une visite, des promesses qu'elles n'avaient aucune intention de tenir. Les interviews ne les intéressaient pas. Ce qui les intéressait, c'était d'avoir des gens à appeler, des gens qui voulaient quelque chose d'elles ; ça fait du bien d'être l'objet de demandes. C'était un jeu pour attirer l'attention. Un jeu qui n'en était pas un puisqu'elles n'avaient rien d'autre.

Dans le quartier disciplinaire, on n'avait droit ni aux lettres ni aux coups de téléphone. Je n'en avais pas moins le sentiment d'avoir de la chance en comparaison des femmes de l'étage du dessous qui parlaient aux journalistes du *Fresno Bee*. Ma mère me rendrait visite avec Jackson, dès qu'on m'autoriserait à en avoir, quand j'aurais fini mon temps à l'isolement et qu'on me transférerait dans le quartier normal. Elle verserait de l'argent sur mon compte afin que je puisse acheter ce dont j'avais besoin pour survivre – café, dentifrice. Sammy ne cessait de me répéter à quel point c'était important d'avoir quelqu'un dehors, mais je ne voulais pas lui dire que j'avais du soutien. Ou que j'avais écopé de deux condamnations à perpétuité, avec une majoration de six ans. Cela ne regardait que moi. Une intuition, et une intuition juste. Comme dans les loges du Mars Club, on ne révèle pas son vrai nom. On ne donne pas d'informations. On ne parle pas de soi parce qu'on n'a rien à y gagner.

Sammy était une fois de plus à l'isolement le soir où Candy Peña avait reçu les documents pour son exécution. Candy devait choisir la méthode qu'elle préférait et signer le formulaire. Sammy l'avait entendue sangloter en lisant le papier où on lui proposait la chambre à gaz ou une injection létale. « On a éteint la lumière pour protester, a dit Sammy. Et toutes les filles du quartier disciplinaire ont refusé leur plateau-repas. Une tonne de paperasse pour les matons. Ils doivent remplir un formulaire pour chaque détenue qui refuse son plateau et éteint sa veilleuse. Candy ne cessait de hurler. Et toutes les prisonnières à l'isolement ou dans le couloir de la mort pleuraient. Même les surveillants pleuraient. Une handicapée a accepté son plateau-repas, mais je crois qu'elle n'avait juste pas compris ce qui se passait. Candy a choisi l'injection létale. »

Candy Peña avait poignardé une petite fille. Elle était complètement défoncée, à la meth ou au PCP, quand c'était arrivé. Devant l'autel qu'elle avait dressé dans le couloir de la mort, elle priait tous les jours, toutes les heures, toutes les minutes pour l'enfant. Elle a signé le formulaire en pleurant et Sammy, qui était quelqu'un d'humain, même si c'était parfois une teigne, éprouvait de la compassion pour elle. Ce n'est pas parce qu'on est à l'isolement qu'on est insensible. On entend une femme pleurer, et c'est la réalité. On n'est pas dans une salle d'audience où on est bombardé de questions pertinentes ou nulles, où des détails nous sont demandés de manière répétitive et pointilleuse afin de mettre en évidence des contradictions et de démontrer l'intention criminelle. C'est dans le silence de la cellule qu'on est taraudé par la seule et vraie question. La seule à laquelle il est impossible de répondre. Le pourquoi et le comment. Non pas le comment au sens pratique du terme, l'autre. Le comment as-tu pu faire une chose pareille. Le comment as-tu pu.

*

Sammy mouillait son lit, c'était ça, son crime. Elle m'a tout raconté. Je sais, j'ai dit qu'on ne raconte pas sa vie en prison, mais Sammy l'a fait.

« Quand j'avais quatre ans, on habitait dans une caravane sans électricité, à cause de ma mère, c'était une junkie et elle dépensait tout le fric qu'elle gagnait pour acheter sa came. La nuit, je pissais dans le lit pour le réchauffer. Mes jambes se sont couvertes de rougeurs. Une voisine les a vues et a appelé les services sociaux. »

Les services sociaux avaient emmené Sammy, qui était passée par plusieurs foyers avant d'échouer en maison de redressement où elle avait appris à se battre. « Là-bas, t'apprends des tas de trucs utiles en prison. » Quand elle était sortie de là, à douze ans, elle était retournée chez sa mère et avait commencé à se prostituer pour lui payer sa drogue. Les hommes aiment les jeunes. Son premier *sugar daddy* s'appelait Maldonado, il était garant de caution judiciaire. Elle avait fini par se doper elle aussi, elle avait été arrêtée et s'était retrouvée avec un casier aux stups, un « casier à jamais », comme elle l'appelait. Depuis, elle passait son temps à entrer en prison et à en sortir pour usage et trafic de stupéfiants. Ça faisait des lustres que sa mère était morte. Beaucoup de jeunes qu'elle avait connues en maison de redressement étaient ici, à Stanville. Elle avait un immense réseau. Les relations d'une vie en prison.

Sammy avait été en libération conditionnelle, six mois plus tôt. Sa période de liberté n'avait pas duré longtemps. Elle avait hâte maintenant de réintégrer le quartier normal pour récupérer ses affaires. Une télévision, un ventilateur, une résistance pour faire chauffer de l'eau. Sa copine Reebok avait son masque de sommeil. « Il y a des petits cochons dessus, et je veux qu'on me le rende », a-t-elle précisé.

Elle avait donné des choses mais à condition de pouvoir les récupérer si elle revenait. Elle savait que quand elle sortait de prison, ce n'était jamais un vrai départ, seulement des vacances.

Malgré tout, Sammy ne s'était pas attendue à être si vite de retour. On l'avait libérée et remise à un nouveau mari, un type qu'elle avait connu par correspondance. Tout avait commencé par une lettre qu'il avait écrite, mais pas à Sammy. À une autre femme de Stanville, qui s'en était servie comme monnaie d'échange, quelque chose à vendre à une détenue en mal de correspondant. Elles étaient nombreuses à en chercher un. Il y en aurait bien une qui serait prête à payer pour échanger avec ce type. La lettre était passée entre tellement de mains quand elle avait atterri dans celles de Sammy que toutes ses pages se déchiraient aux pliures. La lettre et son auteur, Keath machin chouette – je n'ai jamais réussi à me rappeler son nom –, étaient pleins de promesses, si bien que sa destinataire faisait monter les enchères. Lorsque Sammy l'avait eue, son prix dépassait les cinquante dollars. Celle qui ferait la meilleure offre recevrait l'enveloppe avec l'adresse de Keath. Sammy m'a dit que dès qu'elle avait lu le début de la lettre, elle avait compris que celle-ci valait plus que cinquante dollars, bien plus.

« Il écrivait comme un élève de CE2, a-t-elle expliqué d'un ton grave, comme pour suggérer que c'était la preuve d'une immense valeur. Il savait même pas écrire correctement son prénom. K-e-a-t-h ? Putain, qui l'écrit comme ça ? »

Keath avec son prénom mal orthographié était une victime idéale.

La femme qui vendait la lettre avait collé la photo d'une lycéenne reine de beauté sur sa page de correspondance de la prison. Les prisonnières mettaient des photos qu'elles récupéraient ou échangeaient, la fille de l'une, la cousine d'une autre, de n'importe qui. Sauf d'elles. Il est vital d'avoir des contacts à l'extérieur, des messagers – des gens qui vous envoient de l'argent. Et trouver des hommes qui vous écrivent, c'était un moyen d'en avoir. Keath avait écrit à une jeune reine de beauté, croyait-il, alors que la femme qui s'était servie de la photo était âgée, avec un larynx artificiel à cause d'un cancer de la gorge. Elle avait appuyé sur son appareil à piles logé dans sa gorge pour négocier le prix avec Sammy, qui lui avait proposé de la payer avec son lecteur de CD. La femme lui avait tendu l'enveloppe avec l'adresse de Keath.

Sammy a écrit à Keath, elle s'est présentée, lui a dit qu'elle avait tout de suite senti en lisant sa lettre qu'ils étaient proches. Ils ont commencé à se faire la cour. Elle allait être mise en liberté conditionnelle dans quelques mois, alors il lui fallait davantage qu'un contact, il lui fallait un point de chute. Un appartement, une stabilité financière, la preuve d'un emploi rémunéré, sinon la commission de probation ne la libérerait pas. Sammy avait bien un ex, Rodney, qui aurait pu l'héberger à Compton, mais Rodney la cognait et elle ne voulait plus de ça. Keath semblait être la solution.

Il avait été pilote dans l'armée de l'air et touchait une bonne retraite de militaire. Lors de sa première visite à la prison, il avait demandé à Sammy de l'épouser. Il était blanc, un grand type lourdaud, avec de l'embonpoint et un œil paresseux. Sammy a accepté, mais n'a pu se résoudre à ce qu'il l'embrasse dans le parloir. Comme nous toutes, elle s'était livrée à des tas de pratiques sexuelles, mais laisser ce niais lui claquer une bise sur la joue, c'était au-dessus de ses forces. Elle lui a dit qu'elle n'avait plus droit à aucun privilège et qu'elle ne pouvait donc pas prendre quelqu'un dans ses bras ni l'embrasser. Keath l'a crue. « Mince alors, je ne veux pas te mettre dans le pétrin, on n'a qu'à se serrer la main. » Sammy a obtenu sa liberté conditionnelle. Ils se sont mariés au tribunal du comté, à Hanford, une commune rurale, poussiéreuse, proche de Stanville, où le père de Keath vendait du matériel pour tracteurs. Sa famille leur avait aménagé un appartement tout en bleu, des rideaux au canapé, en passant par les bols pour le micro-ondes, Sammy ayant dit que c'était sa couleur préférée. Mais Sammy n'avait pas de couleur préférée. Elle se bornait à exprimer ce qu'elle croyait que Keath avait envie d'entendre. Elle avait choisi le bleu parce qu'elle portait cette couleur ce jour-là, au parloir, comme toutes les autres prisonnières présentes.

Et voilà, Sammy, la Mexicaine de la cité Estrada Courts, à l'est de Los Angeles, se retrouvait désormais dans une petite ville de Central Valley, affublée d'un mari blanc et simplet qui, en fait, n'avait jamais piloté d'avions, jamais été dans l'armée de l'air, mais passait ses journées à regarder des courses de voitures à la télé. Il disait qu'il irait à Daytona, parlait sans cesse du circuit automobile de Daytona. Tous les mois, il remplissait de la main gauche le formulaire d'allocation handicapés afin que les services sociaux en concluent qu'il était lent, plus encore qu'il ne l'était déjà. Sa famille, des gens tous grands et gras, ignorait tout de Sammy et ne demandait pas à Keath où il l'avait rencontrée. Un jour, il l'avait emmenée à un pique-nique près de l'autoroute I-5. Un rassemblement de personnes qui rejouaient la guerre de Sécession. Des femmes en tenue d'époque préparaient des gâteaux dans des cabanes de rondins. Keath voulait que Sammy se joigne à elles. Sammy qui n'avait jamais cuisiné autre chose que des plats de prison. Elle savait préparer un cheese cake avec du Sprite et des succédanés de produits laitiers, ou des tamales avec des Doritos du réfectoire imbibées d'eau et malaxées à la main. Elle se sentait mal à l'aise, regrettant de ne pas avoir de manches longues pour cacher ses tatouages de détenue. « J'adore votre bronzage », lui a dit une des femmes tout en étalant sa pâte à tarte. Les hommes tiraient des coups de canon. L'un a sonné du clairon. Keath, capitaine factice d'une armée factice, a gagné une véritable épée ce jour-là. Il ferait mieux de s'en débarrasser, lui a expliqué Sammy pendant le long trajet de retour jusqu'à Hanford. Elle était une prisonnière d'un établissement de haute sécurité, en liberté conditionnelle : donc pas d'arme à feu ni de couteau de plus de vingt-cinq centimètres de long, sinon c'était le retour direct en prison. « Ah, merde alors ! » Keath a soufflé et claqué des lèvres comme un môme. Comme un Keath machin chouette qui vit dans un rêve, se trouve une chica à Stanville et l'emmène à un pique-nique où des Blancs admirent son bronzage.

Toujours est-il qu'après ça Keath ne l'a plus emmenée nulle part. Il ne sortait qu'un soir par semaine, le dimanche, pour aller travailler à la Croix-Rouge comme agent de sécurité bénévole. Il en faisait tout un plat. Emportait toujours une sacoche qui, à l'en croire, contenait d'importants documents qu'il devait étudier pour sa prochaine course à Daytona. Ce n'était pas vraiment une sacoche. C'était la boîte vide d'un backgammon. Une fois, Sammy l'a ouverte. Elle était remplie de confiseries.

Sans argent, sans voiture, Sammy se retrouvait piégée avec un abruti dans un appartement proche d'un parc d'engraissement. Keath passait la journée à pivoter de gauche à droite dans son fauteuil, comme s'il était sur le circuit automobile à l'intérieur de sa télé. Il portait un T-shirt fluo de Daytona, avec PENZOIL marqué sur l'épaule. Sammy a commencé à lui demander de l'argent, et il lui en a donné un peu, à contrecœur. Elle se rendait à pied au magasin discount, achetait un litre de bière, le buvait en discutant avec les ouvriers agricoles qui vivaient dans les bicoques derrière le parking. Un soir, elle est rentrée ivre. Keath prenait des virages dans son fauteuil, tandis que des bolides tournaient sur la piste à la télé. Ç'a été la goutte de trop pour Sammy. Elle a attrapé un lourd cendrier en verre, a frappé Keath à la tête et est sortie en courant de l'appartement.

Sammy était une fugitive sans endroit où aller. À un passage à un niveau, elle a entendu une sirène au loin. Elle s'est cachée derrière un poste d'aiguillage, le temps que le bruit s'éloigne, puis elle a suivi la voie ferrée. Arrivée à l'autoroute, elle a attendu, sur le bord de la voie, qu'un automobiliste la prenne en stop.

Sammy connaissait les bas quartiers, c'est là qu'elle avait vécu, chaque fois, entre deux incarcérations. Alors, c'est là qu'elle s'est rendue, cette fois encore. L'endroit idéal pour disparaître, à condition d'être vigilant. Pendant plusieurs mois, elle a réussi à ne pas se faire arrêter, jusqu'au jour où elle s'est fait prendre dans un coup de filet. Bien que Keath ait porté plainte, aucune procédure de divorce n'avait jamais été entamée et, autant qu'elle le sache, elle était donc toujours mariée à ce plouc débile qui vivait juste à côté.

*

Pendant notre heure hebdomadaire dans la cour, j'ai aperçu à travers les barbelés le prof du GED. Il se dirigeait vers le quartier disciplinaire. Je lui ai crié bonjour. Il m'a saluée et demandé par la clôture si j'avais réfléchi à la possibilité de préparer l'examen de fin d'études secondaires.

Non, je lui ai répondu.

« Au cas où vous voudriez le passer, prévenez l'administration. Les questions étaient faciles pour vous, c'est bon signe. Si vous voulez quelque chose de plus stimulant, je peux vous donner une liste de lectures.

– Je sais lire. Et j'ai mon diplôme de fin de lycée.

– Je ne l'avais pas compris.

– J'aurais pu aller à la fac. À Berkeley. » Avant d'aller en prison, je n'étais pas vraiment une menteuse. Mais avec le personnel pénitentiaire et les gardiens, on se met automatiquement à mentir. Ils se fichent de notre gueule, on se fiche de leur gueule.

« Non, c'est vrai ? C'est là que j'ai fait mes études. »

Je lui ai raconté un bobard : je n'avais pas pu m'inscrire à cause de mon père qui était malade et dont j'avais dû m'occuper, et ça m'avait complètement déprimée. « Les livres me manquent beaucoup. J'adore lire. » Ce n'était pas un mensonge.

« Je serai ravi de vous en apporter si vous voulez. Et maintenant que je sais que vous êtes d'un niveau supérieur, il ne s'agira pas de manuels pour préparer l'examen, c'est promis. Qu'est-ce que vous aimez lire ? »

*

« Qu'est-ce que vous aimez lire ? a répété Sammy en le singeant, après qu'il s'était éloigné. Ce type m'a tout l'air d'une victime. Il pourrait être ton Keath. » Sammy a mimé le geste de rembobiner un moulinet de canne à pêche. « Vas-y lentement, fais ça bien, et tu attraperas Keath II. »

Ma détermination à ne rien dire de ma vie privée s'est renforcée, pas question de confier à Sammy que je n'avais pas besoin d'un Keath.

Sammy en avait besoin d'un. Moi, j'avais ma mère. Dès que je serais sortie de l'isolement, j'aurais le droit d'avoir des visites. Ma mère et Jackson viendraient me voir en voiture de San Francisco, une fois par mois. Ma mère verserait de l'argent sur mon compte. Je faisais comme si ça m'intéressait de ferrer ce prof, uniquement parce que j'étais désolée pour Sammy, obligée de considérer n'importe qui comme une éventuelle victime, une victime susceptible de la sauver.

*

Les dindes que j'avais aperçues du bus de la prison, le lendemain de la nuit des Chaînes, celles dont les plumes, arrachées par le vent, tournoyaient sur l'autoroute, n'étaient pas en route pour Stanville.

Le jour de Thanksgiving a marqué la fin d'un mois à l'isolement. Ils ont glissé notre repas de fête par le passe-plat. J'ai pris mon plateau. Un gros pilon, bien charnu, trônait dessus. Exceptionnellement gros. Je n'en avais jamais vu d'aussi gros.

« C'est la même chose tous les ans, a fait observer Sammy.

– C'est-à-dire ?

– Un énorme morceau de viande pour Thanksgiving. Il paraît que c'est de l'émeu. »

Les émeus sont d'affreux oiseaux agressifs et très grands, qui peuvent mesurer jusqu'à deux mètres de haut quand ils tendent le cou. Le voisin du ranch de Jimmy Darling en avait. Ils entraient quelquefois chez lui et se baladaient dans la propriété. Ils ressemblaient aux êtres humains, violents et imprévisibles, avec des cerveaux de la taille d'une noix.

Après ce repas infect, McKinnley nous a emmenées dans le carré de béton grillagé, une faveur pour cause de jour de fête. Il faisait glacial. Le ciel avait la sinistre blancheur des vieux appareils électroménagers. Le vent nous a soufflé de la poussière dans les yeux quand on s'est assises par terre, en attendant de voir apparaître des membres du personnel pénitentiaire ou des surveillants de l'autre côté des barbelés. Voilà le spectacle passionnant pour lequel on vivait. Une infirmière est passée en courant. Suivie de deux autres. Conan a gueulé : « Sauvez une vie ! », d'un ton qui minimisait l'urgence de leur mission. La rendait comique. La vie ne comptait pas beaucoup. Cela donnait l'occasion à Conan de s'époumoner tout en regardant les seins des infirmières tressauter.

J'avais faim. Je n'avais pas touché à l'émeu. Sammy non plus.

« Si je n'étais pas coincée au mitard, j'aurais pu le vendre, ce pilon, a-t-elle dit. Les jeunes Noires les mélangent avec de la farce et du maïs en conserve. L'année dernière, j'en ai vu une qui en sortait un gros en fraude de la cantine. Elle s'est brûlé l'intérieur de la cuisse, elle avait plein de cloques.

– Pourquoi t'es tellement raciste ? s'est agacé Conan. Les Noires par-ci. Les Noires par-là. Juste parce que c'est nous qui gérons cette prison.

– Ç'aurait pu être nous, a rétorqué Sammy, en parlant des Latinos. Si on n'était pas une majorité à être défoncées.

– N'empêche que c'est une bonne idée d'acheter un pilon, pour le mélanger à du maïs et de la farce, a dit Conan. Peut-être qu'on pourrait mettre aussi des nachos au fromage, des piments jalapeños. Ils se sont pas foutus de nous avec ce morceau de barbaque. C'était du sérieux. Pas une portion Mortimer. »

Mortimer était soi-disant une détenue de Stanville qui avait poursuivi la prison en justice. À cause d'elle, ils devaient nous servir exactement 1 400 calories par jour pour éviter qu'on dépose plainte pour obésité, comme elle-même l'avait fait. La portion Mortimer était insuffisante. Cependant, si on avait des reproches à faire, nous disaient les gardiens, c'était pas à la prison, mais à Mortimer qu'il fallait les faire, elle avait tout gâché en déposant une plainte avec le formulaire 602, et il en avait résulté un procès absurde. Un tas de règles de ce genre portaient le nom d'un prisonnier. Pour obtenir des médicaments, on devait se tenir dans la boîte Armstrong, un carré rouge peint sur le sol, tout autour du comptoir de distribution des comprimés. Pour l'intimité. Si on ne vous appelait pas au guichet, si même on effleurait juste du pied la ligne rouge du carré en marchant dans le couloir, on avait droit au formulaire 115, grâce à une parano nommée Armstrong.

On détestait les prisonnières qui avaient tout gâché pour les autres, même si elles n'avaient sans doute jamais existé. Sammy m'a raconté où finissaient les formulaires 602 : au fond d'une déchiqueteuse dans le bureau de l'assistante de l'avocat plaidant. Je doutais fortement qu'une détenue puisse entrer dans l'histoire, voir son nom associé à un nouveau règlement, alors même qu'il était impossible déjà de porter plainte.

*

Les jours fériés sont déprimants en prison, dit-on. Et c'est vrai. Parce qu'on ne peut pas s'empêcher de penser à la vie qu'on a eue ou à celle qu'on n'a pas eue. Les jours fériés représentent la vie telle qu'elle devrait être.

Je n'avais pas profité de mon dernier Thanksgiving en liberté. J'avais travaillé toute la journée au Mars Club. Les mecs ne prennent pas congé de leur addiction. Les jours fériés, c'est bondé, parce qu'ils ont envie de s'échapper de leur quotidien pour vivre avec nous leur vraie vie, leurs fantasmes.

Personne ne m'avait obligée à passer Thanksgiving au Mars Club. Je n'avais pas un tel besoin d'argent, ce jour-là. Pourquoi n'avais-je rien fait avec Jackson ? Je l'avais confié à ma voisine. Elle avait préparé un repas avec des amis. Les gosses s'étaient bien amusés. J'étais restée avec Kurt Kennedy dans une salle obscure. À cette époque, je m'étais plus ou moins faite à l'idée d'avoir un client régulier, même si ça tenait de l'arnaque. D'instinct j'étais contre, et puis cela m'était apparu comme une sécurité nouvelle. Il serait là quand je viendrais travailler. Il me choisirait systématiquement. Je n'aurais pas à scanner la salle du regard dans l'attente qu'un type décide que j'étais, pendant son heure de déjeuner, dans son fief obscur du Mars Club, celle qu'il voulait payer pour lui tenir compagnie.

Les mecs obtiennent ce dont ils ont envie, ou bien ils voient quelque chose qui leur plaît plus, une autre nana, et on n'a plus qu'à aller se faire voir. Ça, avec un client régulier, ça ne se produit pas. J'étais celle sur qui un homme avait porté son choix, avant même que j'arrive au club, avant même que lui-même y soit arrivé. Le choix de Kennedy. En l'espace de quelques heures, il me filait plusieurs centaines de dollars. Tout ce qu'il voulait, c'était faire comme si j'étais sa nana.

Tu es ma nana, d'accord ? Ses mains calleuses et rêches sur mes cuisses. Sa voix rocailleuse. C'était lui qui parlait la plupart du temps. Il s'était pris une balle dans la jambe au boulot, c'est pour ça qu'il boitait. Il avait d'abord prétendu être inspecteur de police ou un truc du genre, puis il avait dit que ce n'était pas vraiment vrai et s'était lancé dans un grand discours sur son véritable travail, je ne l'écoutais pas, je me fichais de ce qu'il faisait, qu'il mente ou dise la vérité. Il touchait une pension d'invalidité et avait trop de temps libre. Il voulait m'emmener sur son bateau. Je déteste le bateau, je ne lui ai pas dit. Bien sûr. Ça a l'air super sympa. Tu n'as pas idée de combien ça coûte une place dans ce port. Absolument. Vingt mille par an, a-t-il précisé en me tendant un autre billet de vingt. Oui, oui. Tu aimes les fessées ? J'ai envie de t'en donner une. Il m'a filé un autre billet de vingt. Parfois, ses billets étaient neufs, si lisses et craquants que j'aurais aimé m'assurer qu'ils n'étaient pas faux. L'argent, c'est l'argent. Le grand neutralisant : voici un travail, voilà un paiement. J'aimerais faire rougir tes fesses. Putain, qu'elles soient rouge vif. Et il les a légèrement tapées de sa main calleuse. Vraiment légèrement : il était perdu dans ses pensées. Pensées est un grand mot. Il n'y aurait pas de séances de fessées. C'était inutile. J'étais son simulateur de réalité virtuelle tandis que je bougeais mon cul, le long de ses cuisses tendues de tissu, pour lui vider son portefeuille. Quand il était vide, soit il allait au distributeur dans l'entrée du Mars Club pour retirer plus de fric, soit non. De toute façon, il reviendrait le lendemain.

*

Quelques jours après Thanksgiving, le sergent McKinnley m'a prévenue qu'il y avait un message pour moi au bureau de l'administration.

Je m'y suis rendue, menottée, suivie de près par McKinnley et un autre flic.

Je me suis retrouvée en face du lieutenant Jones.

« Vous avez un parent décédé.

– Un parent ?

– Votre mère, c'est ce qui est écrit. »

Il y a trois mille femmes à Stanville. Ça arrive tout le temps de recevoir de mauvaises informations : on est séropositive, alors qu'on ne l'est pas, ou on nous remet le courrier d'une autre. J'étais persuadée que Jones se trompait. Ou qu'elle me torturait parce que c'était son rôle, torturer.

Je lui ai dit que je ne la croyais pas.

« Gretchen Becker, c'est écrit là. Morte dans un accident de voiture, dimanche dernier, le 30 novembre.

– Non, ça n'est pas possible.

– Elle a été admise avec un enfant au General Hospital de San Francisco, a lu Jones d'une voix d'automate. L'enfant était blessé, mais sa vie n'est pas en danger.

– C'est mon fils. Il n'a que sept ans. Il n'a personne d'autre. Il faut que j'aille là-bas.

– Il faut que vous alliez là-bas ? Vous êtes sous le coup de deux condamnations à perpétuité, Hall. Vous n'irez nulle part.

– C'est mon fils. Il est à l'hôpital, je...

– Si vous vouliez être une mère, Hall, il fallait y penser plus tôt. »

Je me suis jetée sur le papier que Jones tenait entre ses mains. Je devais le voir.

McKinnley m'a attrapée. J'ai essayé de me dégager. Je devais voir ce papier.

Il m'a collée au sol et a posé une de ses grosses chaussures sur mon épaule pour m'empêcher de bouger. Il ne voulait pas me faire mal. Je le sentais. Mais Jones était lieutenant, c'était sa supérieure. Il a enfoncé sa chaussure entre mes omoplates. Elle répétait, Ta mère est partie. Ma mère était partie. Je restais seule avec ça, avec cette guerre.

« Laissez-moi voir ce papier. S'il vous plaît. »

Je n'étais pas calme, c'est vrai. Mon « s'il vous plaît » était un hurlement. S'il vous plaît. S'il vous plaît. Donnez-le-moi. Donnez-moi ce foutu papier.

« Fut un temps où les salopes dans votre genre me faisaient de la peine, a rétorqué Jones. Mais on n'atterrit pas en prison quand on veut être parent. Point final. »

J'ai tenté de me redresser. D'autres flics étaient sur moi. J'ai mordu une main, de qui je n'en avais aucune idée. Ils ont appuyé sur ma tête. Je l'ai tournée sur le côté. J'ai craché. J'ai craché sur McKinnley et reçu un coup de matraque sur la nuque. Une sirène a retenti. Ils me tenaient plaquée au sol. Le mugissement de la sirène m'a transpercé les tympans et je ne pouvais rien faire d'autre que me débattre : « C'est ma famille ! C'est mon fils ! Mon fils ! »

J'ai tenté de relever la tête, je me suis cambrée, j'ai battu des pieds, jusqu'à ce qu'ils soient immobilisés, jusqu'à ce que tout mon corps soit immobilisé.

II

12

Doc avait été un des premiers ripoux au sein de la division Rampart[1] de la LAPD, la police de Los Angeles. Il faisait des coups tordus, c'est ainsi qu'il le formulait, bien avant que l'unité antigang acquière une mauvaise réputation. Du coup, il se considérait comme un précurseur. Condamné à perpétuité sans libération conditionnelle, il purgeait sa peine dans le quartier réservé aux détenus dits sensibles de la prison de New Folsom.

Ce quartier avait des gradins en béton et une vaste scène où les drames quotidiens se déroulaient devant des rangées de portes automatiques bleues, chacune

1. Entre 1995 et 1998, plus de 70 policiers du CRASH, une unité antigang de la police municipale de Los Angeles appartenant à la division Rampart, ont été impliqués dans un scandale de corruption généralisée : trafics de drogue, faux témoignages, dissimulation de preuves, tirs sans sommation…

percée d'un œilleton. Comme tous les autres, Doc était dans une cellule mesurant deux mètres cinquante sur trois et, comme tous les autres, il la partageait. On ne choisit pas son codétenu. Dans le quartier des détenus « sensibles » de New Folsom, il y a cent pour cent de chances que ce codétenu soit un violeur d'enfant, une balance ou un transsexuel, puisque c'est à eux qu'est destiné ce quartier spécial. Un codétenu transsexuel – Doc n'y voyait pas d'inconvénient. Les hommes à nichons ne le dérangeaient pas. Il s'en était tapé plusieurs, pas de face ou quoi que ce soit de ce genre, non, il les avait surtout caressés ou explorés par-derrière; une expérience qui, comme tout dans la vie, avait du sens sur le moment. Les transsexuels de son quartier jouaient un softball de chochottes et Doc aimait les regarder, comme tout mâle au sang chaud. Ils aimaient tous les regarder jouer. Quand on était un hétéro enfermé à vie avec d'autres mecs, comment faire autrement ? Soudain, des créatures avec un gros cul et des vrais nichons qui ballottaient sous le maillot fourni par l'administration pénitentiaire couraient d'une base à l'autre, sautaient, maniaient la batte avec une adorable maladresse, ou se précipitaient sur une balle lancée dans leur direction sans jamais réussir à l'attraper. Ils étaient si comiques, stupides, maladroits, et puis ils sentaient bon, exactement comme des femmes et, comme des femmes, ils avaient un petit pois dans le ciboulot, s'exprimaient d'une voix douce et aiguë.

Il aurait cohabité avec l'un d'eux sans problème. Au lieu de quoi, on lui avait collé un personnage peu recommandable qui avait violé sa fille. Le type avait dit qu'il s'agissait de sa belle-fille quand Doc avait exigé de voir son dossier, une demande systématique dans ce quartier de la prison. On a tous nos histoires, c'est vrai. Doc avait été violé, enfant, par son père adoptif, il en parlait ouvertement. Mais il n'avait pas harcelé son codétenu. C'est la prison. Et en prison, on n'a pas d'amis. On n'a pas à se soucier de leurs sentiments. On établit des règles à respecter dans la cellule et on laisse l'autre tranquille. Les règles de Doc concernaient surtout le nettoyage. Ils étaient nombreux à en avoir de la sorte dans ce quartier de New Folsom. Le béton de la partie commune luisait comme un miroir à force d'être astiqué ; tout n'était que propreté, miroitement, perfection. L'odeur du nettoyant industriel qu'ils utilisaient, le Cell Block 64, était particulièrement forte dans le quartier de Doc. Plus qu'omniprésente, envahissante : l'odeur comme un mode de respiration, de pensée, d'être. En tant que gardien de son bloc, Doc avait accès au stock de produits ménagers. Il avait sa propre réserve de Cell Block 64. Il aurait pu s'en servir comme eau de Cologne, mais il avait de l'argent sur son compte et il se parfumait avec de la véritable eau de Cologne, surtout pas avec cette saloperie d'Old Spice. Une bonne eau de Cologne d'un styliste italien dont le nom lui échappait toujours. Ah oui : Cesare Paciotti. Il mettait toujours un temps à se le rappeler. Il n'utilisait le Cell Block 64 que pour préserver de la poussière et de la saleté ses affaires personnelles, c'est-à-dire celles qu'il avait introduites en fraude. Tout ce qu'on ne pouvait prouver avoir acheté en présentant la facture était confisqué en cas de descente dans les cellules ou de transfert. Tout ce qui se trouvait dans une cellule et qui n'était pas autorisé par la direction de l'administration pénitentiaire, le California Department of Corrections, était considéré comme de la contrebande. Pardon, le California Department of Corrections and *Rehabilitation*, le mot réinsertion a été ajouté cette année. Sauf qu'il n'y a aucun nouveau programme. Rien que cette lettre de merde – R.

*

Allongé sur sa couchette, Doc parcourt les dossiers qu'il a en mémoire, il cherche une image agréable. Le porno est interdit. Et il n'y a pas Internet, évidemment. C'est dans la tête qu'on planque les images excitantes. Doc passe en revue celles qu'il garde en stock. Il laisse de côté le souvenir de la dernière femme avec qui il a eu des relations sexuelles, Betty LaFrance, à cause de laquelle il s'est retrouvé ici. Il se concentre sur les années d'avant.

Il s'imagine en train de rouler dans les rues, dans une voiture banalisée. S'il parvient à se replonger dans sa vie antérieure, il aura le début d'un bon scénario.

Ah, voilà, une serveuse avec un nez retroussé. Le bar d'Eagle Rock qu'il aimait fréquenter. Le Toppers.

Un flic en civil entre dans un bar.

Il ne se souvenait jamais de la chute de cette blague. Un flic en civil entre dans un bar. Rien de plus. Cela ne menait nulle part.

Un soir, la serveuse du Toppers était tellement saoule et défoncée qu'elle ne s'était pas offusquée que Doc lui glisse dans sa culotte un billet canadien de deux dollars – ça valait encore moins que deux dollars américains. Ha ha ha. Pourquoi une serveuse ne portait-elle qu'une culotte ? Ça faisait partie du mystère de Toppers. C'était le seul mystère du Toppers. Et il l'avait percé à jour, en emmenant la fille dans sa voiture. Il avait baissé sa culotte et posé la main entre ses cuisses. Elle avait utilisé de la crème dépilatoire ou de la cire et on aurait dit une petite fille là en bas, ce qui était inacceptable pour Doc, qui était un protecteur et un défenseur des enfants. Son pubis glabre lui avait fait un tel effet qu'il avait retiré sa main ; il avait oublié ce moment-là en choisissant ce dossier dans son Rolodex mental. Il lui avait balancé un billet de vingt dollars à la figure et lui avait dit de sortir de la voiture immédiatement. Ça y est, ses pensées sont parties ramper dans le territoire des sales types et des enfants innocents, et au lieu de convoquer l'image d'un strip-tease sexy ou d'une femme le suppliant de lui enfourner sa bite dans la bouche, il rêve de repeindre le paysage au pistolet-mitrailleur. De nettoyer dans sa totalité l'immense scène d'action des pédophiles.

Les pistolets-mitrailleurs. Les Uzi. Cette gamine en short rose bonbon qui avait liquidé son éducateur à Las Vegas. Ils avaient tous regardé ça aux infos sur leur télé, des dizaines de milliers d'hommes de l'État de Californie condamnés à perpète comme Doc, allongés sur leur couchette, de minuscules écouteurs aux oreilles, espérant voir le moment où la môme en short rose bonbon flinguait un adulte avec un Uzi. On la voyait commencer à tirer, puis une pause, puis l'éducateur lance un encourageant : « Très bien ! » Comme s'il voulait dire : *Bravo, cette gosse est OK*. Elle tire de nouveau, mais ça coupait avant qu'elle ne l'abatte. Systématiquement. Et pourtant, ils continuaient tous de regarder ces images en espérant voir cet instant-là, précisément. Comme si, en les regardant, chaque fois qu'on les repassait, ils créaient la possibilité que, par un coup de chance technologique, une défaillance de l'univers, elles montrent enfin l'instant où la gamine faisait exploser la cervelle de son éducateur.

Doc se détourne lentement de cette scène. Il peut obtenir tout ce qu'il veut. C'est important de s'en souvenir quand on passe en revue ce qu'on a en réserve. Mais parfois, avoir trop de choix a quelque chose de tyrannique.

La tyrannie du choix, on n'imagine pas vraiment que ce soit le premier problème qui se pose quand on est en prison. Pourtant, Doc ne parvient pas à se concentrer sur une image. Son codétenu ne reviendra pas avant que la porte s'ouvre à l'heure prévue, et il a envie de profiter au mieux du temps qu'il a devant lui.

Se retrouver à l'époque où il était encore inspecteur, roulant dans les rues discrètement, par une douce soirée, prêt pour un de ses coups foireux. À force, Doc connaissait tous les bars de Los Angeles où la prostitution se pratiquait de manière naturelle et sans détour. Le Polished Knob, sur Wiltshire Avenue dans Koreatown, un restaurant de style médiéval, avec un cachot au sous-sol. Bobby London, à l'angle de Beverly Boulevard et de Western Avenue, où on ne servait que les Coréens et la LAPD, et uniquement la LAPD sous forme de pots-de-vin, et à la LAPD uniquement Doc, et ce n'étaient pas des pots-de-vin, mais des menaces de chantage.

Un flic entre dans un bordel.

Celle-là non plus, il n'arrivait jamais à se la rappeler.

Il y avait aussi Las Brisas, sur une partie plutôt déserte de Sunset Boulevard, près du Dodger Stadium, où les voitures roulaient à cent dix kilomètres à l'heure. Dans la réserve de Las Brisas, on pouvait sauter la barmaid, une gentille fille d'une sensualité toute maternelle. Elle sentait les tamales au bœuf et le Fabuloso, un détergent à l'odeur fleurie et douceâtre assez semblable, réflexion faite, à celle du Cell Block 64. Quand il allait à Las Brisas, ça démarrait toujours par des étreintes et des frotti-frotta collés-serrés avec plusieurs nanas qui se prostituaient là, mais ça se terminait invariablement dans la réserve avec la barmaid qui sentait le Cell Block 64. Elle en faisait gicler dans sa main, en enduisait Doc, puis elle, et c'était parti pour une séance de baise bien huilée, debout, Doc la plaquant contre une pile de caisses de bière. Une nana généreuse, feignant toujours d'être heureuse, comme si c'était sa fierté que Doc atteigne l'orgasme, il était son grand garçon qui lui apportait une gerbe de roses rouges en éjaculant, elle en avait plein les cuisses.

Doc prend une profonde inspiration, en silence, parce que la porte s'est ouverte : branchée sur une minuterie, elle se refermera dans dix minutes. Son codétenu revient, s'assied sur la couchette du dessous.

Des roses rouges. Des roses rouges s'épanouissaient devant les grilles de la prison d'Old Folsom, où il avait commencé à purger sa peine. Il les avait vues par la fenêtre fermée et sécurisée du fourgon cellulaire, de lourdes fleurs d'une taille démesurée, et il était sûr d'avoir senti leur parfum, malgré l'odeur d'eau de Javel et la puanteur des hommes dans le bus. Il sentait le parfum de ces roses énormes dont la tête penchait vers le bas. Le parfum de la liberté des autres. Le monde libre des femmes âgées en cardigan, portant des lunettes papillon. De femmes avec des pianos droits dont elles ne jouent pas et des photos de petits-enfants qui ne leur rendent pas visite. Dont les défunts maris avaient la coupe à ras d'avant le mouvement des droits civiques. Et de grandes oreilles molles, plissées, de retraités. Des hommes qui s'appelaient Floyd. Ou Lloyd. Les défunts maris de ces femmes âgées avec leur liberté brodée et leurs roses parfaites devant leur portail. Des femmes qui secouaient la tête comme si elles ne cessaient de dire non, un effet de la vieillesse ou des médicaments. Des femmes qui étaient toujours dans la désapprobation, comme celles de sa famille qui ne l'aimaient pas et l'avaient placé en foyer.

À son arrivée à Old Folsom, il n'y avait pas de quartier réservé aux détenus sensibles. Il y avait de tels détenus, bien sûr, mais pas de quartier pour les balances et les flics qui avaient besoin d'être protégés. Doc ne sortait pas beaucoup. Il avait reçu une lettre de menaces de la part de Betty LaFrance, visiblement, même si elle ne pouvait pas lui écrire directement, une lettre rédigée avec une écriture de psychopathe par un certain Fred Fudge qui le prévenait que des détenus, qui sortaient dans la même cour de promenade que lui, ne tarderaient pas à savoir qu'il n'était qu'un flic pourri. C'était le truc de Betty LaFrance. Viens me baiser, flic pourri. Et il avait marché. Il était naïf. On les avait chopés à cause de sa grande gueule, il était convaincu qu'elle continuait de parler à qui voulait bien l'écouter. Allongé dans sa cellule, il rêvait d'évasion. Les murs de la prison d'Old Folsom ressemblaient à de gigantesques molaires de granite, ils s'enfonçaient plus profondément dans le sol qu'ils ne s'élevaient au-dessus, et avaient été construits, il y a des années, par des prisonniers envers lesquels Doc éprouvait un ressentiment mêlé d'envie : leur travail le tenait enfermé, et en même temps ils avaient eu quelque chose à faire, un projet à réaliser. L'American River dessinait la véritable frontière de la prison, rapides tumultueux au-dessus desquels se dressait un mirador.

Folsom Prison Blues était une chanson très populaire pendant la jeunesse de Doc. Elle provoquait en lui des sentiments contradictoires. Vic, son père adoptif, l'adorait et il se montrait un vrai sadique avec le petit

Doc. Plus tard, alors qu'il était devenu un adulte disposant d'un fusil encastré dans le sol de sa voiture de police, un homme équipé de badges et d'armes qui ne serait plus le souffre-douleur de Vic, Doc avait de nouveau entendu cette chanson. Elle passait sur le juke-box du Toppers. Le couplet où quelqu'un abattait un homme à Reno, simplement pour le regarder mourir, contenait une vérité que Doc connaissait mieux que quiconque, parce qu'il avait tiré sur des gens pour cette raison, jamais à Reno cependant.

Johnny Cash était un cocaïnomane, encore un point commun avec Doc. Le chanteur avait le visage sillonné de rides, l'expression hagarde d'un athlète franchissant l'obstacle, sauf que lui, c'était parce qu'il avait passé la nuit à fumer de la free base.

Vic n'était accro qu'à une chose, battre et violer le petit Doc. Sinon, il travaillait comme expert dans une compagnie d'assurances, fumait exactement six cigarettes par jour et buvait, de temps à autre, un verre de Lancers, un vin pétillant. Vic vérifiait avec une maniaquerie extrême que Doc avait ratissé le jardin jusqu'à la dernière feuille.

Enfant, Doc avait regardé à la télé la retransmission du concert de Johnny Cash au réfectoire d'Old Folsom, celui-là même où, plus tard, il prendrait ses repas quand il serait parvenu à surmonter sa peur d'être tué à coups de couteau. Le deuxième mois de son incarcération à Old Folsom, une mutinerie avait éclaté à la cantine. Un détenu n'avait pas reçu une assez grosse part de gâteau et deux cent soixante hommes avaient laissé exploser leur rage.

Les matons, trop peu nombreux, s'étaient sauvés. Doc s'était tapi sous une table, tandis qu'ustensiles, morceaux de nourriture et giclées de sang atterrissaient sur le sol. Les plateaux en métal servaient de masses pour taper sur les têtes, comme s'ils avaient été conçus pour ça. Les flics étaient revenus, mais se tenaient en périphérie, sur l'étroit chemin clôturé, séparé du réfectoire par une cloison de verre. Ils avaient revêtu leur tenue antiémeute et balancé une grenade de gaz lacrymogène. Un des prisonniers l'avait attrapée et renvoyée. Elle avait explosé dans la petite allée où se tenaient tous les flics, qui s'étaient mis à glapir et à se bousculer, empêtrés dans leur tenue de protection, pour s'éloigner des émanations suffocantes de gaz. Les prisonniers rugissaient, et ils avaient continué quand le gaz s'était répandu dans le réfectoire et les avait fait pleurer. Des larmes de gaz lacrymogène.

*

Ce que Doc aimait chez la barmaid de Las Brisas, c'était l'impression qu'elle donnait de tout accepter, de manière inconditionnelle. Parfois, c'est une façon de dire à l'autre qu'on le prend tel qu'il est, en totalité, quand on le laisse éjaculer sur soi.

Et il y avait ce vieil homme, assis au bar du Las Brisas, qui lui adressait un clin d'œil quand il sortait de la réserve, et non, ce n'était pas un maquereau, rien qu'un vieux Mexicain buriné qui aimait siroter sa bière Tecate et faire un clin d'œil aux hommes, un clin d'œil signifiant, Je suis content de voir ce que je vois et de savoir ce que je sais.

Un type a un rendez-vous avec une femme qu'il ne connaît pas. Doc la connaissait celle-là, la blague sur le rendez-vous arrangé.

Un type qui s'appelle Richard a un rendez-vous arrangé avec une femme qui s'appelle Linda. Ils se mettent d'accord au téléphone. Linda: « Retrouve-moi devant le distributeur de sodas. » Richard s'exécute et attend.

Une jeune femme s'approche de lui: « Tu es Richard ? lui demande-t-elle.

– Oui », répond-il.

Elle le regarde de la tête et aux pieds, et lance: « Je ne suis pas Linda. »

*

Doc avait été marié à une Bulgare. Un arrangement provisoire, c'était ainsi qu'il y pensait après coup. Il n'avait jamais pu justifier ni comprendre pourquoi il avait décidé de l'épouser. Il la baiserait, maintenant, si l'occasion se présentait. Il s'imagine soulever la nuisette de chez Sears qu'il lui avait achetée, bien des années plus tôt, la pénétrer et aller et venir en elle. Les rapports sexuels, c'était si simple qu'il ne pigeait pas pourquoi les gens se prenaient la tête avec ça. Il aimait tirer un coup. Cela ne lui avait jamais posé de problème. La Bulgare n'avait aucune réaction quand ils baisaient, ça lui donnait un peu la chair de poule. Elle ne respirait même pas différemment quand il la pilonnait, qu'il atteignait l'orgasme, jouissait et répandait sa semence sur son ventre. Doc y pense alors que son codétenu bouge sur sa couchette. Il ne se demande pas pourquoi elle était aussi calme, ça ne l'intéresse pas le moins du monde. Il se rappelle ce qu'il ressentait quand il la pilonnait.

C'est tellement triste de voir combien ça devient normal de se masturber en plein jour, avec son codétenu sur la couchette juste en dessous – c'est à peine si Doc a besoin de le faire remarquer.

Quelquefois, au milieu de la nuit, il a l'impression d'entendre tout le bloc se branler. Un chœur assourdi et rythmé qui décharge. Cela paraît dégoûtant sans doute. Doc aimerait souligner qu'il s'agit d'êtres humains. Le sang afflue dans leur pénis, qu'ils soient incarcérés ou non, et quand un pénis est engorgé et que baiser est impossible, l'être humain de sexe masculin refermera instinctivement le poing autour de son membre engorgé et le fera aller et venir de haut en bas.

Ce qui lui fait penser à une blague.

C'est la seule dont il se souvienne jusqu'au bout. Toutes les blagues jouent les filles de l'air – un cheval entre dans un bar. Combien faut-il de cholos[1] pour… Pour quoi ? Il a même oublié le début.

Au fil du temps, une seule blague s'est gravée à jamais dans sa mémoire.

Un mec et sa femme ont des problèmes conjugaux. En l'occurrence, ils ne baisent pas. Alors ils vont

1. Membres de gangs d'origine mexicaine.

voir, comment ça s'appelle déjà ? un sexologue. Qui leur dit qu'apparemment ils ne sont pas doués pour exprimer leurs désirs. L'homme et son épouse conviennent que ça les gêne de parler de sexe. Le sexologue leur suggère dans ce cas d'inventer une langue des signes, un moyen pour l'un d'indiquer à l'autre qu'il en a envie. « D'accord, trésor, dit la femme, qu'est-ce que tu penses de ça : si tu te sens d'humeur folâtre, tu me tapotes deux fois le ventre. Sinon, juste une fois. » « Cela me semble bien, mon chou, répond le mari. Une tape : non, pas ce soir ; deux : on va s'éclater. Et voici le code pour toi : si t'as envie de baiser, astique-moi le manche une fois. Si t'en as pas envie, astique-le cent fois. »

Pour les mecs de la division Rampart, la Bulgare, c'était la femme que Doc avait épousée sur catalogue, mais de l'extérieur on ne comprend jamais un couple, ni pourquoi deux personnes se sont mises ensemble. Il avait vingt-trois ans, un bleu tout juste sorti de l'école de police. Elle lui avait demandé son chemin dans la rue. Ses fossettes et son anglais balbutiant lui avaient plu. Il l'avait emmenée en voiture jusqu'où elle voulait aller, et pris son numéro de téléphone. On aurait dit une orpheline perdue dans un immense pays inconnu. Doc l'avait adoptée pendant un temps, elle faisait bien la cuisine et le ménage. Sauf qu'elle n'arrêtait pas de bouder, et il s'était rendu compte que les gens calmes vous dominent autant que ceux qui hurlent. Ils le font autrement, c'est tout. Il s'était lassé des bouderies, des larmes, et y avait mis un terme.

Il avait divorcé à vingt-sept ans avec la ferme intention de ne jamais se remarier. Grand amateur de femmes, il en avait eu un paquet. N'en avait aimé aucune. Pas plus qu'il n'avait aimé l'épouse sur catalogue. Dix ans après son divorce, il avait rencontré Betty LaFrance et il en était devenu fou. Raide dingue. Une femme qui ne faisait ni la cuisine ni le ménage, qui hurlait quand il la sautait, de la comédie peut-être, et qu'est-ce que ça changeait ? En quoi ça avait une importance, au fond ? Ce qui comptait, c'était de prendre son pied.

C'est tordu la façon dont Betty lui manque, alors qu'il adorerait la faire assassiner. Il a essayé. Peine perdue. Dans le couloir de la mort, elle est inaccessible parce que les femmes sont trop stupides pour commettre des actes de violence un tant soit peu inspirés. Dans une prison de mecs, on peut faire buter n'importe qui. Des types tuent pour un bol de nouilles japonaises. Pour des putains de savons Irish Spring (ils sentent bon, ils font de la bonne mousse à branler). Les seules femmes susceptibles d'approcher Betty, ce sont les autres psychopathes du couloir de la mort, qui doivent passer leur temps à geindre et à pleurer, tandis que les mecs, eux, font preuve d'ingéniosité, ils liment une charnière de casier jusqu'à ce qu'elle soit assez pointue pour transpercer une poitrine, ou ils insèrent un rasoir dans un manche de brosse à dents pour taillader la gueule d'un type.

Contrairement à la plupart des autres gonzesses, Betty avait du cran. En un sens, c'était ce qui lui avait plu chez elle. S'il avait besoin de mettre un contrat sur la tête de quelqu'un, Betty serait la seule femme capable de l'exécuter, mais vu que c'était elle, la cible, c'était impossible.

*

Betty l'agaçait en répétant que ses problèmes avec les femmes venaient d'un problème avec sa mère. Qu'est-ce qu'elle savait de la mère de Doc ? Lui-même en savait bien peu puisqu'il avait vécu avec elle jusqu'à l'âge de cinq ans seulement. Il se souvenait de lui avoir demandé ce qu'elle faisait comme boulot parce qu'elle l'emmenait tout le temps chez des types bizarres, où elle l'abandonnait sur un canapé pendant ce qui lui semblait, à chaque fois, une petite éternité. « Des services, lui avait-elle répondu. Je rends des services. »

Betty lui avait dit qu'elle aimerait un enfant de lui, mais elle avait un utérus déglingué. Ou peut-être que c'était sa bite. Elle fonctionnait parfaitement pour baiser, mais pas pour mettre Betty en cloque, malgré le nombre de fois où il déchargeait en elle en vue d'un éventuel Doc junior. (En général, Doc préférait éjaculer sur un corps ou, dans l'idéal, sur un visage.)

Un cheval entre dans un bar.

Un cheval entre dans un bar et le barman dit : « Pourquoi cette tête de six pieds de long ? »

Astique-le cent fois. Doc trouvait cette blague toujours aussi drôle, même si on peut avoir envie parfois de se branler tout seul. En prison, en dehors de sa propre main, il n'y a pas beaucoup de choix, à moins d'être prêt à ce qu'un autre mec s'empare de votre queue. Il avait fait une branlette, une fois, à un autre type ici, eh ben quand on n'est pas gay et qu'on n'a jamais fait ça, c'est plutôt surprenant. La bite d'un autre mec en érection, pour un hétéro, ça fait autant d'effet qu'une carotte ou un quelconque tubercule. Les femmes, elles, elles ont l'habitude, et tous les mecs connaissent la sensation sous leurs doigts de leur queue quand elle est dure, sauf que avec la leur, c'est pas la sensation qu'elle donne qui les intéresse, c'est de lui en donner. Quand Doc a touché le membre d'un autre, un peu comme le sien, mais pas le sien, ça lui a brouillé le cerveau. Il a retiré sa main et n'est pas allé jusqu'au bout. C'était avec un de ces trans qui jouaient au softball de chochottes. Un adorable Latino, et il voulait qu'il le supplie, qu'il gémisse et rejette la tête en arrière comme une vraie femme. Un truc qui changerait un peu, dans un endroit où les journées se ressemblaient toutes, mais la nana avait bandé dur sous son pantalon, une énorme érection. Il n'aime pas y repenser, mais il s'oblige à le faire de temps en temps pour se souvenir de ne pas recommencer.

Le seul pénis qu'il touche, c'est le sien. Ce qu'il fait en ce moment même. La plupart des mecs se branlent presque tous les jours. Ensuite on essuie les gouttes, la preuve, tout le monde est au courant et personne ne l'est et, à la vérité, dans le quartier de Doc, ce n'est pas une activité qu'on entend se pratiquer en chœur ou collectivement. Les caresses, les secousses ne sont que le fruit de l'imagination de Doc, un paquet de certitudes naissent de cette façon : sans preuve matérielle. Dans ce cas, on n'en veut pas non plus. On sait. C'est tout.

*

Betty le provoquait, le poussait à se conduire comme un salopard. Elle aimait les ordures, les types abjects, et avait une prédilection pour les flics. Doc et elle picolaient beaucoup, prenaient beaucoup de cocaïne. Betty la mangeait. Il n'avait jamais rencontré personne qui faisait ça, manger de la cocaïne. Lui, il préférait se l'injecter, c'était plus efficace.

Défoncé à la coke et amoureux comme il l'était, il avait eu la bêtise de lui dire qu'il était le plus pourri des flics de la Terre. C'était leur manière d'être intimes. Des confidences sur l'oreiller. Les conneries que les gens se racontent au pieu, leurs abus de pouvoir, les saloperies dont ils se tirent impunément, les meurtres qu'ils ont commis.

Betty, qui risquait la peine de mort, avait exhumé tout ce que Doc lui avait confié. Il avait été condamné pour l'assassinat du premier tueur à gages qu'elle avait engagé et pour un autre assassinat commandité auquel il avait participé des années plus tôt, celui du directeur d'un club privé. Il avait buté deux autres mecs mais, faute de preuves, il n'en avait pas été reconnu coupable. L'un des deux était un type qui ne manque à personne. Ce fumier venait de violer son fils de cinq ans. Exaspéré, un voisin avait appelé le 911. Doc avait été le premier flic arrivé sur place, le type n'avait même pas encore refermé sa braguette. Le gosse pleurait, l'anus en sang. Doc avait dit au suspect de se détendre et, dès qu'il avait baissé les bras, il avait tiré.

*

En fait, la blague sur Linda et Richard, c'était sa blague à lui. Son histoire. Sauf que, lorsqu'il la racontait, on croyait toujours qu'il plaisantait. Il était au lycée quand cela s'était passé. Et même si ça n'était arrivé qu'une fois, toute son adolescence, la vie de Richard Lyn Richards, alias Doc, pouvait se résumer à ce moment d'humiliation que lui avait infligé une certaine Linda devant le distributeur de Magnolia Street, à Burbank. L'histoire de sa vie tenait dans une tête d'épingle. « Je ne suis pas Linda. »

*

Floyd et Lloyd étaient bien réels. Des frères ayant épousé deux grand-tantes de Doc. Un des rares souvenirs qui lui restaient de ces vieilles femmes acariâtres et de leurs maris-frères était une blague qu'il tentait parfois de raconter. Floyd mordait dans une pêche. Il se tournait vers Lloyd et lui disait : « Cette pêche a un goût de chatte, c'est incroyable. » Le jus coulait sur le menton de Floyd. Il tendait la pêche à Lloyd qui en prenait une bouchée, puis la recrachait dans l'herbe :

« Un goût de merde, ouais. » Floyd disait à Lloyd qu'il devait retourner la pêche, il l'avait mordue du mauvais côté. Et là, Doc est perdu. C'est une blague qu'il faut raconter en la mettant en scène, mais il n'a été témoin d'aucune scène de ce genre dans son enfance. Floyd et Lloyd, ses oncles par alliance, ne se parlaient jamais. Le genre de types qui ne disent pas un mot à qui que ce soit, jamais. Qui restent là à regarder la télé, faisant ressentir à leurs femmes et à leurs enfants qu'ils sont des écervelés et qu'ils risquent des ennuis du seul fait d'exister. Et en plus, une chose que tout le monde sait, qui n'a rien à voir avec la famille dramatique de Doc, une chose universelle : la pêche est un fruit délicieux, vraiment délicieux, qui n'a absolument pas, mais absolument pas, répète-t-il, un goût de merde.

13

Ma codétenue Romy avait été transférée, mais je ne savais pas où. Grand-papa refusait de me le dire : « Occupe-toi de tes oignons, Fernandez. »

J'étais seule. Une autre femme à l'isolement a prétendu qu'on avait placé Romy sous surveillance spéciale à cause d'un risque de suicide. Je ne l'ai pas cru. Le quartier disciplinaire, c'est une machine à rumeurs propagées par des gens qui sont enfermés et qui hurlent à travers la porte de leur cellule. Grand-papa ne m'accordait aucune faveur. Je ne pouvais même pas le convaincre de m'apporter des livres. « On ne fait rien passer, Fernandez. Non, non, pas question », se bornait-il à me dire. Juste parce qu'il avait envie d'avoir une promotion, sans doute.

Une autre fois où on m'avait mise à l'isolement, j'avais lu huit romans de Danielle Steel. Elle a écrit un bouquin d'enfer sur la prison. Tout le monde le lisait. On l'avait découpé en plusieurs morceaux pour pouvoir se le glisser sous les portes des cellules. On ne parlait plus que de ce bouquin. L'info s'était propagée dans toute la prison comme un feu de forêt. Ça ne m'a jamais semblé bizarre que des femmes emprisonnées aient envie de lire des histoires sur des femmes emprisonnées. On a envie de lire des histoires sur un monde qu'on connaît, pas seulement sur ceux qu'on ne connaît pas.

Je n'avais rien à faire, personne à qui parler. J'en avais marre de Betty qui criait par le conduit d'aération. Quand je l'avais rencontrée, j'avais dix-huit ans, et elle m'avait énormément impressionnée. C'était à la maison d'arrêt du comté. Elle était riche. Elle nous appelait toutes « ma chérie ». Nous apprenait les bonnes manières. Mais c'était il y a des lustres et au bout d'un moment on en a ras-le-bol des gens. Betty, je l'aimerais toujours parce qu'elle fait partie de mon passé, et puis elle est trop déjantée et bizarre pour qu'on ne l'aime pas. On a juste envie qu'elle se taise quelquefois.

Betty continuait de hurler par le conduit, elle me racontait ses derniers projets. Elle allait retrouver cette face de rat de flic. Ferme-la, je lui ai dit. Elle en est incapable. C'est Betty. Elle s'est mise à délirer sur la Bible. Quand j'étais jeune et stupide, Betty m'avait convaincue que le livre de Daniel parlait vraiment de la venue sur Terre d'extraterrestres. Elle m'avait flanqué une trouille bleue. Cette fois, c'était le livre des Juges. « Hé, Sammy, qu'est-ce qui est plus doux que le miel et plus fort que le lion ? ne cessait-elle de me demander. Plus doux que le miel et plus fort que le lion ? »

J'ignorais de quoi elle parlait. Elle est meilleure lorsqu'il s'agit d'argent ou de ses jambes assurées pour des millions.

« Samson tue le lion, a-t-elle dit. Il l'ouvre en deux et il découvre une ruche. Les abeilles font du *miel*, tu piges ? » Elle a prononcé « miel » comme si c'était la clé de l'énigme, et là j'étais censée tout comprendre. Comme si le miel était une sorte de code.

« Il y a du miel dans la carcasse. Du miel tout doux. Mais pour l'avoir, il faut d'abord zigouiller le lion. C'est la première chose à faire, zigouiller le lion. J'ai mis un contrat sur sa tête. Je l'ai coincé. »

Puis elle a enchaîné sur la guerre, mais j'avais débranché.

« Est-ce que t'as au moins conscience qu'on est en guerre ? a-t-elle insisté, face à mon silence.

– Oui, je suis au courant. » Sauf que ce n'était pas tout à fait vrai. Dans une maison d'arrêt du comté, on ne peut pas voir les infos à la télé. Trop dangereux ou un truc du genre. Ils nous passent des rediffusions de *Friends*. Tout le monde adore cette série en prison. Les personnages, c'est presque devenu nos potes de cellule.

« Des soldats américains ont été envoyés en Irak, a crié Betty. Pour défendre notre liberté.

– La mienne, je leur donne s'ils veulent, elle est merdique. »

Quand j'étais à la maison d'arrêt du comté, une détenue à mon étage avait appris par sa famille qu'on avait envahi l'Irak. J'avais demandé autour de moi si quelqu'un savait où se trouvait ce pays. Personne. Même celles qui étaient éduquées. On dirait que ces endroits n'existent pas avant qu'on les bombarde.

Betty s'est mise à asticoter le maton, à l'étage inférieur. Je l'entendais par le conduit lui demander de prier avec elle pour nos troupes.

*

Parler à Romy m'avait rappelé mon passé. Une nuit, j'ai rêvé du motel Snooty Fox. Je marchais sur le balcon qui longe les chambres. C'était en plein jour et j'entendais la circulation sur Figueroa Street. Je passais devant des chambres aux rideaux tirés, avec la pancarte *Ne pas déranger* accrochée à la poignée de la porte. Et puis j'en voyais une avec la porte ouverte. Elle était libre et propre. J'entrais dedans, je refermais derrière moi, m'allongeais sur le couvre-lit et m'endormais. Je crois que la prison, ça épuise tellement que les plus beaux rêves qu'on peut faire, c'est ceux où on dort. C'est ce dont on rêve. Dormir. À mon réveil, je me suis sentie bien plus reposée que d'habitude. Après que grand-papa m'a glissé mon petit-déjeuner par le passe-plat, j'ai appelé Conan à l'autre bout de l'étage et je lui ai raconté mon rêve. Je lui ai dit que j'avais l'impression d'avoir deux fois mieux dormi en rêvant que je dormais au Snooty Fox.

Betty LaFrance a crié dans le conduit : « Le Snooty Fox ? Le Snooty Fox ? Comment ça se fait que je connais ce nom ? C'est quoi ?

– Un motel.
– Je crois que Doc y allait. »

Du Betty tout craché. Il faut toujours qu'elle soit le centre du monde.

Le Snooty Fox, c'était mon repaire. Les plus jolies chambres avaient des couvre-lits rouges et duvetés, et des lits massants. Il suffit de mettre une pièce pour que ça marche. Les douches avaient deux pommes, l'une à la place habituelle, au-dessus de la tête, l'autre au niveau des parties intimes. Un de mes clients, un vieux qui travaillait au palais de justice du centre-ville, m'avait raconté qu'un célèbre président, Lyndon B. Johnson, avait la même sorte de douche, avec un jet pour l'entrejambe. Lyndon B. Johnson avait une douche pour se laver les couilles, exactement comme au Snooty Fox.

Les chambres les moins belles coûtaient dix dollars de l'heure. Je négociais le tarif avec un client en prétendant que la chambre en coûtait vingt ou trente, et je gardais le bénéfice en plus de ce qu'il me donnait pour la passe. Mais on restait seulement une vingtaine de minutes dans la chambre. Les clients se succédaient, quelquefois cinq en une heure.

Un soir, la Coréenne de la réception se met à tambouriner à la porte de la piaule où j'étais avec un client. Elle criait : « ONCLES TROP NOMBREUX ! ONCLES TROP NOMBREUX ! »

« Qu'est-ce qu'elle dit ? » m'a demandé le mec ; il n'en avait pas la moindre idée. J'étais tordue de rire.

J'ai fini par opter pour le Hub Motel de Long Beach Boulevard, à Compton, où ils se fichaient du nombre d'oncles que je ramenais dans la chambre. C'est sur Long Beach Boulevard que j'ai rencontré Rodney, à Hub. Pas le motel. Hub, c'est l'autre nom de Compton, la ville carrefour.

J'étais avec Green Eyes, on avait fini notre journée et on avait envie de s'acheter un caillou de crack, mais mon dealer n'était pas dans les parages. Green Eyes a dit qu'elle en connaissait un, alors on a pris la direction de son appartement. On est entrées chez lui. Et le dealer, c'était Rodney, un des types les plus laids que j'avais jamais vus. Il s'approche de Green Eyes, me montre du doigt : « C'est qui ? » « Sammy », répond Green Eyes. Alors il me lance d'un ton grossier et bourru : « T'aimes les fruits ? »

J'ai regardé Green Eyes pour qu'elle me fasse un signe, qu'elle m'indique ce que j'étais censée répondre, parce qu'on cherchait de la came et qu'on ne sait jamais sur qui on tombe avant d'avoir fait affaire deux ou trois fois. J'espérais vraiment que Green Eyes me fasse un signe. Est-ce que j'aime les fruits ? Qu'est-ce que je devais répondre ? Et Green Eyes me chuchote : « Dis oui, imbécile. »

Vous comprenez, il m'avait posé une question personnelle. Ça m'avait prise au dépourvu. Pourquoi ce type s'intéressait à ce que j'aimais ?

Il ajoute : « Tu veux une orange ou une pomme ? »

J'ai répondu que j'aimais que les fraises et la pastèque, c'est mes fruits préférés. Et on est reparties avec notre caillou, Green Eyes et moi. Un autre jour, j'étais assise à l'arrêt de bus, je bossais ; une voiture s'arrête, je négocie mais le type n'a pas assez de fric, je le laisse partir. Une autre voiture ralentit. La vitre se baisse, c'est Rodney. Il me dit qu'on peut me faire du mal dans la rue et que je dois être prudente. Je n'avais pas de client, alors j'ai accepté d'aller avec lui dans un magasin. Il m'a acheté des fraises et on les a emportées chez lui. Je suis restée toute la nuit, à fumer du crack, parler, manger des fraises, c'est comme ça que tout a commencé. Maintenant, il a mon nom tatoué à vingt-six endroits de son corps.

Rodney venait de Gonzales, en Louisiane. Il avait passé cinq ans à la prison d'Angola, de dix-sept à vingt-deux ans. Il porte une moustache pour couvrir la cicatrice qu'ils lui ont faite avec le fouet dont ils se servaient pour cravacher les chevaux. Il devait planter du gombo, c'était ça son boulot. Ses pieds sont dans un sale état, à force d'être resté debout dans l'eau sans bottes en caoutchouc. À sa sortie d'Angola, ils l'ont banni de l'État. Il a emmené la Louisiane avec lui, à Compton. C'était un péquenaud superstitieux. Interdit de faire la cuisine quand on a ses règles. Et c'était un grand maniaque de la propreté. Beaucoup de filles sont comme ça ici, moi comprise. J'aime la propreté. Sans doute le moyen de contrôler quelque chose. Sauf que je peux aussi m'en moquer complètement. Ce qui est marrant, c'est que, pour la plupart, on faisait des passes pour se payer notre dose de crack, on vivait sous une tente dans des quartiers de clodos, on chiait dans un seau, mais ici on est des caïds et on oblige les autres à se doucher trois fois par jour et à désinfecter les lavabos après s'être lavé les dents. On gère l'étage comme si on était à l'armée, à coups de règlements et d'inspections, de hurlements et d'insultes, moi en tête. S'il reste une seule goutte d'eau dans le lavabo, je vous rentre dans le lard.

Rodney me battait comme plâtre. J'étais persuadée que c'était par amour, que c'était une forme d'attention, genre le côté sévère de l'amour et de l'attention. Et puis j'étais une toxico. J'étais comme n'importe quelle fille paumée avec un dealer, une junkie qu'un mac tient sous son emprise par l'argent et la violence.

Rodney avait des manies extravagantes. Il était bizarre. Il ne mangeait que des plats sans sel, ni poivre, ni ketchup, ni sauce piquante. Il ne picolait pas. Il n'écoutait pas de rap ni de blues. Rien, je veux dire. Sa passion, c'était l'argent. Voilà. Le fric. Rien d'autre.

Je me levais le matin et je buvais une pinte d'Olde English, Rodney une brique de lait, chacun sa façon de démarrer la journée. On dealait ensemble ; je travaillais la nuit. Il y avait trois portes blindées dans le couloir de notre appartement, une, deux, trois, comme ça personne ne pouvait nous cambrioler. Et on cachait la dope, l'argent, les armes dans un coffre rangé dans une planque creusée sous le frigo, il suffisait de soulever un panneau à l'intérieur pour accéder au coffre. Le type qui avait fait l'installation fumait du crack, alors on l'avait payé avec des cailloux comme on payait tout le monde. Du coup ils étaient tous mouillés, comme ici. Je filais gratuitement de la came à mes codétenues pour que personne me balance.

On respectait Rodney à Hub City, et pourtant il n'était pas membre d'un gang. Il avait une carte. Un laissez-passer. Il pouvait dealer, ils le laissaient tranquille, pour eux c'était un solitaire, un non-affilié. Ce n'est pas donné à n'importe qui de la jouer solo comme ça, mais Rodney était en contact avec les types influents de certains gangs, il avait rendu des tas de services, c'est pour ça qu'il avait ce statut particulier.

On dealait surtout à l'intérieur de son appartement. On s'occupait nous-mêmes de la vente. On ne mettait pas de gosses au coin des rues pour le faire, comme ça se passe maintenant. Incroyable, cette façon d'exploiter les mômes. Ils en trouvent un sans casier qui va vendre pour eux. Si on le chope, il n'ira pas en taule puisque c'est sa première infraction, mais il est devenu inutile, alors ils en prennent un autre. Un môme après l'autre, et ils finissent tous par avoir un casier. On utilisait que des billets de cinq et dix dollars parce que les stups marquent ceux de vingt. Je me rappelle une fille qui s'était présentée à la porte avec un billet de vingt, Rodney l'avait reconduite en bas illico en lui disant de ne plus jamais essayer de lui acheter quoi que ce soit avec cette thune.

Rodney et moi, on avait deux Cadillac. L'une avait la couleur marron de la *root beer*[1] et, sur son hayon, un portrait de moi peint au pistolet, comme si j'étais la vierge de Guadalupe, sous lequel il était écrit : *Let me tell you about the blues*. J'ai souvent été la seule

1. Soda sans alcool à base de plantes.

Latino en cellule. Du coup, j'ai connu des tas de Noires. Mais je me suis toujours mélangée sans problème avec toutes sortes de gens ; je ne suis pas de celles qui fréquentent qu'une seule race. Je parle avec tout le monde. Rodney m'emmenait dans des boîtes où les filles valaient le coup d'œil. Tous les jours, c'est coiffeur et manucure pour elles. Si elles passent un jour sans se faire coiffer, elles dorment, les joues appuyées sur leurs mains, pour éviter que leurs cheveux ne touchent l'oreiller. Dans ces boîtes, tout le monde achète des bouteilles de cognac Hennessy. Des strip-teaseuses se déhanchent sur le bar.

On aimait voyager. On allait à Vegas. À San Francisco. On dealait partout. On était armés. On allait dans les montagnes de la Sierra Madre pour s'entraîner dans un champ de tir clandestin. Derrière le grand rocher, là-haut. Il faut y monter avec les mecs qui gèrent l'endroit, on roule sur une piste, dans un énorme 4 x 4. Je me rappelle la tête de mort sur le changement de vitesses. Ces Blancs sont dingues. Là-haut, ils vendent des armes démentes en super état. On leur a acheté des SKS venus tout droit d'Iran. Ces carabines semi-automatiques ont un recul insensé. Je tirais mieux que Rodney.

On n'était pas toujours du même avis côté business. Un matin, il y avait un peintre qui repeignait une façade d'immeuble près de chez nous. Il a commencé à discuter avec Rodney, à échanger des infos avec lui. Peu après, ce mec – un Blanc – appelle et dit qu'il veut acheter une grosse quantité de cocaïne mais qu'il est coincé à Laguna Niguel, et il nous demande de le retrouver là-bas. Pour moi, c'était évident que s'il était un client sérieux, il devait avoir un contact sur place. Pourquoi avait-il besoin de nous ? Ça me semblait un risque inutile à prendre, mais Rodney s'est entêté parce qu'il sentait que c'était une occasion de développer son business. On a pris la voiture. C'était un beau quartier, Rodney s'en doutait. Les maisons étaient équipées d'un visiophone sur la rue. On donne nos noms et l'immense portail s'ouvre tout seul, illico presto. On remonte une allée sinueuse jusqu'à la maison. Le type sort, tend l'argent à Rodney, qui lui file la coke. L'instant d'après, des mecs surgissent de derrière les arbres. Une vingtaine ou une trentaine, tout en noir, le visage dissimulé sous une cagoule. Un flingue était appuyé sur ma tempe. La Camel que j'avais dans la bouche, pas encore allumée, tremblait ; elle s'agitait comme une folle. Je n'avais pas peur d'être arrêtée. Putain, non. Vu le nombre de fois que j'avais été incarcérée, douze, cela faisait partie de ma vie. Je croyais que ce type allait me tirer dans la tête, c'est pour ça que j'avais la trouille. Ils ont fait sortir Rodney de la voiture et l'ont aspergé de gaz poivre. On a tous les deux écopé de huit ans de prison. Le mec de Laguna Niguel était un indic. Il nous avait tendu un piège pour faire tomber les charges qu'il y avait contre lui. Il s'est pointé à l'audience, nous a désignés l'un et l'autre à l'accusation. Sans aucune honte.

Rodney n'a pas cherché à se venger, il aurait pu. Il suffit de faire appel à un détective privé pour retrouver un mouchard. Les détectives privés de Los Angeles ont des tas de clients qui leur demandent ça. Les gens pensent que leur boulot, c'est les maris et les femmes trompés. Non. C'est avant tout des dealers et des membres de gangs qui recherchent quelqu'un. Quelquefois pour négocier un contrat. Les détectives se gardent bien de poser des questions. Ils retrouvent la personne, point barre, après ils se retirent, leur boulot est terminé. Évidemment, ils connaissent la suite. Si la balance n'est pas tout de suite exécutée, elle est emmenée dans un garage et torturée, histoire de lui donner une bonne leçon. Les garages sont situés dans des endroits secrets de South LA. J'en ai vu deux. Ils pendent les gens au plafond. On n'a aucune envie d'atterrir dans un endroit pareil.

Rodney n'avait pas besoin d'un garage à torture pour me punir et exercer un contrôle sur moi. Il est vieux maintenant, moi aussi, et on se fiche la paix.

Après m'être sauvée de chez Keath, je savais qu'on me serrerait. Tant pis. C'est dur de vivre dans la rue. En prison, on peut être quelqu'un. La vie s'organise si on sait comment purger sa peine, et ça, je sais le faire. Je suis une experte. Vivre sous une tente, c'est provisoire. Ça dure jusqu'au retour en prison. Voilà comment ça marche.

Au bout du compte, tout ça m'a fatiguée. Être toxico, c'est un truc qui ne vous lâche jamais, qui demande une énergie folle. Quand j'étais à la maison d'arrêt du comté après mon arrestation, je pouvais pas me trouver de drogue et j'ai été obligée de décrocher. Et j'ai compris alors, j'ai su, comme si une lumière s'était allumée, que je resterais clean à partir de là. Cette fois, la vie allait être différente.

14

« Mademoiselle Hall, est-ce que vous pouvez arrêter de pleurer, mademoiselle Hall ? » Quand une détenue n'y parvient pas, ils cochent une case du formulaire concernant le risque de suicide. Pas dans l'espoir de sauver une vie. Ils cherchent à éviter d'avoir de la paperasserie à faire et d'être l'objet d'une enquête interne.

Ils m'avaient emmenée dans une autre partie de la prison, la zone médicale, où personne ne pouvait m'entendre hurler, hormis le flic de service. Ils avaient des protocoles à suivre, une fiche de comportement à remplir. J'étais seule, dans une cellule aux murs nus, sans vêtements de rechange, sans draps, dans le secteur réservé aux malades mentaux. Ma mère avait été présente à la salle d'audience, incapable de me sauver, et pourtant, en un sens, elle m'avait sauvée par le simple fait d'exister.

À présent, il n'y avait personne pour moi, personne pour Jackson.

Pendant ces jours sous surveillance accrue, j'ai compris comment on pouvait en arriver à penser que le suicide était un moyen de se venger de ces gens. Quand on n'a droit qu'à des cuillères et des purées, jamais à une fourchette ni à un couteau, on finit obligatoirement par s'interroger sur l'utilisation possible d'un couvert interdit. Quand on n'a ni draps ni oreiller, on se demande forcément comment s'étrangler, avec quoi, attaché à quoi. Mais je n'étais pas suicidaire. Je pensais à Jackson, à ce qu'il était possible de faire, maintenant que nous étions orphelins.

Jackson était le grain de réalité au cœur de mes pensées. Je voyais son adorable visage au grand front, un visage ouvert, d'autant plus avec sa mèche qui faisait penser aux coiffures d'avant, avec de la brillantine. Il ne se brossait pas les cheveux. Ils ondulaient naturellement. Jackson était aussi beau que l'était son père. Mais contrairement à lui, il cherchait toujours une façon d'être heureux.

Un jour, au tout début de notre installation à Los Angeles, Jackson avait entendu le camion de légumes klaxonner en se garant dans notre rue et il s'était précipité dehors pour voir ce qui se passait. Le conducteur était sorti et avait relevé le hayon. Les vieilles femmes du quartier, en blouse, faisaient la queue devant. Pour moi, le camion était un truc de Mexicains, et j'allais avec Jackson au supermarché Vons acheter les produits habituels des Blancs. Mais Jackson avait insisté pour qu'on se mette dans la queue. On avait acheté des avocats, des mangues, des œufs, du pain, des saucisses que le marchand accrochait au plafond de son camion, et tout avait coûté deux fois moins cher qu'au supermarché. C'est ainsi qu'on avait rencontré nos voisines.

Jackson avait foi dans le monde. Les yeux fermés, j'ai cherché son visage. Senti la fraîcheur de sa main dans la mienne. Entendu sa voix. Retrouvé la chaleur de son corps quand il m'enlaçait par la taille.

Je me suis concentrée sur le grain de Jackson, la sensation qu'il me procurait. Rien de ce qu'ils faisaient ne pouvait toucher ce grain. J'étais la seule qui pouvait le toucher, le toucher et rester près de lui.

Je n'avais aucun moyen d'entrer en contact avec Jackson. Ils refusaient de me dire quoi que ce soit. Il avait besoin de moi et j'étais réduite à l'impuissance. Allongée dans ma minuscule cellule, je m'efforçais de le faire apparaître, de passer du temps avec lui.

Jackson voulait que je sache ce qu'il savait, que j'étudie ce qu'il étudiait, et il m'avait donc interrogée sur les colonnes des temples grecs lorsqu'il les avait découvertes dans le cahier de coloriage que ma mère lui avait offert. S'il y avait des motifs au sommet, je savais qu'il fallait que je réponde « corinthien ». Il me posait des questions comme s'il pouvait se fier à moi pour connaître la vérité. « Le talon, c'est toute la surface sous mon pied ou juste cette partie-là au bout ? » Il acquiesçait quand mes réponses correspondaient au monde qu'il se construisait dans sa tête, un monde avec des noms précis, des définitions exactes, des faits. Il vérifiait les faits. « Maman, ce chat n'appartient peut-être à personne, il n'a pas de collier. » Quand il avait vu un homme marcher dans Alvarado Street en balançant un club de golf, frappant les poteaux téléphoniques, puis les cloisons de l'abribus, il avait déclaré que l'homme n'allait pas bien dans sa tête, que c'était une maladie et qu'il espérait qu'il en guérirait.

Jones, la conseillère pénitentiaire qu'on m'avait attribuée, est venue me voir pour faire un point. Un conseiller n'est pas quelqu'un qui conseille. Le conseiller pénitentiaire détermine le niveau de sécurité dont vous devez bénéficier, et quand et si vous pouvez rejoindre le quartier normal de la prison. Le conseiller vous tient à l'œil et fait des rapports à la commission de probation si vous déposez une demande de liberté conditionnelle. Les conseillers pénitentiaires ont un énorme pouvoir sur le sort des détenus, et ce sont toujours des enfoirés.

J'ai demandé à Jones s'il existait un moyen de savoir si Jackson allait bien. Était-il toujours à l'hôpital ? Où avait-il été blessé ?

« Il y a des règles de confidentialité à l'hôpital, Hall.

– Vous avez des enfants, lieutenant Jones ?

– Seuls son tuteur légal ou un avocat nommé par le tribunal sont habilités à vérifier qu'il est à l'hôpital, a répondu Jones. Vous n'êtes pas sa tutrice, Hall.

– Qui est son tuteur, alors ? Je dois connaître les conditions dans lesquelles vit mon fils. »

Elle s'éloignait de ma cellule. J'ai changé de ton dans l'espoir de la faire revenir sur ses pas.

« S'il vous plaît, lieutenant. S'il vous plaît. »

Et voilà, j'y étais. Je suppliais une sadique d'une voix de petite fille.

Jones s'est immobilisée, a feint de réagir avec un minimum de délicatesse.

« Mademoiselle Hall, je sais que c'est dur, mais votre situation n'est que la conséquence de vos choix et de vos actes. Si vous vouliez être une mère responsable, vous auriez agi autrement.

– Je le sais bien. » Les larmes ruisselaient sur mon visage, tombaient sur le sol de ma cellule. J'étais à quatre pattes, le visage collé au passe-plat, le seul moyen de communiquer avec les gens dans le couloir.

J'ai tenté de penser à ce que ferait Sammy. Elle ne pleurerait pas. C'était difficile de s'en empêcher. Je me suis juré d'y arriver.

Je me suis concentrée sur ce que je devais faire : sortir du secteur psychiatrique, réintégrer le quartier disciplinaire, puis le quartier normal, afin d'essayer de donner des coups de téléphone, de trouver un avocat, d'obtenir des informations, de faire quelque chose.

Une nuit, j'ai rêvé que j'étais dans le lit de Jimmy Darling, au ranch de Valencia. Jackson dormait sur un lit de camp. Jimmy venait de faire un cauchemar, me disait-il, où je me faisais embarquer par la police. Il me serrait dans ses bras, ravi que ce ne soit pas vrai. Moi aussi. Puis je me suis réveillée, éblouie par la lumière blanche des lampes grillagées qui bourdonnaient au plafond.

Jimmy n'éprouvait pas ce genre d'amour pour moi. Lorsque la police m'avait emmenée, dans la vraie vie, il m'avait expulsée dans le passé. Je l'avais compris en entendant le ton de sa voix au téléphone, à la maison d'arrêt du comté.

*

On ne peut pas rester éternellement ni sous surveillance accrue pour tendance suicidaire, ni à l'isolement. Ils ont besoin des cellules du mitard pour d'autres détenues. Trois mois après la mort de ma mère, quatre mois après la nuit des Chaînes, on m'a placée dans le bâtiment général, cour C, unité 510.

Une unité, c'est deux cent soixante femmes sur deux étages, une salle commune et un poste de surveillance – un poste de flics – au milieu. Les cellules étaient grandes, beaucoup plus que celles du quartier disciplinaire, et bourrées de couchettes. Conçues pour quatre femmes, elles en contenaient huit.

J'ai été contente d'apprendre que je partageais celle de Conan, mais pas de savoir que c'était aussi celle de Laura Lipp.

Elle s'est approchée de moi alors que je mettais un drap sur mon matelas.

« Salut, toi, je m'appelle Laura Lipp et je viens d'Apple Valley, la vallée des pommes. »

J'ai continué de faire mon lit.

« C'est dans le désert de Mojave. Plus sec, tu trouves pas, et il n'y a pas de pommes. Juste un restaurant Applebee's. »

Laura Lipp ne se rappelait pas les huit heures de trajet dans le bus. Je n'ai rien dit, je n'allais pas insister sur le fait qu'on se connaissait déjà.

Je rangeais mes maigres affaires, les photos de Jackson notamment, dans un petit casier, quand une autre codétenue est entrée. « Ah non, alors, une péquenaude blanche dans cette cellule, sûrement pas. Fous-moi le camp d'ici. » Elle s'appelait Teardrop. Elle était énorme et m'aurait démolie si j'avais dû me battre avec elle, mais Conan est intervenu.

« Elle est cool. Je m'en porte garant. » Ils sont sortis discuter dans le couloir.

« Sauf que je crois que l'Appelbee's a fermé, a repris Laura comme si de rien n'était. Il y a eu des tas de changements. Aucun pour améliorer les choses. »

J'ai fait ma Fernandez et je lui ai intimé de la boucler, bordel de merde.

Mais ça ne l'a pas fait taire.

« N'empêche que la ville a une histoire, a-t-elle dit en s'écartant de moi prudemment, histoire d'éviter un éventuel coup de poing. C'était une chouette région, et puis elle a décliné. Le pays des cow-boys. Les gens de l'Ouest et de la campagne venaient là à cause de Roy Rogers[1]. Il y avait un grand musée qui lui était consacré, où étaient exposés tous ses leurres de pêche. C'était le propriétaire de l'Apple Valley Inn. Mon père nous y emmenait déjeuner, le dimanche. C'était une époque insouciante. Il n'y avait pas de problèmes comme maintenant. Tu sais ce qui inquiétait les gens ?

1. Chanteur et acteur cow-boy né en 1911 et mort à Apple Valley en 1998.

L'électricité statique. La grande peur à la télé et dans le cœur des gens. L'électricité statique dans le linge. »

Conan et Teardrop ont réapparu. « Ne laisse rien traîner en dehors de ton casier ! m'a crié Teardrop, sur un ton un peu plus aimable, comme si elle s'était résignée à ce que je reste là. Et personne laisse couler l'eau à ce putain de robinet ou tire la chasse avant que je me lève le matin. »

Button Sanchez, qui avait accouché dans le quartier des arrivants, était aussi avec nous. Les trois autres codétenues étaient, comme aurait dit Sammy, insignifiantes. Des femmes condamnées à de courtes peines, qui s'occupaient de leurs oignons et évitaient les problèmes.

Je ne comprenais pas pourquoi j'avais été traitée de péquenaude blanche et pas Laura, jusqu'au moment où je me suis rendu compte que Teardrop lui extorquait de l'argent pour qu'elle puisse rester dans notre cellule. Personne ne voulait d'une tueuse de bébés, alors Laura n'avait sans doute pas le choix.

À l'heure du dîner, j'ai repéré Sammy dans la queue du réfectoire et j'ai essayé de lui parler. Elle m'a regardée et a secoué la tête. Un flic a braqué un projecteur sur moi. « PRENDS TON PLATEAU. » Sa voix a tonné dans le micro. On avait droit à dix minutes pour avaler leur nourriture de merde, en silence. La plupart de celles qui allaient au réfectoire n'avaient pas de fric. Teardrop, elle, mangeait toujours dans la cellule, elle avait sa réserve de bouffe personnelle qu'elle cantinait, des bols de nouilles japonaises instantanées qu'elle remplissait d'eau et faisait chauffer avec une résistance.

Ce soir-là, j'ai écrit mon nom sur un formulaire d'inscription et j'ai fait la queue, dans l'attente qu'un téléphone se libère dans la salle commune. Les détenues criaient en parlant dans le combiné pour couvrir la voix de leurs voisines. Sur les murs en parpaings, il y avait les mêmes pancartes que dans le quartier des arrivants, des injonctions écrites en lettres cursives : *Mesdames, ne vous plaignez pas. Mesdames, si vous avez une infection au norovirus, signalez-le aux surveillants.* Les portes et les rambardes étaient du même rose sale, une couleur censée probablement nous détendre, nous les abruties d'assistées. La queue n'a pas duré longtemps parce que les gens qu'on appelait ne décrochaient pas. J'ai composé le numéro de ma mère. Elle avait un compte chez Global Tel Link, la société fournissant le service d'appels prépayés aux maisons d'arrêt et aux prisons. Ce n'est pas possible de joindre quelqu'un qui n'a pas de compte Global Tel Link. J'avais beau savoir qu'elle était morte, je devais essayer. Personne n'a répondu. Comme les avocats commis d'office ont tous un compte Global Tel Link, j'ai téléphoné à Johnson, qui n'a pas répondu non plus.

Les jours suivants, je me suis inscrite pour passer des coups de fil, j'ai fait la queue et appelé l'avocat. À ma huitième tentative, j'ai fini par le joindre. Je l'ai supplié de m'aider à obtenir des nouvelles de Jackson.

Il m'a répondu qu'il essaierait, qu'il fallait lui laisser au moins une semaine. Quand je l'ai eu de nouveau au téléphone, il m'a dit avoir cherché qui était en charge du dossier de Jackson, sans succès. C'était le travail d'un avocat attaché à un tribunal pour enfants, a-t-il conclu.

Est-ce que l'administration m'en procurerait un ? lui ai-je demandé, essayant de me maîtriser, de ne trahir ni colère ni désespoir.

« Oh non ! » s'est-il exclamé. Et dans ce petit intervalle où j'aurais pu insister, comme s'il avait été dans l'obligation de m'aider, dans ce court silence, avant que j'aie eu le temps d'ouvrir la bouche, il m'avait déjà dit qu'il croulait sous les dossiers, dont je ne faisais pas partie, et qu'il devait raccrocher.

*

Dès que j'y ai eu droit, je me suis mise à la recherche d'un travail. Un conseil de Sammy. Sammy n'était pas dans mon unité, mais elle était aussi dans la cour C, ce qui nous permettait de nous voir pendant notre temps libre. « Les Blanches ont toujours les meilleurs boulots, m'a-t-elle dit. Du travail de bureau, taper des lettres dans une pièce climatisée, alors que nous, les Noires et les Latinos, on enlève les tampons usagés de la fosse septique pour huit *cents* de l'heure. Alors, vas-y, profite de la chance que t'as. »

C'était vrai, toutes les employées étaient blanches. J'ai tenté ma chance, mais il fallait avoir un dossier disciplinaire vierge et être bien vue des surveillants pour être prise.

On a nous affectés, Sammy, Conan et moi, à l'atelier de menuiserie, ils recrutaient du monde, payaient vingt-deux *cents* de l'heure : un bon salaire. Conan a fait le fanfaron, il a déclaré qu'il investirait son argent dans du matériel de tatouage, ça lui ferait une activité complémentaire, et en plus il ferait de l'art sur son corps. Assis dans la salle commune, on attendait le début du film du vendredi soir. Ils étaient en retard parce que le film prévu montrait des obscénités. Ils avaient dû le remplacer par *Miss Daisy et son chauffeur*, qu'ils avaient déjà passé la semaine précédente.

« Quel tatouage tu veux te faire ? a demandé Sammy à Conan.

– Saddam Hussein, en énorme. Ici. » Il a contracté son biceps. « Rien que pour faire chier ces têtes de nœud. »

Deux matons s'efforçaient de faire marcher le projecteur.

« Soutenez nos troupes ! a clamé Conan.

– Ta gueule ! » a hurlé une prisonnière.

Le film commençait.

Toutes mes codétenues ont eu un boulot à la menuiserie, sauf Button Sanchez qui n'avait pas l'âge légal pour travailler. Elle avait un ventre plat à présent. Aucune trace de chagrin sur son visage. Son bébé avait disparu. Elle suivait des cours et, après la classe, elle jouait avec le lapin qu'elle avait attrapé dans la cour centrale et dressé. Elle avait mis une petite boîte par terre, sous sa couchette, garnie d'une serviette hygiénique déchirée en morceaux, en guise de litière. Le lapin savait où il devait faire ses crottes. Button Sanchez l'emmenait en classe, caché dans le soutien-gorge fourni par l'administration pénitentiaire. « Je suis sa maman », disait-elle. Elle lui a cousu des petits vêtements. Fabriqué une laisse. L'a introduit en douce dans la cour pour qu'il voie ses cousins. Il la mordait de temps en temps, sans parler des puces et des mites dont il était infesté. Teardrop a ordonné à Button de s'en débarrasser. Il y avait une Teardrop dans toutes les cellules de huit ; la détenue la plus forte faisait la loi. Teardrop a menacé Button de lui filer une bonne correction, de la foutre dehors, dans le couloir, elle, son matelas et son lapin. Elles se sont bagarrées. Button était minuscule, Teardrop énorme, mais les jeunes ont un sale avantage. Ils vous frappent à la tête avec ce qui leur tombe sous la main. Button a mis le paquet, s'est battue contre Teardrop avec un fer à défriser. Le lapin est resté.

« Fais-toi un emploi du temps », m'a conseillé Sammy. Elle avait connu beaucoup de femmes dans une situation aussi catastrophique que la mienne. Cela me consolait de ne pas être la seule dans ce cas. D'autres que moi avaient trouvé un moyen de la surmonter. L'année où les tours du World Trade Center se sont effondrées, j'étais dans la maison d'arrêt du comté de Los Angeles. C'était juste après mon arrestation. On n'avait pas le droit de regarder ni d'écouter les nouvelles, mais certaines détenues obtenaient des infos quand elles téléphonaient à leur famille. Tout le monde flippait, à l'exception d'une fille qui disait que savoir qu'elle n'était pas la seule à avoir sa vie détruite la réconfortait. Les autres l'avaient condamnée, moi, j'avais compris ce qu'elle ressentait.

« Vous étiez proches avec ta mère ? » m'a demandé Sammy.

Non, j'ai répondu.

C'était quelqu'un d'équilibré ?

Non.

« Finalement, peut-être que t'aurais dû trouver une autre tutrice pour ton gamin, alors. Tu ne peux pas contrôler tout ce qui se passe dans le monde libre. »

Je pouvais acheter des timbres avec l'argent que je gagnais et inonder de lettres les agences gouvernementales au sujet de Jackson, a enchaîné Sammy. Elle m'aiderait. On pouvait trouver leurs adresses dans des annuaires, à la bibliothèque. « Il faut commencer par ce qu'on a. » C'était sa devise.

*

Le premier jour à l'atelier de menuiserie, le responsable du travail pénitentiaire a assuré qu'on allait acquérir un savoir-faire qui nous permettrait d'avoir un emploi à notre sortie de prison.

« Et celles qui n'ont pas de date de libération ? a lancé Teardrop.

– En principe, vous n'avez pas le droit d'avoir un travail en prison, a-t-il répondu. En principe, on ne peut pas faire appel à vous : vous n'avez pas besoin de formation puisque vous ne sortirez pas, et le but, c'est de former les gens à un boulot. Mais comme on a plein de commandes, vous avez eu de la veine. Vous allez apprendre à fabriquer des meubles ici, et je vous garantis, mesdames, qu'un bon menuisier gagne un maximum de blé. »

L'atelier a impressionné Conan. « Merde, on va se servir de vrai bois ? De scies d'établi ? De boîtes à onglets ? À Wasco, ça n'a rien d'un vrai atelier de menuiserie. Le bois, c'est des panneaux de particules qu'on colle ensemble. T'as qu'un seul outil : la colle. Tu peux même pas enfoncer un clou, sinon le panneau se fissure et s'effrite. On n'apprenait rien. J'ai dit au responsable : "Vous arrêtez pas de nous parler de menuiserie et c'est pas avec ce qu'on fabrique qu'on va savoir en faire." "Vous êtes des animaux, il me répond. Si on vous donnait des outils, vous les utiliseriez pour vous massacrer entre vous." Je lui demande : "Pourquoi on est ici, alors ?" Et il me dit : "Pour apprendre à bosser. À arriver à l'heure. À être des travailleurs." Comme si c'était important. On a appris que dalle à l'atelier de Wasco. On sniffait de la colle toute la journée. Alors ils l'ont remplacée par de la colle qu'on peut pas sniffer. Sans Sniff, colle Sans Sniff, c'était son nom. Elle ne faisait aucun effet. Pas d'outils, pas d'apprentissage, pas de défonce. N'empêche, valait mieux ça que les autres boulots de la prison. Au bout du couloir, des mecs fabriquaient des lunettes de sécurité. Et dans un bâtiment voisin, des chaussures. »

On m'a attribué un établi.

« Je suis cent pour cent scandinave », a annoncé ma nouvelle coéquipière.

La Viking mesurait un mètre quatre-vingts, elle était blonde, les cheveux nattés en plusieurs tresses. Le tatouage d'une tête d'aigle apparaissait sous la bretelle de sa salopette. Sur sa poitrine, il y en avait un d'aigle tenant le drapeau américain dans son bec. Il avait l'air furieux, encore plus que les aigles ont l'air de l'être en général.

Le surveillant a placé Laura Lipp entre la Viking et moi.

« Est-ce que je peux changer de place ? j'ai demandé.

– Non.

– Merci, mon Dieu ! s'est exclamée la Viking. Des Blanches. » Son regard est passé de Conan à Teardrop et Reebok, les trois Noires avec lesquelles j'étais arrivée. « Qu'est-ce que vous pensez des Noires ? » nous a-t-elle lancé, à Laura Lipp et moi.

Ravie qu'on prête attention à elle, pour une fois, en lui posant une question, Laura s'est empressée de répondre : « Oh, j'essaie de n'avoir aucun préjugé racial, mais c'est pas toujours le cas. Je veux dire, certains ont dû se donner bien plus de mal que d'autres pour…

– Tu les laisses te brouter la chatte ? C'est tout ce qui m'importe.

– Seigneur, non !

– Je suis responsable de cet établi et je veux savoir qui est qui.

– Eh bien, puisque tu mets ça sur le tapis, je suis d'accord pour les relations sexuelles, parce que mon mari était hispanique et c'était une catastrophe, ça a détruit ma vie, mais ça t'intéressera peut-être d'apprendre que je me suis évanouie un soir, et que les filles qui m'ont porté secours étaient noires, et... »

La Viking a ignoré Laura Lipp et s'est tournée vers moi.

« Tu aimes Iron Maiden ? C'est ce que je mets.

– On a une radio ?

– C'est moi, la radio, dans cette partie de l'atelier. »

Cet après-midi-là, la Viking a fredonné des chansons. *Run to the Hills* et *Iron Man*. J'étais de nouveau au lycée. Toutefois, quand elle m'a demandé d'où je venais, qu'elle a hoché la tête en disant « Frisco, super », j'ai pris conscience que j'étais très loin de l'endroit d'où je venais. Je ne lui ai posé aucune question. Je n'avais aucune envie de savoir quoi que ce soit sur ses frères et ses petits copains Nazi Lowriders[1] de San Bernardino ou d'ailleurs. C'est sans doute du snobisme, mais ce n'est pas la même culture. Le Sunset District avait beau ne pas être très chic, c'était juste à côté de Haight-Ashbury et, du fait de cette proximité avec des hippies, avec des gens bizarres, il n'y avait pas de sales connards dans ce quartier, même si certains parmi nous sont devenus des suprémacistes blancs, Dean Conte, par exemple, un garçon qui avait toujours l'air triste, la tête de Turc du collège. Dean Conte était un inadapté, il se cherchait une identité. Binoclard, fan de new wave, skateur, peace

1. Gang d'anciens détenus fondé en 1978 prônant la supériorité de la race blanche.

punk, punk hardcore, skinhead, il a tout essayé, pour finir néonazi en costard-cravate. Pendant sa période skinhead, Dean et sa bande avaient saccagé la foire de Haight Street. Vers 18 heures, alors que la manifestation se terminait, que la scène et les stands étaient démontés et chargés dans les camions, des tonnes de bouteilles de bière avaient volé à hauteur de front, une zone de mise à mort grâce aux skinheads. À l'époque où Dean était toujours un binoclard, il avait invité un groupe d'élèves qui séchaient les cours à venir chez son père, sur Hugo Street. On avait bu toutes les bouteilles d'alcool et mis le feu aux rideaux. J'avais complètement oublié cette journée-là, jusqu'à ce que je voie Dean à la télé, adulte. Il intervenait dans un talk-show en tant que porte-parole de la suprématie blanche. Un des skinheads participant à l'émission avait balancé une chaise sur l'animateur et lui avait cassé le nez. Dean était devenu célèbre. Quoi qu'il en soit, je voyais toujours le gamin dans l'adulte. Non que je justifie ses idées. Simplement, je le connaissais. Il était amoureux d'Eva et le fait qu'Eva soit une Philippine ne l'avait pas découragé. C'est toujours pareil. Je connaissais un type au lycée qui avait fini en prison et avait rejoint la Fraternité aryenne. Eh bien, ce type-là avait une petite amie noire et des enfants métis. Les choses sont plus complexes qu'on ne le dit. Les gens plus stupides et moins diaboliques qu'on ne le dit.

Avant le déjeuner, Laura Lipp s'est perforé la main avec une perceuse. Ils l'ont envoyée à l'infirmerie. L'atelier de menuiserie, c'était fini pour elle. La

Viking a déclaré qu'elle avait été punie pour avoir épousé un bouffeur de tacos. Elle était en prison depuis tellement longtemps qu'elle ignorait que ce terme était passé de mode, qu'on ne l'employait plus et, tout à coup, ça m'a attristée pour elle.

*

Je ne sais pas si c'était bien ou mal, mais les racistes nous faisaient parfois de la peine à Jimmy Darling et moi.

Comme cette femme solitaire qui tenait un bar désert et qu'on avait rencontrée en roulant à la périphérie de Valencia, la ville où Jimmy enseignait. Réussir à trouver quelque chose d'un peu remarquable au milieu de toutes ces zones commerciales nous amusait. Un soir, on était passé devant le camp de mobil-homes de Santa Clarita, où il était écrit sur un panneau minable : RÉSERVÉ AUX ADULTES. Putain ! s'était exclamé Jimmy. C'est fou ce que ça laisse imaginer. Il y avait peut-être des cabines de douche vitrées dans ces mobil-homes. Des lits à eau. C'était un endroit pour adultes. Uniquement pour adultes. On était tombés aussi sur une auberge pratiquement à l'abandon, sur une petite route désertée. La serveuse nous a expliqué qu'elle était en train d'acheter l'établissement mais qu'elle ne voulait pas d'une clientèle mexicaine.

« Les Mexicains vous plantent un couteau dans le dos dès que vous vous retournez. » Elle nous a demandé comment, à notre avis, elle pourrait attirer plus de Blancs.

« Proposez des sandwichs, a suggéré Jimmy.

– Ouais, bonne idée ! »

Jimmy et elle ont continué de se creuser la cervelle. « Des cornichons. Des chips », a poursuivi Jimmy. Elle ne se rendait pas compte qu'il n'était pas sérieux. Il l'était sans l'être.

*

Sur le mur derrière nous, à l'atelier, des brochures étaient punaisées, où on voyait des photos de meubles fabriqués avec fierté par des détenues de la menuiserie de Stanville.

Voici ce que nous fabriquions :

Tribunes de juge. Sièges de juré. Portes de salle d'audience. Box de témoins. Lutrins. Marteaux de juge. Lambris pour les bureaux des juges. Cages en bois d'une salle d'audience, pour les accusés en détention préventive. Cadres en bois pour le sceau de l'État accroché dans les cabinets d'instruction et, enfin, fauteuils de juge, qui passaient ensuite à la tapisserie, l'atelier voisin.

Sans que cela fasse partie des meubles réalisés dans le cadre des commandes publiques, quelqu'un, à un moment donné, avait fabriqué un pupitre pour enfants, comme ceux que l'on voit dans les écoles, avec une charnière de façon à ce que le dessus se soulève et qu'on puisse ranger les fournitures. Il y avait une petite chaise assortie. Le pupitre et la chaise se trouvaient à l'entrée de la menuiserie. « Ce petit bureau me déprime », disait Conan. Je me suis forcée à ne pas le regarder. Lorsque mes pensées se dirigeaient vers ma mère, ma mère morte, bel et bien morte, je me rappelais que Jackson n'était pas mort. Si elle l'était, lui ne l'était pas. Je me contentais de cette infime consolation.

*

Le week-end, Sammy et moi, on sortait dans la cour de promenade principale. La première fois, c'est saisissant de voir des milliers de femmes en tenue identique.

Les prisonnières se regroupaient, elles se donnaient des nouvelles, traînaient, jouaient au basket ou au hand-ball. Certaines apportaient une guitare et en jouaient pour un public restreint (les groupes de plus de cinq personnes étaient interdits). D'autres se serraient les unes contre les autres et se droguaient. D'autres encore fricotaient dans les toilettes, ou à l'extérieur, tandis que des vigiles – des guetteuses – se tenaient à l'affût des surveillants. C'était l'été. Le vent chaud agitait nos amples vêtements en jean, dont la couleur allait du bleu clair au bleu marine, au gris moucheté… nos faux jeans. Pas la toile, le pantalon. Un pantalon en denim grossièrement coupé, avec un élastique à la taille et une seule poche en biais, trop petite, pas vraiment l'idée que je me fais d'un jean.

Sammy et moi, on marchait sur la piste. On a croisé les deux cent treize filles, qui l'ont toutes saluée. La cour principale a ses propres codes, comme l'État.

Partout, des panneaux prévenaient : COURIR EST INTERDIT, SAUF SUR LA PISTE.

Ils pouvaient nous tirer dessus si on courait ailleurs.

« Qui lui a fourni les pinces coupantes ?

– De qui tu parles ?

– Angel Marie Janicki.

– Putain, elle était super, a dit Sammy. La plus jolie fille de Stanville.

– Où a-t-elle trouvé les pinces ?

– Un ouvrier du monde libre. Un type. Sous influence. Elle était belle, je t'assure. »

Des ordres lancés dans les haut-parleurs. Avec force, clarté et fermeté.

« Toi, là, devant les toilettes. Je vois que tu fumes. Éteins-moi ça tout de suite. »

« Lozano, tu es en zone interdite. »

Un camion tournait autour de la prison, sur une route de terre entre la clôture électrifiée et la clôture extérieure.

« Copley, tu as oublié ton dentier devant le terrain de hand-ball. » Des gardiens près du micro ont éclaté de rire. « Copley, hé, hé, hé, viens chercher tes dents au poste de surveillance. »

Quand il faisait chaud, les matons restaient la plupart du temps dans leur bureau climatisé et nous observaient à la jumelle. C'était pareil quand il faisait froid. La cour est immense, et ils sont paresseux.

« Par quel angle mort elle s'est faufilée ?

– Derrière le gymnase. C'est pour ça que tout est verrouillé maintenant. Il y a un avant Angel Marie Janicki et un après.

– Ils ne peuvent pas voir la clôture derrière le gymnase ?

– Pas du mirador numéro 1. Mais ça n'a plus d'importance pour eux à présent. Ils ont la clôture électrique. »

Le camion a mis au moins dix minutes à faire le tour du terrain. Onze peut-être.

Voici comment les gardiens savent à qui appartient un dentier : le numéro d'écrou de la détenue est imprimé sur le côté, sur les gencives artificielles.

On a longé la plage des baleines à l'instant même où les gardiens dispersaient le groupe qui y prenait un bain de soleil.

« Pas de lance-pierres sur la plage des baleines. Plage des baleines, j'ai dit pas de lance-pierres. Tout le monde se lève et s'habille. »

Ce n'est pas une jolie expression, la plage des baleines, mais c'était le nom qu'on donnait à la zone située derrière la piste où les femmes s'huilaient le corps et rôtissaient. Et les lance-pierres étaient des débardeurs faits sur place. Malgré l'interdiction de se découvrir dans la cour principale, les filles ne s'en privaient pas. Elles s'enduisaient d'huile de cuisson ou du faux beurre utilisé dans la cuisine centrale, qui s'appelait « Je n'y crois pas, ce n'est pas du beurre ! », ou, vu par Conan, « Putain j'y crois pas, cette merde n'est pas du beurre ».

Personne ne courait sur la piste, on ne s'entraînait pas à gagner dans une prison de femmes. Sauf Conan, qui est arrivé à notre hauteur en courant.

« Je viens de massacrer au moins dix mille moucherons, avec ma bouche grande ouverte ! »

Il a fait demi-tour, couru à reculons, face à nous.

« Essaie de la fermer, tu n'auras plus ce problème », a lancé Sammy.

Une surveillante nous a dépassées au pas de charge. « On ne s'assoit pas sur les tables ! » a-t-elle hurlé. C'était aussi interdit de s'asseoir en dessous, l'unique façon d'être à l'ombre. Seule la position assise réglementaire était autorisée.

Conan a regardé la surveillante qui marchait d'un pas furieux. Il a hoché la tête d'un air approbateur.

« Eh ben, c'était pas la même au pieu. »

À Stanville, quand quelqu'un vous dit ça spontanément, vous pouvez en conclure que c'est un mensonge. C'en est aussi un quand c'est dit en réponse à une question. Les bobards de Conan étaient aussi gros que le mirador numéro 1 et le mirador numéro 2 réunis, le 2 était rempli de Fudd armés jusqu'aux dents qui nous traquaient et mangeaient des couennes de porc.

« Elle me dit, Ne te sers pas seulement de ta langue. Je veux que tu me fasses chanter comme si j'étais un gazou. C'est ce qu'elle a dit. Comme si j'étais un gazou. »

L'équipe de la cour désherbait les bords de la piste en pulvérisant du Roundup. Il fallait que la cour soit une étendue de terre sans un brin qui dépasse. « On l'entretient vraiment bien », certifiait Laura Lipp qui faisait désormais partie de cette équipe. Des rafales de vent en provenance de la vallée ont soulevé une couche de poussière, tandis qu'un nouveau surveillant, Garcia, s'approchait de nous.

Toutes les nouvelles recrues du personnel pénitentiaire sont des cibles tant pour leurs collègues que pour les prisonniers, mais Garcia semblait particulièrement vulnérable, il avait l'air perdu dans l'immensité de la cour principale, laquelle en comprenait trois, la B, la C et la D : trois mille femmes, six Fudd.

Fudd c'est à cause d'Elmer Fudd[1]. Une invention de Conan.

« Salut, Fuddruckers[2] », a-t-il lancé à Garcia, qui s'est arrêté, hésitant visiblement entre feindre de n'avoir rien entendu et considérer Conan comme un problème.

« Mais pourquoi, Fuddruckers ? a continué Conan en ne s'adressant à personne en particulier, son public habituel. La blague, c'est que ça oblige presque à dire *fuck*, OK. Mais alors, pourquoi *ruddfucker*[3] ? Ils créent ces restaus et on fait tous comme s'ils existaient genre depuis toujours. Comme si Fuddruckers était une super tradition familiale.

– Dans ma famille, on allait toujours manger là-bas, est intervenue Laura Lipp, d'un ton sentencieux, tout en pulvérisant du Roundup.

– Nous, on allait chez Hooters, a dit Conan.

1. Personnage de chasseur d'un dessin animé créé en 1940.
2. Nom d'une chaîne de restaurants.
3. Argot désignant ces restaurants.

– En famille ? a fait Laura en secouant la tête.

– Avec ma nana et ses gosses. Ils ont un bon menu pour enfants. Au fait, t'as jamais remarqué que le *o* de Hooters ressemble au O de IHOP ? J'ai été cuisinier dans un IHOP, la maison internationale du pancake. Pour les faire, on ajoute de l'eau à un mélange tout prêt. C'est la maison internationale de l'ajout d'eau. »

J'avais été serveuse dans un IHOP juste après avoir décroché mon diplôme de fin d'études secondaires. Un des nombreux points que j'avais en commun avec Conan. J'étais la serveuse 43. Le cuisinier hurlait : « Quarante-trois ! Ta commande est prête ! » Ce qui, je ne l'ai compris que plus tard, me préparait à la prison.

Avant de bosser dans un IHOP, on allait dans un Walmart, ou un discount du genre, acheter des chaussures de travail. Et là, on s'apercevait, si jamais on ne le savait pas déjà, que la plupart des chaussures pour adultes qui sont en vente sont des chaussures de travail, pour les chantiers, les hôpitaux, les prisons, les restaurants et les écoles, et les chaussures pour enfants, c'est le même style en petit. Des chaussures de serveuse, d'assistante médicale et des bottes de chantier. Des contrefaçons bon marché pour des gens qui ont le choix entre un de ces boulots merdiques ou bien craquer et porter des godasses de la pire des pires qualités, celles fabriquées par des prisonniers.

Le nouveau surveillant a pris Sammy à l'écart et lui a posé des questions. La ritournelle habituelle :

Je voudrais te connaître. C'était la façon de faire des flics, ici, ils disaient tous la même chose, sur le même ton : Je voudrais te connaître.

Il y a des surveillants ou des membres du personnel qui cherchent une « *girlfriend experience* » avec une prisonnière. Sammy avait déjà le responsable de la maintenance qui voulait la connaître, un civil qui l'emmenait dans son camion, lui apportait des hamburgers de la cafétéria du personnel pénitentiaire ; en échange, ils s'éclipsaient dans un fossé où il fourrageait dans sa culotte. Sans oublier l'infirmier du centre de soins médicaux qui lui palpait les seins toutes les semaines et lui donnait du tabac. Conan, lui, avait des gardiennes, lesbiennes ou hétéros, qui le trouvaient convaincant comme homme.

« Vous me rappelez quelqu'un. De Philadelphie. C'est là d'où je viens. Et vous ? a demandé Garcia à Sammy.

– Philadelphie, bof, est intervenu Conan. Vous avez déjà remarqué ce truc sur la Cloche de la Liberté ? Il y a une fêlure. Et personne n'y fait attention. On l'expose comme un objet de fierté et elle est fêlée. »

Garcia s'est tourné vers Conan. De toute évidence, il avait envie de lui dire : Fiche le camp pendant que je m'occupe de cette nana.

« C'est réglementaire ce que vous portez là, m'dame ? Parce que moi, je vois un short, et les shorts sont interdits ici. Je pourrais faire un rapport pour ça. »

*

Je sortais du travail quand je suis tombée sur le professeur G. Hauser. Je m'étais embrouillée avec les gardiens dans le couloir sécurisé où ils avaient prétendu que je déclenchais le détecteur de métal et avaient fouillé toutes mes affaires. Ils avaient même déchiqueté mon sandwich à la mortadelle dans le sac qu'on nous donne devant le réfectoire, avant d'aller travailler. J'avais dû me déshabiller et subir une fouille au corps dans la petite cabine fermée par des rideaux. Je bouillais de colère. Mais quand j'ai vu Hauser, j'ai eu comme un déclic. Je lui ai lancé un bonjour amical. On ne fait pas exprès de changer le ton de sa voix. C'est automatique. La nécessité commande la boîte de vitesses de la voix. Elle rectifie la manière d'aborder, module l'intonation, la rend plus aiguë, plus empathique. Cela n'avait rien de calculé, tout avait changé pour moi depuis la dernière fois que je l'avais vu.

« Salut, je me demandais si j'allais tomber sur vous un jour », ai-je dit.

Je l'avais complètement oublié. Je n'avais pas pensé à lui une seule fois.

« Je suis cour C, ai-je précisé, et j'ai réfléchi à votre proposition de me donner des choses à lire. Ce serait génial.

Il était ravi, comme si, en lui demandant un service, je lui en rendais un. On a bavardé et, de plus en plus emballé, il a suggéré :

« Pourquoi ne pas assister à mon cours ?

– On peut juste se préparer au diplôme de fin d'études secondaires, ici. Le niveau d'instruction des gardiens.

– C'est vrai, a-t-il acquiescé avec un petit rire étouffé. Mais comme c'est la seule possibilité, j'organise mon cours autour de la lecture. Nous lisons des livres et nous en discutons. Essayez une fois. Cela me ferait très plaisir que vous veniez. » Il m'a expliqué comment m'inscrire.

*

Sammy avait raison, le travail était un moyen de ne pas s'effondrer. En effet. Cela me changeait les idées. Et je me concentrais, comme tout le monde, je me concentrais sur ce dont je pouvais tirer parti ici.

Conan fabriquait des godes à l'atelier de menuiserie. Il s'y est mis dès que notre surveillant s'est lancé dans un marathon de lecture, assis à son bureau. Il apportait tous les jours un roman, se plongeait dedans et n'en sortait pas. Ils avaient tous en couverture le dessin d'un truc horrible et un titre en relief, comme *Deux fois tuée*. C'étaient toujours des livres de poche qui avaient pris l'eau, du genre de ceux qu'on trouve dans les boîtes à lire. Le responsable de l'atelier lisait sept heures d'affilée, jour après jour, tandis que Conan se servait d'une ponceuse et d'outils pour biseauter ses créations. Entre Teardrop et lui, c'était à celui qui fabriquerait le meilleur gode. Ils avaient tous les deux aussi des contacts à la cuisine centrale pour la vente illégale de concombres. Les concombres livrés aux cuisines des unités étaient prédécoupés afin d'éviter leur usage illicite, c'est-à-dire comme godes. Des prisonnières qui travaillaient dans la cuisine centrale vendaient des concombres entiers, en douce.

La Viking fabriquait des croix gammées et des pentagrammes en bois. Moi, j'innovais avec la viande du déjeuner. À la pause, je faisais griller ma tranche de mortadelle avec le fer à marquer que nous utilisions pour tous nos objets ; j'en avais la responsabilité. Je marquais au fer les deux côtés de ma tranche de viande, ainsi que le pain du sandwich. Ça les grillait à la perfection. Et je le faisais pour d'autres en échange de sachets de café instantané, que j'avais appris à dissimuler en vue de la fouille après le boulot. Ce serait ainsi désormais. Il faudrait trimer en échange de toutes petites choses.

*

Le samedi, ils nous laissaient aller à la bibliothèque. Les seuls ouvrages à emprunter étaient des bibles. On avait le choix entre la King James ou la version internationale. Sammy et moi, on y allait toutes les semaines pour chercher à qui je pourrais envoyer des lettres au sujet de Jackson. Un après-midi où j'en sortais, je suis de nouveau tombée sur Hauser. Je devais bientôt commencer à assister à son cours.

« Il n'y a rien à lire ici, lui ai-je dit.

– Je sais. C'est pourquoi j'ai commandé quelques livres pour vous. Ils ne sont pas arrivés ? J'ai dû les commander sur Amazon parce que nous n'avons pas le droit de vous en donner de la main à la main. »

J'ai imaginé Sammy en train de rembobiner la ligne de sa canne à pêche, de bichonner sa victime. Lentement, il faut y aller lentement, m'avait-elle conseillé.

« Je ne les ai pas encore reçus », ai-je répondu.

Tout prenait une éternité ici, ai-je ajouté. Ils devaient trier le courrier adressé à trois mille femmes.

*

Je continuais d'appeler l'avocat de Johnson, c'était la seule personne que je pouvais contacter grâce à son compte Global Tel Link. La plupart du temps, il ne décrochait pas ; la fois où il l'a fait, il m'a dit qu'il avait une nouvelle à m'annoncer. Il prenait sa retraite, après avoir exercé comme avocat commis d'office pendant trente ans, et je ne pourrais donc plus le joindre à ce bureau.

La façon dont les choses me prenaient en étau : j'avais du mal à accepter que c'était la vraie vie. Personne ne se souciait du sort de Jackson, à part moi. J'ignorais où il se trouvait. Je n'avais aucun moyen de lui parler. Coincée dans une prison de Central Valley, sous un ciel brûlé par le soleil, je fixais le reflet miroitant au-dessus de la clôture de barbelés, évaluais le temps que mettait le camion à faire le tour de la grande enceinte, imaginais la belle Angel Marie Janicki, la dure à cuire, se faufilant par la clôture.

*

Je ne cessais de me remémorer une scène. Jackson avait cinq ans. C'était l'automne. Ma mère nous avait accompagnés à Tilden Park, à l'est de la baie de San Francisco. D'immenses arbres avaient viré au rouge magenta, une couleur vive et lumineuse, dans laquelle je me serais bien teint les cheveux. D'autres avaient un feuillage doré ou écarlate. Ce qui est plutôt rare en Californie. Ma mère, Jackson et moi étions restés sur un banc à regarder le vent agiter les branches de ces arbres chatoyants. Jackson était aux anges.

« Tant de beauté pour rien, avait déclaré ma mère. Les feuilles seront tombées demain.

– Mais après, des nouvelles feuilles pousseront sur les arbres, grand-mère, avait dit Jackson. Et ensuite, elles prendront les mêmes couleurs que celles-ci. » Et puis, ça recommencerait encore et encore, tout le temps. La chute des feuilles, ça voulait dire que des nouvelles allaient arriver, avait-il conclu. Ma mère l'avait regardé comme si elle se demandait de quelle planète il venait.

Jackson était un optimiste de naissance. Une qualité qu'il ne tenait ni de ma mère ni de moi. À trois ans, il m'avait interrogée sur la manière dont la Terre s'était formée. « Comment elle s'est créée ? » J'avais répondu que personne ne savait vraiment mais qu'il y avait sans doute eu une explosion qu'on appelait le big bang. « Mais où ils ont mis tous les gens quand ça a explosé ? » Dans sa tête, il y avait toujours des gens. Des gens qui s'occupaient d'autres gens.

*

L'avocat m'avait donné le numéro de téléphone d'un service de protection de l'enfance susceptible de m'indiquer le nom du tuteur de Jackson, mais je ne pouvais joindre que des gens ayant un compte Global Tel Link. J'écrivais des lettres et m'efforçais de ne pas perdre la raison. J'en ai envoyé une à l'ancienne adresse d'Eva, une autre à celle de son père, sans vraiment croire qu'elle les recevrait. J'ai appelé Jimmy Darling, en vain, puisqu'il n'avait pas de compte Global Tel Link. Si jamais je sortais d'ici, un jour, je ferais sauter Global Tel Link, me suis-je promis.

*

J'ai reçu un colis. Comme les chanceuses qui ont de la famille ou un soutien à l'extérieur, moi, Hall, on m'a appelée au quartier des arrivants et autorisée à prendre mon colis. Hauser m'avait commandé trois livres : *Mon Ántonia*, *Je sais pourquoi chante l'oiseau en cage*, et *Ne tirez pas sur l'oiseau moqueur*.

« C'est ce qu'il a commandé pour toi, a constaté Sammy en étouffant un rire. Même moi, je les ai lus. » J'ai ressenti une légère tristesse et l'envie de défendre ce professeur qui ne s'était pas montré très avisé. J'avais l'intention de les garder, ces livres, même si je n'avais pas très envie de les lire. Ils représentaient un lien avec le monde extérieur. Mais une femme de mon unité m'a proposé une bouteille de shampoing et un après-shampoing en échange des trois. L'administration ne fournit aux filles sans le sou comme moi qu'une poudre de savon grumeleuse pour le corps et les cheveux. Pouvoir me laver et me revitaliser les cheveux, ça m'a rendue heureuse, au moins le temps d'une soirée, un sentiment que je n'avais pas éprouvé depuis mon arrestation, trois ans auparavant.

Je suivais le cours de Hauser depuis deux semaines quand il m'a retenue, un jour, au moment où je sortais de la salle, et demandé si les livres m'avaient plu.

« J'ai adoré les lire à quatorze ans. »

La réponse m'avait échappé. Ce n'était évidemment pas très judicieux lorsqu'on voulait harponner un Keath.

« Mon Dieu, je suis navré. Vraiment confus.

– Ce n'est pas grave. Vous ne me connaissez pas, c'est tout. »

Il a voulu savoir ce que j'avais envie de lire ; j'ai dit que je n'en avais aucune idée. Que beaucoup de soucis m'occupaient l'esprit et que j'avais du mal à me concentrer.

Il m'a apporté d'autres bouquins. L'un, intitulé *Une fille facile*, racontait l'histoire de deux ivrognes à San Francisco dans les années 1950. J'ai commencé à le lire et je n'ai pas pu m'arrêter. Dès que je l'ai terminé, je l'ai recommencé. Des images surgissaient dans ma tête, même si le personnage principal ne précisait pas beaucoup de noms de lieux, à part Civic Center, Powell Street et Market Street, là où le tram fait demi-tour, ce qui fascinait Jackson comme tous les autres enfants. Je l'emmenais là-bas écouter des musiciens de rue. Certains étaient des copains de Jimmy Darling. Contrairement à moi, Jimmy connaissait toutes sortes de gens, et la soirée prenait une autre tournure quand nous rencontrions par hasard quelqu'un qui nous invitait à un concert, une fête ou une projection de film.

Dans mon adolescence, à l'angle de Powell Street et de Market Street se dressait un immense Woolworth's, avec un rayon de perruques au centre du magasin. Eva et moi, on y allait et on faisait semblant de vouloir en acheter une. Les vieilles vendeuses nous aidaient à épingler nos cheveux sous un filet et posaient de superbes perruques bouclées sur nos têtes. On riait, on prenait des poses devant les miroirs, on glissait des produits de maquillage et de soins pour cheveux dans nos sacs, on se photographiait dans le photomaton du magasin. Quelquefois, on allait au grill Zim's, sur Van Ness Avenue, on commandait un tas de plats et on partait sans payer. Ce n'était pas la même chose que de le faire au Zim's de Taraval Street, qui avait quelque chose de plus familier. Dans le centre-ville, on avait le sentiment d'être élégantes. Parfois, on filait se cacher dans le musée, en haut de Van Ness Avenue, après avoir passé notre commande au Zim's. Il y avait un portrait qu'Eva aimait, il s'appelait *La Fille aux yeux verts*[1]. Parmi les jeunes qu'on connaissait, on n'était pas censé s'intéresser aux musées, mais Eva s'intéressait à tout ce qui se présentait à elle, en l'occurrence la peinture de cette fille dont le cou très long semblait enserré dans un rond de serviette. Elle nous dévisageait, et on la dévisageait.

Pendant toute la longue période de mon enfance, j'ai erré comme une gosse des rues, sans plus de racines que les ados qu'on voyait sur les affiches de la gare routière Greyhound, dans la 6e Rue. De grandes silhouettes noires, pareilles à de longues ombres, et les mots FUGUEURS, APPELEZ AU SECOURS. Et puis un numéro d'urgence. Mon enfance était l'époque des numéros d'urgence. On ne les appelait jamais, sauf pour faire une farce, et je n'étais pas une fugueuse. J'avais même une mère. Que j'aurais pu connaître, mais ça ne s'est pas produit, pas vraiment. Quand j'avais seize ans, c'était déjà trop tard pour ma mère et moi. Et quand j'ai été emprisonnée, il a semblé que ça l'était pour de bon et définitivement. En fait, je me trompais. Ce n'est qu'à sa mort qu'il a été trop tard.

1. Henri Matisse, 1908.

*

J'ai dit à Hauser que j'avais lu *Une fille facile*. Il m'a demandé ce que j'en pensais.

« J'ai trouvé ça bien et nul en même temps.

– Je comprends ce que vous entendez par là. La fin est surprenante, n'est-ce pas ? Il n'empêche qu'on a envie de le relire pour repérer des indices qui nous auraient échappé. »

J'ai répondu que je l'avais fait. Et que c'était super de lire un livre sur San Francisco, d'où je venais.

« Ah, moi aussi. »

On n'aurait pas dit que c'était le cas, et je le lui ai fait remarquer.

« Des environs, je veux dire. Je suis de l'est de la Baie, du comté de Costa Contra. » Il m'a donné le nom de la ville, que je ne connaissais pas.

« C'est un trou, derrière une raffinerie de pétrole. Ça n'a rien de très prestigieux, comme San Francisco. »

J'ai dit que je détestais cette ville, que là-bas c'était comme si le mal surgissait du sol, mais j'avais aimé *Une fille facile* parce que ça me rappelait des choses qui me manquaient.

Il m'avait commandé deux autres livres, *Factotum* de Charles Bukowski et *Jesus' Son* de Denis Johnson. Je lui ai promis de les lire.

« *Factotum* est un des livres les plus drôles jamais écrits. »

J'ai dit que je connaissais l'autre, celui avec Jesus dans le titre, parce que j'avais vu le film. Qui était bon, sauf que les personnages étaient censés vivre dans les années 1970. « La fille a le nombril à l'air et elle porte un blouson de cuir avec un col en fourrure comme les hipsters de San Francisco dans les années 1990.

– Mais ces gens que vous décrivez – vous, peut-être, je n'en sais rien – imitent tous les années 1970. »

C'était vrai. Je lui ai raconté que Jimmy Darling allait dans une librairie de Tenderloin pour acheter des numéros de *Playboy* de cette époque-là, il y en avait des piles qui s'entassaient par terre à l'arrière de la boutique. Un jour, un vieil homme avait tapoté l'épaule de Jimmy et murmuré : « Les nouveaux sont là-bas, mon gars », désignant de la tête les mensuels sous plastique, *Busty* et *Barely Legal*, exposés en vitrine.

« Et Jimmy est…

Mon fiancé. Il est professeur au San Francisco Art Institute.

– Et vous êtes… toujours fiancés ?

– Il est mort », ai-je répondu.

*

Ce soir-là, après l'extinction des feux, j'ai repensé à North Beach, j'ai revu les endroits où j'allais avec Jimmy Darling, qui habitait et travaillait dans ce quartier, et avant Jimmy, quand j'étais encore une gamine et que North Beach était un endroit génial où se balader, le vendredi soir, avec des copains. On traînait autour des tables sur la terrasse de l'Enrico's, on finissait les verres des clients quand ils se levaient pour partir. J'ai revu les lumières de Broadway. Le Big Al's. Le Condor Club et son enseigne verticale, Carol Doda, ses tétons qui brillaient, rouge cerise, le rouge de Chinatown. Le Garden of Eden du bas de la rue, son néon vert et rose se découpant sur le brouillard.

Plus tard, on avait enlevé l'enseigne lumineuse de Carol Doda mais, pour moi, elle était restée. Toutes ces lumières d'un monde perdu qui continuait d'exister en moi, celui que je conservais.

Dans Columbus Avenue, il y avait une boîte où des strip-teaseuses féministes se faisaient onze dollars féministes de l'heure. C'était très peu pour ce qu'elles offraient et recevaient, regarder des hommes se masturber dans des petites cabines autour de la scène. Le Regal Show World était un peep-show, sans le féminisme. La comptable, étrange et plutôt rebutante, travaillait au noir au Mars Club et, autant que je sache, n'avait jamais de client, mais elle se pointait chaque jour, une femme corpulente et gauche, portant des lunettes à verres épais et de la lingerie soldée, qui nous maternait dans le vestiaire, nous gavant d'en-cas et nous complimentant sur notre maquillage et nos costumes. Elle nous tendait des mini carottes qu'elle appelait des « crudités ». Elle vouait une affection particulière à mon amie Arrow, qu'elle considérait comme sa fille de vestiaire.

Arrow avait réussi à être dans *Barely Legal*. Âgée d'une vingtaine d'années comme moi, elle avait un œil paresseux qui lui donnait un air innocent, du moins celui des femmes posant dans *Barely Legal* comme des jeunes filles. Arrow et moi, on travaillait parfois au Crazy Horse, là où j'avais rencontré le père de Jackson. Un beau mec, drôle, le seul videur que les filles du Crazy Horse laissaient entrer dans le vestiaire. Pendant que les filles étaient en train de se maquiller, il lisait à haute voix des articles soi-disant d'un journal local, dont il feuilletait les pages, alors qu'il inventait des gros titres dans le style de ceux du *Weekly World News*: Une femme soulève une Coccinelle Volkswagen pour sauver une ultime cigarette du caniveau; Un homme ayant perdu cent kilos en suivant un régime à base de cookies aux pépites de chocolat écrasé par un camion de lait; Dernière nouvelle: Toledo, dans l'Ohio, est une pure invention. Le père de Jackson ne manquait pas d'intelligence, simplement il n'était pas assez malin pour s'en sortir dans la vie, en d'autres termes face aux autorités. En revanche, il était assez malin pour s'évader. Il avait réussi à se faire la belle de la maison d'arrêt du comté de San Mateo en grimpant sur la clôture, puis il avait couru tout du long jusqu'à San Francisco. J'avais déjà entendu cette histoire avant de le rencontrer. J'imaginais un type courant au bord de la *highway*, comme si pour aller de San Mateo à San Francisco il fallait le faire à la manière d'une voiture, mais sans carrosserie et sans moteur. Juste un homme, courant et transpirant sur la bande d'arrêt d'urgence. Je suis sûre que ce n'était pas ce qu'il avait fait, mais c'est ce que j'imaginais. On l'avait rattrapé presque aussitôt.

Jimmy the Beard avait travaillé comme videur dans plusieurs clubs de strip-tease de la ville, depuis les années 1960. Il racontait des histoires. Dont l'une sur un réalisateur cinglé, amoureux d'une star du porno, Magic Tom. Magic Tom faisait un numéro dans un club gay hardcore où Jimmy the Beard bossait. Le réalisateur n'intéressait pas Magic Tom, qui s'en était servi puis l'avait quitté pour un autre. Le réalisateur éconduit, furieux, avait pris un bus pour Syracuse, dans l'État de New York, d'où venait Magic Tom. Il avait frappé à la porte de la maison de la mère de Magic Tom. Dans l'histoire de Jimmy the Beard, la mère, une vieille dame très collet monté, lui ouvre : « Que puis-je faire pour vous ? » « Rien, m'dame, je crois juste que ça vous intéressera de voir ça. » Et il brandit une photo de Magic Tom et de son vrai jumeau dans des positions obscènes. Ils faisaient du porno ensemble. À ce moment-là, Jimmy the Beard se tordait tellement de rire qu'il avait du mal à terminer l'histoire : « Le mec montre à cette vieille dame de Syracuse une photo de ses deux fils qui baisent ensemble. » Jimmy the Beard n'avait jamais entendu d'histoire aussi drôle. Ce qui en dit long sur son sens de l'humour. Il avait trouvé marrant de révéler ma planque à Kurt Kennedy. Après mon départ de San Francisco pour Los Angeles, Kurt Kennedy n'avait eu de cesse de découvrir où j'étais. Jimmy the Beard le lui avait dit.

15

Lors de sa deuxième année à Stanville, Gordon Haser ne prenait plus un cri d'animal pour un cri de femme. Celui qu'il avait entendu de sa cabane un soir, peu après son emménagement, était un cri de puma. Non pas celui d'une femme, encore moins d'une femme en détresse.

Le premier hiver, quand la neige tapissa le sol, des empreintes de pattes apparurent sur son terrain, des mottes de terre arrachées dont la forme et la taille correspondaient exactement à celles qu'il avait vues dans son guide de la région, lequel guide indiquait que le feulement du puma ressemblait au cri, au hurlement, voire au gémissement d'une femme.

Il n'en voyait jamais, il les entendait simplement. Le matin, de bonne heure, il apercevait parfois des renards gris à la longue queue lustrée alors qu'il descendait la route en lacets pour se rendre à Stanville, passant devant d'immenses chênes de Virginie au feuillage desséché par le manque d'eau, leurs petites feuilles dentelées couvertes de poussière, des paviers aux fleurs rouges tirant sur le rouille et des raisins d'ours vert fumé. Au soleil, les branches nues des paviers avaient la blancheur éclatante des os. L'herbe était jaune vif comme de la paille détrempée, il n'en avait jamais vu d'une telle beauté.

Sur la route se dirigeant en ligne droite vers la cuvette brunâtre, le paysage changeait, laissant place à des oléoducs et à des derricks dont les câbles de levage s'enroulaient et se déroulaient autour des treuils. Au-delà des tours de forage, il y avait une orangeraie poussiéreuse et une ferme avec deux palmiers, où la route se scindait en deux. Les palmiers étaient d'une essence singulière, extrêmement touffus et aussi luxueux que des bottes en fourrure inuits.

Il faisait six degrés de plus dans la vallée et une forte odeur d'engrais saturait l'air. Oranges et derricks avaient disparu, remplacés par des lignes à haute tension et des plantations d'amandiers tout au long de la route menant à la prison.

*

Stanville arborait trois drapeaux, comme toutes les prisons de Californie : celui de l'État, celui de la nation et celui des prisonniers de guerre et soldats portés disparus au combat. Ce dernier avait quelque chose de pitoyable pour Gordon, il célébrait la mémoire des soldats abandonnés au

Viêtnam, une sale guerre perdue par les États-Unis. Les prisonniers qui n'étaient pas rentrés au pays étaient sans doute morts depuis longtemps et, dans le cas contraire, personne n'irait les chercher, ce qui n'empêchait pas les gardiens de tous les pénitenciers de hisser un drapeau en leur honneur. Le sort des soldats capturés par l'ennemi aujourd'hui était différent. Nombre d'entre eux étaient employés par des sociétés militaires privées et décapités en direct sur Internet. Le président Bush passait à la télé pour annoncer la construction d'hôpitaux et d'écoles pour les Irakiens. Et à Stanville, sur le parking réservé au personnel, on voyait collé sur le pare-chocs de la plupart des voitures le ruban jaune de soutien aux troupes.

C'était difficile de se repérer dans la prison. Aux yeux de Gordon, tout était pareil : des bâtiments en parpaings, de plain-pied ou d'un étage, posés sur une vaste étendue de terre et de béton entourée de murs de barbelés. Il devait franchir trois sas de sécurité sous surveillance électronique avant d'accéder à sa salle de classe aménagée dans un mobil-home sans fenêtres, situé à proximité des ateliers et de la cuisine centrale. De celle-ci s'échappait en permanence une odeur de graisse rance, que seules parvenaient à couvrir les émanations de solvants provenant de l'atelier de carrosserie, où des camionnettes – véhicules personnels de surveillants – attendaient d'être repeintes par des détenues pour une somme dérisoire.

Gordon avait le droit d'entrer dans cette partie-là de l'établissement pénitentiaire, en revanche les bâtiments des cellules et les cours de promenade lui étaient interdits, à l'exception du quartier 504, cour A, où il pouvait travailler avec les prisonnières du couloir de la mort et celles confinées à l'isolement. Le couloir de la mort lui faisait très peur, il en avait une vision cauchemardesque, mais il avait découvert que la réalité était différente de ce qu'il s'était figuré. Il avait imaginé des barreaux de fer, des conditions d'emprisonnement misérables dignes du Moyen Âge, alors que tout était automatisé et moderne, chacune des minuscules cellules disposant d'une porte métallique blanche percée d'une petite fenêtre. Douze femmes étaient enfermées là, une par cellule. Il y avait aussi un couloir entouré d'un grillage, comme une cage, encombré de tables et de machines à coudre. Un gardien en déverrouillait une des portes pour laisser entrer Gordon, qui s'entretenait avec ses élèves, une par une, tandis que les autres tricotaient ou faisaient des couvertures au crochet. Même si elle n'était pas l'une de ses élèves, Betty LaFrance insistait toujours pour lui parler ; elle apportait sa radio et écoutait de la musique d'ascenseur tout en travaillant. Les femmes fabriquaient à la main des cartes de vœux, s'efforçant d'imiter des cartes imprimées : les plus réussies ressemblaient à celles vendues dans les pharmacies Rite Aid, au message vaguement inspiré et à l'écriture sans fioritures. Elles avaient la permission d'aller et venir depuis leurs cellules qui sentaient le désodorisant et dont les murs étaient recouverts de panneaux au crochet afin de préserver leur intimité, et sans doute aussi pour trouver une utilisation à ces travaux qu'elles effectuaient comme pour actionner l'axe lubrifié de la roue du temps.

Elles appelaient Gordon « chéri », « mon chou » ou « trésor ». La première appellation, chéri, lui flanquait la trouille. C'était ainsi, en effet, que la vieille usurière, Hélène Ivanovna, appelait Raskolnikov avant qu'il mette son plan à exécution et l'assassine, du moins était-ce le mot qu'avait choisi le traducteur. Chéri.

Dans le quartier disciplinaire, à l'étage au-dessus, il n'y avait pas de salle commune, si bien que les prisonnières ne pouvaient communiquer entre elles qu'en criant. Elles beuglaient d'une cellule à l'autre, interpellaient les matons, faisaient du bruit dans le seul but de se donner une occupation. Gordon attendait dans un petit bureau, le temps que l'élève à qui il devait faire cours franchisse le couloir dans un cliquetement de chaînes et soit enfermée dans une cage en face de lui. C'est là qu'il avait rencontré pour la première fois Romy Hall, désormais dans sa classe. Elle le regardait droit dans les yeux, et cela l'avait frappé. Nombre de prisonnières, au contraire d'elle, fixaient son épaule ou un point derrière lui, promenant le regard dans toute la pièce pour éviter le sien. Et puis cette fille était vraiment séduisante, malgré la situation. Des yeux écartés, tirant sur le vert. Une bouche avec un arc de Cupidon, puisque c'est ainsi qu'on appelle une lèvre pulpeuse joliment galbée. Une belle bouche qui disait : ayez confiance en ce visage. Et le visage qui ajoutait : ne vous fiez pas à mon apparence. Elle avait une bonne orthographe, comprenait ce qu'elle lisait. Mais il ne cherchait pas quelqu'un qui ait une bonne orthographe. Il ne cherchait personne parmi les femmes de Stanville.

Il l'avait revue dans ce que les matons surnommaient un parc à chiens – une des cages extérieures où les détenues à l'isolement étaient conduites pour faire de l'exercice. Le chemin menant au quartier 504 longeait plusieurs de ces cages et, d'instinct, il évitait de regarder les femmes piégées dans ces sinistres petits enclos. Hall l'avait interpellé avec une certaine désinvolture, comme une femme demandant à un homme du feu ou l'heure à laquelle le train arrive à destination.

Il appréciait de l'avoir dans son cours. Elle lisait avec sérieux les textes qu'il donnait à lire. Une bonne partie de ses élèves le trouvaient idiot, s'exprimaient en langage codé et se moquaient de lui, mais c'était de bonne guerre. Il avait le plus grand mal à se représenter ce que cela signifiait d'avoir été condamné, comme elles, à une perpétuité incompressible ou à plusieurs réclusions à perpétuité. Il ne parvenait déjà pas à concevoir ce que c'était d'avoir écopé d'une seule condamnation à vie.

Il leur distribuait des photocopies d'extraits de livres, tels *Julie des Loups* de Jean George ou *La Petite Maison dans la prairie* de Laura Ingalls Wilder, sans leur dire que c'étaient des romans pour enfants ; l'important, c'était que cela leur plaise. Beaucoup d'entre elles avaient le niveau d'une élève de primaire, c'est pourquoi il s'en tenait à des textes faciles. Elles écrivaient en formant de grosses lettres rondes comme des adolescentes, même London, que les autres appelaient Conan et qui avait l'air d'un homme. De toute évidence, London était intelligent. Il ne lisait jamais les textes, en revanche il faisait rire les autres, ce qui était loin d'être négligeable.

« Sein, c'est pas au pluriel ? avait-il lancé une fois.

– Ça dépend du sein de qui, peut-être, avait rétorqué une fille.

– Le sein de Jones. On dirait un film d'aventures. Le lieutenant Jones et le sein maudit. »

Geronima Campos, une vieille Amérindienne dessinait dans son carnet de croquis durant tout le cours. Peut-être était-elle analphabète, se dit Gordon. Un jour après le cours, il lui demanda ce qu'elle dessinait. Si elle reconnaissait qu'elle ne savait pas écrire, il lui proposerait de la prendre à part pour lui apprendre.

Des portraits, lui répondit-elle, et elle ouvrit son carnet pour les lui montrer. Il y avait un dessin sur chaque page, et un nom au-dessous. Donc, elle savait écrire. Les dessins n'avaient toutefois rien à voir avec des portraits. C'étaient de pâtés de couleur informes. « Là, c'est vous », précisa-t-elle, désignant un gribouillis de traits noirs agrémenté d'une tache bleue.

Un jour, lors d'une discussion sur un chapitre du *Poney rouge* de John Steinbeck, les femmes parlèrent des montagnes évoquées dans le roman et de celles qu'on voyait depuis la cour principale. Elles semblaient en avoir peur, ce qui étonna Gordon. Il pensait que les montagnes seraient synonymes de liberté pour elles, c'était l'unique aperçu de la nature qu'elles avaient depuis la prison. « Là-haut, il faut se battre contre des gros boucs, dit Conan. Au moins, ici, y a que des petites biques. Des petites biques et des chattes. Comme ça, je suis certain d'avoir le dessus. »

Quand ils abordèrent le troisième chapitre intitulé « La Promesse », où il était question de Nellie, la jument pleine, une femme leva la main et raconta que lorsqu'elle avait accouché son ventre avait la forme d'un cœur, « il était en deux parties, expliqua-t-elle, exactement comme celui d'un cheval, même le docteur a dit que c'était vrai, que les chevaux ont un ventre en forme de cœur ».

Elles lurent chacune un passage du chapitre à voix haute. Au moment où il était fait allusion à des cochons, une détenue intervint pour dire que son cousin, emprisonné en Arizona, lui avait écrit qu'un dimanche par mois on mettait un cochon dans la chambre à gaz de sa taule pour vérifier qu'elle était en état de marche.

Gordon tenta de ramener la discussion sur le livre. Quelle était la promesse de Billy Buck ?

La fille dont le cousin lui avait écrit qu'on gazait des cochons le dimanche ajouta que, dès que l'animal « s'élevait dans le tuyau », une odeur se répandait dans toute la cour. « Ça sent la fleur de pêcher. C'est ce que mon cousin m'a dit. »

Romy Hall leva la main. Billy Buck avait promis au jeune Jody un poulain en bonne santé, répondit-elle. Plus tôt dans le récit, Billy Buck s'était engagé à s'occuper du poney rouge, lequel était mort. Cette nouvelle promesse lui permettrait d'être un homme de parole en aidant à mettre au monde un poulain sain et sauf.

« Et est-ce que ç'a été le cas ? » demanda Gordon.

En fait, l'histoire était vicieuse, répliqua Romy. En théorie, oui, il avait tenu sa promesse, sauf qu'il avait dû tuer la jument pour sauver le poulain qui se présentait mal. Il lui avait défoncé le crâne avec un marteau ; c'était une façon merdique de tenir une promesse. La jument aurait pu avoir d'autres poulains qui se présentaient bien, mais elle était morte parce qu'un cow-boy voulait à tout prix être un homme de parole.

« C'est bien de faire une promesse, expliqua London à Gordon, comme pour résumer ce qui se passait dans la vraie vie. Mais ce n'est pas toujours une bonne idée de la tenir. »

*

Un soir, Romy Hall s'attarda à la fin du cours. Gordon rassemblait ses affaires depuis l'autre extrémité du bureau, ce qui n'était pas très pratique mais il voulait se tenir le plus éloigné d'elle.

En à peine cinq minutes, elle lui confia beaucoup de choses sur elle. Et ce d'une voix tellement posée qu'il sembla à Gordon qu'elle avait tout préparé à l'avance. Elle continuait de s'approcher de lui, et lui de reculer, afin de maintenir une distance entre eux. Il n'allait pas se laisser manipuler. Une prisonnière avait tenté de le soudoyer pour qu'il fasse entrer en fraude des portables, une autre du tabac. Des employés de l'administration pénitentiaire, ainsi que des gardiens, étaient impliqués dans ce genre de trafics. Gordon, lui, s'y refusait.

Elle lui dit qu'elle était condamnée à perpétuité et qu'elle avait un petit garçon. Elle le pria de l'excuser de l'importuner. Elle s'était réveillée très déprimée, avec la sensation que le brouillard avait envahi sa cellule, malgré l'absence de fenêtre, et cette humidité lui avait rappelé chez elle.

Elle voulait qu'il téléphone quelque part pour savoir où se trouvait son fils. Elle avait tout noté, et c'était précisément la raison pour laquelle il ne cessait de reculer alors qu'elle avançait vers lui. Ce n'était pas parce qu'il lui avait donné quelques livres, l'avait trouvée jolie, avait parfois pensé à elle, que cela signifiait qu'il avait envie de se retrouver mêlé à un drame familial.

*

La première à qui il avait porté assistance, de son propre chef et au mépris du règlement, c'était Candy Peña, une détenue du couloir de la mort. Elle pleurait comme une enfant parce qu'elle n'avait plus de laine ni d'argent et qu'elle ne pourrait donc plus aider les bébés. Les autres femmes du couloir de la mort tricotaient des couvertures pour bébés destinées à une association caritative chrétienne de Stanville.

Il pouvait lui apporter de la laine. Ils ne fouillaient presque jamais son sac. Il s'était décidé à le faire pendant qu'il prenait son petit-déjeuner au Baressi's. Cet endroit l'apaisait, avec ses murs décorés de photos de stock-cars, des victoires remportées sur le circuit de la région. D'un côté, c'était un restaurant, de l'autre, un bar avec un piano. Une femme en jouait, le samedi soir.

À Stanville, on ne pouvait pas se faire soigner les dents. Ni faire ressemeler ses chaussures. Ni trouver une casserole convenable, même pour quelqu'un d'aussi peu exigeant que Gordon. En revanche, il y avait trois boutiques de loisirs créatifs. Il s'était rendu dans l'une d'elles. Avait acheté quatre pelotes de différentes couleurs. De la pure laine, avait précisé Candy, mais la boutique ne vendait pas de laine, même mélangée, peut-être que le mot laine signifiait autre chose maintenant, une fibre duveteuse à tricoter, par exemple. Le lendemain, il donna les pelotes à Candy. Elle lui en fut si reconnaissante que cela le mit affreusement mal à l'aise. Non pas parce qu'il avait agi contre le règlement, mais parce que ça ne lui avait coûté presque aucun effort et qu'elle pleurait à grosses larmes, lui assurant que personne n'avait jamais rien fait d'aussi gentil pour elle, pas une seule fois de toute sa vie.

Rendre service à d'autres, banaliser son geste en le multipliant, lui parut être la seule solution pour que Candy ne le glorifie pas ainsi.

Betty LaFrance lui demanda s'il acceptait de poster une lettre pour elle, adressée à un ancien amant enfermé, lui aussi, dans une prison d'État de Californie. Les prisonniers n'avaient pas le droit d'en contacter d'autres sans l'accord explicite de l'administration pénitentiaire, ça, Gordon le savait parfaitement, mais pour ce qui était de l'histoire d'amour, il pensa que c'était sans doute une invention de Betty LaFrance. La première fois qu'il l'avait vue, elle hurlait pour attirer l'attention des matons : « Surveillant ! Dites au gardien du parking de réserver une place pour mon coiffeur. » Elle snobait les autres femmes du couloir de la mort, elle était d'une autre stature, expliqua-t-elle à Gordon. Un jour, elle lui demanda s'il avait déjà voyagé en classe affaires sur Singapour Airlines. Il lui répondit non, et elle eut l'air d'avoir pitié de lui. C'était une condamnée à mort qui se berçait d'illusions. Elle lui faisait de la peine. Il envoya la lettre.

Une autre fois, il acheta des graines pour une de ses élèves qui jardinait. Elle lui offrit en retour de la menthe fraîche, et quand il voulut savoir où elle l'avait dénichée, elle lui dit qu'il en poussait dans la prison, sur des vieilles planches de bois utilisées pour la construction. Elle l'avait replantée, arrosée. Elle observait le ciel, raconta-t-elle, attendant que des oiseaux laissent tomber des graines qu'elle faisait ensuite germer, secrètement, dans du papier absorbant imbibé d'eau. Le surveillant de la cour se montrait indulgent avec elle. Aucune plante n'avait le droit de pousser, selon le règlement. Mais le surveillant de la cour D, où elle vivait, la laissait soigner les siennes. Elle était condamnée à perpétuité. Lorsque Gordon lui avait donné un paquet de graines de pavot de Californie, elle avait porté les mains à son visage pour dissimuler ses larmes. « C'est un don de Dieu ! s'était-elle exclamée. Merci pour ce miracle. » Et le même cycle s'était réenclenché : son sentiment de malaise, la reconnaissance excessive. Le paquet de graines lui avait coûté quatre-vingt-neuf *cents*.

Et voilà comment il s'était retrouvé à envoyer des livres à Romy Hall. Il suffit d'aller sur Amazon. De cliquer. Qu'est-ce que c'était que vingt dollars pour lui, quand cela permettait à quelqu'un enfermé dans une prison de s'évader par la pensée pendant plusieurs semaines ? En revanche, se renseigner sur sa vie privée à l'extérieur, téléphoner à quelqu'un de sa part : c'était tout à fait différent. C'était de l'intrusion pure et simple, pas seulement dans sa vie à elle, dans la sienne aussi.

Il posa le papier qu'elle lui avait remis sur sa table basse. Un numéro de téléphone et le nom de son fils. Il n'appela pas. Et elle ne lui en reparla pas. Il en éprouva du soulagement, à tout le moins un soulagement mitigé. Ils parlaient de choses et d'autres sans grande importance. Elle pense que je ne vais pas l'aider, que je m'en fiche. Or il voulait qu'elle sache que non, il ne s'en fichait pas, cela comptait pour lui qu'elle lui ait demandé ce service.

Il s'assit sur le canapé, prit le bout de papier où était noté le numéro, le reposa. Plutôt que d'appeler, il se connecta à Internet et chercha un fournisseur chez lequel commander une nouvelle boîte de peinture pour Geronima. Une chose facile à faire, qui n'exigeait aucune réflexion.

Geronima apporta la boîte en classe et travailla d'arrache-pied pendant plusieurs semaines avant d'aller voir Gordon.

« J'aimerais bien vous montrer ce que j'ai fait. C'est des portraits, mais d'un style qui vous plaira sans doute plus.

– Ah bon ?

– Qui plaît plus en tout cas à la plupart des gens. »

Le trait était habile, cette fois, et on reconnaissait sur-le-champ la personne qu'elle avait dessinée. Elle-même. London. Gordon. Romy. Toutes les élèves du cours. Des portraits qui avaient la simplicité de la caricature. Elle tourna la page et un visage inconnu apparut, au regard fixe et aux joues striées de larmes. « C'est Lily, elle est dans le même quartier que moi et elle me rappelle ma petite sœur. Comme je n'ai pas de photo de ma sœur, je lui ai demandé de poser pour moi. »

16

Au printemps, j'ai commencé à entendre des bruits déplaisants, des bruits de machines, parfois incroyablement forts, cela dépendait des conditions météorologiques. Les randonnées que me promettait la fonte des neiges, agréables dans d'autres circonstances, étaient gâchées par les gémissements et les hurlements de ces monstres de fer qui se propageaient dans toute la montagne, à des kilomètres à la ronde. J'ai décidé de me venger. Si ce n'est qu'il était difficile de déterminer la provenance exacte du bruit. De toute façon, je devais attendre l'été parce que mes pièges pouvaient être facilement abîmés par la neige. Toutefois, au cours du printemps, le bruit s'est arrêté. Puis il a repris pendant l'été. Je l'ai suivi, pour découvrir qu'il venait d'une opération de déforestation dans le bassin de drainage de la Willow Creek. Un de mes coins préférés dans toute cette nature sauvage. Des arbres abattus au bulldozer, au lieu d'être sciés. Je me suis tenu en observation en haut d'un rocher où personne ne pouvait me voir. À la fin de la journée, le sol était complètement dégagé. Je suis descendu sur le chantier après le départ des bûcherons. Un bidon d'essence de dix-neuf litres était posé sur l'engin dont ils se servaient pour soulever les troncs et les charger dans les camions. J'ai versé de l'essence sur le moteur et j'y ai mis le feu. J'ai passé une nuit agréable au sommet de la montagne, et au matin je suis tranquillement rentré chez moi. Ça me faisait tellement de bien d'avoir fait ça, même si le risque qu'on me soupçonne me mettait un peu mal à l'aise.

17

Le soir où il avait reçu l'appel concernant le cambriolage d'un prêteur sur gages dans le quartier philippin de Beverly, Doc se trouvait à Las Brisas. L'alarme silencieuse de la boutique s'était déclenchée. Il s'était arrêté, phares éteints, sirène débranchée, au cas où il y aurait encore de l'action.

Le suspect est toujours là, remarque-t-il. Sa voiture, une Chevrolet Caprice déglinguée, ne démarre pas. Il n'arrête pas de tourner la clé de contact, en vain.

Doc s'approche subrepticement de lui, pointe son revolver de service sur sa tête et lui demande poliment de sortir de la voiture. Sa voix, celle de Doc, se fait toute douce. Comme celle de Mr Rogers, mais ce n'est en rien une imitation de l'animateur télé. C'est une voix qui lui va comme un gant, à Doc. C'est un homme soigné qui ressemble plus à un dentiste qu'à un flic. Question image, sa référence, c'était le basket : on était au début des années 1990, et si des mecs de la police adoptaient le style et le langage de la rue – à la manière des Lakers avec leurs shorts qui leur arrivaient au genou –, lui se voyait comme un joueur des Utah Jazz, une équipe dont les marqueurs étaient des Blancs en short ajusté. Des hommes qui, comme Doc, avaient l'air de dentistes et discutaient stratégie et technique avec intelligence, contrairement aux demeurés qui, lors des interviews d'après-match à la télé, racontaient que s'ils avaient gagné, c'est parce qu'ils avaient pris leur temps et choisi le bon moment pour tirer. J'ai pris mon temps, j'ai choisi le bon moment pour tirer, c'était ce que disaient la plupart des joueurs, comme si c'était gravé dans leur crâne. C'était une bonne formule en réalité. Doc procédait de la même façon.

« On dirait que t'as des problèmes de voiture », lance Doc au suspect, avant de lui demander calmement comment s'est passé le casse.

« Le quoi ? » Le type est perdu. C'est un Black. Les Noirs sont ceux qui lui donnent le plus de fil à retordre dans son boulot. Ou plutôt c'est lui qui leur donne le plus de fil à retordre.

Doc plaque le mec, bras en croix, contre son tas de boue et attrape sur le siège avant le butin qu'il a fourré dans une taie d'oreiller, ça lui rappelle celle dont il se servait enfant, à Halloween, pour récolter plus de bonbons que les autres, pour tous les entuber. La taie d'oreiller est remplie d'armes, de montres, de bijoux, les trucs habituels. Le mec a un pistolet sur lui, et Doc le lui prend aussi. C'est un Glock. Une bonne surprise, ce type dont la poubelle ne démarre pas a une arme correcte qu'il va pouvoir garder, plutôt que la vendre.

La radio de la police crachote un message : des renforts sont en route vers Beverly et Vendome. Des renforts ? Il n'en a pas réclamé. N'empêche qu'ils sont en route d'après le message. C'est peut-être une patrouille fantôme. Une rumeur qui se colporte. Le chef de la police veut un maximum de voitures dans les rues de son district. Qu'il aille se faire foutre : dans toute la ville, des inspecteurs faisaient croire au central qu'ils prenaient en charge des appels alors qu'ils étaient assis à une table en train de manger et de jouer, ou sur le chemin de leur club de sport, ou qu'ils prenaient leur pied au Snooty Box, une boîte située à Western, très appréciée des gars du commissariat. Un endroit propre. Doc tient à ce que vous le sachiez, rien à voir avec l'attrape-couilles classique où on fume du crack et où on se fait tailler une pipe pour cinq dollars. Le Snooty Fox, c'était la classe, il y avait des suites, une machine à glaçons en bon état et des miroirs au plafond où se regarder. (Doc trouve ça bizarre qu'on puisse se servir d'un miroir pour ne pas se regarder soi. Quand il en parlait avec les mecs de la division Rampart, il disait toujours la même chose : « Si j'ai envie de voir une pute par-derrière, je la retourne. J'ai pas besoin d'une glace pour ça. Celui que j'arrive pas à voir sans glace, c'est moi. »)

Doc en conclut donc qu'il y a de grandes chances pour que les gars envoyés en renfort, qui qu'ils soient, soient en train de tremper leur biscuit au Snooty Fox.

« Tourne-toi », ordonne-t-il au suspect, comme il l'écrira plus tard dans son rapport.

Le suspect lui fait face, mains en l'air.

« Relax, dit Doc. Écoute, ni toi ni moi, on peut s'en tirer comme ça, alors mieux vaut collaborer. Moi, je peux te faciliter les choses. Tu vas être mis en garde à vue. Demain, tu seras inculpé et le tribunal te désignera un avocat convenable. »

Ou pas, ainsi que le savait Doc.

« Tu écoperas de deux ans max. »

Le suspect se met à renifler.

« Bon, jc comprends. T'as juste tenté un coup vite fait. »

Le suspect regarde Doc, l'air méfiant, parce qu'il a peur et qu'il doit haïr les flics. « Ça a foiré », reconnaît-il.

Doc entend des sirènes hurler à proximité du carrefour de Virgil Avenue/Temple Street/Silver Lake Boulevard/Beverly Boulevard. Les renforts sont vraiment en route. Si le feu est au rouge, ça lui laisse du temps parce que la voiture va ralentir pour franchir à contre sens toutes ces artères qui s'entrecroisent.

Doc sort une cigarette. « Ce genre de truc, c'est pas marrant pour moi non plus. »

Il en offre une au suspect qui le dévisage, l'air circonspect, puis secoue la tête, clignant des yeux pour refouler ses larmes.

« Tu peux baisser les bras, dit Doc en exhalant de la fumée. J'ai ton arme. Je sais que je suis pas en danger avec toi. Ne fais pas l'idiot, c'est tout. Détends-toi. Tu me rends nerveux. »

Le suspect continue de le fixer, les mains toujours en l'air.

« Détends-toi, sérieux. Je vais laisser les autres te coffrer, ceux qui sont en chemin. Tu sais pourquoi ? Je déteste envoyer des gens en taule. Bon, maintenant, baisse les mains, c'est un ordre. Je suis sûr que t'es un bon petit gars. C'était ton premier cambriolage, je parie, c'est pour ça que t'as merdé aussi lamentablement. Baisse les mains et respire un bon coup. Les gars ne vont pas tarder à te passer les menottes, et les menottes, ça fait pas du bien.

Les yeux du suspect brillent de peur. Il commence à baisser un peu les bras.

S'essuie le visage avec la manche de son polo.

Vous vous souvenez de l'époque où c'était la mode de ces polos de rugby avec des rayures larges criardes et un col d'une autre couleur ? Eh bien, le suspect en portait un comme ça.

Doc les avait en horreur.

Le suspect baisse complètement les mains.

« Ben voilà, le félicite Doc. Essaie de ne pas t'en faire. Je connais le policier qui est de service. Je vais lui demander d'y aller mollo avec toi. Tu pourras peut-être même être libéré sous caution, ce soir. »

Le suspect ne se contente pas de baisser les mains, il les approche de ses poches.

À l'instant où il les glisse dedans, Doc lui tire dessus, en plein visage. Deux fois, en visant vers le haut.

Les renforts arrivent quelques secondes plus tard. Des secondes qui suffisent à Doc pour planquer la taie d'oreiller dont il a hérité.

Deux policiers du commissariat central s'arrêtent.

« Nom de Dieu, qu'est-ce qui s'est passé ici ? »

Le suspect est affalé contre la calandre de sa voiture. Un jet de sang a éclaboussé le capot derrière lui.

« Je lui ai dit de lever les mains en l'air et lui il les a descendues direct vers ses poches, répond Doc. J'allais pas prendre le moindre risque. »

*

Il ne savait pas pourquoi il avait fait ça. Que le violeur d'enfant brûle en enfer, très bien, mais ce gamin sur Beverly Boulevard, pourquoi l'avait-il tué ?

S'il lui avait dit, Pourquoi vous faites ça ?, Doc aurait peut-être arrêté son geste puisqu'il n'en savait rien. Sauf que le gamin n'avait pas pu le lui demander car il ne lui en avait pas laissé le temps.

C'est vrai qu'avec José, son vieux coéquipier, ils avaient torturé le directeur d'un club pour hommes très sélect, sous l'autoroute 605, et une fois qu'ils en avaient terminé avec lui, ils avaient balancé son corps à proximité de l'autoroute 710. Qu'est-ce qu'ils auraient pu faire d'autre ? Le type avait violé la copine de José. La presse en avait fait tout un foin que ce type ait été torturé, mais Doc n'est ni un dingue ni un tueur en série. S'il avait fait ça, c'était pour donner l'impression que le meurtrier, lui, en était un.

*

Tout ne se passait pas comme ça. Doc était un inspecteur apprécié, un homme que vous auriez peut-être envié si vous l'aviez aperçu se baladant avec des collègues, en dehors du service, sur les falaises surplombant Malibu, par une belle journée sans vent. Ils étaient un petit groupe qui aimait remonter la Pacific Coast Highway. En général, Doc prenait sa Harley, une Sportster 78, rien à voir avec les derniers modèles tout équipés pour lopettes, ceux qu'on voit souvent garés devant le Neptune's Net, sur la PCH, et que les mecs conduisent comme s'ils portaient des gants blancs parce qu'ils les ont louées. Doc déteste les pédés qui louent des Harley et, pour info, il en avait deux, qu'il avait achetées comptant, la Sportster et une Softail, sobre, elle aussi, équipée seulement de sacoches en cuir en prévision de ses virées à Three Rivers, où il était propriétaire d'un petit terrain traversé par un cours d'eau, un autre aspect enviable de l'ancienne vie de Doc. Une région montagneuse magnifique, des coins à truites fabuleux, un air sain. Et une cabane rustique où il s'injectait de la meth et baisait des nanas qu'il ramenait de South LA.

Three Rivers fait surgir des images fascinantes : il voit des hanches et des cuisses écartées. C'est ainsi qu'est le corps d'une femme, une fois qu'elle s'est déshabillée, les hanches s'ouvrent sur le matelas mou, plein de creux et de bosses, de sa cabane montagnarde. Il voit les boiseries de mauvaise qualité. Une chatte à la toison fournie, mouillée, offerte. Il écarte les lèvres d'une main, se masturbe de l'autre. Et ça marche. Il ne voit aucun visage, mais il n'en a ni envie ni besoin. Il voit les cuisses ouvertes et entend grincer le vieux sommier tandis qu'il change de position. Il sent la chaleur d'une pièce tranquille, un jour d'été. Et ça marche.

Toute cette baise. Et tout ce qui en reste, ce sont ces moments passés en boucle.

Hanches, pilonnage, boiseries, grincements de sommier. Mains sur ses fesses (c'est un homme, n'est-ce pas ? Donc on dit fesses, pas cul). Il saisit celles de la femme. À pleines mains. La façon dont ses hanches s'ouvrent sous lui, sur ce matelas campagnard, c'est ce qui l'aide à continuer. Il s'enfonce. C'est fou comme ce lit grince ; il va bientôt jouir et le sommier fait autant de bruit que si on était en train de le fendre en deux à coups de hache.

*

Mais ce n'est pas le cas de celui où il s'abandonne à présent en reprenant son souffle. C'est un lit en béton. Il est allongé dans la chaleur immobile de la cellule, il s'efforce de maintenir cette sensation-là, de chaleur immobile, un jour d'été au pays des séquoias.

Quand il fait assez chaud il n'a pas besoin de démarrer sa Harley au starter, juste de faire tourner un peu le moteur au ralenti.

Un après-midi comme celui-ci, il irait au bar des bikers de Three Rivers, laisserait la femme, peu importe laquelle, à la cabane, avec les drogues confisquées et la télé par satellite. Il s'assoit au bar et boit une bière pression bien fraîche.

Les gens méprisent la Budweiser, ils lui préfèrent des marques débiles que personne ne connaît, mais la Budweiser est la reine des bières pour une seule raison : elle est bonne.

*

Dans la salle commune, son codétenu pince les cordes de sa grosse guitare jaune. Ça ressemble à du Led Zeppelin, mais quels accords de blues joués par un Blanc sur une guitare acoustique n'évoqueraient pas ce groupe ? Pour un salopard qui a baisé sa fille, c'est un musicien potable. Tous les autres sont dans la cour de promenade. Doc n'y va pas. S'il faut vous mettre les points sur les i, la cour d'une prison n'est pas un endroit pour un flic, même celle d'un quartier réservé aux détenus sensibles – le jour où les chochottes jouent au softball, c'est différent, Doc prend le risque d'y aller pour regarder le match.

Quand son codétenu revient dans la cellule, Doc nourrit son lézard domestique. Il a découvert depuis peu que le film alimentaire – disponible sur le catalogue de Walkenhorst[1] – pouvait servir à couvrir le vivarium du lézard, un carton à chaussures Nike. Doc ne porte que des baskets blanches, qu'il nettoie plusieurs fois par jour avec du Cell Block 64, et il en possède de nombreuses paires grâce à l'argent que plusieurs policiers lui filent pour qu'il la boucle. Il nourrit le lézard avec des feuilles d'une bouture qu'il fait pousser dans un bocal. Un peu de vie végétale et animale dans la cellule, ça lui plaît bien, à condition que tout reste en ordre et impeccable et ne produise aucune odeur bizarre nauséabonde. Il observe le lézard qui regarde sa grande main lui tendre une feuille, et puis…

Quelque chose l'a réduit à un point d'interrogation.

Il est à terre, mais il reprend connaissance. Waouh, le codétenu. Il l'a frappé à la nuque. Doc ne sait pas avec quoi. Quelque chose d'énorme.

Il n'arrive pas à respirer. On l'étrangle avec un garrot de fortune.

Est-ce qu'il existe une autre sorte de garrot ?

Même à des moments critiques, l'esprit vagabonde. « Garrot de fortune », c'est ce qu'on dit toujours. Doc tend le bras, le touche… C'est solide, c'est fait avec…

Il n'arrive pas à respirer !

Du fil dentaire ? Une corde de guitare ?

Avec un instinct de survie animal, il tousse, il grogne. Doc tente de…

Il n'arrive pas à…

1. Magasin spécialisé dans les fournitures à expédier en prison.

18

À Los Angeles, je me sentais délivrée de Kurt Kennedy, même s'il m'est arrivé plusieurs fois de marquer un temps d'arrêt en croisant un homme aussi répugnant que lui physiquement, avec des mollets épais et saillants, le teint rougeaud, le crâne chauve et bosselé, et, un jour, j'ai même cru entendre sa voix rocailleuse. À part ça, Los Angeles c'était une autre planète, couchers de soleil aux couleurs de glaces à l'eau, sandales au mois de janvier, oiseaux de paradis gigantesques, supermarchés aux rayons éclatants de produits tropicaux. Je commençais à me détendre, à me sentir libérée de l'oppression du monde trop familier de San Francisco.

À vrai dire, si j'avais déménagé avec Jackson à Los Angeles, ce n'était pas uniquement pour m'éloigner de Kurt Kennedy, mais aussi pour me rapprocher de Jimmy Darling qui venait de décrocher un poste d'enseignant à Valencia. La propriété qu'il sous-louait appartenait à un vieux peintre excentrique parti au Japon. Comme la majeure partie du ranch avait brûlé lors d'un incendie de forêt, le peintre s'était installé dans une caravane Airstream. Il avait construit une treille en bois au-dessus, sur laquelle grimpait une vigne vierge afin qu'il ne fasse pas trop chaud à l'intérieur. Jackson adorait cet endroit parce qu'il avait l'impression de camper. À distance de la caravane, il y avait des toilettes mobiles Andy Gump, d'un vert laiteux, dont la porte était ouverte en permanence. Quand j'allais voir Jimmy là-haut, je m'allongeais avec lui dans un hamac à l'ombre, je mangeais des figues de Barbarie qui poussaient en lisière de la propriété, laissais Jackson donner des pommes et de l'herbe aux juments arabes à la retraite qui paissaient dans une vaste prairie au sol détrempé. On dormait là et on repartait toujours de bonne heure, le lendemain matin, pour faire le long trajet jusqu'à mon propre foyer d'emprunt, ma pseudo-réalité. Je ne voulais pas vivre avec Jimmy. Ce n'était pas le genre d'homme avec qui on s'installait, avec qui on faisait sa vie. Il avait ses occupations, moi les miennes, et puis on se retrouvait tous les trois quatre jours, on passait des moments agréables ensemble, loin de la lourdeur du quotidien. On se baladait dans la propriété. Jackson et Jimmy taillaient des bouts de bois. Grattaient le cou d'une chèvre ventrue, animal de compagnie du vieux peintre. Quand il pleuvait, les grenouilles colonisaient la piscine abandonnée de la maison brûlée, et leurs coassements enchantaient Jackson. Une fois qu'il était couché, sur un tapis de sol, Jimmy Darling et moi, on buvait de la tequila, assis à une table de pique-nique protégée par une bâche, et ensuite on baisait, ivres de plaisir, sur le lit une place de la caravane, le lit comme la caravane étant volontairement conçus pour être trop petits pour deux.

D'après Jimmy, le peintre s'était installé dans ce ranch pour échapper à l'emprise de plusieurs femmes. Les toilettes mobiles, c'était une façon de leur faire comprendre qu'elles n'avaient pas à prendre leurs aises. Et le lit était un lit jumeau, sans jumeau. Jackson et moi allions là-bas seulement le week-end. Comme Jackson était à la maternelle, c'était difficile de s'y rendre en semaine. Ça me convenait, même si j'avais parfois la sensation lorsque je rentrais à LA, Jackson assis sur le siège arrière, de m'enfoncer dans une solitude trop vaste et sans fond. De son côté, Jimmy était sans doute parti dans l'atelier du vieux peintre, où il s'était mis à construire et à créer, parce que c'était un bâtisseur et un créateur, il était peu enclin à s'abandonner à une introspection destructrice. Je passais devant l'affreuse centrale électrique de Burbank et en voyant les volutes de vapeur qui s'échappaient des cheminées des réacteurs, la réalité que j'avais du mal à admettre me sautait au visage : Jimmy Darling était libre de tout souci et avait une place dans le monde. Il était quelqu'un. Prenez tout l'inverse, et c'était ce que je pensais de moi.

Ce sentiment ne provenait pas de quelque chose que j'aurais pu rectifier ou améliorer. C'était la comparaison entre la personne que j'étais et celle qu'était Jimmy qui donnait à ma vie une couleur négative, rien de plus. Pour autant, ça ne m'aurait pas rassurée de sortir avec un type pire que moi. Juste après avoir emménagé à LA, j'étais tombée sur un mec de San Francisco, un guitariste qui sortait avec une fille que je connaissais et qui avait joué dans un groupe que tout le monde trouvait cool. Il m'avait raconté des histoires plus horribles les unes que les autres sur ses rechutes dans l'héroïne, les overdoses qu'avait faites son colocataire et son frère, sur une certaine Noodles qui avait tenté de lui mettre la mort de son coloc sur le dos, affirmant que c'était sa faute puisque c'était lui qui lui fournissait la drogue, et puis il m'avait dit que maintenant, enfin, il reprenait sa vie en main, il était content d'être parti de San Francisco, on devrait se revoir, etc. Je ne me souvenais pas qu'il avait les bras entièrement tatoués de têtes de monstres. On aurait dit des gargouilles destinées à conjurer l'énergie négative, sauf que c'était tout ce qu'il dégageait. Je n'avais eu qu'une envie, m'éloigner de lui au plus vite.

*

L'appartement que je sous-louais était situé près d'Echo Park Lake, dans une rue tortueuse bordée de maisons victoriennes décrépites, en surplomb du centre-ville. Il appartenait à une fille que j'avais connue à San Francisco, une strip-teaseuse qui bossait dans des clubs très privés en Alaska. Un tas de filles allaient là-bas pour se faire du fric, mais elles ne rentraient jamais les poches pleines. Elles avaient beau gagner beaucoup dans ces clubs, la vie en Alaska était tellement ennuyeuse et confinée que tout le monde picolait, et l'alcool coûtait cher, comme tout dans ce coin. Les filles revenaient, fortes de leur expérience en Alaska, mais sans avoir économisé un sou. Celle-ci était propriétaire d'un bel appartement parce qu'ici, à LA, elle gagnait un max de blé dans les clubs de San Fernando Valley. Ils étaient réputés et, ainsi que j'ai pu m'en rendre compte, ce n'était pas une réputation surfaite. J'ai pu m'en rendre compte, oui, après un début difficile dans des boîtes de Hollywood qui n'étaient que des repaires à touristes, les couples qui venaient là se bornaient à regarder sans avoir la moindre intention de payer pour une lap dance. Il n'y a rien de pire que les jeunes de votre âge qui sont là pour se foutre de vous. C'est toujours mieux d'avoir affaire à des clients qui connaissent les règles et les respectent. Des types qui jouent le jeu, feignent de croire qu'il existe vraiment des filles, en strass et stilettos jaune canari, que cela excite d'enfouir la tête d'un homme mûr entre leurs seins. Les clients qu'on veut sont ceux qui s'imaginent que les filles portent des strass et des stilettos parce que c'est leur genre, pas parce qu'elles font semblant que ce genre-là existe. Dès que j'ai trouvé les bons endroits où travailler, je me suis mise à bien gagner ma vie.

Cela dit, il ne faut jamais oublier que ceux et celles qui sont payés en pourboires, qu'ils soient barmen, serveuses ou strip-teaseuses, exagèrent toujours le montant de ce qu'ils touchent. C'est très humain, visiblement. Les gens ne mentent pas intentionnellement, ils prennent en compte leur meilleure journée, celle qui a été d'une rentabilité exceptionnelle, historique, et disent que c'est ce qu'ils gagnent en moyenne. Tout le monde fait ça. Donc, moi, je peux vous dire combien je me faisais un vendredi soir dans la vallée, comme si c'était ça le montant habituel, alors que c'est celui du meilleur vendredi que j'aie jamais connu, qui n'a de fait rien d'habituel. Au début, je travaillais à l'heure du déjeuner, ce qui ne rapportait pas beaucoup. Les hommes venaient pour le buffet chinois à volonté, pas pour se trouver de la compagnie. Je restais assise au fond de la salle, je m'ennuyais, m'efforçant de ne pas sentir l'odeur du porc aigre-doux, tout en écoutant David Lee Roth chanter « All you got to do is jump[1] ». « C'est lui qui a dessiné ses vêtements pour le clip », m'a répété, au moins dix fois, une des strip-teaseuses. Apparemment, c'était la seule chose qu'elle avait à dire, ou qu'elle connaissait.

Comme l'école de Jackson était située à une rue de l'appartement, je pouvais l'y emmener, le matin. Et les jours où je travaillais, mes nouveaux voisins, ils avaient quatre enfants qui fréquentaient aussi cette école-là, allaient le chercher et s'occupaient

1. Il te suffit de sauter.

de lui. Ça n'a pas été long pour que Jackson se transforme en Güero, le nom qu'ils lui donnaient. La grand-mère venait du Mexique et elle repassait tous les vêtements de toute la famille, chaussettes et sous-vêtements compris. C'étaient des gens adorables qui n'avaient sans doute aucune idée de ce que je faisais, mais quand il s'agit d'enfants, le jugement ou le besoin de comprendre n'ont pas lieu d'être.

Il n'y avait pas de malédiction dans cette rue, me semblait-il. J'étais loin de Kurt Kennedy, au moins, et Jackson avait l'air heureux.

Pourtant, j'ai été témoin de drames. Le malheur m'entourait. Sauf que, à ce moment-là, la malchance des autres me confirmait que moi, je m'en sortais bien.

*

Par exemple, le plombier. La fille à qui je sous-louais l'appart connaissait un plombier qui passait tout le temps chez elle. Il venait du Guatemala et il était très gentil. Trop gentil. Il avait un tas de bons plans pour moi. Ça vous plairait qu'un plombier ait un tas de bons plans pour vous en dehors du boulot ? Il faisait comme si la propriétaire était très copine avec lui et qu'il espérait la même chose de moi. J'essayais de commencer une nouvelle vie, et voilà que ce plombier m'appelait sans arrêt pour me proposer de m'emmener un samedi au Home Depot pour que je puisse choisir mon lavabo, dont la propriétaire était censée payer l'installation, et je lui répondais, Je m'en fiche du modèle, apportes-en un, c'est tout, je sous-loue, Victor (c'était son nom), alors c'est le dernier de mes soucis. Mais Victor insistait, comme s'il se préoccupait vraiment de moi et de ce qui me ferait plaisir (quand les gens se comportent ainsi, faut faire gaffe), et il disait, Non, non, on ira ensemble. Je t'emmènerai, ce n'est pas un problème pour moi.

Mais pour moi, c'en était un car je n'avais aucune envie de passer un samedi avec Victor. Le jour convenu, il s'est pointé, vêtu d'une chemise imprimée criarde et aspergé d'eau de Cologne. À tel point qu'on aurait dit qu'il s'était plongé dedans, à la source même, là d'où elle jaillit dans toute son abondance. Lorsque j'ai déposé Jackson chez les Martinez, la grand-mère, que Jackson appelait Abuela maintenant, a regardé Victor et hoché la tête comme si elle avait tout compris.

Victor et moi sommes donc allés chercher le lavabo, et ces heures-là n'ont été que du temps gâché pour moi, parce que je n'avais aucune envie d'être dans sa camionnette. Aucune envie d'être soumise à sa joie qui semblait n'avoir aucun fondement, une fine couche de bonne humeur recouvrant un grand vide. Jackson me manquait, Jimmy me manquait. Je voulais une vie que je n'avais pas, sans pour autant être prête à le reconnaître. Je voulais me débarrasser de Victor et m'installer sur ma véranda pour boire une bière, tandis que le carillon assourdi et stupide du marchand de glaces retentirait et que Jackson et les gosses des voisins feraient la queue à son camion pour se payer un diabète de type II. C'était agréable d'être une étrangère à Los Angeles. Mais pas d'être une étrangère accompagnée d'un étranger portant une chemise criarde. Si tout était tellement génial pour ce Victor, pourquoi perdait-il un samedi entier à ne pas voir les signes clairs et nets de rejet d'une femme qui ne s'intéressait pas à lui ? J'étais désespérée, mais le désespoir de Victor était d'une tout autre nature que le mien.

Après avoir déposé le lavabo chez moi, il a voulu m'inviter à boire des *flaming margaritas* dans un bar mexicain de Sunset Boulevard. Je lui ai dit que ça me donnait mal à la tête. Ils utilisent du butane pour les faire flamber, ai-je ajouté, même si c'est sans doute faux. Alors il a dit qu'on pourrait aller boire du vin blanc, s'imaginant que j'étais le genre de femme élégante qui aime en boire. Comme je suis quelqu'un de gentil, j'ai menti et répondu que je travaillais ce jour-là, même si j'étais de repos tout le week-end ; j'avais prévu de passer une bonne partie de mon temps à réfléchir, assise au bord du lit de cette fille partie en Alaska, le menton dans la main, le camion du marchand de glaces carillonnant dans la rue, de rester assise là, la tête vide, qui peu à peu se remplirait de réflexions sur la façon de vivre comme une adulte. J'étais concentrée là-dessus. C'était important pour moi. Personne pour m'embêter, m'épier, me harceler, me téléphoner, me suivre, me traquer. C'était ce que j'avais vécu pendant des mois avec Kennedy le Pervers ; maintenant que j'étais libre, je ne voulais pas que ce Victor prenne la relève.

Victor a gobé mon bobard et il m'a proposé de m'emmener danser la salsa à la fin de mon service. J'ai refusé, et après plusieurs autres tentatives de sa part, j'ai enfin réussi à me débarrasser de lui.

Une semaine plus tard, il m'a téléphoné : « Romy, tu vas bien ? »

Ça va, j'ai répondu. En quoi ça le regardait que j'aille bien ou pas ?

« J'ai fait un rêve horrible à ton sujet. »

Chaque fois que quelqu'un rêve de vous, ce rêve en dit plus sur cette personne-là que sur vous. C'est de sa vie fantasmée qu'il s'agit, et elle vous la révèle en disant de qui elle a rêvé. Mais Victor était superstitieux et convaincu qu'il devait s'inquiéter pour moi à cause de son cauchemar.

Il s'est tué dans un accident de voiture peu après ce coup de téléphone. Dans la camionnette avec laquelle nous étions allés au Home Depot.

Il n'avait pas rêvé de la bonne personne.

*

Peu après la mort de Victor, un voisin, un jeune type qui s'appelait Conrad, a fait une overdose. Je savais que Conrad était un junkie. Il travaillait quelquefois pour Victor, qui l'embauchait par bonté d'âme. Tous les matins, la sœur de Conrad rappliquait dans notre rue et se plantait en face de chez moi, devant le taudis où habitaient Conrad et sa sinistre mère. Tous les matins, elle criait le nom de son frère de manière à être entendue de tout le quartier.

Quand j'avais emménagé, Clemence, la mère de Conrad, avait frappé à ma porte pour me dire de ne pas commander de pizzas. Je l'avais regardée et elle avait précisé : « Ces sacs en vinyle noir que portent les livreurs, vous voyez ce que je veux dire ? Ces trucs qui gardent les pizzas au chaud ? Ils apportent le mal. Quand on en voit, c'est que le mal est en train de s'immiscer. »

Après m'avoir mise en garde contre les sacs isothermes des pizzas, elle m'a parlé de J. Edgar Hoover, de Jimi Hendrix, et de tous ces « gens super célèbres » qui étaient passés dans le quartier et à qui sa famille était liée. Elle était à la fois vague et menaçante en évoquant ses relations importantes, ces gens super célèbres. « C'est bon, madame ». Je l'ai priée de m'excuser et j'ai refermé la porte. Ensuite, je l'ai rarement vue, de même que Conrad, en revanche, tous les jours, j'entendais sa sœur l'appeler. Elle se plantait sur le trottoir et criait son nom. Tous les jours. Et puis, un matin, elle ne l'a pas fait parce qu'il était mort dans la nuit, apparemment. Exit Conrad. Pour autant, je n'en ai pas conclu que la rue était maudite, même si je tressaillais et qu'une sorte de frisson me parcourait chaque fois que je voyais un livreur de pizzas sortir de sa voiture en portant un énorme sac isotherme.

Quelque temps après la mort de Conrad et de Victor, j'étais chez moi, occupée à ne rien faire, attendant d'aller chercher Jackson à l'école à 15 heures, lorsque j'ai entendu mon voisin hurler. Il m'a fallu un moment pour me rendre compte qu'il hurlait mon nom. Je suis sortie voir ce qu'il voulait. Il était là, sur le trottoir, une main enveloppée dans une serviette qui dégoulinait de sang.

« Emmenez-moi à l'hôpital ! »

À mon arrivée ici, ces voisins avaient essayé de se montrer gentils avec moi, mais j'avais gardé mes distances. C'était dur de les regarder. Les sourcils rasés, le teint cireux, les cheveux teints en noir, les ongles laqués de vernis noir, un corbillard vintage. À en croire Victor, qui avait fait des travaux de plomberie chez eux, ils avaient un cercueil de bébé dans leur cuisine où ils rangeaient leurs boîtes de conserve. Ils venaient d'acheter l'immeuble de trois étages dans lequel ils habitaient, et dont ils expulsaient systématiquement les locataires afin d'augmenter les loyers. C'étaient des marchands de sommeil gothiques. Deux des locataires avaient dégagé, mais la famille qui vivait dans le troisième appartement s'incrustait. Elle n'avait nulle part où aller. Le mari était diabétique et devait être amputé d'un pied. Malgré ses béquilles, il avait insisté pour conduire jusqu'à l'hôpital, si bien que sa jambe s'était infectée et qu'il avait dû être amputé plus haut, à hauteur du genou. Sa femme faisait des ménages ; elle avait de l'asthme et plus d'odorat à cause des produits toxiques que ses employeurs la forçaient à utiliser. C'étaient de pauvres gens, des Mexicains sans papiers, parents de trois enfants. Je savais tout ça parce que, quelques jours avant que le voisin gothique, la main entourée d'une serviette ensanglantée, ne m'appelle en hurlant, la femme qu'il s'efforçait d'expulser avait demandé si elle pouvait me parler. Je l'avais fait entrer. Elle s'était assise sur mon canapé, en larmes, et m'avait décrit la situation de sa famille. Le propriétaire cherchait à les expulser, au motif que son mari et elle étaient alcooliques. « On est des adventistes du Septième Jour, avait-elle expliqué. On ne boit pas. » Cette femme m'avait tellement émue que j'avais cherché les coordonnées d'une association de défense des locataires et l'avais aidée à prendre un rendez-vous avec un avocat. Elle était partie en me remerciant, sans que je me sente mieux. Son mari avait perdu une jambe. Elle était obligée de vivre dans l'appartement au-dessous de celui des propriétaires qui, selon elle, la nuit, émettaient des bruits bien peu chrétiens.

Le propriétaire gothique avait vu ma voiture dans la rue, voilà pourquoi il m'appelait en hurlant. Il avait besoin d'aide. Il savait que j'étais chez moi. Il s'était tranché deux doigts et un pouce avec son banc de scie. Il les avait mis dans un sac-poubelle. Je l'ai conduit au Kaiser Hospital de Hollywood, le Burger King de la santé, klaxonnant à chaque carrefour de Sunset Boulevard, alors que le mec pissait le sang sur la banquette de ma voiture, ce qui m'emmerdait vraiment parce que c'était une chouette bagnole – mon Impala. Je suis restée coincée avec lui aux urgences, le temps que sa copine arrive du boulot. Après lui avoir ôté sa chemise, on l'avait mis sous perfusion pour lui injecter un analgésique. J'ai été forcée de regarder son tatouage, une croix à l'envers qui lui couvrait le torse.

« C'est pour faire chier mon frère, a-t-il dit d'une voix pâteuse en raison des antidouleurs. Il est pasteur. »

Tu pouvais pas te montrer plus clair, ai-je pensé, sans le formuler à haute voix.

*

Victor mort, Conrad mort, le voisin gothique avec une moitié de main. Ses locataires confrontés à la misère, l'amputation, l'expulsion, la rue.

La malchance rôdait autour de moi, même si mon voisin et son banc de scie, c'était plutôt de l'ordre du karma. Mais le présage le plus effrayant, ça a probablement été l'ancien combattant habillé tout en noir, pareil à un mainate. Une ombre à forme humaine qui a croisé mon chemin.

J'avais emmené ma voiture au garage pour qu'ils purgent le radiateur. Le garage se trouvait à Glendale et c'était facile de rentrer chez moi en bus depuis là-bas. Je devais prendre le 92. J'étais en train de l'attendre, quand cet homme s'est approché de moi. Sur son cou, à la verticale, était tatoué le mot VIÊTNAM. Il portait un chapeau de feutre noir, des chaussures noires sans chaussettes, et des petites lunettes de soleil teintées, une élégance morbide. Il m'a abordée : « J'étais un prisonnier de guerre », et il m'a montré le tatouage qu'il s'était fait sur la main : POW[1].

1. Prisoner of War.

Il y a deux plages de temps : le temps de l'attente d'un bus et le temps où le bus finit par apparaître. J'étais dans la mauvaise, piégée avec un dingue. Une douce chaleur mêlée de gaz d'échappement balayait mes jambes nues tandis que les voitures accéléraient pour monter la colline.

« Ils m'ont coupé le bout du pénis, a poursuivi le prisonnier de guerre.

– J'ai pas envie d'entendre parler de ça.

– Pardon, désolé. Hé, vous auriez un peu de monnaie ? »

Je lui ai tendu un billet de un dollar parce que le bus ne se pointait pas, parce que je voulais qu'il se taille. Il l'a pris. A ouvert son portefeuille, mais avant d'y glisser le billet, il l'a retourné pour éviter que je voie combien il en avait déjà. C'est toujours la même chose. Les dingues sont les derniers à perdre la boule, pour peu qu'ils la perdent.

Le bus est arrivé. Je me suis assise à l'arrière. Le fantôme de mon enfance est tapi à l'arrière des bus. Il dit, Qu'est-ce qui se passe, et il pointe le menton vers l'avant. Le prisonnier de guerre s'est installé sur un siège réservé aux handicapés près du conducteur, et il a engagé une conversation, cassé les pieds à quelqu'un d'autre. Il est descendu à l'arrêt d'Arco un peu plus bas dans Glendale, un endroit où on deale de l'héroïne. Je l'ai regardé par la fenêtre, jusqu'à m'en dévisser le cou, pour vérifier s'il achetait de la came. Bordel, qu'est-ce qui me donnait le droit d'observer ainsi ses faits et gestes ? Personne ne vous appartient pour un dollar.

*

Grâce à Jimmy the Beard et à l'idée qu'il se faisait d'une bonne blague, Kurt Kennedy a enfourché sa moto et roulé jusqu'à LA. Il s'est garé entre deux voitures et il m'a attendue sur la véranda, planqué derrière un épais rideau de bougainvillées afin d'être invisible de la rue.

Ce matin-là, un dimanche, il faisait plus de trente degrés quand je me suis levée. On est allés à la plage, Jackson et moi, avec Jimmy Darling. C'était la première fois que j'allais faire un tour sur la promenade en bois de Venice ; et peut-être que m'emmener là-bas, c'était l'idée que se faisait Jimmy Darling d'une bonne blague.

On s'est baladés, on est passés devant les avaleurs de sabre, les boutiques de tatouage et de piercing. Des étals d'encens à l'ananas, à la myrtille, d'huile de melon. Des narguilés à la mangue ou à la framboise. Du crunk et du hip-hop old-school étaient diffusés à plein volume, tandis que des hippies dansaient avec insouciance, agitant leurs longues barbes qui leur arrivaient à la taille et leurs colliers de perles. Des vieux sans-abri dormaient au milieu de flaques de pisse. Des types en rollers, au bronzage artificiel, torse nu et transpirant, slalomaient au milieu de la foule et de tas de vomi totalement incongrus.

« C'est horrible ! » me suis-je exclamée.

Jimmy Darling m'a enlacée et dit qu'il aimait à penser que c'était là ce que le capitalisme avait de *mieux* à offrir. On s'est dirigé vers le skate park, Jackson avait envie de regarder les ados évoluer sur leurs planches dans l'arène de béton. Au moment où on est arrivés, une dispute a éclaté entre deux skateurs. L'un a donné un énorme coup avec sa planche sur la tête de l'autre. Des gens ont surgi de nulle part et, soudain, une foule d'hommes torse nu étaient en train de se battre.

Jimmy a attrapé Jackson et il est parti en courant. Je les ai suivis. On a rejoint la voiture, on s'y est engouffrés, assis. J'étais bouleversée. Cet énorme coup de skate sur un crâne. Jimmy m'a calmée. On a emmené Jackson dans un bar situé loin de la plage, on a mangé des hamburgers, regardé un match de base-ball des Dodgers. Après le match, quand on s'est quittés, j'ai eu le sentiment d'avoir quelqu'un sur qui compter. On s'est embrassés par la fenêtre de la camionnette de Jimmy, jusqu'à ce que je m'écarte de lui et que je lui dise au revoir.

J'ai roulé jusqu'à la maison. Jackson s'est endormi sur la banquette arrière. Il devait être 21 heures quand je me suis garée dans ma rue. Je sais qu'il était cette heure-là parce que, plus tard, il a fallu rendre compte de chaque minute.

J'ai monté l'escalier en portant mon petit garçon avachi sur mon épaule.

Sur la véranda, dans mon fauteuil, était assis Kurt Kennedy. Kennedy l'obstiné, au crâne chauve et bosselé, aux taches de rousseur carrées, au cou plissé et à la voix rauque, voilà qu'il était ici.

Avoir déménagé et m'être sentie délivrée de lui pour la première fois depuis des mois. Et puis rentrer chez moi pour le trouver qui m'attendait.

La malchance me poursuivait, moi aussi.

19

Candy Peña tricotait des couvertures pour bébés avec les pelotes que Gordon Hauser lui avait apportées. Une surveillante les récupérait et les entreposait dans le bureau des admissions et des sorties. Chaque fois que Gordon passait devant, il les voyait dans un gigantesque sac à feuilles mortes, d'où ressortaient particulièrement les couleurs des laines qu'il avait choisies, criardes et tristes. Un jour, il demanda à la surveillante ce qu'on en faisait. C'était une blonde bourrue, aux cheveux décolorés attachés en queue-de-cheval, une ex-militaire. « Ces trucs-là ? grogna-t-elle. Personne n'en veut. J'oublie toujours de dire aux gardiens de les jeter à la poubelle. »

C'était cette même surveillante qui contrôlait les visites dans les unités de vie familiale, ces visites durant lesquelles les prisonnières pouvaient passer trente-six heures dans un petit appartement avec leur famille, leurs parents de sang.

Des parents de sang. Cela semblait d'une telle violence. À moins que Gordon ne soit plus capable de relativiser les choses, sa vision de la réalité étant déformée par ce qui l'environnait.

Est-ce que c'était difficile de les regarder au moment des adieux ? Une question que Gordon avait posée à la surveillante un peu trop vite. Il avait croisé des familles en cours de visite et vu des petits enfants accrochés à leur mère, étouffés par les larmes. Quelqu'un avait peint une marelle couleur lavande sur le chemin longeant les unités de vie familiale.

« On se forge une carapace, avait répondu la surveillante, la bouche étirée en une moue désapprobatrice, comme pour démontrer ce qu'est une carapace. Surtout quand on sait que c'est la mère qui est en faute. »

Il aurait mieux valu que les couvertures pour bébés aient été balancées à la poubelle. Au lieu de quoi, une des gardiennes les avait redistribuées aux femmes du couloir de la mort qui les avaient tricotées. Quand Gordon y était retourné, Candy Peña avait cousu les deux siennes pour en faire une veste large, une sorte de poncho, bleu clair et jaune pâle. Elle l'avait brandie devant lui : « J'espère que ça va vous aller ? »

Tricotait est l'imparfait de tricoter. Personne ne voulait ce que tricotait Candy Peña, même pas Gordon, qui fourra la veste dans un sac en papier au fond du coffre de sa voiture et s'efforça de l'oublier.

*

Un soir, au Baressi's, le cerveau rendu cotonneux par le whiskey, il fut envahi de nostalgie en repensant à Simone, la femme avec qui il était sorti à Berkeley. Elle avait appelé récemment et laissé un message, se demandant s'il avait branché son réfrigérateur. Une blague qu'elle lui faisait à l'époque où ils étaient ensemble, signifiant qu'il était en devenir, pas encore prêt, mais qu'il finirait par avoir une vie avec un réfrigérateur branché. Une façon de mettre sur le même plan son manque de sens pratique et le fait qu'il la rejetait, ce qui le rendait encore plus coupable qu'elle ne le pensait parce que ce n'était pas exact. Il avait des réserves vis-à-vis de Simone, mais renoncer au célibat ne lui déplairait pas. Il n'avait pas rappelé, pourquoi ? Il ne s'en souvenait plus maintenant qu'il avait bu et qu'il se sentait seul. La jeune barmaid, avec son grand sourire, ses faux seins manquant de faire éclater les boutons de son chemisier, ne cessait de demander à l'assemblée des buveurs solitaires s'ils voulaient autre chose. « Z'avez tout ce qu'y vous faut ? » On se serait cru dans les Appalaches et non dans Central Valley. La télé au-dessus d'elle diffusait les images d'une ville conquise par une milice chiite, des hommes et des jeunes garçons portant un masque blanc passaient à toute vitesse sur des scooters devant la caméra, tandis qu'en arrière-plan des gravats brûlaient dans l'indifférence. Quelqu'un demanda à la barmaid de changer de chaîne pour voir un match de la ligue mineure de base-ball. Gordon s'informerait sur la milice, une fois rentré chez lui. La guerre était une affaire personnelle. Entre soi et son ordinateur. Gordon avait choisi de vivre une vie plus ascétique sans ADSL, sauf que le locataire précédant l'avait installé. Il avait de la chance, lui avait dit le propriétaire. Un grand nombre d'habitations dans le coin n'y avaient pas accès.

Il n'avait pas rappelé Simone. Je vais lui envoyer une carte postale, se dit-il. Rester ambigu. Ne pas lui confier qu'il espérait la faire crier comme le puma des montagnes, dans une scène qu'il s'était imaginée. Simone venait le voir dans sa cabane au fond des bois, dont le sol crasseux était couvert de piles de livres, et où une bouteille de whiskey trônait sur le plan de travail. Une femme, pour témoigner de sa vie solitaire, de son amour de la vallée dont il avait appris à apprécier la beauté – une beauté invisible pour un œil non averti. Le paysage de la vallée était rude, plat, industriel, il y régnait une étrange lumière jaune citron saturée de particules de couche arable et d'autres polluants provenant des machines agricoles et des raffineries de pétrole. Un enfer sur Terre créé par l'homme, et en même temps, malgré tout, une véritable vallée encerclée de montagnes. Elle était à la taille d'une agriculture industrielle, elle était conçue pour ça. C'était difficile de se la représenter avant qu'elle ait été mise en culture. Et même à l'époque où elle était cultivée à l'ancienne, par des gens. Des machines secouaient les amandiers avec une violence synchrone. À chaque secousse, des fruits tombaient par terre. D'autres machines rassemblaient les amandes non décortiquées au creux de sillons, puis d'autres engins automatiques, encore, les aspiraient dans des glissières pour les déverser dans des trémies. La récolte se faisait très rapidement, une fois par an, en septembre. La majeure partie du temps, les immenses plantations d'amandiers étaient désertes et silencieuses.

Gordon régla l'addition et se rendit à la station-service à côté. C'était le principal point de vente d'alcool de la ville, et il y avait la queue, des hommes de tous âges qui plissaient les yeux sous la lumière crue, attendant d'acheter leur liqueur de malt et leur Mad Dog[1]. Gordon prit une petite bouteille de Perrier dans une vitrine réfrigérée, pour son trajet de retour. Le gaz l'aidait à rester vigilant quand il conduisait. Le gamin derrière lui, dans la queue, regarda fixement la bouteille au moment où il la posait sur le comptoir. « C'est quoi ? » demanda-t-il. La bouteille verte en forme de poire parut soudain toute jolie et exotique. Gordon comprit que le gamin pensait que c'était quelque chose d'alcoolisé. « Euh, c'est de l'eau française.

– De *l'eau* française. Je croyais que c'était un nouveau truc à boire. »

Il n'y avait pas de cartes postales à la station-service. Essayez le Dollar Tree, suggéra le caissier. Gordon

1. Nom donné à un vin fortifié de l'entreprise Mogen David.

n'en trouva nulle part à Stanville. Ce n'était apparemment pas un lieu dont on célébrait le souvenir; s'il voulait joindre Simone, il pouvait seulement le faire par mail, comme tout un chacun.

*

Ce Noël-là, pendant sa semaine de congé, il se rendit en voiture à Berkeley pour dormir sur le canapé d'Alex.

« Comment se passe la vie dans ta petite cabane ? » s'enquit Alex.

Gordon ne contacta pas Simone. Alex et lui parcoururent la ville, guidés par le souvenir et la nostalgie : les librairies d'occasion, la cafétéria irlandaise dans le quartier central, les cafés de Telegraph Street remplis de jolies filles qui se donnaient un mal fou pour avoir l'air naturelles et détendues. Le restaurant barbecue de Shattuck Street et la boîte de blues contiguë qui aurait pu s'appeler, du temps de leurs études, Le Bar le plus enfumé de la Terre, mais plus personne ne fumait dans les bars, désormais. C'était interdit. Alex et Gordon parlèrent de la guerre. Ils consultaient les mêmes sites Internet de manière obsessionnelle, Informed Comment, pour des comptes rendus analytiques, et iCasualties, pour des données chiffrées concernant les victimes et les blessés. Trouvaient drôles ou abominables les mêmes choses. La façon dont Bush parlait de « M. Maliki », que la CIA avait installé en tant que président. « J'essaie de l'aider, cet homme ! » avait déclaré Bush, désemparé et sincèrement désespéré, à une conférence de presse ratée.

« J'essaie de l'aider, cet homme ! » répétait Alex à l'envi.

Juste après Noël, le nouveau gouvernement irakien pendit Saddam Hussein. Gordon et Alex regardèrent l'exécution sur Internet.

« Il a été très digne, commenta Alex. Même si on l'a chahuté au moment où il rendait l'âme, j'ai le sentiment qu'il a eu le dernier mot. »

Gordon franchit seul le pont menant à San Francisco et mangea dans un restaurant vietnamien du centre-ville dont lui avait parlé son élève Romy Hall. Non qu'elle le lui ait recommandé. Elle l'avait cité parmi les endroits qui lui manquaient. Le cuisinier avait une drôle d'habitude, avait-elle spécifié. Après s'être servi de ses pinces de cuisine, il tape deux coups avec et tire sur sa chemise. Il y a une grosse tache de graisse sur son tablier à l'endroit où il fait ça. Et son père fume cigarette sur cigarette en découpant de la viande, assis à l'étage où sont les toilettes. Le cuisinier était là quand Gordon déjeuna là-bas. Il tapa deux coups avec ses pinces et tira sur sa chemise. Le père était à l'étage, fumant cigarette sur cigarette et découpant un énorme tas de viande.

Pour le réveillon du nouvel an, Alex et Gordon se rendirent à une soirée à Oakland, le genre de fête typique où des gens s'entassent dans la cuisine et posent des questions sans intérêt, comme, Qu'est-ce que tu fais dans la vie ? D'où tu viens ?

Les femmes prêtèrent une attention particulière à Gordon, faute de savoir quel était son problème, alors que, à en croire Alex, elles l'avaient déjà cerné chez les autres célibataires de la soirée. Certaines d'entre elles, en deuxième cycle, avaient bifurqué de l'anglais, de la rhétorique ou de la littérature comparée, à la psychanalyse. Pas seulement pour l'étudier, mais pour en faire leur profession. Alex raconta qu'il avait été lui-même catalogué comme hystérique, ce qui signifiait en gros que la femme à l'origine de ce diagnostic rapide voulait coucher avec lui, mais qu'elle le trouvait trop malin, trop semblable à un petit frère pour envisager une relation durable.

Quand Gordon évoqua d'un ton hésitant son travail, après qu'on lui eut posé plusieurs fois la question, les femmes dans la cuisine lui tombèrent dessus comme une nuée de sauterelles.

« Vraiment ? Une prison. Ça doit être très dur. »

« Les gardiens, je serais incapable de les regarder. »

« Ils ne portent même pas leurs propres vêtements. C'est comme des flics, mais en pire. Quelle vie de merde. »

Et toutes de se lancer dans une grande discussion sur la lie de la Terre incarnée par les gardiens de prison. Gordon n'avait pas le courage, ni même l'envie peut-être, de leur demander si elles en avaient jamais connu un seul. D'ailleurs pourquoi prendrait-il leur défense ? Il les haïssait. À ceci près qu'il suffisait de sortir de sa bulle pour se rendre compte que les gardiens de prison étaient de pauvres gens qui n'avaient pas d'autre choix. L'un d'entre eux venait de se faire sauter la cervelle dans un mirador de Salinas Valley. Gordon aurait pu leur en parler, leur donner des contre-arguments, à toutes ces femmes. Mais n'était-ce pas évident ? Ils ne portent même pas leurs propres vêtements. La discussion faisait resurgir des angoisses qui dataient de la fac, cette façon qu'avaient les étudiants de critiquer avec désinvolture des gens dont ils ne connaissaient rien.

En tant que premier et unique membre de sa famille à faire de soi-disant études supérieures, Gordon se montrait sans doute hypersensible. À l'université, il avait rencontré des étudiants qui s'empressaient de revendiquer leur appartenance à la classe ouvrière; peut-être, en effet, que l'un de leurs parents était moins instruit, ou que leur famille avait été « pauvre » mais avait fait des études supérieures. Si quelqu'un clamait ainsi haut et fort sa véritable origine, Gordon en concluait généralement qu'il n'était pas un vrai prolo. S'il était issu du même milieu que Gordon, il l'aurait caché, ainsi que Gordon l'avait fait, son statut de précurseur étant la preuve même qu'il y avait échappé de peu.

Des gens qu'il connaissait se pointèrent à la soirée, des amis du département qui avaient obtenu leur doctorat et évoquaient leurs entretiens à venir pour des boulots, les contrats concernant la publication de leurs travaux universitaires, comme si c'étaient des sujets passionnants. Les femmes mimaient des guillemets avec les doigts, comme à la fac, pour mettre de la distance entre elles et les mots qu'elles prononçaient, des rats de bibliothèque dont la gaucherie l'émouvait auparavant. Gordon n'avait aucune envie de parler de sa vie avec ces gens-là. Il picola, baume éphémère à son sentiment d'aliénation.

Alex et lui se réveillèrent avec la gueule de bois.

Au moins, avec Alex, Gordon pouvait s'exprimer sur ce qu'il vivait à Stanville. Il lui avait décrit ses élèves, veillant à donner l'impression que Romy Hall n'en était qu'une parmi les autres qu'il aidait ou tentait d'aider, ce qui lui fit prendre conscience que ce n'était pas le cas.

Alex se mit à l'interroger sur son engagement envers les prisonnières. Il évoqua Norman Mailer et Jack Henry Abbott[1]. Il se demandait si Norman était responsable de ce qui s'était passé après qu'il avait fait sortir de prison Jack Henry Abbott, son cobaye.

Ce n'était pas son cobaye, protesta Gordon.

« Ouais, ouais. En effet. C'était un être humain. Mais est-ce que Norman Mailer s'en rendait compte ? »

*

Le jour où Gordon reprit le travail, le directeur de la prison mit en œuvre une procédure de confinement

1. Criminel américain (1944-2002) considéré comme un grand écrivain par Norman Mailer pour son roman *Dans le ventre de la bête*.

à cause du brouillard. Ce n'était même pas un vrai brouillard. Simplement une brume légère due aux avions d'épandage qui aspergeaient les plantations d'amandiers autour du pénitencier. Le confinement signifiait que toutes les détenues restaient enfermées dans leurs cellules. Pas d'accès aux ateliers, pas de cours, pas de mouvement. Comme tout le monde dans l'établissement, Gordon serait payé à ne rien faire, et pourtant il en éprouvait un certain regret. Il ne la verrait pas, ne lui dirait pas qu'il était allé dans son restaurant vietnamien de la 6e Rue.

Il rentra chez lui et céda à une impulsion. Il appela le numéro qu'elle lui avait transmis. Jackson Hall était le nom du petit garçon écrit sur le bout de papier rose. Je me renseigne simplement. Inutile qu'elle soit au courant de mon coup de fil. La personne qui décrocha lui dit de composer un autre numéro. À ce nouveau numéro, on le fit patienter longtemps avant de le transférer sur une boîte vocale. Au bout de plusieurs jours, quelqu'un le rappela et laissa un message. Gordon était à son travail. Il téléphona le lendemain, tomba sur la boîte vocale, laissa un autre message. Cela continua ainsi durant des semaines, Gordon n'étant pas souvent chez lui puisqu'il travaillait dans la vallée et habitait dans la montagne.

Ce qu'il finit par apprendre, quand il put parler avec un être humain travaillant au Service de protection de l'enfance de San Francisco, lui prouva de manière irréfutable qu'il n'aurait jamais dû se mêler de cette histoire.

20

Quelques années auparavant, des enfoirés ont construit une maison de vacances de l'autre côté de Stemple Pass Road. Des obsédés de la moto et de la motoneige. Pratiquement chaque week-end, été comme hiver, ils montaient et descendaient la route devant ma cabane en faisant vrombir leur moteur. L'été dernier, ce fut encore pire qu'à l'ordinaire, ils restaient parfois trois jours. Cela devenait absolument intolérable. Mon cœur se détraquait. Le moindre stress émotionnel, et plus que tout la colère, le faisait battre irrégulièrement. Cela en est arrivé au point que ce bruit, qui revenait de manière cyclique, me faisait suffoquer de fureur, et mon cœur battait la chamade. C'était risqué de commettre un forfait si près de chez moi mais je me suis dit que, si je ne me faisais pas ces types, j'allais littéralement mourir de colère. Alors, un soir d'automne, je me suis faufilé chez eux, quand bien même ils étaient là, et j'ai volé leur tronçonneuse. Puis je l'ai enfouie dans le marécage.

Deux semaines plus tard, j'ai pénétré par infraction dans leur maison et presque tout saccagé. C'était vraiment luxueux chez eux. Ils avaient également un mobil-home. Je me suis aussi introduit à l'intérieur. Où j'ai trouvé une moto argentée. Je l'ai bousillée à coups de hache. Quatre motoneiges étaient garées dehors. J'ai détruit leurs moteurs.

Environ une semaine après, des flics sont montés ici et m'ont demandé si j'avais vu quelqu'un traîner dans les parages. Et si j'avais moi-même un problème avec les motos. La vérité leur a effleuré l'esprit. Mais sans doute qu'ils ne me soupçonnaient pas sérieusement. Sinon leurs questions n'auraient pas été si superficielles.

Je suis content en tout cas d'avoir gardé mon sang-froid en répondant à leurs questions.

21

Un gars n'a jamais envie de se réveiller comme ça : menotté et dans un lit d'hôpital. C'est pourtant comme ça que s'est retrouvé Doc. Menotté à un lit. Un médecin est entré. Pas l'assistant d'un technicien de santé de la prison, un véritable médecin. Il portait même une blouse blanche. Il s'est penché vers lui.

« Vous êtes réveillé ? Vous m'entendez ? »

Doc a fait signe que oui.

« Vous savez comment vous êtes arrivé ici ?

Doc a secoué la tête. Il n'en avait pas la moindre putain d'idée.

« D'accord, ce n'est pas grave. Commençons par les questions essentielles. Vous savez en quelle année on est ?

– En… »

Doc l'ignorait. Mais soudain il s'est rendu compte qu'il savait comment répondre à cette question idiote.

« C'est l'année après l'année dernière. »

Le médecin fronça les sourcils : « Vous savez où vous êtes ? »

Doc a regardé autour de lui. N'a vu qu'un chariot métallique avec des gobelets en carton remplis de pilules. Un gardien armé assis sur une chaise. La pièce n'avait pas de fenêtre, les murs étaient nus. Il a baissé les yeux sur son corps. A vu un vêtement qui n'était qu'une moitié de vêtement. Sa main était entourée d'une bande adhésive qui maintenait une aiguille en place. Des tubes reliaient sa main à un support métallique d'où pendait une poche à moitié remplie d'un liquide transparent. Une femme, sans doute une infirmière, est entrée et a examiné le sac. L'a pressé avec négligence, du moins en apparence, et puis elle est sortie. Les poignets menottés de Doc étaient enchaînés aux barrières du lit. Ses chevilles aussi. Où était il ? Il n'en savait rien. Sinon qu'il lui semblait que son crâne avait été fendu en deux par un déversoir en béton armé. De l'eau glacée cascadait à l'intérieur du déversoir et écartelait son cerveau.

« Une idée de l'endroit où vous êtes ? a redemandé le médecin.

– Oui. Je suis pile au-dessus du centre de la Terre. »

Ça, c'était une réponse.

Le médecin a eu un sourire narquois. « D'accord, le comique. Est-ce que vous pouvez me dire comment vous vous appelez ?

– Je peux. Je connais mon nom. Je le connais !

– Félicita-cons, a lancé le gardien depuis sa chaise.

– Richard L. Richards. Tu vois ça ? » Doc a jeté un coup d'œil à son avant-bras où était tatoué, en grand, le signe du dollar, et en dessous : VA TE FAIRE FOUTRE, JE SUIS RICH. C'était une blague. Il était Rich, Rich Richards, même si on l'appelait Doc. Il l'avait découvert sur le mur d'une boutique de tatouage à Hollywood, parmi les dessins que les clients pouvaient choisir. Doc n'était pas amnésique. Il savait qui il était. VA TE FAIRE FOUTRE, JE SUIS RICH. D'une façon ou d'une autre, il avait été sérieusement passé à tabac et ne se rappelait ni comment ni pourquoi.

Une chaîne lui ceinturait la taille. Une chaîne paralysante en réalité. S'il essayait de la détacher, il recevrait une violente décharge.

« Qu'est-ce que j'ai fait ? J'ai tué quelqu'un ? »

Le gardien posté devant la porte s'est esclaffé longuement, bruyamment. « J'ai tué quelqu'un », a-t-il parodié d'une voix de fausset.

« Vous avez subi un traumatisme crânien, a expliqué le médecin. Vous avez failli mourir. Vous avez été placé en coma artificiel pendant huit semaines, le temps que l'œdème se résorbe.

– Ce trou du cul est resté assis là, à me surveiller, pendant tout ce temps ?

– Plus que ça, en fait », a dit le trou du cul.

Le médecin a ajouté qu'il était dans un hôpital, à Lodi.

« Merde, je déteste Lodi. »

Était-il jamais allé à Lodi ? Il n'en était pas sûr.

*

Traumatisme crânien, on le lui répétait sans arrêt. Le médecin lui a remis une brochure, *Apprenez à vos proches ce qu'est un traumatisme crânien.* C'était ce qu'on distribuait dans cet hôpital, où on ne soignait des détenus que contraint et forcé. Doc n'a aucun proche, mais il l'a lue. Il allait beaucoup dormir, devaient comprendre ses proches imaginaires. Peut-être donnerait-il l'impression d'avoir changé de personnalité, d'être plus doux ou plus colérique, moins ou davantage sujet à des accès de violence, d'être doté d'une intelligence remarquable, ou d'avoir une intelligence et des fonctions exécutives altérées et amoindries. Les proches, pour ceux qui en avaient, devraient supporter avec patience tous ces changements, de même que les troubles et la sensibilité exacerbée du convalescent, ses vertiges, ses idées saugrenues, son humeur versatile.

Doc avait en effet beaucoup de pensées bizarres au fil des journées qu'il passait dans ce lit, à attendre que l'infirmière vienne presser et changer la poche à perfusion. C'étaient surtout des pensées concernant des vedettes de la musique country, et elles lui trottaient dans la tête, tels des poneys dans un manège. Ces vedettes, hommes comme femmes, étaient habillées de manière élégante pour se produire devant des milliers de personnes sur une scène et devant beaucoup plus encore au pays de la télévision. Elles ressemblaient à des vieux amis de la famille, mais il ne savait pas quelle famille, ni la famille de qui. L'idée de retrouvailles s'immisçait dans son esprit, un grand nombre de stars se rassemblaient sur une scène pour interpréter ensemble une chanson. Dolly Parton et ses fossettes. Roy Acuff. Ray Price the Cherokee Cowboy. Skeeter Davis. Ferlin Husky. Tout le monde entonnait *Wildwood Flower*[1].

Pause, place à la pub pour la farine Martha White, chantée par Flatt et Scruggs.

Selon le médecin, les lésions cérébrales pouvaient provoquer ce genre de choses. Vous faire revenir en mémoire un souvenir très précis, ou entendre de la musique, ou, en l'occurrence, les deux.

Vic, le père adoptif et sadique de Doc, était un fan de l'émission de radio *Grand Ole Opry*, dont il regardait la retransmission à la télé, chaque semaine. Porter Wagoner était le chanteur préféré de son père adoptif. Porter Wagoner portait une queue-de-pie en jean afin de mettre en valeur la boucle de sa ceinture western aussi grande qu'une poêle à frire. Il avait un visage allongé dont l'ovale rappelait celui de l'ouverture de la bâche d'un chariot du Far West. Les plis de son pantalon auraient pu découper un jambon, et son pantalon était bien trop ajusté pour qu'une ceinture soit utile, encore moins une boucle western, de sorte que l'idée que Porter Wagoner ait été un champion, ou même un simple participant,

1. Chanson folk très populaire.

de rodéo dans la réalité n'était pas vraisemblable, mais c'était la tradition.

*

Le temps filait, les pensées de Doc flottaient librement, les jours et les nuits se suivaient uniformément sans interruption, des moments de veille hébétée, une nouvelle poche à perfusion, un échange joyeux de remarques hostiles avec le gardien posté à la porte, un sommeil de plomb.

Un jour, on l'a revêtu de la tenue de prisonnier et ramené à New Folsom, mais pas dans son ancien quartier. Doc devait séjourner dans le centre de soins médicaux parce qu'il dormait vingt heures par jour, avait des problèmes d'équilibre et tombait dès qu'il essayait de marcher.

Il savait en quelle année on était. Il savait où il était. S'il ne se souvenait pas de la raison pour laquelle il détestait Lodi, cela n'avait peut-être pas d'importance. Va te faire foutre, je suis Rich. L'info lui était plus ou moins revenue, mais il avait le sentiment d'avoir changé. D'avoir subi des altérations. Pas simplement à cause de la musique country qui s'infiltrait par une oreille, ou un autre point d'accès, qui s'infiltrait et le peuplait de sons et d'images du passé. Son tempérament, c'était ça qui avait été modifié le plus. On aurait dit que quelqu'un d'autre s'était insinué là, dans sa tête – pas dans la matière visqueuse de sa cervelle, mais au cœur de son être même, des souvenirs et des émotions, des images emmagasinées. Comme si quelqu'un d'autre s'était insinué là et avait bricolé, changé des trucs pendant qu'il était dans le coma. Il se sentait différent. Il se sentait bien. Même s'il souffrait de migraines débilitantes et ne trouvait pas toujours les mots quand il cherchait à les prononcer. Il avait la sensation que tout allait bien se passer. Ce qui était bizarre, car ce ne serait pas le cas. Il était condamné à une perpétuité incompressible. Par-dessus le marché il était flic, un secret bien gardé qui ne l'était plus. Tout le monde le savait, d'où la tentative de son codétenu de le tuer. Doc était une cible. Son avenir ne pouvait être que merdique. On le transférerait dans une prison placée sous protection spéciale. Et si sa couverture sautait là-bas, si on découvrait ses antécédents, il n'y aurait plus aucun établissement où le transférer. Doc allait vraisemblablement mourir de mort violente. Pourtant, il vivait le moment présent, heure après heure, sans s'affoler. Il éprouvait un sentiment de sérénité, c'était nouveau, une sensation inédite. Son caractère s'était sans doute émoussé, exactement comme l'avait annoncé la brochure destinée à ses proches imaginaires.

« Je me sens bien. Putain, je me sens vraiment bien », a-t-il lancé aux murs nus de sa petite cellule.

« Ils t'ont shooté à quoi, trésor, a crié une voix depuis la cellule voisine. J'en veux. Ils me donnent qu'un antalgique, à moi.

– Ils ne me filent pas de drogue. Je me sens juste bien. C'est parce qu'on m'a défoncé le crâne. Et toi, qu'est-ce qui t'est arrivé ?

– J'ai été tabassé sous les yeux des matons. Personne m'a défendu. »

Son voisin avait une voix haut perchée qui plaisait à Doc. Il avait entendu les infirmières. Son voisin était un trans, un « elle ». Elle s'appelait Serenity et Doc voulait tout savoir sur elle.

« T'es blanche ou noire ? a-t-il lancé à travers le mur.

– Je suis de toutes les couleurs, trésor, un véritable arc-en-ciel. »

Mais lorsqu'on a emmené Serenity aux douches, il a vu, par l'étroite fenêtre de la porte de sa cellule, qu'elle était noire. Mince, les attaches fines, un visage d'ange. Un putain d'ange. Il l'a vu. La nana était jolie. Mais une pauvre petite chose. Elle avait un bras en écharpe et une jambe dans le plâtre. Ils la poussaient en fauteuil roulant dans le couloir. Le sourire qu'elle a adressé à l'aide-soignant lorsqu'elle s'est retournée a abasourdi Doc. Elle avait un sourire de femme et, dans ce sourire, quelque chose vous convainquait que le monde méritait qu'on lui en fasse un.

*

Doc essayait de l'apercevoir chaque fois qu'il entendait qu'on ouvrait sa cellule.

« Salut, Arc-en-ciel, a-t-il lancé, un matin. Je te trouve jolie.

– Tu n'es pas mon genre, chéri.

– Comment tu le sais ?

– Pasque je t'ai vu. Avec tous ces points de suture, t'as une tête qui ressemble à un balle de softball. »

Doc a éclaté de rire : « Moi aussi, je t'ai vue. Ils ne t'ont pas ratée, hein ? »

Ils l'avaient battue jusqu'à ce qu'elle s'évanouisse. Elle pleurait en le lui racontant.

Après coup, en repensant à ce que Serenity lui avait dit, il s'est rendu compte qu'il n'avait pas complètement changé. Il était toujours le même Doc, parce qu'il lui suffisait de se rappeler ce qui était arrivé à Serenity pour que sa colère éclate. Il n'avait qu'une envie, anéantir les deux mecs qui l'avaient démolie. Leur tirer une balle dans le crâne. Foutre leurs cadavres dans son coffre et les balancer dans la décharge en plein milieu du désert entre LA et Vegas.

Il commençait à s'attacher à la voix de la cellule d'à côté. À la fille d'à côté. Pourquoi insultait-il les trans avant ? C'étaient des femmes dans une taule de mecs. Il aimait bien leurs nichons, mais il ne les traitait pas comme des êtres humains. Serenity était presque une vraie femme ; elle n'avait pas de quéquette. Il n'y avait rien « là en bas ». Même si elle se moquait de sa façon de le dire, il refusait d'être grossier en présence d'une femme. Elle avait changé de sexe, mais c'était de la chirurgie de cellule, une opération pratiquée sur elle-même dans un moment de courage et de détresse. Elle avait tellement perdu de sang qu'elle avait failli mourir. Elle s'était rétablie. Et ils ne l'avaient pas mise dans un quartier réservé aux détenus sensibles. Elle avait été agressée, battue, violée par deux mecs de son quartier. La prison voulait la garder à l'isolement en permanence.

« Ils ont dit qu'ils pouvaient pas garantir ma sécurité. Même s'ils me mettaient dans une taule pour mouchards, je serais sans doute pas à l'abri. »

Serenity avait lancé une pétition pour que son changement de sexe soit reconnu et qu'elle soit envoyée dans une prison de femmes. D'après son avocat, un détenu d'une prison californienne y était parvenu. C'était le rêve de Serenity.

« J'espère que ton rêve se réalisera », a assuré Doc à travers le mur.

Il ne tarderait pas à aller dans une prison pour mouchards, mais il ne l'a pas dit à Serenity, pas plus que quoi ce soit de personnel. Qu'y avait-il à dire ? J'étais un flic ripou et un assassin ? Même si on lui avait mis le cerveau en bouillie, même s'il était plus doux et plus faible, il n'était pas idiot.

*

Au cours de ces mois où il était resté dans le centre de soins médicaux, lorsqu'il ne discutait pas en hurlant avec Serenity, il écoutait la musique country qui passait presque tout le temps. Un doigt appuyait sur le bouton *play* dans son cerveau. Et il entendait Grandpa Jones. Booger Beasley. Les Possum Hunters. Les Fruit Jar Drinkers. Les Tarpaper Sharecroppers. Stringbean and his String Band. Stringbean était un chanteur qui ceinturait son pantalon au niveau des cuisses, très très bas, sa chemise attachée à l'intérieur afin que tout tienne bien ensemble. C'était amusant à l'époque. Dans les années 1960. Du moins son père adoptif trouvait ça amusant et voulait que Doc en rigole aussi. Ou il voulait que Doc aille lui chercher un cendrier. Stringbean était grand, mais son pantalon était court, parce que ceinturé très bas, au niveau des cuisses, il était bien plus court que les jambes d'un homme de sa taille. Stringbean ne se moquait pas des jeunes Noirs ni des jeunes Mexicains qui portent leurs pantalons en dessous des fesses. C'était longtemps avant cette mode. Dire à Stringbean que son pantalon à la taille ultra-basse était dans le pur style gangsta rap, voire de celui des prisons, eh bien ce n'était pas possible. Il n'y aurait eu aucun moyen de le lui expliquer. L'émission du *Grand Ole Opry* était destinée aux Blancs. La musique country était destinée aux Blancs, même chantée par l'Afro-Américain Charley Pride. Le pantalon tombant très bas de Stringbean était comme un écho bizarre, accidentel. Des groupes hillbilly[1] chantaient des jingles pour de la farine Hillbilly, c'était le nom de la marque. Hillbilly. Little Texas Daisy chantait la pub avec les Golden West Cowboys. Elle avait un vilain teint, des yeux noirs, un côté vulgaire et rugueux séduisant. Pas une beauté, mais très sexy.

1. Terme satirique qui désigne les Blancs de la campagne ou du Sud profond considérés comme des incultes et des arriérés n'écoutant que de la musique traditionnelle.

Hank Williams était sous-alimenté et avait la colonne vertébrale déformée. Minnie Pearl faisait des ménages jusqu'à ce que le juge Hay[1] lui donne sa chance à vingt-huit ans, l'âge d'une vieille fille. Hank Snow avait été mousse. Marty Robbins avait grandi sous une tente et capturé des chevaux sauvages pour gagner sa vie. Porter Wagoner avait le niveau d'un élève de CE2. Dolly Parton avait une douzaine de frères et sœurs et pas l'eau courante. La musique country était une histoire de potes. Et pas des potes comme ceux qui portaient leur pantalon très bas à la manière de Stringbean, sauf que pour eux c'était pas une plaisanterie, non pas des potes au sens où ceux-là l'entendaient, c'est-à-dire des frères ou des amis.

Texas Ruby Owens avait péri dans un incendie de caravane. Un incendie de caravane, c'était un risque que couraient toutes sortes de gens, des gens du même monde que Doc. Mais aussi le genre de gens que Doc arrêtait. Il s'était pointé sur les lieux d'un incendie de caravane à Westlake au début des années 1980. Une habitation à l'abandon, saccagée par ses occupants, des Mexicains qui avaient mélangé leur bière avec du bouillon de palourdes et du jus de tomate, allumé des bougies votives, et perdu connaissance. Ils avaient oublié les bougies, et l'une d'elles était tombée. « Le taudis de la

1. George D. Hay (1895-1968) : directeur de la station de radio WSN, créateur de la fameuse émission *Grand Ole Opry* à laquelle ont participé tous les personnages cités.

fiesta », avait commenté Doc, une fois que les pompiers avaient éteint les flammes et que la caravane n'était plus qu'une épave carbonisée, fumante. Doc avait trouvé marrant que ces gens soient devenus des sans-abri par leur faute. Merde, quel enfoiré j'étais.

Il a dit à Serenity qu'il était une mauvaise personne avant. Il s'était acoquiné avec une autre mauvaise personne et, ensemble, ils avaient tué un mec. Il a raconté toute l'histoire à Serenity : Betty et son mari, le tueur à gages qui avait tué le mari. Serenity a fait remarquer que, si le type était un tueur à gages, ils avaient peut-être fait une bonne action. Peut-être que Doc n'était pas entièrement mauvais. Serenity était une charmeuse, elle édulcorait les choses, ce qui expliquait sans doute en partie pourquoi il l'aimait tant.

« J'ai tué un gamin sans aucune raison », a-t-il poursuivi, abordant son acte le plus abominable. La scène devant le mont-de-piété de Beverly Boulevard. « Je lui ai explosé la cervelle.

– Moi aussi, j'ai tué quelqu'un », a rétorqué Serenity, ce qui a étonné et agacé Doc. C'était le grand moment des aveux pour lui, et voilà qu'il s'avérait qu'ils étaient tous les deux des ordures. Il eut tout à coup envie de faire un concours de pisse, de prouver qu'il était le pire. Puis il s'est rappelé que Serenity était une dame, la compétition était donc exclue. Il a essayé de se concentrer sur son récit à elle.

« Mon cousin Shawn a eu l'idée totalement stupide d'aller voler des trucs dans une maison, a-t-elle enchaîné. Personne était censé être là. C'étaient des gens qui bossaient et ils auraient dû être au boulot, sauf qu'ils étaient chez eux. Shawn a changé de plan et il les a attachés, mais l'homme a réussi à se libérer et à s'échapper. Il restait plus que la femme qui criait comme un putois. Shawn m'a ordonné de l'abattre. Je lui ai obéi. Je donnerais n'importe quoi pour la ramener à la vie. »

*

Serenity a obtenu la reconnaissance de son changement de sexe par l'État. Elle est devenue officiellement une femme. Ensuite tout est allé très vite. Ils devaient se dépêcher de la faire sortir de prison, car soudain ils se retrouvaient avec une femme dans le centre de soins médicaux d'un établissement pénitentiaire pour hommes.

Doc ressentait à travers le mur l'excitation et la nervosité qui l'habitaient. Il l'a félicitée. Il lui a souhaité bonne chance.

« J'ai peur, a-t-elle reconnu. Qu'est-ce qui se passera si les femmes ne m'acceptent pas ? »

Doc lui a raconté ce que le juge Hay avait conseillé à Minnie Pearl à ses débuts, alors qu'elle descendait des montagnes du Tennessee et qu'elle avait un trac fou avant sa première apparition, devant une foule de gens, dans l'émission du *Grand Ole Opry*.

« Vas-y et donne-leur de l'amour, c'est tout ce que t'as à faire, mon chou », avait dit le juge Hay à Minnie Pearl. Et Doc l'a répété à Serenity.

« Vas-y et donne-leur de l'amour, c'est tout, et elles t'en redonneront autant aussi sec. »

*

Six semaines plus tard, le conseiller pénitentiaire de Doc lui a affirmé qu'il était assez en forme pour qu'on le transfère dans l'unité médicale du quartier des détenus sensibles d'une prison pour balances, située en plein désert.

« Merde, j'ai hâte d'y être », a répondu Doc sans la moindre trace de sarcasme.

22

Un jour, j'ai eu un visiteur. On ne sait pas à l'avance de qui il s'agit. On nous appelle et on nous envoie au parloir. Personne n'était venu me voir alors que j'étais à Stanville depuis trois ans et demi. Je n'avais même pas reçu de courrier. J'avais écrit à plusieurs amis de San Francisco. Aucun ne m'avait répondu. Les gens s'éloignent bien vite quand on disparaît en prison.

Je n'arrivais pas à imaginer qui avait bien pu faire la route jusqu'ici.

Une fois passée la fouille, j'ai vu que c'était l'avocat de Johnson.

« Je n'ai pas de nouvelles pour vous, s'est-il empressé de lancer, face à mon air étonné et plein d'espoir. Je suis venu voir comment vous alliez. Quand on est à la retraite, c'est pas pour ça que la pensée, elle, se met au repos. Ensuite, je vais aller à Corcoran rendre visite à un type qui a écopé de cinq condamnations à perpétuité, et un autre qui a été condamné à la perpétuité incompressible. Vous avez l'air en forme.

– Ce n'est pas le cas, ai-je répondu. Je suis bronzée, c'est tout. » J'avais passé tellement de temps en plein soleil dans la cour que mes jambes et mes bras étaient aussi bruns que des beignets sans glaçage.

Teardrop était aussi au parloir. Elle était assise en face d'un vieillard, qui transpirait abondamment. On lui donnait quatre-vingt-quinze ans. J'ignorais que des gens aussi vieux pouvaient transpirer. Teardrop mesurait un mètre quatre-vingts, elle était robuste, hommasse, en colère et belle, les cheveux tirés en arrière, le visage pareil à une arme. Le vieil homme était voûté et chauve, et il n'arrêtait pas de se tenir la poitrine. De toute évidence, c'était un type qui fraudait pour elle, qu'elle avait levé par courrier. Button Sanchez se trouvait à une autre table, également avec un vieil homme. Il lui avait acheté un repas complet au distributeur : un hamburger et des frites cuits au micro-ondes, un sandwich à la crème glacée et deux sortes de boisson énergisante. Elle lui souriait tandis qu'il caressait ses seins du regard.

Teardrop, Button et toutes les autres qui étaient là, autour de moi, cajolaient leur Keath ; ce n'était pas vraiment différent du Mars Club, à ceci près qu'elles se pomponnaient et vendaient leur cul en échange de nourriture de merde sous vide. Ou, en ce qui concernait Teardrop, d'un sachet d'héroïne.

J'avais besoin de correspondants, moi aussi, comme les autres. À présent, j'avais une page sur un site Internet dédié à ça. Mais ce qu'on obtenait de cette façon n'avait pas de valeur. Cela ne permettait pas d'accéder à la sérénité, ni d'obtenir de l'aide pour Jackson. Cela ne menait qu'à une existence animale portant de l'eau de Cologne achetée sur catalogue, sans autre choix que *Tabu* ou *Sand & Sable*.

« Est-ce qu'il y a un moyen de contacter mon fils ?

– Ce n'est pas mon rayon. Si je pouvais vous aider à le faire, je le ferais, mais c'est impossible.

– Il faut que je sorte d'ici. »

J'ai regardé le vieillard glisser un sachet vers Teardrop, qui l'a promptement fourré dans son pantalon de prisonnière.

« Il faut que vous m'aidiez. »

L'avocat a ouvert sa serviette et sorti une liasse de papiers.

« Je me débarrasse de mes archives et j'ai pensé que vous auriez peut-être envie de récupérer votre dossier. Ce sont les documents liés à votre affaire, les dépositions, les notes, les interrogatoires des témoins, les pièces communiquées. »

À la vue de toute cette liasse de papiers, les archives de ce qui était arrivé, de ce qui m'était arrivé, j'ai été bouleversée. Pour éviter de pleurer, je lui ai hurlé dessus. J'ai dit que j'avais fait des recherches et que j'étais quasiment sûre qu'il m'avait mal défendue.

« Seigneur, ce serait une telle perte d'énergie, a-t-il rétorqué.

– Pourquoi ? Parce que votre réputation serait ternie ?

– Parce que ça ne marche pas. Même dans des cas exceptionnels, où l'avocat est complètement à côté de ses pompes, ils prennent quand même son parti. Un type s'est endormi pendant le contre-interrogatoire de son client. Un autre était lui-même un criminel qui s'occupait d'une affaire de meurtre dans le cadre d'un travail d'intérêt général, alors qu'il n'avait aucune expérience d'avocat d'assises. Ces gars ont-ils été jugés incompétents ? Non, a estimé la Cour suprême. Vous avez écopé d'une peine très lourde. Il n'y a aucun doute là-dessus, et je compatis.

– Si seulement j'avais eu de quoi me payer un avocat.

– Romy, a-t-il dit en secouant la tête, les gens qui s'offrent les services d'un avocat, mais qui n'ont pas les moyens d'en prendre un bon, un qui coûte cher je veux dire, mon Dieu ça fait mal ! Vous devriez voir les avocats avec lesquels se retrouvent ces gens. Des types s'occupant de délits de conduite en état d'ivresse et qui soudain se retrouvent en charge d'une affaire où l'accusé encourt la peine capitale. Il faudrait que ce soit interdit. C'était beaucoup mieux pour vous d'avoir un avocat commis d'office. »

C'était difficile d'imaginer que j'aurais pu être dans une situation pire que la mienne, et je ne me suis pas privée de le lui dire. Des larmes coulaient dans mon cou. J'avais vraiment envie de lui dire le fond de ma pensée. Et pourtant, c'était la seule personne qui soit jamais venue me voir.

Le visiteur de Teardrop s'est effondré sur la table. Les matons se sont précipités hors de leur bureau.

Le vieillard semblait avoir eu un infarctus. Une sirène s'est déclenchée. Des assistants médicaux sont accourus.

« Les visites sont terminées, ont hurlé les haut-parleurs. Les visites sont terminées. Regagnez votre quartier. »

*

Hauser ne cachait pas qu'il m'aimait bien. Toutes les élèves du cours le savaient. C'est devenu une plaisanterie, Conan fredonnait *La Marche nuptiale* lorsque j'entrais, en nage et couverte de sciure de l'atelier de menuiserie, dans le mobil-home qui servait de salle de classe.

Sammy était surexcitée à l'idée que Hauser ait le béguin pour moi, elle a imaginé qu'il adopterait peut-être Jackson quand je lui ai confié que je lui avais donné un numéro à appeler. Même s'il n'avait pas dit qu'il le ferait, on pouvait toujours espérer. Sammy était une historienne ambulante, elle connaissait l'histoire de toutes celles qui avaient été confrontées à une quelconque situation problématique en prison et pouvait citer des exemples de membres du personnel, voire de surveillants, qui avaient pris les choses en main et élevé les enfants de prisonnières. Elle n'arrêtait pas de m'en parler, pleine de bonnes intentions, mais cela ne me réconfortait pas. Son interprétation de la situation ne tenait pas, selon moi, et ses exemples n'étaient pas pertinents. Je ne savais pas comment le lui expliquer : ce type est un gentil garçon qui a fait des études supérieures et qui ne jette sans doute pas ses bouteilles et ses boîtes de conserve avec le reste de ses ordures. Il n'adoptera pas mon fils. Il épousera une fille bien qui lui ressemble, qui trie aussi ses déchets, et ils auront des enfants ensemble, à eux.

En réalité, j'avais commencé à vivre pour ses cours, même si je ne le reconnaissais pas. J'étais résolue à le poursuivre de mes assiduités pour Jackson, mais aussi pour une raison moins importante et moins délirante. Il connaissait des endroits que je connaissais. Quand je discutais avec lui, j'étais une personne qui venait de quelque part. Je pouvais traîner d'un quartier à l'autre, visiter mon appartement de Tenderloin, avec son lit escamotable, la table en formica d'un jaune pimpant au-dessus de laquelle était accrochée l'affiche de *Bullitt* avec Steve McQueen. Si vous êtes de SF, vous adorez ce film et vous êtes fier qu'on l'ait tourné là. En plus, Steve McQueen était un petit délinquant devenu une star, mais qui était resté cool et faisait ses propres cascades. Je taquinais Jimmy Darling en lui disant qu'il était à peine un mec, comparé à Steve McQueen. Ça ne le vexait pas parce que, comme il me le disait, il n'aspirait pas à en devenir un.

En haut de la rue où se trouvait mon appartement de Tenderloin, juste à l'angle, il y avait un troquet miteux, le Blue Lamp, où je me rendais parfois après le travail avec quelques filles du Mars Club. La barmaid, une adorable vieille dame qui portait des cols roulés sur lesquels était épinglée une broche étincelante, était toujours ravie de nous voir, mes amies et moi. Elle nous payait des tournées et on lui laissait des pourboires généreux en retour. Vers minuit, le cuisinier français apparaissait – pas un chef, un cuistot –, un alcoolique dont le tablier taché arborait le nom d'un hôtel du centre-ville. Il était breton et fumait des cigarettes étrangères qui puaient. Il faisait sans arrêt la même blague, qui n'en était même pas une : il nous regardait, nous les filles du Mars Club, et criait, Je suis lesbien !, en se frappant la poitrine pour faire plus d'effet.

Un soir, à la fermeture du bar, une bagarre avait éclaté. Des putes qui travaillaient dans le coin se rouaient de coups à terre. Des gens leur avaient jeté des seaux d'eau depuis leurs fenêtres, comme on le fait sur des chats, pour qu'elles arrêtent. En vain. Elles avaient continué de se battre, trempées, les cheveux en bataille, à moitié dévêtues, leurs vêtements en chiffon, complètement déchirés. Tout le monde, sauf moi, se moquait de ces femmes, mouillées des pieds à la tête, qui se tabassaient, roulaient sur le trottoir, cherchaient à se faire mal. Cette scène m'a hantée, sans que je comprenne vraiment pourquoi.

*

On attendait le comptage de l'après-midi – il faut rester assis sur son lit jusqu'à ce que ce soit terminé –, lorsque Laura a annoncé à toute la cellule qu'elle avait une surprise pour nous, et pas une bonne. Elle s'est allongée sur sa couchette et nous a fait sa grimace de Juggalo[1], réjouie d'être un oiseau de mauvais augure.

« Crache le morceau, psychopathe, lui a ordonné Teardrop.

– Je sais que vous aimez toutes les surnoms, mais Psychopathe, je réponds pas à celui-là. »

Teardrop l'a attrapée par les cheveux et a tiré : « Accouche et ferme-la. »

Laura a poussé un cri de douleur, Teardrop continuait de tirer.

« Il y a un homme dans cette prison ! Il y a un homme ici et ils veulent le mettre cour C. »

*

Ce qui scandalisait le plus les détenues, à mesure que l'offensive prenait de l'ampleur, c'était que cette personne, Serenity Smith, avait tué une femme avant de s'opérer pour en devenir une. Dans ce climat d'hystérie, on racontait qu'un homme allait être placé parmi nous et qu'on nous laisserait nous débrouiller avec ça. Il faudrait peut-être qu'on cohabite avec lui. Qu'on se déshabille devant lui. Qu'on se douche à côté de lui. Et il était l'incarnation même du mal, du mal, du mal.

1. Communauté qui voit la vie en noir, se passionne pour les serial killers, les films d'horreur et l'ésotérisme de bas étage.

Comme Laura avait vendu la mèche, ils ont reporté l'insertion de Serenity Smith dans le quartier normal, avec l'espoir que le calme allait se rétablir.

Des groupes se sont constitués. Conan, qui avait dû supporter au quotidien l'humiliant « Mamzelle » ou « M'dame », subir une succession d'examens psychologiques, remplir des formulaires à n'en plus finir et attendre des années un accord pour avoir le droit de porter un shorty au lieu d'une culotte de grand-mère, penchait pour l'acceptation. Lui et quelques gouines de la cour C, notre propre version des hommes, se sont regroupés et ont décidé qu'il était important de soutenir Mlle Smith, ainsi que Conan l'appelait avec respect. De l'accueillir. Puisque les matons se comportaient comme des enfoirés avec quiconque n'était pas strictement conforme aux normes de genre, et que nous, comme elles, haïssions les matons, nous devions nous serrer les coudes. L'idée d'une éventuelle cohabitation avec une femme qui avait été un homme qui s'était coupé les testicules et la queue ne m'enthousiasmait pas beaucoup. Cependant, alors que la tension montait et que j'avais vent des plans qui se fomentaient pour sauter sur cette personne et la tabasser, le visage d'une femme que j'avais connue au Blue Lamp de Geary Street m'est revenu en mémoire. Elle s'asseyait au bar, habillée comme une secrétaire, coiffée d'une perruque d'un auburn brillant. Elle était menue et extrêmement féminine. Jolie, mais bizarre. Avec une voix râpeuse, comme si elle avait été affligée d'une laryngite chronique. J'imagine que, biologiquement, elle était un homme, mais elle n'en était pas moins une femme, et fragile. Assise au bar, seule, elle sirotait un gin tonic avec une paille fine comme une aiguille. Elle avançait sa bouche, fardée de rose, en cul-de-poule et attendait que des hommes l'abordent. Je me souviens qu'une fois elle était partie avec un type et qu'elle était revenue avec un œil au beurre noir recouvert de maquillage. Cette femme du Blue Lamp aux lèvres roses et à la perruque auburn, qui s'asseyait seule au bar, rituellement, est-elle toujours vivante ? Peut-être pas. Le fait que Serenity Smith était un homme avant ne l'empêchait pas d'être vulnérable.

*

Ils ont placé Mlle Smith en détention avec des mesures spéciales de protection. Quand ils l'ont transférée, on aurait dit que c'était une prisonnière du couloir de la mort à cause de la double escorte et des tireurs d'élite, arme pointée sur elle, dans les miradors. Les femmes ont crié des obscénités. Ont balancé des bocaux de pisse sur elle.

La lutte anti-Smith était une campagne de haine, on citait des versets de la Bible, on faisait appel à la moralité et aux valeurs chrétiennes. Laura Lipp s'est servie de la photocopieuse de l'administration pour fabriquer des tracts. Elle a écrit au gouverneur, au directeur de la prison, à des membres du Congrès et à d'autres personnes encore. Sa mère faisait campagne à l'extérieur. Laura rejetait ses cheveux luisants en arrière et s'indignait qu'un assassin soit détenu parmi nous.

*

Je m'étais mise à aider Button à faire ses devoirs pour le cours de Hauser. J'y prenais plus de plaisir que je ne l'aurais cru. C'était un truc de grande sœur. Sammy était ma grande sœur, moi celle de Button, et Conan une sorte de papa. On avait une famille. Ce n'était pas une si grande source de réconfort que ça, mais c'était mieux que rien, même si Button était une véritable emmerdeuse. Toujours en colère et prête à la bagarre. Mais quand Teardrop a mangé son lapin domestique, j'ai découvert une autre facette de cette fille.

Teardrop avait fait bouillir le lapin dans une casserole, à l'aide de sa résistance, pendant que le reste d'entre nous suivions le programme de formation. À notre retour pour le comptage de l'après-midi, une forte odeur de viande cuite régnait dans la pièce.

« C'est quoi, le gueuleton ? a demandé Conan.

– Du ragoût de Brunswick », a répondu Teardrop.

Après coup, Conan n'a cessé de répéter : « Y avait même pas de sauce, je veux dire rien de rien », comme si c'était ça, le forfait, d'avoir mangé le lapin de Button sans sauce. « De toute façon, un vrai ragoût de Brunswick ça se fait avec de l'écureuil, pas du lapin. »

Button s'est glissée sur sa couchette avec la petite chemise qu'elle avait cousue pour son lapin. Elle n'a pas bougé de la journée.

« Tu es malade ? » lui a lancé une surveillante.

Le visage enfoui dans l'oreiller, Button n'a pas répondu.

« Si tu n'es pas malade et que tu sèches la formation qui t'a été assignée, je fais un signalement, Sanchez. »

Button s'accrochait à la petite chemise de la même façon que Jackson tenait son caneton en peluche durant son sommeil. Il dormait avec ce doudou depuis qu'il était bébé. Il le serrait très fort, toute la nuit. La dernière fois que j'ai vu le caneton, c'était le soir de mon arrestation. Jackson était en larmes, entouré de policiers. Tenant son caneton et hurlant, Maman ! Maman !

« Tu peux avoir un autre lapin. Tu sais t'y prendre avec eux », ai-je assuré à Button.

Elle a fini par le faire, elle l'a dressé, lui a mis les mêmes vêtements et lui a donné le même nom.

Button ne m'a parlé qu'une seule fois de son bébé. Elle m'a raconté ce qui s'était passé. De la prison, on l'avait emmenée dans un hôpital et enfermée dans une chambre avec un gardien armé. Il l'avait suivie jusque dans les toilettes, où elle s'était efforcée, avec ses menottes, les chaînes autour de sa taille et aux chevilles, de se laver, de nettoyer le sang et le placenta à l'intérieur de ses jambes, d'enfiler une culotte filet et de fixer la gigantesque serviette hygiénique qu'on lui avait balancée.

« Ils m'ont tout le temps collé un salopard sur le dos. »

Je me suis représenté un gardien penché sur le nourrisson, considéré déjà à moitié comme un criminel, à l'affût du moindre mouvement brusque qu'il pourrait faire.

Button avait été salement déchirée à l'accouchement et elle pouvait à peine marcher à cause des points de suture qu'un médecin lui avait faits. « Un pic-vert ! Il portait un calot couvert de drapeaux américains. Pas un seul, des tas de drapeaux de tailles différentes. Je ne voyais que ça pendant qu'il me recousait. Ces putains de drapeaux. Je lui ai dit, Combien de points je vais avoir ? Et il me fait, Essayez de ne pas penser à ça de cette manière. »

Une infirmière avait donné à Button un flacon souple rempli d'une lotion à asperger sur les points de suture pour qu'elle cicatrise bien. Button était menottée au lit, mais la gentille infirmière lui a montré sa petite fille. Elle l'a prévenue qu'elle avait quarante-huit heures pour trouver quelqu'un qui vienne la prendre. Button ne voyait pas vraiment qui elle connaissait avec une voiture en bon état, prêt à venir chercher un bébé à Stanville. Elle a regardé le nouveau-né respirer dans le berceau de l'hôpital. A contemplé son petit visage parfait pendant qu'il dormait, les paupières violettes fermées, la bouche minuscule. Épuisée, elle a sombré dans le sommeil. À son réveil, son bébé avait disparu. Les gardiens lui ont ordonné de s'habiller. Elle a enfilé sa tenue de prisonnière. Ils lui ont interdit d'emporter le flacon souple pour les points de suture. L'ont poussée dans un fourgon cellulaire, où elle a saigné sur le siège en plastique et eu tellement mal à son entrejambe déchirée qu'elle est restée assise sur une fesse durant tout le trajet de retour à la prison.

*

Jackson m'avait demandé d'où venait son caneton. « C'est ton papa qui te l'a donné », lui avais-je répondu. Il avait regardé sa peluche avec amour, l'air émerveillé. L'avait couverte de baisers.

Son père ne lui avait jamais rien offert. C'est Ajax, le jeune type du Mars Club, qui l'avait volé pour moi dans la boutique de souvenirs d'un aéroport, alors qu'il revenait du Wisconsin où il était allé voir sa famille. Je vais le donner à mon fils, lui avais-je dit. Il avait paru déboussolé, comme s'il avait oublié que j'en avais un, mais je le gardais à distance et il n'avait jamais vu Jackson.

*

J'ai dit à Hauser que j'avais lu *Jesus' Son* et je lui ai demandé pourquoi il avait choisi ce livre. J'étais parano et j'avais peur qu'il pense que j'étais une ex-junkie, une bonne à rien, comme les personnages de ces nouvelles.

Il a répondu qu'il me l'avait donné parce que c'était un excellent bouquin. Un de ses préférés.

Dans une des nouvelles, deux types piquent des câbles en cuivre dans une maison, et l'un des deux, le personnage principal, voit la femme de l'autre flotter dans le ciel et croit qu'il est entré dans le rêve de son copain, et tout ça m'avait paru normal, ai-je expliqué à Hauser, ajoutant que je connaissais des gens qui faisaient ça, voler du cuivre. Certains étaient comme les mecs du livre, des camés à la recherche d'argent facile, mais d'autres le faisaient comme métier.

Hauser continuait de m'apporter des livres et, après les avoir lus, je les passais à Sammy qui les lisait à son tour. Sammy et moi, on avait toutes les deux sauté la cinquième. Et on n'avait, ni l'une ni l'autre, jamais eu la moindre mention, une étrange coïncidence. Dans l'école où j'allais, il y avait des Mexicaines, si bien qu'on avait des attitudes en commun, un certain look : pantalon chino noir, ballerines chinoises, eye-liner Maybelline qu'il faut chauffer avec une allumette. Du coup, je pouvais évoquer des souvenirs avec Sammy pour tuer le temps. Le week-end j'allais quelquefois dans son quartier et je regardais sa collection de photos. Je voyais les images de toutes les histoires qu'elle m'avait racontées quand on était ensemble à l'isolement. Des photos d'elle jeune, et aussi d'autres personnes, des amis qu'elle avait eus au fil des années. Elle au CIW, une prison pour femmes au sud de la Californie, qu'elle appelait CI *Wonderful*. « C'était avant l'incarcération de masse », disait-elle, comme s'il s'agissait d'une sorte de catastrophe naturelle.

Ou d'un cataclysme, tel le 11 Septembre, avec un avant et un après. Avant l'incarcération de masse.

Il y avait une piscine au CI Wonderful. Des maillots de bain, fournis par l'administration pénitentiaire, qu'il fallait porter avec des sous-vêtements parce qu'ils étaient partagés. Ces détails sur les prisons à l'ancienne, avant aujourd'hui, m'enchantaient. Je suis sûre que c'était merdique, mais, à en croire Sammy, certaines prisonnières avaient des poissons rouges dans des aquariums. Il n'y avait ni miradors avec des gardes armés, ni kilomètres de clôture électrifiée. On ne vivait pas dans du béton. Les cellules étaient meublées d'étagères et de placards en bois. Il y avait de l'herbe verte. On pouvait acheter des produits de beauté à la cantine, et celui que tout le monde préférait était un rouge à lèvres « violet ardent ». Il y avait aussi un terrain de golf à proximité, racontait-elle, où le petit copain d'une prisonnière avait introduit un lance-balles avec lequel il envoyait des balles bourrées d'héroïne et de bijoux dans la cour principale de la prison. Dès que j'avais le moral en berne, Sammy me racontait des histoires sur CI Wonderful. Le paradis avant la chute.

Les photos de Sammy n'étaient que des photos de la prison. Il y en avait une d'une fille triste et ravissante, Sleepy, condamnée à la perpétuité incompressible. C'était la seule photo que Sleepy avait d'elle. Elle l'avait donnée à Sammy quand celle-ci avait été libérée pour épouser Keath. Cette fille, Sleepy, n'avait personne. Elle avait donné ce cliché à Sammy pour être sûre que quelqu'un en liberté se souviendrait d'elle, penserait à elle de temps à autre. Je n'ai jamais rencontré Sleepy. On l'avait transférée au nord avant mon arrivée. Mais je savais pourquoi elle avait donné ce cliché à Sammy, ce qu'elle attendait d'elle. Il y avait quelque chose chez Sammy qui émanait du monde et y demeurait ancré – l'ancien monde, le monde libre. La pauvre Sleepy avait sans doute cru que si elle pouvait vivre dans le cœur de Sammy, elle vivrait. Cela m'a tellement déprimée que j'ai eu envie de déchirer la photo quand Sammy regardait ailleurs.

*

Même s'il n'y avait rien à célébrer, parfois on faisait la fête. C'était le grand plaisir de Conan d'en organiser dans notre cellule. Il avait convaincu tout le monde de mettre des psychotropes de côté. Le truc à faire, c'est d'acheter du beurre de cacahuète à la cantine, ou, si comme moi on n'a pas de fric pour ça, de prendre du beurre de cacahuète de Conan. On en met une lichette sur le palais avant la distribution des cachets. Et quand on ouvre la bouche comme un cheval pour leur montrer qu'on a bien avalé notre médicament, on est autorisé à y aller, sauf que le cachet est collé dans le beurre de cacahuète, il n'a pas été avalé. Celles qui ont un dentier les cachent en dessous. D'autres réussissent à les coincer dans la joue. Des détenues de toute l'unité 510 avaient apporté leur contribution. Conan a sorti le tas de comprimés après le comptage du soir. Il les a écrasés avec un flacon de shampoing pour fabriquer du « punch », des cachets dissous dans du thé glacé. Un Short Island Iced Tea[1]. Sammy s'est faufilée jusqu'à notre quartier et a déboulé dans notre cellule au moment où les portes restent ouvertes, c'est-à-dire quand la grande aiguille de l'horloge est dans cette stupide partie rouge.

« J'ai pas trop la forme », a dit Conan, tout en secouant le punch.

Moi non plus, je ne me sentais pas vraiment heureuse tandis que j'avalais ma mixture. Sammy a refusé sa tasse. Elle voulait rester sobre. Je savais que moi, je pouvais le rester tout en buvant du punch. On n'est pas tous pareils. C'était un samedi soir. Conan a réglé la radio sur l'émission de dédicaces d'Art Laboe, c'était notre préférée de la semaine.

« Celle-ci est de Tiny, à Pelican Bay, pour Lulu, alias Bonita Blue Eyes. Tiny veut te dire Lulu qu'il t'aime plus que tout au monde et que son cœur t'appartient pour toujours. Il est entièrement là pour toi, il ne va jamais ailleurs. »

« C'est parce que cet enfoiré est condamné à perpète », a lancé Conan.

Ils ont passé une vieille chanson ensuite. La voix du chanteur, avec ses roucoulades sirupeuses, m'a noyée sous une vague de nostalgie dont je n'avais pas du tout envie. J'ai bu un autre punch.

1. Par opposition au Long Island Iced Tea : cocktail à base de tequila, de gin, de vodka, de rhum et de liqueur d'orange.

Quand les portes ont été rouvertes, notre cellule a été envahie. Laura Lipp s'est fourré la tête sous son oreiller pour ne pas nous entendre. Conan a mis de la musique qui bouge et Button a dansé pour nous.

Plus tard, moi aussi, j'ai dansé pour nous, mais je n'en ai pas un souvenir très clair. À part Conan me disant après : « Quelquefois tu vois quelque chose et il faut que tu l'aies. »

Conan était costaud et musclé – il n'avait pas hérité de ce nom pour rien –, et il me faisait rire. Mais j'ai cessé de rire lorsque je me suis retrouvée sur sa couchette, cette nuit-là, et que sa langue est passée à l'attaque tout en douceur. Oh mon Dieu, je n'arrêtais pas de murmurer. Au lieu de me répliquer un truc marrant comme à son habitude, il y est allé plus profond. On n'en avait toujours pas fini quand j'ai entendu un boum d'une violence incroyable. Le bruit a eu l'effet d'un électrochoc sur Conan, il s'est redressé et s'est ouvert le crâne sur la couchette du dessus. C'était Garcia qui faisait sa ronde de nuit dans notre quartier et donnait des coups de matraque à la fenêtre des cellules.

Ça avait cassé l'ambiance, et Conan et moi, on a interrompu là cette séquence imprévue de couchette. J'ai mis un pansement sur sa plaie qui saignait, puis on a rebu du punch. On s'était toutes entassées dans les toilettes, car les gardiens ne pouvaient pas en voir l'intérieur par la vitre de la porte.

Button était la plus saoule, peut-être parce qu'elle était jeune et menue. Elle s'est mise à parler de

Dieu. C'était Dieu qui se tenait dans le mirador de la cour. Lequel ? a demandé quelqu'un. Le 1 ou le 2 ? Et Button a dit : « Il a la haute main sur nous. Il nous voit.

– Ce n'est pas Dieu, a rétorqué Conan. C'est le sergent Rintler, un Elmer Fudd de plus, là-haut, qui enchaîne les siestes et les branlettes. Ces enculés de chasseurs de canards. » Il a pris un ton nasillard de cow-boy : « M'dame, reculez, m'dame. Ne m'obligez pas à faire un rapport, m'dame. »

Button a fondu en larmes : « Mais ils contrôlent tout le ciel. C'est le monde maintenant. S'Il est pas dans les miradors, Il est où Dieu, alors ? Il est où ? »

Laura est entrée dans les toilettes. On a arrêté de parler et on l'a dévisagée. On aurait cru l'Exorciste. Elle nous avait piqué du punch. Elle était saoule.

« Je viens d'Apple Valley.

– On est au courant », on a crié en chœur.

Sammy s'est levée pour la pousser dehors.

« Moi pas ! J'ai pas écouté. Pas entendu. J'ai jamais compris ce que ça voulait dire. La vallée des pommes. Ç'a à voir avec la tentation. Pas vrai ? Le péché. Tu vois ? Le fruit défendu. Oh là là, a-t-elle dit, ça fait tellement de bien d'avoir un endroit où lâcher sa colère, de punir quelqu'un, de lui faire aussi mal qu'on t'a fait mal. C'est la vérité, et toutes les femmes comme moi le savent. Celle qui frappe son enfant avec un cintre, avec une ceinture, ou qui secoue son bébé, tout ça, c'est du pareil au même. On le fait pour se sentir bien. Elles ne le diront pas. Elles ne diront pas quel effet ça fait. Elles n'ont pas le courage. Je vous le garantis. Le démon nous possède, et on fait ça pour se sentir bien. Si seulement on m'en avait empêchée, mais personne ne l'a fait. Dieu, Il a arrêté le bras d'Abraham. Il est intervenu. Mais Il était où quand j'avais besoin de Lui ? Il était pas là. Personne m'a aidée. Personne. » Elle a trébuché comme une aveugle, est tombée à quatre pattes puis a éclaté en sanglots.

*

Ce soir-là, j'ai pris la liberté de dormir sur la couchette de Conan. Les choses étaient devenues tellement bizarres que j'avais besoin d'être avec quelqu'un de sensé.

J'ai rêvé que je venais de gagner au jeu du *Juste Prix*. Il y avait un tonnerre d'applaudissements, des acclamations, des sifflements quand on prononçait mon nom. Un déferlement assourdissant de claquements de mains et de cris. Je trottais vers la scène au milieu de ce martèlement infernal, des hourras du public en délire, lorsque je me suis réveillée.

Conan était déjà levé, il tapotait le sang de sa blessure avec du papier hygiénique. J'ai refait son pansement.

« J'ai horriblement mal à la tête, a-t-il dit. Je n'ai pas du tout réussi à dormir, à cause d'un *zrrrrp*, *zrrrrp* qui me réveillait tout le temps, on aurait dit que quelqu'un essayait de redémarrer une voiture dont le moteur tournait déjà au ralenti.

– J'ai rêvé que j'avais gagné au *Juste Prix*.

– C'est... une nouvelle voiture, voilà ! Le truc de cette émission, c'est que la femme ne vient pas avec la voiture. On reçoit pas la femme. Juste la voiture. »

Au travail ce jour-là, on avait toutes la gueule de bois. « J'ai l'impression d'être Blacula, le vampire noir, s'est plaint Conan. Dans la dernière scène, quand le soleil le brûle et qu'il ne reste plus de lui qu'un tas de vêtements poisseux et fumants. »

À la pause-déjeuner, dans l'atelier de menuiserie, Conan m'a fait tout un discours sur « En fait, les Blanches, c'est pas mon truc ». J'aimais Conan, mais pas comme ça. C'était jouer à l'inceste dans ma famille imaginaire, et on n'était que des amis.

Le surveillant Garcia est passé devant l'atelier. « Hé ! » a hurlé Conan. Il lui a montré le pansement sur sa tête et l'a foudroyé du regard.

Alors que j'attendais de franchir le couloir sécurisé à la sortie de l'atelier, je suis tombée sur Hauser.

J'ai des nouvelles pour vous, a-t-il annoncé.

Il avait réussi à trouver qui était en charge du dossier de Jackson. Je l'ai remercié avec effusion ; il m'a dit que je n'avais pas à le faire.

Mais vous vous êtes donné beaucoup de mal.

« On vous a retiré votre autorité parentale. Je ne suis pas sûr que vous en ayez conscience.

– Ça signifie quoi ?

– D'après ce qu'on m'a dit, cela permet d'accélérer la procédure d'adoption d'un enfant. Qu'il puisse aller vivre dans une nouvelle famille. On n'était même pas censé me dire ça. La femme qui a regardé le dossier m'a fait une fleur. Tout ce qu'elle a pu me donner comme infos, c'est que votre autorité parentale vous a été retirée du fait de la longueur de votre peine et que Jackson est dans le système maintenant.

– Moi, je suis dans le système. Jackson est un petit garçon, il n'a rien à y faire.

– On m'a précisé qu'il était pupille de l'État, ce qui signifie, je crois, qu'il a été placé en famille d'accueil.

– Où, vous le savez ? Est-ce que je peux lui écrire ?

– Il me semble que vous ne comprenez pas bien la situation. Comme moi d'ailleurs, jusqu'à ce qu'on me l'explique. Parce que découvrir où se trouve votre fils, dans les méandres de la bureaucratie chargée de la protection de l'enfance, c'est comme essayer d'obtenir des renseignements sur un parfait inconnu. Sauf que l'inconnu, dans ce cas-ci, n'a pas de dossier accessible en raison de la protection de la vie privée des mineurs.

– Mais enfin, je suis sa mère. Ils ne peuvent pas me dire le contraire. Il a besoin d'une mère. Pourquoi est-ce qu'ils font ça ? »

J'avais conscience du ton que j'avais pris et de l'expression que reflétait mon visage, j'agressais ce type, qui n'était que le messager, comme s'il était responsable de ce qu'il m'annonçait, mais je ne pouvais refréner le sentiment de détresse qui m'étouffait.

*

Le confinement avait été déclaré, ce soir-là, et je ne pouvais donc pas aller parler à Sammy. J'étais coincée dans ma cellule. Je me suis rapprochée de Conan. Une fois de plus. Mes pleurs désespérés, mon impossibilité à protéger mon fils m'ont ramenée à cette impression d'irréalité dans laquelle j'étais durant la première nuit passée à la maison d'arrêt du comté. J'avais commis un acte irréparable, mais Jackson, lui, n'avait rien fait. Il était innocent. Et à présent, il était perdu, jeté dans le monde, seul, sans amour.

Dès que je me suis calmée, Conan m'a raconté une histoire.

« Quand on était enfants, mon petit frère et moi, on habitait chez ma grand-mère. À Sunland. Il y avait des élevages de chevaux, là-bas. Elle avait un jardin. C'était presque la campagne. On l'aimait énormément et on adorait vivre avec elle. Un jour, ma mère est venue nous reprendre. Elle a dit qu'on allait emménager avec elle. On la connaissait à peine. Elle ne nous avait pas élevés. Ma grand-mère et elle se sont disputées. Et ma mère a frappé notre grand-mère, sous nos yeux. Dans sa cuisine. On ne pouvait rien faire. On pleurait. On avait peur. J'avais sept ans, mon frère cinq.

« On a dû vivre avec ma mère et son copain à Bell Gardens. Son copain était un salopard de première. Il s'en est pris à mon frère. Pourquoi, je n'en sais rien. Peut-être parce que c'était un garçon. Quand j'ai eu onze ans, il s'en est pris à moi mais pas de la même façon. Ce fils de pute m'a violé. Et pas qu'une fois. C'est devenu habituel. Si bien que mon frère et moi, on a fini par se tailler, j'avais douze ans et lui dix. On s'était mis en tête de retourner chez notre grand-mère à Sunland. On ne l'avait plus revue depuis des années parce que notre mère et elle se parlaient plus du tout. Je me souvenais de la maison. Je savais exactement où elle se trouvait, à côté du grand boulevard, là-haut. On a sauté dans un car. Ça nous a pris une éternité pour aller là-bas, parce qu'on se trompait tout le temps de car. Finalement on est arrivés tout près. On a fait la fin du chemin à pied, mon frère était tout excité, il parlait de notre grand-mère sans s'arrêter, il essayait de se rappeler les plats qu'elle préparait, sa drôle de façon de parler, ses mots démodés. Comme elle piquait du nez dans un fauteuil. On ne la voyait jamais aller se coucher. C'était comme si elle veillait pour garder un œil sur nous, elle ne prenait jamais de temps pour elle. Cette femme dormait dans son fauteuil, toujours prête à répondre à nos besoins.

On est arrivés chez elle, j'étais certain que c'était la bonne adresse, mais notre grand-mère n'habitait plus là. Il y avait d'autres gens et ils nous ont dit qu'ils avaient emménagé dans la maison après sa mort. Elle était morte, et on l'ignorait. Et nous voilà à Sunland, sans argent, sans grand-mère, et nulle part où aller. On a dormi dans un jardin public. Le lendemain, on a fait du stop. On a atterri à Santa Barbara, on a dormi sur la plage et fouillé les poubelles pour trouver à manger. Ensuite on est montés dans un train et on s'est cachés dans les toilettes quand le contrôleur est passé, mais après, des gens tapaient à la porte, alors on a pris le risque d'aller s'asseoir dans un compartiment. Mon frère a commencé à être malade. Il avait la diarrhée et il vomissait. Il allait très mal, il était incapable de se contrôler et on n'avait pas de billets. Le contrôleur repasse et dit qu'on ne peut pas rester dans le train. Donc, le train s'arrête à la gare suivante et on nous jette dehors. Mon frère était dans un sale état, il était brûlant de fièvre, allongé là, sur un quai de gare dans une ville inconnue, et on était terrorisés à l'idée que la police débarque. Ils téléphoneraient à notre mère et il faudrait qu'on retourne chez elle et ce fumier qui partageait sa vie.

« Un type a proposé de nous aider. Il a promis de ne pas appeler les flics. Il nous a emmenés à l'Armée du Salut. Là-bas, des gens ont couché mon petit frère dans un lit avec des draps et tout. Ils se sont occupés de lui. Ils ont dit qu'il avait la dysenterie et qu'il aurait pu en mourir. Ils l'ont laissé se reposer et ils l'ont aidé à guérir. Ils nous ont donné des vêtements neufs. Ils m'ont nourri de spaghettis et de boulettes de viande.

« Il y a des gens bien dans le monde, a conclu Conan. Des gens vraiment bien. »

III

23

Quand Doc était adolescent, le président Richard Nixon était passé au *Grand Ole Opry*. Doc et Vic, son père adoptif, l'avaient regardé ensemble à la télé. C'était au printemps 1974, Nixon était déjà tombé en disgrâce, ce qui mettait en rogne le vieux Vic d'une loyauté à toute épreuve.

Le président Nixon est monté sur la scène du grand théâtre tout neuf de Nashville, et il a salué le peuple d'Opryland, USA.

Une fois la foule calmée, le président Nixon a déclaré que la musique country était l'essence même de l'âme américaine. C'était une musique traditionnelle qui chantait les valeurs simples, l'amour de la famille, l'amour de Dieu, l'amour de la nation. La musique country était patriotique et chrétienne.

« Elle est née ici, c'est la nôtre », a martelé le président Nixon à l'adresse du public d'Opryland.

Celui du pays de la télé l'écoutait aussi, des jeunes Américains aux cheveux en brosse et aux grandes oreilles, tel Doc lui-même, un garçon âgé de dix-sept ans, aux membres noueux, déprimé et obsédé sexuellement.

« Ce n'est pas quelque chose qui nous a été enseigné par un autre peuple ou un autre pays, ni quelque chose que nous avons emprunté ou dont nous avons hérité. La musique country tire son origine d'ici comme tout ce qui est américain. Elle reflète des valeurs essentielles du caractère américain, à une période où l'Amérique a besoin de caractère. La musique country vient du cœur de l'Amérique, c'est le cœur de l'Amérique. Dieu bénisse le *Grand Ole Opry*, s'est exclamé Nixon. Dieu... bénisse... l'Amérique ! »

La foule d'Opryland est devenue hystérique.

Nixon s'est mis au piano et a massacré *God Bless America*, ses mains se levaient et s'abaissaient mécaniquement, pareilles à des leviers. À la fin du morceau, Roy Acuff a fait son apparition en jouant avec un yo-yo qu'il tenait au creux de la main.

Les garçons aux grandes oreilles dans le théâtre, ainsi que ceux allongés sur des tapis en lirette chez eux, tous se sont redressés pour voir Roy Acuff manier un yo-yo avec tant de grâce.

Un *jug band*[1] du Mississippi a commencé à jouer. Le chanteur, un baryton qui avait du coffre, a entonné une chanson sur un camionneur

1. Groupe de musiciens jouant à la fois avec des instruments traditionnels et des instruments improvisés (cuillères, seau, scie...).

transportant de la pâte à papier qui avait démoli à la tronçonneuse un troquet au bord de la route.

Pourquoi avait-il fait ça ? La chanson l'expliquait. Le camionneur s'était énervé parce que le barman l'avait traité de péquenaud et avait refusé de lui servir une bière fraîche. Alors il avait saccagé le bar.

Ensuite, pour distraire le président Nixon, qui adorait la musique country pur jus, Tammy Wynette a chanté *D-I-V-O-R-C-E*.

Roy Acuff a suivi avec *Wreck on the Highway*.

Puis Charlie Louvin avec *Satan Is Real*.

Wilma Lee et Stoney Cooper ont interprété *Tramp on the Street*.

Porter Wagoner a choisi *Rubber Room*, une chanson qui plaisait au public.

Loretta Lynn a chanté à tue-tête *Don't Come Home A-Drinkin*.

« Observons une minute de silence à la mémoire de notre frère bien-aimé, le joueur de banjo David "Stringbean" Akeman, a dit Grandpa Jones au public. Stringbean aurait dû être ici ce soir. C'était mon meilleur ami. Mon voisin. Mon copain de chasse. Et, plus que tout, un membre de la famille d'Opry. Il y a quatre mois, comme beaucoup d'entre vous le savent, sa merveilleuse épouse Estelle et lui ont été assassinés par deux voyous de Dickerson Road. Souvenons-nous de cet homme simple avec sa longue chemise, son pantalon court, et son amour pour la bonne vieille musique des Appalaches. »

Le visage de Nixon s'est figé comme du plastique tandis que le silence se faisait dans la salle. Il avait l'air d'un pleureur professionnel, quelqu'un qu'on aurait fait venir là pour apporter une note sombre et solennelle au moment.

L'ambiance est redevenue plus légère quand Cousine Minnie Pearl est entrée sur scène et a déclaré à la foule qu'après que les services secrets l'avaient fouillée au corps en raison de cette émission spéciale, elle avait fait la queue pour qu'ils recommencent. Elle a raconté des blagues sur la consanguinité et l'inceste, puis a chanté une chanson qui racontait qu'elle était tellement jalouse qu'elle avait pris un bouledogue pour surveiller son amant pendant son sommeil.

Del Reeves en a chanté une sur un chauffeur de poids lourd rêvant de ce qu'il aimerait faire avec la fille presque nue d'un panneau publicitaire de l'autoroute.

Porter Wagoner a interprété *The First Mrs Jones*. L'homme de la chanson, Mr Jones, a tué sa première femme et il prévient la deuxième Mrs Jones qu'elle subira le même sort si elle le quitte.

Il y a eu une chanson sur un bouilleur de cru clandestin qui échappe à la police.

Une autre sur un homme qui assassine et enterre sa femme, mais qui continue malgré tout à entendre ses reproches incessants la nuit.

Le public d'Opryland a hurlé de rire.

Nixon était assis à gauche de la scène, avec ses joues flasques, majestueux et crispé, président de ce grand, très grand pays, agrippant de ses bras démesurés les accoudoirs de son fauteuil comme s'il s'agissait des barres stabilisatrices d'un tracteur.

24

Dans son essai qui célèbre la qualité merveilleuse de la pomme sauvage, Thoreau reconnaît qu'elle n'a bon goût qu'en plein air. Même un promeneur ne voudrait pas d'une pomme cueillie dehors à une table de cuisine. C'est dans le cadre d'une belle promenade d'automne que son acidité se laisse le mieux apprécier. Gordon Hauser marchait dès qu'il le pouvait, gravissant des chemins d'exploitations forestières, traversant des pâturages, des terres fédérales qui s'étendaient sur des kilomètres. Il trouvait des crânes d'animaux, des douilles de cartouches, découvrit une ancienne décharge pleine de vieilles bouteilles, dont certaines n'étaient même pas cassées, et sur un sentier à vaches au-dessus de sa cabane, un nid de guêpes polistes ressemblant à un casque à moitié écrasé. Un objet imposant et mystérieux, éventré et à demi aplati, que Gordon emporta chez lui et posa sur la table.

Il s'attardait souvent dehors jusqu'à ce qu'il fasse noir, pour assister à la lente transition du jour vers la nuit. Il aimait observer le processus dans sa totalité, du début à la fin. Au moment où s'évanouissait l'ultime lueur, il entendait hululer les hiboux. Des grands-ducs d'Amérique. Parfois des chouettes effraies. Un soir de mai, Gordon trouva un hibou à terre qui battait des ailes et frissonnait. Sa tête était aussi grosse que celle d'un matou et couverte de duvet. Il émit un claquement sec et tenta de s'écarter de Gordon sur ses énormes serres. Il avait les yeux d'un être humain, avec des pupilles rondes. Et des paupières aussi. Il clignait, le regard fixe. Gordon supposa qu'il était blessé et serait dévoré par un prédateur s'il ne faisait rien. Il rentra chez lui passer quelques coups de fil. Gordon et ses coups de fil. C'était à quoi se résumait sa vie privée désormais. Prendre contact avec des services administratifs. Une garde forestière du comté l'informa qu'il s'agissait sans doute d'un jeune hibou tombé du nid, ce qui était normal en cette saison. Ils se défont de leur duvet avant de prendre leur envol, ajouta-t-elle. Gordon retourna sur le sentier, l'oiseau avait disparu. Un soir, au crépuscule, il lui sembla l'apercevoir entre les arbres. Ça pouvait être n'importe quel hibou, mais cela ne portait pas à conséquence d'imaginer que c'était l'oisillon.

En rentrant de balade, il se préparait à dîner, une soupe en boîte, le régime de base de sa vie dans la cabane, puis il allait sur Internet, où il avait contracté une mauvaise habitude, une addiction qui l'avait piégé sans douleur et en un éclair. Il tapait leurs noms, ainsi que les détenues disaient. Taper un nom, c'était prendre un contact avec l'extérieur, googler la personne, se renseigner.

La prisonnière qui voulait qu'on tape son nom ne cherchait pas à réexaminer dans leur totalité les détails sinistres du dossier, ni à jeter un œil à une photo d'identité judiciaire inopportune, accessible à tout le monde, en particulier en Floride et en Californie où les photos étaient mises en ligne par des employés du comté, ce qui donnait l'impression qu'un nombre disproportionné de clichés merdiques provenaient de ces États. Ils étaient tous pareils : une lumière crue, un formatage carcéral avec le regard fou et les cheveux hirsutes d'individus arrachés à la vie, arrêtés, numérotés, ingérés et exposés.

Le contexte du crime lui-même, les traumatismes, la pauvreté – des informations disponibles parfois si l'affaire avait retenu l'attention des médias, ou si la transcription du procès ou la synthèse de l'affaire étaient en ligne –, ce n'était pas ce que les femmes emprisonnées voulaient ni ce qu'elles recherchaient quand elles tapaient un nom. Ce qu'elles voulaient qu'il leur soit confirmé, c'était si leur codétenue, leur coéquipière d'atelier, leur partenaire du groupe de prière, leur amie, leur copine de baise, leur ennemie, si cette femme-là avait maltraité un enfant ou passé un accord pour devenir témoin à charge. Voilà les deux types de détenues dont il convenait de vérifier qui elles étaient : les infanticides et les balances.

Les recherches de Gordon étaient plus ouvertes. Il ne savait pas ce qu'il voulait obtenir. Il espérait que la connaissance des faits déboucherait sur une sorte d'équilibre. Et il savait aussi que ce baratin sur les faits et l'équilibre n'était qu'un mensonge qu'il se racontait à lui-même pour justifier sa quête de détails sordides qui ne le regardaient pas.

Selon les codes sociaux de la prison, on n'était pas censé demander à quelqu'un pour quel motif il avait été condamné. C'était faire preuve de bon sens que de ne pas poser de questions. En poser était tellement ignominieux qu'il semblait que le simple fait de conjecturer, fût-ce en privé, l'était tout autant. On ne devait pas s'interroger sur les faits qui avaient déterminé la vie des gens. Il se souvenait de quelque chose que Nietzsche avait dit sur la vérité. Chaque homme a droit à la dose qu'il est capable de supporter. Peut-être que Gordon n'était pas en quête de vérité mais de la limite au-delà de laquelle elle lui était intolérable. Il ne tapa pas tous les noms. Il résista à la tentation de taper Romy Hall en s'orientant vers d'autres recherches.

Il commença par Sanchez, Flora Martina Sanchez, surnommée Button. Son affaire était partout sur Internet. Sanchez et deux adolescents avaient agressé un jeune Chinois près du campus de l'université de Californie du Sud. C'était un étudiant en médecine, un enfant unique, ainsi que le voulait l'État chinois. À en croire les aveux de Sanchez, l'étudiant avait essayé de lui donner des « coups de poing de karaté ». Les trois agresseurs avaient précisé que la victime criait dans une langue étrangère pendant qu'ils la frappaient avec une batte de base-ball. Une batte en aluminium vert, de la marque Worth. Elle portait les empreintes des deux garçons et de Sanchez. Celle-ci avait renoncé à son droit de garder le silence après son arrestation. Ils y avaient tous renoncé, étaient passés aux aveux, avaient été jugés et condamnés à la perpétuité incompressible.

Ils ne savaient pas ce qu'ils faisaient. Au fil de sa lecture, Gordon en était convaincu.

Quand ils avaient essayé de voler l'étudiant, ils ne savaient pas ce qu'ils faisaient. Quand ils l'avaient tué, ils le savaient encore moins. Quand on les avait arrêtés, un par un, le lendemain matin, puis emmenés au poste pour être interrogés et qu'ils avaient parlé, de leur plein gré, mais chacun dans son propre intérêt, à des inspecteurs de police, sans la présence de leurs parents ni d'un avocat, ils ne savaient pas ce qu'ils faisaient.

Ils avaient choisi la victime, avait expliqué l'un des garçons, parce qu'il était asiatique et donc riche, d'après eux. Ils voulaient simplement lui piquer son sac à dos. Ils n'avaient aucune intention de le tuer. L'étudiant avait réussi à rentrer chez lui. Sa colocataire était dans sa chambre avec la porte fermée et elle l'avait entendu renifler. Elle pensait qu'il avait un rhume, elle ignorait qu'il reniflait pour aspirer son sang qui coulait.

Gordon croyait, non seulement en tant que professeur mais en tant qu'être humain, en une sorte de serment d'Hippocrate qui engageait à ne pas nuire aux autres. Peut-être que fouiner ainsi était nuisible. En tout cas, cela ne l'empêchait pas de le faire.

Tous ces détails trouvés dans des articles de journaux composaient un portrait, un ensemble d'impressions. Gordon avait rencontré Button de l'autre côté, une petite fille perdue qui paraissait avoir douze ans. Un jour où elle lui avait souri en réponse à un compliment qu'il lui avait fait en classe, il avait perçu sa profonde jeunesse. Son sourire exprimait une telle attente, il était si rayonnant, qu'il avait dû détourner les yeux.

À force d'être employé, le mot violence était vidé de son sens, c'était devenu un terme générique, et pourtant il avait encore du pouvoir, encore une signification, de multiples significations. Il y avait des actes de violence brute : battre quelqu'un à mort. D'autres de formes plus abstraites : priver des gens de boulot, de la sécurité d'un toit, de bonnes écoles. D'autres, enfin, se déployaient à grande échelle : la mort de dizaines de milliers d'Irakiens en une seule année à cause d'une guerre perfide, basée sur le mensonge et l'incompétence, un gâchis qui risquait d'être sans fin mais, d'après les procureurs, les vrais monstres étaient des adolescents tels que Button Sanchez.

Dans la partie primitive du cerveau, la violence consistait en corps à corps, en coups de poing, coups de gourdin, de couteau. Ces gens-là allaient en prison. Ne méritaient aucune clémence. S'inscrivaient au cours de Gordon Hauser. Lisaient ou pas.

Après s'être livré à cette incursion dans la réalité factuelle, Gordon comprit tout à coup pourquoi Button et ses copains avaient tué ce pauvre étudiant et fichu leur vie en l'air.

Pour eux, l'étudiant n'était pas une personne. Voilà la raison. Ils n'auraient pas fait de mal à quelqu'un qu'ils auraient considéré comme une personne à part entière. Il leur était étranger, le fait qu'il parle couramment le mandarin ne leur avait même jamais traversé la tête.

L'étudiant avait reniflé bruyamment. À l'audience, sa colocataire en larmes avait expliqué en mandarin, par le truchement d'un interprète, qu'elle croyait qu'il avait un rhume.

Gordon ne cessait de regarder une photo de la petite Sanchez et de ses coaccusés prise durant le procès. Ils se tenaient avachis, dans des positions de jeunes durs, et portaient tous des lunettes. Il était le professeur de Sanchez et ne l'avait jamais vue en mettre. Sans doute leurs avocats commis d'office avaient-ils insisté pour qu'ils en commandent – une des rares prestations de santé auxquelles on avait droit dans une prison de comté, c'était une ordonnance pour une paire de lunettes –, à moins que leurs avocats ne leur aient procuré des loupes de lecture vendues en pharmacie. La photo des trois gamins à leur procès, avec leurs lunettes, leur expression d'ennui et d'inattention, déclencha chez Gordon un sentiment de haine pour Sanchez. Les lunettes étaient destinées à modifier la perception du jury. À distordre la vérité. Cette bouffée de haine subite le dégoûta de lui-même, peut-être d'ailleurs que la culpabilité et l'innocence ne constituaient pas le bon axe d'analyse. Les choses tournaient mal dans la vie des gens.

En lisant les documents liés à l'affaire de Sanchez, Gordon avait la sensation d'essayer de traverser à pied une autoroute à huit voies. Sa thèse selon laquelle elle était une victime se confirma quand il tomba sur un article citant un éducateur du service de protection de l'enfance qui certifiait l'avoir entendue parler du crime. « Même qu'on lui a rien piqué à ce Chinetoque », avait-elle dit.

*

C'étaient les nuits les plus atroces. À la lumière du jour, son humeur s'améliorait. Lorsqu'il descendait la route sinueuse jusqu'à Stanville, qu'il voyait les coteaux couverts d'herbe verte et duveteuse, les boules de gui en forme de cœur, pareilles à de gigantesques essaims, dans les branches des chênes, il reconnaissait qu'il était incapable de juger. Je ne peux pas juger parce que je ne sais pas.

Depuis le lycée et l'université, Gordon savait ce qu'étaient les gosses de riches. Ceux qui grandissaient avec de l'argent jouaient d'un instrument de musique, violon ou piano. Faisaient partie du club de débat. Préféraient une certaine marque de jean dont le revers était pile comme il faut, tiraient peut-être sur une clope ou fumaient de l'herbe avec un bong dans la Lexus de papa, puis arrivaient en retard aux révisions pour le SAT[1]. Mais cela se passait autrement pour bien d'autres mômes, des mômes façonnés autrement. Quand vous étiez originaire de Richmond, d'East Oakland ou de South LA, comme Sanchez, vous aviez de grandes chances d'avoir été formé, presque depuis la naissance, à représenter votre quartier, votre gang, à vous entraîner dur physiquement, à être fier, à être dur. Vous aviez peut-être des tas de frères et sœurs à surveiller et vous ne connaissiez sans doute presque personne qui avait terminé le lycée ou avait un travail stable. Des membres de votre famille étaient certainement en prison, des pans entiers de votre communauté l'étaient, et cela faisait partie de la vie d'atterrir en taule, un jour. Bref, vous étiez baisé dès la naissance. Mais, comme les gosses de riches, vous aviez envie de faire la fête le samedi soir.

Tous les enfants cherchent à avoir une image positive d'eux-mêmes. Tous les enfants ont cette même envie. C'est la manière de l'obtenir qui diffère.

« Les débardeurs sont interdits », était-il inscrit sur le panneau du centre d'aide aux jeunes en difficulté. Parce qu'on supposait que les parents se présenteraient forcément au tribunal dans une tenue débraillée. « Vous puez la misère », aurait pu clamer le panneau.

*

1. Examen d'entrée à l'université.

Pendant la plus grande partie de sa vie, Gordon n'avait connu le crime qu'à travers la littérature. Raskolnikov avait tué la vieille usurière. C'est dans le délire de la fièvre qu'il avait pris la décision de détruire sa vie et de basculer dans le temps du rêve, un rêve qui ne se dissiperait pas, contrairement à la fièvre. C'était un étudiant d'une extrême pauvreté, comme Gordon l'avait été. Dans les romans de Dostoïevski, c'était presque amusant de voir combien tout se ramenait à des roubles. Un mot dont la sonorité évoquait un objet lourd, en laiton. Des roubles. Fourrez-en dans une chaussette, comme vous y mettriez un cadenas, et balancez-les au bout du bras.

À la fin des *Frères Karamazov*, Aliocha demande aux enfants de ne jamais oublier le sentiment bienfaisant qu'ils ont partagé en louant et en rendant hommage à leur ami mort qu'ils aimaient tant, l'enfant disparu.

Ne l'oubliez jamais, recommande Aliocha, et il l'entend comme un antidote. Préservez l'innocence du sentiment le plus noble que vous avez éprouvé dans votre vie. Une part de vous demeurera toujours innocente. Et elle a plus de valeur que tout le reste.

*

Sanchez était en prison et elle y mourrait. Elle avait dit à Gordon qu'elle n'avait jamais eu de visite. Peu de femmes, parmi celles qu'il connaissait, en recevaient. Quand il leur posait la question, elles trouvaient des excuses. C'était gênant que personne ne vienne les voir. L'idée ne les effleurait même pas que cela ne portait pas atteinte à leur image, ce n'était pas leur faute si le trajet jusqu'à la prison nécessitait d'avoir une voiture en bon état, de prendre un congé, d'avoir assez d'argent pour l'essence, les repas, l'hôtel, sans compter les distributeurs hors de prix du parloir.

Il continua de faire des recherches, sur d'autres prisonnières.

À un moment donné, il se rendit compte qu'il le faisait uniquement pour s'empêcher d'enquêter sur la personne qui l'intriguait le plus et qu'il hésitait le plus à trahir.

Ce serait un jeu d'enfant parce que son nom n'était pas banal.

Il avait du mal à se débarrasser de la culpabilité qu'il éprouvait à la pensée d'avoir été le porteur d'informations sur son fils. Il n'aimait pas l'effet que cela produisait sur lui. Comme si le fait qu'elle soit en demande lui donnait du pouvoir sur elle à présent. En cours, cette impression disparaissait, parce que là, en chair et en os, elle n'avait pas l'air frustrée. C'était l'élève dont il pouvait être sûr qu'elle répondrait de manière constructive à une question, de sorte qu'il pouvait se dire que les élèves étaient avec lui, elles n'étaient pas perdues, ni contre lui. Elle riait à ses blagues et s'exprimait d'une façon qui lui confirmait l'intérêt de ce qu'il faisait, car à l'évidence cela lui était profitable de lire de la littérature et d'en débattre. Néanmoins tout ça n'était qu'un énorme mensonge, même si c'était la vérité. Elle l'attirait, et elle lui était interdite. Il pensait à elle très souvent puisque l'administration pénitentiaire ne patrouillait pas dans ses fantasmes.

« Vous avez déjà vu le rayon vert à Ocean Beach ? » lui demanda-t-elle un jour à la fin du cours.

Il lui répondit que non. C'était un effet d'optique qui se produisait au coucher du soleil, lui expliqua-t-elle, au moment où, en touchant l'horizon, le sommet de l'astre vire au vert. Elle non plus n'avait jamais vu ce phénomène.

« Vous êtes sûre que ce n'est pas une fable concoctée par des ivrognes irlandais ? »

Elle éclata de rire. Ils se tenaient devant le mobil-home servant de salle de classe. C'était une soirée de juin, le soleil se couchait tard. La lumière, dorée par la brume de la vallée, s'insinuait dans ses yeux, colorait ses iris.

Regarder un être qui vous regarde est une drogue aussi puissante qu'une autre.

« Bouge-toi, Hall ! » beugla un surveillant. C'était l'heure du comptage du soir. « Bouge ton cul, tout de suite, j'ai dit ! »

*

Il fit des recherches sur le rayon vert. Il existait. Des sites fournissaient de longues explications sur le phénomène physique de la lumière. Il ne tapa pas les trois mots de son nom. En tapa d'autres plutôt. Betty LaFrance, qui demandait aux surveillants de garder une place de parking pour son coiffeur. Betty, dont il avait posté une lettre et qui, quand il lui avait demandé comment allait son copain, avait répondu : « Je l'ai fait étrangler. » Même s'il était certain qu'elle mentait, il avait eu la chair de poule. Il trouva sa page sur un site de correspondance des prisonnières.

« Célibataire et prête à faire des rencontres, une nana comme on n'en voit plus, aimant le champagne, les yachts, le jeu, les voitures de course, les grands frissons HORS DE PRIX. Vous avez les moyens de vous l'offrir ? Écrivez pour le savoir. »

Il y avait une liste de questions standard auxquelles Betty LaFrance devait répondre, à l'attention des utilisateurs du site.

Cela vous ennuie de déménager ? (Non).

Vous êtes condamnée à la perpétuité ? (Non).

Mais tout en bas, sous *Couloir de la mort ?*, elle avait dû cocher (Oui).

Concernant Candy Peña, Gordon apprit que sa mère avait tenu des stands de vente à emporter au Disneyland d'Anaheim. Candy Peña avait travaillé dans un McDonald's. Son directeur avait témoigné pour la défense, certifiant qu'elle ne lui avait jamais posé aucun problème. Lorsque la peine de mort avait été prononcée au tribunal, la mère de la victime, la petite fille assassinée par Candy, avait hurlé : « Ouais ! »

Plus tard, Gordon trouva d'autres propos de la mère de la victime, où celle-ci assurait avoir de la compassion pour la mère de Candy Peña car elle savait ce que c'était de perdre un enfant.

London : d'abord sa recherche ne donna rien. London était surnommé Conan ou Bobby. Il tapa donc « Bobby London » et tomba sur une page Yelp concernant un restaurant à Los Angeles. Les trois premières critiques commençaient de la même façon : « Va te faire foutre, Bobby London ! »

Il se souvint que son prénom était Roberta. Bingo. *Une femme travestie en homme reconnue coupable de braquage à main armée et condamnée à effectuer une peine dans une prison pour hommes.* Un autre gros titre : *Bévues de l'État*. London ne se travestissait pas, c'était une des personnes les plus naturelles que Gordon avait jamais rencontrée. London était London.

London avait déjà purgé deux peines pour cambriolage et avait été condamné à une troisième pour fraude. Compte tenu de la loi des trois coups[1], il avait donc écopé de la perpétuité pour un chèque sans provision.

Cette galerie de gens.

Tous les noms qui lui venaient à l'esprit pour éviter de taper Romy Leslie Hall.

Geronima Campos, celle qui avait peint le portrait de Gordon : apparemment, elle avait balancé le torse de son mari du haut d'un pont, quelque part en Californie du Sud, entre les comtés de Riverside et de San Bernardino. On avait retrouvé d'abord

1. Disposition législative propre aux États-Unis permettant ou contraignant les juges à prononcer des peines de prison à perpétuité à l'encontre d'un prévenu condamné pour la troisième fois.

le torse, puis la tête où était logée une balle provenant d'un pistolet enregistré au nom de Geronima. Elle n'avait pas d'alibi. Il y avait du sang de son mari dans sa baignoire, sa voiture, sur les vêtements qu'elle portait le jour où il avait disparu.

Geronima faisait partie d'un groupe d'entraide et enseignait les droits de l'homme à toutes les détenues qui le souhaitaient. C'était une des anciennes de la prison. Elle avait obtenu un BTS par correspondance et son dossier disciplinaire était vierge. Geronima avait déposé une demande de liberté conditionnelle à huit reprises, qui lui avait été systématiquement refusée malgré ses états de service et le soutien de gens à l'extérieur qui s'étaient mobilisés pour l'aider. Une page Internet avait été créée pour défendre sa prochaine demande. Ceux qui signaient la pétition indiquaient la raison pour laquelle ils le faisaient.

Geronima a effectué son temps.

Elle n'est plus une menace pour la société.

Libérez Geronima.

C'est une victime de violences conjugales.

Geronima est une vieille lesbienne autochtone, injustement emprisonnée au centre de détention de Stanville.

Ce n'est pas un délit d'être lesbienne.

Sa communauté a besoin d'elle.

Elle a purgé sa peine.

Elle n'est pas une menace.

Libérez Geronima.

En effet, elle avait effectué son temps. Celui auquel le tribunal l'avait condamnée. Gordon connaissait

Geronima. Une vieille femme qui aimait peindre. Tout était vrai. Le moment était venu que Geronima rentre chez elle. Elle avait purgé la peine qu'on lui avait infligée.

Chaque fois qu'elle passait devant la commission de libération conditionnelle, que Gordon se représentait comme une assemblée de Phyllis Schlafly[1] assises en rang, sourcils froncés, cheveux laqués, jambes gainées d'un collant en lycra, arborant toutes le même pin's du drapeau américain flottant dans le vent que les candidats républicains lors des débats politiques, Geronima disait qu'elle était innocente. Ses partisans soutenaient qu'elle avait purgé sa peine et qu'elle n'était plus une menace. Face à la commission, elle disait, Je suis innocente. C'était absurde. Mais Gordon comprenait pourquoi elle le disait.

L'endroit, quel qu'il soit, dont Geronima aurait eu besoin pour se confronter à son acte n'existait pas en prison. En prison, il fallait être fort pour parvenir au bout de chaque journée. Si vous pensiez chaque jour, dans le moindre détail, à un acte horrible que vous aviez commis, suffisamment pour prouver à la commission que vous aviez la lucidité, la lucidité proverbiale que ses membres exigeaient, requéraient pour vous laisser sortir, vous risquiez de perdre la tête. Rester sain d'esprit, c'était ça l'essentiel. Et pour rester sain d'esprit, vous deviez vous forger une image de vous-même en qui vous puissiez croire.

1. Conservatrice américaine (1924-2016) connue pour ses positions anticommunistes et antiavortement.

Et si elle faisait preuve de lucidité, si elle leur expliquait ce qu'elle avait en tête le jour où elle avait assassiné son mari, pourquoi et comment elle l'avait tué, ce qu'elle avait éprouvé après coup, de l'excitation, de la culpabilité, un sentiment de déni, de la peur, du dégoût, si elle prouvait aux membres de la commission qu'elle avait une appréhension honnête et précise de son crime et des motifs pour lesquels elle l'avait perpétré, si elle parlait ouvertement de l'impact qu'il avait eu sur sa victime et sur d'autres, sur la société, si elle en détaillait toute l'horreur, elle réactiverait en même temps les raisons pour lesquelles les membres de la commission de libération conditionnelle tenaient à ce qu'elle soit sous les verrous. Vous ne pouviez les convaincre. Il était impossible de l'emporter.

Laissez-la rentrer chez elle. Libérez Geronima.

Mais il y avait une contradiction. Face à la commission, Geronima disait, « Je suis innocente », tandis que ses partisans à l'extérieur claironnaient, « Elle a effectué son temps, elle n'est plus une menace », et cette contradiction embêtait Gordon. Les gens ne supportent pas la complexité. Du coup, ils simplifient et déforment les choses.

Bref. Geronima, Sanchez, Candy étaient des êtres qui souffraient et qui, sur ce chemin de souffrance, en avaient fait souffrir d'autres, et Gordon ne voyait pas en quoi les faire souffrir toute leur vie serait profitable à la justice. C'était ajouter du malheur au malheur existant, sans compter que personne, à sa connaissance, n'était jamais revenu d'entre les morts.

*

Alex avait téléphoné, envoyé des e-mails, mais Gordon n'avait rien à lui raconter, il ne pensait qu'à des femmes emprisonnées et cela n'était pas spécialement marrant comme sujet de conversation. D'une certaine façon, il était en exil.

Lorsqu'il s'asseyait au Baressi's, il se sentait désespéré ; il enviait les autres clients du bar, des hommes travaillant dans le bâtiment ou l'agriculture, qui donnaient l'impression que la prison n'était pas au cœur de Central Valley, et pour eux c'était bien le cas.

« Allons donc, il y a de l'espoir, aurait pu répliquer Alex en paraphrasant Kafka, une quantité infinie d'espoir, mais pas pour toi, Gordon[1]. »

Une nouvelle chanteuse se produisait au piano-bar. Elle était bonne, ou peut-être seulement à l'échelon de Stanville. Gordon se saoula un peu, sans le vouloir. Il se leva pour aller mettre un billet de vingt dollars dans le grand verre à cognac, référence internationale en matière de récipient à pourboires sur un piano.

« Vous avez une envie particulière ? » Elle avait une voix empreinte de gaieté et de légèreté.

Aucune chanson ne vint à l'esprit de Gordon. Il lui avait donné un pourboire parce qu'il en avait les moyens. « Chantez votre chanson préférée. Celle que vous chantez seule, quand personne ne vous entend.

1. Conversation avec Max Brod, 1920.

– *Summertime*, alors », lança-t-elle sans hésiter.

Il retourna s'asseoir. Est-ce que lui suggérer de chanter pour un inconnu ce qu'elle chantait en privé était le fait d'un sale type ? se demanda-t-il. Des gens en violentaient d'autres régulièrement comme si c'était dans l'ordre naturel des choses, de la vie. Il le savait. Il ne faisait pas partie de ces gens. N'empêche, il s'interrogeait.

En l'écoutant chanter, il sentit qu'elle ne lui donnait rien, que la chanson soit sa préférée ou pas. Elle faisait un numéro. C'était une professionnelle. Elle chantait *Summertime*, et sa voix médiocre chargée de passion transporta Gordon.

*

« Je suis désolé pour votre fiancé », dit-il un soir, alors que Romy Hall s'attardait après le cours. Il empilait des photocopies avec une minutie inutile afin de prolonger les quelques minutes qui leur restaient avant qu'un gardien ne vienne superviser le transfert des élèves.

« Que s'est-il passé ? » C'était facile, s'aperçut-il, de prendre le ton concerné d'un conseiller, quand, en réalité, il allait à la pêche aux informations pour savoir s'il avait des rivaux.

« Ce n'était pas mon fiancé. Et il n'est pas mort. Il a tourné la page. »

Elle raconta que des femmes de son quartier épousaient des hommes dont elles faisaient connaissance par correspondance. « Jimmy n'était pas ce genre de loser. Il avait une vie. Je suis certaine qu'il est en train de la vivre. »

Puis elle se moqua de cet engouement pour les travaux manuels en prison, ajoutant néanmoins que ça faisait du bien de travailler avec ses mains. Elle fabriquait des bijoux, précisa-t-elle en guise d'explication à ce qu'elle avait demandé à Gordon de lui apporter. Il ne la croyait qu'à moitié, mais en un sens si, parce qu'il s'interdisait d'émettre des hypothèses maintenant. C'était terminé. Il partirait bientôt de Stanville. Il retournerait à l'université et préparerait un master en droit social. Sans doute n'était-ce pas le moment idéal pour quitter un boulot, avec la crise économique, mais le rythme du monde et celui d'un individu n'étaient pas toujours synchrones.

*

Comment va la vie dans la nature et en captivité ? lui demanda Alex par e-mail.

Ce matin, j'ai vu un faucon pèlerin en train de manger des oisillons dans un nid de moineaux, répondit-il. *Un chahut infernal. Un vrai drame dans la Sierra Nevada.*

Oh, je parie qu'ils sont délicieux, écrivit Alex. *Il existe un petit passereau chanteur que les aristocrates français mangent entier, avec les os, les entrailles et la cervelle. C'est interdit et le rite veut qu'on le déguste, la tête recouverte d'une serviette, comme la capuche d'un bourreau. Ce qui nous manque peut-être, dans notre implacable destruction de la nature, c'est la tradition et l'élégance. À propos, quand reviens-tu ?*

*

Le lendemain du jour où il lui avait donné ce qu'elle voulait, Gordon se rendit en ville. Il se gara dans la grand-rue de Stanville, aux vitrines badigeonnées de blanc. Au bout se dressait une petite église catholique. Un vieux bâtiment aux épais murs de briques d'argile. Les portes étaient ouvertes. Il semblait faire frais à l'intérieur.

L'odeur qui flottait dans Notre-Dame de la Vallée évoquait la doublure d'un sac à main de vieille dame. Le Sac à Main de Notre-Dame, où des résidus de fard à joues et des spores de moisissure s'accumulaient depuis des décennies. Gordon n'avait pas de religion, même si l'idée de la miséricorde, proposée par les Églises, un Dieu chrétien, jamais l'État, ne lui était pas étrangère. Il s'assit à l'extrémité d'une rangée de bancs. Un confessionnal se profilait de l'autre côté de la travée. Le pécheur parlait au prêtre à travers un grillage, et ce grillage était une plaque métallique percée de trous de manière aléatoire. On aurait dit un panneau de signalisation perforé de balles.

L'église était balayée par le vent qui s'infiltrait par une porte ouverte à l'arrière. Des papiers se soulevaient et claquaient quelque part, suggérant une présence, mais non. Suggérant un coup de vent agitant des papiers, sans que quiconque soit présent, hormis Gordon. De son banc, il fixa les bouches d'aération. Un air doux lui effleura le visage, une brise tiède et impersonnelle.

Il existait de véritables limites, d'ordre épistémologique, à la connaissance. Ainsi qu'à la faculté de juger.

Il n'y a que moi que je puisse connaître, si je peux connaître quelqu'un. Il n'y a que moi que je puisse juger.

*

Le premier à avoir dit ça, c'était Thoreau.

Je n'ai jamais rêvé d'une énormité plus grande que celles que j'ai commises. Je n'ai jamais connu, et ne connaîtrai jamais, pire homme que moi-même.

Pourquoi Thoreau était-il Thoreau, et Ted Kaczynski, Ted ?

L'un restait gravé de manière conventionnelle dans l'esprit de Gordon, l'autre uniquement comme un prénom. Ted.

Être en colère et agressif était plus habituel. Peut-être était-ce là la raison.

*

Norman Mailer n'avait pas introduit en fraude dans une prison des pinces coupantes afin de les donner à Jack Henry Abbott. Norman Mailer écrivait des lettres, usait de son influence. Mailer s'était vanté d'être à l'origine de la libération d'Abbott, il s'en était vanté jusqu'à ce que cela devienne un handicap d'avoir son nom impliqué dans cette affaire, alors il avait nié le rôle qu'il avait joué, puis il n'avait pu s'empêcher de s'en vanter de nouveau, assurant qu'il le referait pour la simple beauté du geste. On était en 1981. Ils mirent le pauvre Abbott dans un centre d'hébergement provisoire à Manhattan, dans le Lower East Side. Entouré de junkies et de voyous, il prit l'habitude de porter une arme pour se protéger. Mais il ne connaissait rien à la vie en société et il interpréta mal les choses, crut être menacé à l'ancienne, comme en prison. Sortit son couteau et le planta profondément dans le cœur de son agresseur. On dispose de très peu de temps pour se bagarrer en prison, alors on a des gestes tactiques, calculés. Le type mourut sur-le-champ, là, sur la Première Avenue. Jack Henry Abbott retourna en prison, tant pis pour les dîners avec les célébrités, les écrivains et les jolies femmes prénommées Norris. Merde, qui appelle sa femme Norris ? Sa fille, veut dire Gordon. Il sait bien qu'on ne choisit pas le prénom de sa femme.

*

Gordon avait presque fini d'emballer le contenu de sa cabane. Deux cartons de livres, des casseroles, un porte-filtre Melitta qu'on pose sur une tasse, des vêtements dans des sacs-poubelle. Il mit une bûche dans le poêle, observa la lueur bleu doré s'élever vers le conduit, et quand il fut sûr que le feu avait pris, il tapa le nom. Il avait établi des règles, et celle-ci en était une, ne pas regarder ce nom avant aujourd'hui.

Romy Leslie Hall.

Rien. Aucun résultat.

Romy L. Hall. Hall prison de Stanville. Hall condamnée à la perpétuité à San Francisco.

Il chercha encore et encore, tandis que le bois brûlait, se consumait lentement et que les braises crépitaient.

Jimmy San Francisco enseignant Art Institute. Rien. Il passa des heures à éplucher les listes de la faculté. Il y avait un James Darling au département cinéma. Il chercha sur Google James Darling. Festivals de cinéma. Propos de l'artiste. Mais il n'était même pas sûr que c'était le bon type.

Il écouta un chien qui aboyait quelque part dans la montagne.

Les habitants de cette région domestiquaient la nature et en même temps ils la rendaient hostile avec leurs chiens de garde, leurs panneaux « Attention chien méchant ». Leurs bergers allemands. Leurs dobermans.

Le chien n'arrêtait pas d'aboyer au bas de la montagne, et on l'entendait jusqu'au sommet. Des aboiements ponctuant une fouille à 3 heures du matin, une recherche obstinée n'aboutissant à rien.

25

L'été suivant, j'ai installé un piège conçu pour tuer quelqu'un, mais je ne préciserai pas quel type de piège, ni à quel endroit, parce que, si un jour on trouve ces lignes, on risquerait de l'enlever sans qu'il cause de dégâts. J'ai également tendu un câble à hauteur de cou à travers le Divide Trail, le sentier de randonnée en surplomb de Rooster Bill Creek, après qu'une de mes balades avait été gâchée par des motos tonitruantes. Quelque temps après, j'ai découvert qu'on avait enroulé le câble autour d'un arbre par sécurité. Je crains hélas qu'il n'ait blessé personne.

À South Fork Humbug, j'ai abattu une vache avec une cartouche .30-30, et puis je me suis enfui à toute vitesse. Une vache d'élevage, je veux dire, pas une femelle wapiti. Je suis aussi descendu à l'aube chez mon voisin et j'ai fracassé sa boîte aux lettres à coups de hache de façon à ce qu'on croie qu'elle avait été percutée par un véhicule.

Au mois de novembre de la même année, j'ai quitté le Montana et je suis retourné dans la région de Chicago pour une raison essentielle : pouvoir sans risque essayer d'assassiner un savant, un homme d'affaires ou assimilé. Cela me plairait également de tuer un communiste.

Ma motivation, j'insiste là-dessus, est d'exercer une vengeance personnelle sur ceux qui me privent ou menacent de me priver de mon autonomie. Je ne revendique aucune justification morale ou philosophique à mes actes.

26

Sammy allait bientôt sortir. On était en prison ensemble depuis presque quatre ans. C'était le mois d'octobre, et chaque jour le bleu du ciel s'étirait au-dessus de nous, en bleu également. Certaines recevraient la date de leur libération et partiraient. Sammy partirait, et tant mieux pour elle. Le sentiment d'être là pour toujours, éprouvé par des milliers de femmes en bleu, dans la cour de promenade, demeurerait, et moi aussi je demeurerais là.

Les montagnes au-delà de la cour de promenade étaient là, elles aussi, pour toujours, mais cela n'avait rien à voir avec l'immuabilité de la prison robotisée en béton. Je rêvais de mondes anciens là-haut, d'un peuple d'une civilisation perdue qui me donnerait une chance. Un rêve puéril inspiré par un livre que nous avions lu au cours de Hauser. Les montagnes d'un violet brunâtre par un après-midi d'hiver. Des gens dans une hutte où crépite un feu. Ils accueillent l'inconnue et lui apprennent à vivre. Dans certaines de mes rêveries, Jackson était déjà là, au milieu de ces chaleureux inconnus, il m'attendait. Il faisait partie de ceux qui me donneraient une chance. Il était sale et fort, un enfant sauvage qui avait tracé sa route avec courage. Il était là dans la hutte, attendant avec les autres mon arrivée, ma réinsertion, pour reprendre le vocabulaire d'ici. Ils ne vous y aident pas. Vous devez vous débrouiller toute seule.

« Quand je sortirai d'ici, je peux essayer de te donner un coup de main », a dit Sammy.

Je savais qu'elle le disait sincèrement, mais elle ne cessait d'entrer en prison et d'en sortir, et elle était tout juste capable de se prendre en main. Sammy était un être loyal, avec des problèmes qui lui étaient propres.

J'avais écrit quarante lettres à la personne en charge du dossier. Elle ne m'avait répondu qu'une fois, un petit mot où elle m'informait que j'avais été déchue de mes droits parentaux et me suggérait de trouver un avocat spécialisé en droit de la famille si je voulais faire appel, toutefois il fallait que je sache que l'autorité parentale n'était presque jamais restituée.

*

Serenity Smith était placée à l'isolement par mesure de protection depuis près d'un an. Certaines femmes avaient laissé tomber le combat, convaincues qu'on ne la mettrait jamais avec les autres détenues. Laura Lipp, elle, tenait bon. Des prisonnières estimaient qu'elle n'était pas une bonne chef de groupe parce qu'elle avait assassiné son enfant, un nourrisson, pour se venger d'un homme. Deux jeunes nouvellement arrivées, qui cherchaient à se faire une réputation, l'ont tabassée et lui ont coupé les cheveux.

Après ça, Laura a fait profil bas. Le mouvement contre Mlle Smith s'est développé, gagnant en légitimité car Laura n'était plus à sa tête. La Viking en faisait partie. Elle dénonçait les femmes qui se tenaient par la main, c'était une chose interdite à Stanville. De même que les étreintes ou n'importe quel contact physique prolongé entre prisonnières. « Il faut mettre le paquet, moi je vis pas avec des pervers, fulminait la Viking. Ils veulent foutre un homme dans notre taule et ils s'imaginent qu'on va accepter ça. » La Viking parlait de Stanville comme si, issue de ses rangs traditionnels, elle en défendait les valeurs familiales, comme si elle justifiait, en fière avocate, les principes de l'établissement, alors qu'elle n'était qu'une prisonnière pitoyable et en colère parmi d'autres. Teardrop aussi s'est engagée dans le mouvement, sans doute parce que agresser les gens et se bagarrer avec eux lui servait d'exutoire. Teardrop et Conan, copines depuis toujours, se sont disputées à ce sujet : « Comment tu peux refuser de protéger une sœur ? » a lancé Conan, sous-entendant une sœur noire. Teardrop a riposté que la dernière chose dont elle avait besoin c'était de connasses du ghetto dans son espace vital.

Ils se sont battus à coups de poing dans les toilettes mobiles de la cour principale. Conan a gagné. Teardrop a dû quitter notre cellule.

*

« Quelqu'un a déjà franchi une clôture électrique ? » ai-je demandé à Sammy.

On marchait sur notre chemin, hors de portée des micros du poste de surveillance.

« Deux types à Susanville.

– Comment ça ?

– Ils ont coincé un truc en bois sous le bas de la clôture pour la maintenir en l'air et se sont faufilés en dessous. C'était un manche à balai, je crois. Un mec de Salinas Valley l'a escaladée. Il a réussi à se réceptionner de l'autre côté. Il y était presque et puis ils l'ont descendu. »

Conan a trottiné vers nous. « J'étais en train de courir et puis, près des toilettes, j'ai aperçu une silhouette blanche, un homme avec les bras en croix. Il était habillé tout en blanc, avec un pantalon pattes d'eph. J'ai cru que c'était Elvis, pendant ses années de déglingue, quand il avait grossi et portait ces lunettes grotesques. Mais quand je me suis approché, c'étaient les poubelles. »

La vue de Conan baissait à cause de son diabète. Il avait rendez-vous avec l'assistant d'un technicien de santé, notre version d'un médecin, dans huit mois.

« Hé, Elvis, il avait quoi comme bagnole ? » m'a demandé Conan.

Je ne m'étais pas moquée de lui pour avoir confondu la poubelle avec Elvis. Il en revenait toujours aux voitures quand j'étais d'humeur morose.

« Une Stutz, ai-je répondu d'une voix aussi éteinte que je l'étais moi-même. Il avait une Stutz Blackhawk. »

*

Jimmy Darling était allé à Graceland, la propriété d'Elvis à Memphis, avec une caméra vidéo et il avait raconté qu'il n'y avait rien à filmer. Rien à voir. À part les graffitis sur le mur de l'enceinte.

« Tout n'est pas fait pour que ça ait l'air clinquant et impressionnant ? avais-je demandé.

– Si, absolument.

– Et la voiture ? »

Eh bien, c'était comme la vision de la Vierge Marie sur du pain grillé, avait-il dit. Il suffisait d'essayer de la photographier pour que le miracle disparaisse. Il avait payé un supplément pour voir l'avion. Le jet privé d'Elvis. À l'intérieur, il y avait un lit double. Une ceinture de sécurité extrêmement longue était étirée sur toute sa largeur. En regardant le lit ceinturé, le fauteuil de président près du hublot, Jimmy avait senti l'esprit d'Elvis dans l'avion en vol, au cœur de la nuit, fendant le ciel, en proie à un terrible sentiment de solitude, un homme creux, sans personne avec lui en son heure la plus sombre. Dans l'avion, Jimmy Darling avait été visité par le souffle de l'âme creuse d'Elvis.

*

Hauser connaissait aussi le Musée mécanique d'Ocean Beach. « *See Suzy Dance the Can-Can*[1] », a-t-il lancé pour le prouver. La camera obscura, où on voyait, projetée sur un grand plat, l'écume des vagues. Kelly's Cove, on n'y allait pas pour surfer avec ma bande, juste pour picoler, et pour les garçons aussi. Un immense panneau annonçait « Playland », mais il n'y avait aucun parc d'attractions en vue dans les parages. Rien, hormis ce panneau décoloré par le soleil près d'une falaise factice, construite, disait-on, pour berner les Japonais pendant la guerre.

« Il y a une pizzeria dans Irving, a ajouté Hauser. Ils préparent la pâte en vitrine. »

J'ai tout revu. Les disques farineux étirés et retombant sur les mains des pizzaïolos coiffés de toques, leurs doigts courant sous le disque de pâte, en élargissant la circonférence, l'orbite, avant de le refaire sauter en l'air. L'immense couronne de fleurs accrochée à l'entrée, un matin, pour annoncer la mort du vieil homme, le patriarche de la pizzeria. Je n'en avais jamais vu d'aussi grande. J'avais huit ou neuf ans. Je n'avais pas encore d'ennuis. J'ai associé les fleurs à la mort. Cette immense couronne mortuaire les a réunies pour moi.

1. Paroles d'une chanson de Suzi Quatro (1973), illustrant quelque chose de presque impossible à réaliser.

J'ai revu la chape étincelante de l'océan depuis Irving Street, la façon dont il se soulevait les jours de beau temps, comme s'il respirait, qu'il était vivant, là-bas au bout des Avenues.

Mon fils aime les églises, ai-je dit à Hauser. Quand j'avais emmené Jackson à Grace Cathedral, il s'était tu d'instinct dans la maison du dieu d'un autre, pas le sien puisque nous n'avions pas de religion. Il avait parcouru les lieux du regard avant de me chuchoter d'une voix joyeuse, comme si quelque chose lui était apparu, une idée : « Maman, quand je serai grand, je crois que j'aurais envie d'être un roi. »

Il ne s'est jamais conduit comme un sale gosse, ai-je poursuivi, mais à peine avais-je dit ça que je me suis efforcée de ne pas trop en rajouter sur les qualités de Jackson. Les gens devraient savoir que certains enfants ne sont pas seulement adorables, ils sont supérieurs à la majorité des adultes. Mais je ne voulais pas que Hauser fasse machine arrière, qu'il soupçonne que je cherchais à le convaincre d'adopter. Même si c'était mon plan. Il me semblait qu'il n'y avait aucune autre solution possible. En prison, les gens s'imaginent des tas d'avenirs, plus absurdes les uns que les autres. Je n'avais que le mien, pour ma part. « Il se passe quelque chose entre lui et toi, affirmait Sammy. La plupart des gens ne se mouillent pas avec des prisonnières. Ils sont trop désabusés. On se contenterait de les exploiter. Lui, il est disponible. »

Hauser avait un côté perdu. Il n'avait pas l'air de faire grand-chose en dehors de son travail. Il ne nous disait rien de sa vie. Au contraire. Mais les membres du personnel de Stanville le considéraient comme un farfelu. Les matons se moquaient de lui, avant tout parce que c'était une manière de se moquer de nous. « Vous allez apprendre à lire à ces putes débiles, monsieur Hauser. Leur apprendre, à ces connes, combien font deux plus deux. » Ils trouvaient qu'il passait sa vie à faire quelque chose d'absurde, rien à voir avec une activité aussi intéressante que nous observer sur les écrans de surveillance ou se masturber en haut d'un mirador.

Hauser n'était pas un imbécile. Ni un Keath. Mais parfois il se comportait comme tel. Lorsque je lui avais demandé de m'apporter des pinces coupantes à la bibliothèque, j'étais certaine qu'il le ferait. Je n'avais pas l'intention de m'en servir. Je l'avais fait pour le mettre à l'épreuve.

Candy Peña la ramenait : Hauser était son copain, il lui avait dégoté « une foultitude » de trucs à tricoter. Tout ce qu'elle voulait, racontait-elle à quiconque retournait à l'isolement et était à la portée de son conduit d'aération. Si elle n'avait pas été dans le couloir de la mort, Candy aurait su qu'on ne se targue pas d'une chose pareille. On la garde pour soi et on l'entretient.

*

Le 18 décembre, un mardi, c'était le jour des onze ans de Jackson. Ce matin-là, je me suis réveillée et j'ai regardé la photo d'un garçon de sept ans, la seule que j'avais, la dernière fois que je l'avais vu, quatre ans plus tôt, quand ma mère l'avait amené à la maison d'arrêt du comté. Une plaque de plexiglas rayé nous séparait. Il avait déjà tellement grandi. Il avait cinq ans quand j'avais été arrêtée. Je ne savais pas comment il était maintenant.

J'ai caché la photo dans mon soutien-gorge. Pendant tout le cours de l'après-midi, j'ai réfléchi à ce que j'allais dire à Hauser, aux mots que j'emploierais pour le pousser à m'aider avec mon fils. Je n'ai rien écouté, n'ai pas levé la main une seule fois. Je me concentrais sur le moment où je lui donnerais la photo.

J'ai compris que les choses se présentaient mal à l'instant où il a levé les yeux de son bureau, tandis que les autres rangeaient leurs affaires. Il n'était pas content de me voir : c'était ça l'indice.

« C'est l'anniversaire de mon fils, aujourd'hui. »

J'ai posé la photo pour qu'il voie à quel point Jackson était un bel enfant. Personne n'avait jamais dit le contraire.

Il l'a à peine effleurée du regard.

« C'est lui, me suis je malgré tout obstinée. Vous pouvez la prendre. »

C'était sa photo de classe de CE1. Il était agenouillé sur une fausse bûche, avec un décor d'automne en arrière-plan. Il était souriant et rayonnant, son visage était pareil à une pomme brillante.

Hauser n'a pas pris la photo. « Je ne peux pas l'accepter.

– Je vous la donne. J'en ai d'autres de lui. Je veux que vous l'ayez.

– Je sais, mais ce n'est pas bien. Gardez-la pour vous. »

N'avait-il pas envie au moins de voir à quoi ressemblait Jackson ? ai-je lancé, m'efforçant de me maîtriser au maximum, car la colère ne m'aurait menée à rien. J'étais prête à tout lui révéler, à lui demander de l'aide. J'ai commencé, il m'a interrompue.

« Je suis vraiment désolé pour votre fils, mais je ne peux pas m'en mêler. »

*

Les vacances de Noël, une période sans joie pour nous à Stanville.

En janvier, au moment où les cours auraient dû reprendre, on nous a prévenues que la formation continue était suspendue. Hauser avait démissionné, à moins qu'il n'ait été viré. Ils ne nous donnent aucune information concernant les membres du personnel pénitentiaire. Des bruits circulent. Mais personne ne se souciait vraiment de Hauser, à l'exception de Candy Peña. Par le conduit, elle a hurlé à Teardrop, quand celle-ci a fait un passage à l'isolement, qu'on avait fichu Hauser à la porte à cause de sa trop grande intimité avec elle.

*

J'étais dans une impasse. Seule avec mes photos de Jackson, dont la plus récente remontait à quatre ans. J'avais les pinces coupantes que Hauser m'avaient procurées lorsqu'il se comportait comme il était censé le faire. J'avais aussi une grosse cheville que j'avais fabriquée à l'atelier de menuiserie. Je les ai cachées dans la cour, derrière le mirador numéro 1. J'ai creusé un trou à la main. J'avais vu les Amérindiennes le faire pour cacher leur tabac dans la cour principale. Il avait plu, c'était le moment où les prisonnières enfouissaient des choses. Avec patience, les deux mains posées l'une sur l'autre, les ongles servant d'outils pour creuser. Je suis restée longtemps derrière le mirador numéro 1, tout le temps qu'il m'a fallu pour enterrer la cheville et les pinces coupantes. Personne ne m'a réprimandée, ni même vue. Sammy avait peut-être raison à propos de l'angle mort. Ce n'était qu'un rêve. S'il se réalisait, ce serait un rêve de mort. Je m'électrocuterais sur la clôture, comme les lapins qui s'en approchaient de trop près.

Un coyote a trouvé la mort sur la clôture, il y est resté accroché au vu et au su de tout le monde.

Des coyotes vivaient dans la ruelle derrière l'appartement que je sous-louais à Los Angeles. Ils couraient sur le trottoir, devant notre immeuble, au beau milieu de la journée. La nuit, Jackson et moi, nous entendions leurs jappements. Jackson se cramponnait à moi, comme s'il était terrorisé, parce que c'était amusant d'avoir peur d'animaux sauvages qui étaient dehors quand on était à l'abri, à l'intérieur, avec sa maman. Je me souvenais de Jackson m'expliquant que le museau des coyotes était plus long que celui des loups – la forme de la tête, c'était leur principale différence. Le temps que les surveillants débranchent la clôture afin d'enlever la carcasse du coyote, on a été confinées dans les cellules. L'époque d'Angel Marie Janicki était révolue. Personne ne s'évadait.

*

La libération de Sammy approchait. Elle comptait passer sa liberté conditionnelle dans un centre d'hébergement provisoire où elle suivrait un programme de réinsertion astreignant, une formation pour retrouver un emploi. À présent, elle sortait rarement dans la cour. Elle restait dans sa cellule, évitant de se mêler aux autres. Quand une détenue avait une date de sortie en vue, des ennemies s'évertuaient à lui attirer des ennuis pour ruiner ses chances de libération.

Une équipe de télé est venue filmer Button et quelques prisonnières, condamnées en tant que mineures. Button avait passé un temps fou à se préparer pour le tournage, comme s'il s'agissait d'un concours de beauté. « Tu dois avoir l'air triste, lui avais-je conseillé. Jeune. Innocente. » Mais c'était son moment de gloire, elle tenait à tout prix à être magnifique. Elle avait fabriqué des vêtements en échange de soins pour les cheveux à l'atelier de formation en esthétique. Elle avait fauché des produits de beauté à une femme d'une cellule voisine de la nôtre, une solitaire qu'elle terrorisait. Elle avait giflé celle qui la coiffait parce qu'elle ne bombait pas sa frange comme il fallait. Bref, elle devenait une petite garce et on ne la voulait plus dans notre cellule.

L'équipe a filmé tout le samedi et le dimanche, pendant les heures de parloir. Le dimanche, j'étais dans la cour avec les racailles qui n'avaient pas de visites, la plupart d'entre nous en fait. Certaines recevaient la visite de croyants, des inconnus qui venaient par charité, n'écoutant que leur bon cœur. J'en connaissais quelques-unes parmi elles, et si elles le faisaient, c'était pour avoir des visiteurs et la possibilité de grignoter aux distributeurs. Je me suis assise dans la cour et je me suis payé la tête des tricheuses qui se faisaient passer pour des autochtones afin de participer à la cérémonie de la hutte de sudation[1] avec les vraies Amérindiennes. Impossible de se tromper, parce que les membres des tribus, c'étaient celles qui contrôlaient le trafic du tabac et cantinaient avec leur allocation tribale.

Ce soir-là, Button nous a pris la tête avec le documentaire. Tout le monde allait connaître son histoire.

« Je ne devrais même pas être ici.

– Et qu'est-ce qui te rend tellement spéciale ? » Elle m'exaspérait.

« J'avais quatorze ans quand j'ai commis mon crime. Et le cerveau n'est pas encore complètement développé à cet âge-là. »

C'était sans doute vrai, ce truc concernant le cerveau d'un gosse. Ici, on ne parle que de choix, de

1. Cérémonie de purification.

décisions, comme si les gens en effectuaient ou en prenaient lorsqu'ils commettaient un crime. Une gamine de quatorze ans ne fait pas de choix. Elle est emprisonnée dans le présent. Quand j'avais cet âge-là, je ne pouvais pas me projeter au-delà du jour présent, vers le lendemain. Le choix, la moralité, l'avenir ne faisaient pas partie de l'univers d'un ado. N'empêche, Button me gonflait en se distinguant de nous de cette manière.

Il y avait une prisonnière, Lindy Belsen, qui avait été condamnée en tant que mineure et dont la peine avait été commuée par le gouverneur. Elle était célèbre à Stanville. Une équipe d'avocats bénévoles s'était constituée pour la défendre. Ils avaient considéré qu'il s'agissait là d'une affaire de traite d'êtres humains. Elle avait abattu son mac dans une chambre de motel. Il l'avait formée à la prostitution depuis qu'elle avait douze ans. C'était une triste histoire, et cette fille méritait sans doute d'être libérée, mais nous, on avait du mal avec la façon dont ses avocats en avaient fait une innocente incontestable. Les militants du monde libre voulaient se battre pour une prisonnière modèle et Lindy Belsen était l'exemple idéal. Elle était jolie et s'exprimait à la manière d'une personne instruite. Mais surtout, elle apparaissait plus convaincante en victime qu'en meurtrière. En prison, un tas de femmes éprouvaient de la rancœur envers Lindy Belsen, parce que qu'est-ce que son histoire, l'histoire que racontaient ses avocats, révélait sur nous ? Peu se sont réjouies pour elle à sa libération.

*

Ils ont mis Serenity Smith avec l'ensemble des détenues. Dans la cour B, mais sous surveillance particulière. Dans un quartier normal, mais isolée, avec sept autres prisonnières sous surveillance particulière, privées d'allées et venues. Ils finiraient par la sortir du confinement et par la placer dans une cellule normale. Conan et son groupe de parole transgenre étaient décidés à protéger Serenity. Ils se réunissaient pour ça. Prenaient son parti. D'autres fabriquaient des armes pour les combattre. Conan et son groupe avaient l'intention d'entourer Serenity, une troupe gouine de protection rapprochée, pour la défendre contre Teardrop et les autres femmes dangereuses qui lui voulaient du mal.

D'après Sammy, une émeute en prison était quelque chose d'épouvantable. Il y en avait eu une à CIW, le Nord contre le Sud. Elle avait comparé ça à un hachoir à viande.

Pour éviter que la violence s'organise dans la cour, les matons ne diraient pas quand la détention sous surveillance particulière de Serenity prendrait fin.

Ce n'était pas mon problème. La vie avait repris son cours normal. Après le départ de Hauser, notre formation continue s'était transformée en groupes de parole qui se réunissaient dans le gymnase : Estime de soi. Gestion de la colère. Période de transition (réservée aux femmes qui avaient une date de sortie prévue). Gestion des relations humaines. Il y avait eu des coupes budgétaires et d'autres changements. L'atelier de menuiserie n'était plus ouvert aux niveaux 4, comme moi. Du coup, j'ai travaillé au réfectoire où les gardiens me pelotaient pendant que je servais les portions Mortimer. Le chef de cuisine arborait un gros badge où il était écrit N'ESSAIE MÊME PAS. N'essaie même pas de m'avoir avec tes histoires larmoyantes et tes besoins. Beaucoup d'employés de la prison étaient comme ça. Ceux qui étaient serviables ne voulaient pas nous aider. Mais gagner de l'argent en faisant de la contrebande.

J'ai reçu une lettre du père d'Eva. J'avais envoyé une dizaine de lettres chez lui pour tenter de la retrouver et c'était la première fois qu'il me donnait des nouvelles, alors que j'étais en prison depuis cinq ans.

Eva est morte l'année dernière. J'avais mis tes lettres de côté, avec l'intention de les lui donner, mais je n'ai pas réussi à la retrouver. Je me suis dit qu'il fallait que tu saches que ce n'était plus la peine d'essayer de la contacter.

J'imaginais parfois que Hauser m'écrirait. Il me demanderait de l'inscrire sur ma liste de visiteurs. Maintenant qu'il ne travaillait plus à Stanville, les règles antifraternisation ne s'appliquaient plus. Il devait être prêt à entreprendre quelque chose de nouveau dans le monde libre. Même s'il ne m'attirait pas du tout, on se marierait et il y aurait des visites familiales avec Jackson. Hauser était sérieux et doux. Il serait un bon père. Je n'avais aucun moyen de le contacter pour le lui dire ; en réalité, j'avais été ma propre dupe alors même que je pensais me servir de lui et le manipuler.

*

Une nuit, j'ai fait deux rêves associés à l'eau. Dans le premier, j'étais avec Hauser. Du moins je crois que c'était lui. Il s'agissait d'un homme de substitution qui avait un lien avec moi, qui m'était redevable d'une façon ou d'une autre. Il tombait une pluie diluvienne, on regardait monter la LA River. L'eau recouvrait les quais en ciment. Hauser plongeait dans le fleuve sans avoir remarqué à quel point le courant était fort. Il était entraîné vers l'aval. Je me demandais s'il aurait la force de nager jusqu'à une branche d'arbre ou une racine, de s'accrocher à quelque chose pour se hisser hors de l'eau. J'allais dans un magasin. Je disais à l'employée que mon ami était dans l'eau. Elle me prévenait : « La vitesse du courant est de cent cinquante kilomètres à l'heure. » Je sentais que Hauser était mort ou qu'il se précipitait vers la mort. Je me suis réveillée.

Quand je me suis rendormie, j'ai fait un autre rêve. Je conduisais une vieille voiture. L'embrayage était dur, les freins réagissaient par à-coups, l'accélérateur avec un léger retard, et le volant tournait mal, mais je connaissais la voiture et je savais la manœuvrer. Il se passait quelque chose devant. Je m'arrêtais et sortais. Un homme menaçait de se suicider. Une jeune femme tentait de l'en dissuader. Puis nous marchions tous les trois le long d'une digue ou d'un quai. C'était Ocean Beach. D'énormes vagues se formaient et retombaient, comme si l'eau était en pente et non plane. Il y avait beaucoup de profondeur. L'homme montait sur le quai. La jeune femme se révélait soudain être moi. L'homme me regardait, alors que je n'étais pas moi mais la personne qui lui répondait dans le rêve, il regardait ce moi et s'enfonçait dans l'eau. Je m'écriais, Non, ne fais pas ça. À l'instant où je prononçais ces mots, je me rendais compte qu'il cherchait à m'attirer dans l'eau; en donnant l'impression qu'il allait mettre fin à ses jours, il tentait de me convaincre de mettre fin aux miens. Je me suis réveillée, inquiète pour Jackson qui avait soif et n'avait pas de verre d'eau près de son lit, puis je me suis aperçue que j'étais sur la couchette du bas de la cellule 14 de l'unité 510 de la cour C.

*

Sammy a été libérée. Elle se sentait nerveuse et n'avait pas envie de sortir, m'a-t-elle dit. Derrière ses mots, j'ai perçu son excitation. Le programme de réinsertion se déroulait dans un quartier pourri et ça l'inquiétait: « Tu traînes un moment devant le salon de coiffure, et tu finis la boule à zéro. »

Elle m'a offert son masque pour dormir orné de cochonnets, et quelques autres affaires. A promis de m'écrire. On s'est serrées dans les bras pour se dire au revoir.

*

C'est par vagues, paraît-il, que la longueur de votre peine vient vous tarabuster. C'était mon cas. Je ne voyais aucune façon d'accepter ça comme vie, de vivre pareille existence jusqu'à son terme.

J'étais déprimée, je dormais beaucoup. Un dimanche, j'ai raté le petit-déjeuner et la première ouverture de cellule. Au déjeuner, je suis allée retrouver Conan dans la cour de promenade.

Laura Lipp et son équipe balayaient. C'était une journée ensoleillée, il y avait beaucoup de monde. Deux mille femmes probablement.

J'ai poussé le tourniquet et, quand il a grincé, on aurait dit qu'elles avaient toutes une tête de hibou pivotante. J'ignorais ce qui clochait, mais la tension était palpable.

J'ai longé les terrains de basket, à la recherche de Conan. Il y avait un match en cours, des filles pique-niquaient sur les lignes de touche, avec des produits de la cantine.

« La voilà ! » a crié l'une d'elles.

J'ai cru qu'elle parlait de moi et je me suis affolée. Des femmes se sont ruées vers l'entrée, des quatre coins de la cour. Les basketteuses ont interrompu leur match. Le ballon a traversé le panier sans qu'il y ait quelqu'un en dessous pour le récupérer. Il a rebondi, solitaire, sur le terrain déserté. Tout le monde courait vers les tourniquets.

Serenity Smith s'avançait. Elle était venue seule. Elle marchait, l'air hautain – une grande et belle femme noire aux longs bras graciles.

Laura Lipp et son gang de jardinières se sont dirigées dans sa direction, pelles et râteaux à la main. J'ai entendu un cri perçant. C'était la Viking qui se précipitait vers Serenity. Conan, Reebok et leur équipe ont foncé sur la Viking et le gang des jardinières. Du monde déboulait de partout.

La Viking est arrivée la première, elle a essayé de plaquer Serenity au sol. Serenity a résisté. Conan a flanqué la Viking par terre et s'est mis à la piétiner de toutes ses forces. Toute la colère accumulée en lui s'expulsait par la semelle de sa chaussure, martelant encore et encore la tête et le visage de la Viking. Du sang a dégouliné du crâne de la Viking.

Serenity courait pour échapper à Laura Lipp et sa bande. Laura Lipp l'a frappée dans le dos avec le plat de sa pelle, et Serenity est tombée. Laura a basculé sur elle et lui a griffé le visage. Certaines femmes se bagarrent comme ça. C'est instinctif, plus fort qu'elles. Serenity s'est relevée, a poussé Laura contre une table et l'a tabassée. Des sirènes se sont déclenchées, la sonnerie assourdissante signifiant FACE CONTRE TERRE.

Les jardinières tiraient en arrière Serenity, qui frappait Laura. Des poubelles étaient balancées sur elles. Les sirènes continuaient de retentir. Tout le monde se battait.

Teardrop s'est emparée d'une pelle et a tapé sur Serenity comme on tape un tapis pour en faire sortir la poussière. Des coups lents, massifs, assenés l'un après l'autre. Serenity hurlait. Les sirènes beuglaient. L'idée m'a traversée que les surveillants laissaient faire. Laissaient Serenity être battue ou tuée.

Personne ne s'allongeait face contre terre. Le chaos régnait dans la cour. Des nuages orange de gaz poivré étaient pulvérisés sur les femmes qui continuaient de se bagarrer. Les matons ont battu en retraite pour se mettre à l'abri dans leur poste de surveillance. Il y a eu un bruit que je n'avais jamais entendu, semblable à une sirène de raid aérien. Ils avaient un problème. Ils ne contrôlaient plus la situation. Sonneries et sirènes hurlaient.

J'ai reculé derrière le mirador numéro 1. Un gardien était là-haut, mais il pointait son arme sur les insurgées. Il tirait sur elles des projectiles en bois.

J'ai creusé, griffé, gratté le sol derrière le mirador, jusqu'à ce que je déterre ce que je cherchais.

*

Les barbelés s'accrochent au tissu : ils s'agrippent à vous comme des mains et vous tirent en arrière. Ne pars pas, disent-ils. Reste. Tiens le coup. Ne t'échappe pas. Si je restais ici, ce serait une morte lente jusqu'à ce que je trouve un moyen d'en finir vite.

Je me suis bien tailladée en découpant une brèche assez grande pour franchir la première clôture.

Je suis parvenue à la deuxième clôture, celle qui était électrifiée. Les sirènes hurlaient. Je l'ai touchée avec la cheville en bois que j'avais fabriquée.

Aucune décharge.

J'ai soulevé le bas de la clôture, je l'ai maintenu en l'air et me suis glissée dessous, dans la poussière, le souffle court, prête à être électrocutée.

*

Mais j'étais de l'autre côté, sur la piste où tournait le camion de ronde. J'étais arrivée aux confins de l'univers.

Encore une clôture à couper et à franchir. J'entendais la sirène, l'ordre réitéré d'obéir aux ordres, le bruit sourd de projectiles.

J'ai découpé rapidement une brèche, l'ai ouverte en grand avec le bout de bois pour éviter de me blesser davantage.

Je me trouvais dans une plantation d'amandiers. La sirène résonnait au loin. J'ai couru sous les arbres, traversé une route et continué de courir.

27

Lorsque Gordon Hauser avait douze ans, des troubles avaient éclaté à l'échelle de la communauté, provoquant une situation de crise, après qu'un détenu nommé Bo Crawford s'était évadé de la vieille prison du comté, située dans le centre-ville de Martinez. La baie de San Pablo s'était retrouvée en état d'occupation. Patrouilles de surveillance, blindés, tireurs d'élite, unités cynophiles, barrages sur les routes, à quoi s'ajoutaient des nouvelles palpitantes selon lesquelles Bo Crawford avait laissé des traces ou été aperçu à Pinole, Benicia, Antioch, Vallejo, Pittsburg. On avait bouclé le comté pendant dix jours, le temps de rattraper le prisonnier évadé qui se terrait dans une bicoque abandonnée au bord du détroit de Carquinez, juste derrière Port Costa.

Être en cavale n'était pas de tout repos. Vous deviez jeter un regard par-dessus votre épaule à chaque seconde. On disait que c'était pire que la prison mais, comme l'avait imaginé Gordon, Bo Crawford ne pouvait plus rebrousser chemin maintenant, c'était trop tard. Il était obligé de survivre dans les failles, les lisières, de se cacher dans un monde dépourvu de bonnes cachettes. Où n'importe qui, y compris le père de Gordon, achetait des armes et guettait le fugitif dans sa propriété.

Deux enfants virent Bo Crawford à proximité du parking de la raffinerie C&H de Crockett.

Une serveuse du Flippy's, à Rodeo, affirma qu'il était entré un matin, à l'aube, et avait commandé des œufs au bacon. Dès qu'elle avait filé dans la cuisine pour appeler les flics, il s'était enfui.

Il avait distrait tout le comté, des gens de toutes les communautés, ainsi que les solitaires n'appartenant à aucune d'entre elles, tous espérant et redoutant sa venue. Il était célèbre et les rendrait célèbres. Ils seraient ceux que son évasion avait concernés. C'était un homme recherché. Un homme dangereux.

Pourquoi le recherchait-on ? Pour évasion. Et aussi pour braquage à main armée.

*

Une femme qui travaillait à la blanchisserie du pénitencier, Vena Hubbard, avait fraternisé avec Bo Crawford, nourri des sentiments pour lui. Elle s'était mise à rêver d'une nouvelle vie. Une histoire révélée plus tard, dans des articles de journaux où on tentait d'expliquer la panne survenue dans le système de sécurité de la prison. Vena et Bo avaient parlé d'aller au Mexique ; avant ça, ils s'arrêteraient brièvement chez Vena pour tuer Mack, son mari. Ils iraient jusqu'à la frontière dans la voiture de Vena, une Honda Civic. Ils auraient des cartes routières et les économies de Vena, ainsi qu'un fusil de chasse appartenant à Mack, qu'ils emporteraient après l'avoir abattu. (Est-ce qu'un fusil de chasse tenait dans une Honda Civic ? se demandait Gordon à l'époque.)

Bo avait une intelligence vive et un parfait sang-froid. Il faisait deux cents pompes par jour. Il méditait. Petit à petit, il avait scié un trou à l'arrière d'un placard de la blanchisserie, tandis que son coéquipier dévorait le poulet frit et la salade de macaronis que Vena apportait à la prison pour nourrir les hommes de son équipe. Après coup, on s'était entièrement focalisé sur le rôle de Vena, le fait qu'elle avait introduit illégalement de la nourriture dans la blanchisserie étant considéré comme un signe de sa faiblesse de caractère et de sa crédulité face à la ruse des prisonniers. « Je leur apportais ce que je ne n'avais pas pu finir et que j'aurais jeté », avait-elle certifié lors de l'enquête. D'après les détenus qui travaillaient avec Vena, elle apportait de quoi nourrir une vingtaine d'hommes, en particulier des gros sandwichs mixtes et des barquettes entières de lasagnes à la viande. Bo surnommait son coéquipier Gros-Cul, lequel s'appelait J. D. Joss et faisait partie du projet, mais n'était pas du même calibre que Bo, question évasion. Bien que Vena ait été amoureuse de Bo, c'était donc J. D. qui avait une relation plus explicite avec elle, ce qui donnait à Bo le temps et l'espace dont il avait besoin pour étudier la brèche qu'il avait ouverte dans le placard. J. D. s'était servi de la machine à coudre de la blanchisserie pour confectionner un rabat secret dans son pantalon afin que Vena puisse jouer avec sa bite sous le bureau du surveillant, où elle était assise à côté de lui. Pendant ce temps, Bo aménageait une voie d'évasion à l'intérieur d'une canalisation qui passait sous la prison et aboutissait à une bouche d'égout, dans la rue.

Le jour dit, celui du congé de Vena, celle-ci devait retrouver Bo et J. D. à un coin de rue précis avec la Honda Civic, les cartes, le fusil de chasse, l'argent. J. D. et Bo sortirent de la blanchisserie par l'ouverture du placard, tandis que le surveillant remplaçant déjeunait. Ils émergèrent par la bouche d'égout et se rendirent au coin de rue prévu, à Martinez, où Vena était censée les récupérer. Une voiture passa devant eux, ce n'était pas la Civic. J. D. sauta dans les buissons d'un jardin. Ainsi qu'il le raconterait plus tard à la police, Bo lui hurla de se conduire normalement, bordel de merde. Comme une personne libre, pas comme un taulard en cavale débile.

Aucune Civic ne vint à leur secours, si bien qu'ils furent très vite des taulards en cavale, qui n'avaient d'autre choix que de se cacher et ne possédaient ni cartes, ni armes, ni plan. Rien.

À l'heure d'aller les chercher en voiture, puis de retourner tuer son mari Mack Hubbard chez elle, Vena regardait un film à la télé avec ce dernier, dans le canapé. Le moment de partir s'étirait encore et encore, et le film se poursuivait. Pour la première fois depuis des mois, Mack faisait attention à Vena. Il mit un bras autour de ses épaules, qui semblait lui dire : « Je sais que tu projettes un meurtre et une fuite à Mexico, mais on n'est pas si mal, hein ? » Le moment pour aller retrouver Bo et J. D. se volatilisa. Sans doute n'avaient-ils pas réussi à s'évader, espérait-elle. Et s'ils venaient la chercher ?

*

Vena ne dormit pas de la nuit, sursauta au moindre bruit. Mack ronflait comme un idiot, sans comprendre que sa vie était en danger. C'était un homme simple, c'était pour ça qu'il lui avait plu, puis qu'elle l'avait méprisé, puis qu'elle l'aimait de nouveau, maintenant. Elle serra son dos massif entre ses bras et pria pour son propre salut, pour son couple avec Mack, pour toutes les petites choses de la vie qu'elle n'avait pas su apprécier.

J. D. Joss et Bo Crawford se séparèrent. J. D. entra par effraction dans une maison abandonnée, mangea de la nourriture avariée, but de l'eau croupie, souilla son pantalon, laissa des empreintes. On l'attrapa presque aussitôt, bourré, couvert de piqûres d'insectes, avec un sac à dos contenant un paquet à moitié entamé de biscuits Oreo et un marteau.

En revanche, la cavale de Bo dura dix jours. Et il devint une légende dans les petites villes industrielles autour de la baie de San Pablo, comme celle où Gordon avait grandi. Plus tard, le gouvernement avait fermé la prison dans le centre-ville de Martinez. Pour en construire une nouvelle. Moderne, dernier cri. Il n'y aurait plus d'évasion.

*

Au cours des dix jours sous tension de surveillance policière, une femme appela une station de radio locale. Elle habitait les environs de Crockett et avait vu Crawford surgir au milieu des arbres, près de la voie ferrée. Elle lui avait fait face sans avoir peur, avait essayé de croiser son regard pour *qu'il sache*, avait-elle précisé. Le souvenir s'était gravé dans la mémoire de Gordon. Celui de sa voix à la radio.

Je voulais *qu'il sache*.

Qu'avait-elle voulu qu'il sache ? se demanda Gordon quand il y réfléchit, bien des années plus tard, après avoir entendu les informations à propos de Stanville, de Romy Hall.

Qu'est-ce que cette femme avait fait savoir à Bo près de la voie ferrée ? Et que savait-elle ?

Que Bo Crawford existait. Qu'il était un homme en fuite. Elle l'avait vu et elle avait voulu qu'il la voie. Elle était prête à courir le risque. C'était un homme dangereux, peut-être armé, et elle était restée à découvert, déterminée. Elle ne l'avait pas quitté des yeux. S'il avait croisé son regard, il aurait compris qu'elle savait qu'il n'avait aucun droit à la liberté sur cette terre.

Ils t'auront.

Voilà ce qu'elle avait voulu lui dire du regard.

28

Les sens s'aiguisent, c'est en partie ce que procure l'intimité avec la nature. Non que l'ouïe devienne plus fine ou la vue plus perçante, mais on remarque davantage les choses. En ville, on a tendance à se replier sur soi. Des images et des bruits dérisoires ont envahi notre environnement, et on a été conditionné à les maintenir à distance de notre cerveau. Dans les bois, on s'adapte de telle sorte que notre conscience soit tournée vers l'extérieur, vers ce qui nous environne. On est bien plus conscient de ce qui se passe autour de nous. On sait à quoi correspondent les bruits qui nous parviennent aux oreilles : un chant d'oiseau, le bourdonnement d'une libellule, un cerf surpris en train de s'échapper, le chuintement d'une pomme de pin détachée par un écureuil. Si on n'arrive pas à en identifier un, il retient immédiatement notre attention, même s'il est si léger qu'il en est à peine audible. On remarque des choses presque invisibles par terre, telles que des plantes comestibles ou des traces d'animaux. Si un être humain est passé par là et n'a laissé ne serait-ce qu'une infime empreinte, sans doute la repérera-t-on.

IV

29

Kurt Kennedy s'est réveillé avec deux bouteilles de rosé vides et mal à la tête. L'hôtesse, il a capté qu'on ne les appelle plus comme ça, mais l'autre mot ne s'est jamais imprimé dans son cerveau, quoi qu'il en soit cette garce lui a piqué sa boisson pendant qu'il dormait. Pas le rosé, qui se trouvait dans le sac à dos coincé entre ses genoux, le rhum Coca qu'il avait commandé et qu'il n'avait pas terminé quand elle l'avait enlevé de sa tablette, c'était ça, le truc, sur les vols long-courriers. L'alcool était gratuit et on en buvait sans que personne y trouve à redire. Ils n'étaient pas censés vous en priver. Il a appuyé sur le bouton d'appel au-dessus de son siège. Il allait réclamer un autre verre parce qu'il n'avait pas fini celui qu'elle avait embarqué. L'hôtesse est arrivée, elle lui a dit qu'elle l'avait pris parce qu'il dormait. Il a expliqué que c'était ça précisément qui l'aidait à dormir et que c'était pourquoi il lui en réclamait un autre.

Elle s'est penchée plus près.

« Nous savons, vous et moi, que c'est un règlement absurde, mais il est interdit d'apporter des bouteilles de vin à bord. »

Elle essaie de me passer de la pommade avec son « vous et moi ». J'ai des projets quand je vais descendre de ce zinc, et t'en fais pas partie, ma vieille.

Elle devait avoir une quarantaine d'années. C'était une belle gonzesse et ça lui allait, une nana de quarante ans. Lui, il en avait cinquante-quatre. Une femme de son âge, l'idée même lui donnait envie de gerber. Mais un tas de choses lui donnaient soudain envie de gerber. Il aurait pu gerber sans raison. Il ne se sentait pas très bien. Il était sorti toute la nuit à Cancún et le dos de sa main était couvert d'au moins dix tampons de discothèques différentes. Il n'arrivait pas à se rappeler la deuxième partie de la soirée. Une image lui était restée, il montait dans une Jeep appartenant à un homme plus âgé, encore plus bourré que lui ; le type ne parvenait pas à sortir de sa place de parking, il rentrait dans la voiture de devant, dans celle de derrière, puis recommençait, jusqu'à ce que Kennedy lui hurle de s'arrêter et descende de la Jeep. Que s'était-il passé ensuite ? Il l'ignore. Il s'était réveillé dans sa chambre du Novotel, tout habillé, et il s'était pissé dessus.

Au moins, il ne raterait pas son avion. Et il avait eu le temps de prendre une douche parce que, tout homme le sait, c'est censé évacuer la tristesse et mettre d'équerre pour voyager. Il avait eu des haut-le-cœur à cause des vapeurs de méthane qui refluaient de la bonde. Les gens ne savent plus rien faire. Même pas ventiler une évacuation d'eau.

Il avait acheté le vin dans un magasin hors taxes parce qu'il y avait droit et qu'il voulait avoir de quoi picoler dans l'avion. Ça le rendait claustro de rester assis à attendre qu'on lui apporte quelque chose. Rien que de voir que le chariot n'avançait pas dans l'allée, ça lui desséchait la bouche, une vallée de la Mort en pire, d'autant qu'elle était déjà super sèche à cause de ses médicaments. Il n'attendrait pas, il emporterait son propre alcool dans l'avion, pour le long vol de Cancún à San Francisco. Il avait acheté deux bouteilles et un gobelet. Il en avait débouché une à la porte d'embarquement et s'était versé du vin en penchant le sac à dos, où il avait mis un T-shirt entre les deux bouteilles pour les empêcher de tinter.

Il n'emploierait pas le mot *torché* pour décrire son état quand il était monté à bord. Il commençait simplement à se détendre. Il avait été à cran pendant tout son séjour à Cancún. Ça devait soi-disant être des vacances, mais il n'avait pas arrêté de s'interroger toutes les deux minutes pour savoir s'il s'amusait, et il n'en savait rien, ce qui l'angoissait, alors il avalait un autre comprimé de clonazépam et s'allongeait ou se levait ou allait au bar ou se baladait sur le sable qui lui brûlait les pieds, et il avait dû admettre qu'il n'était pas le genre d'homme à aimer la plage, il avait juste envie de rentrer chez lui, d'aller au Mars Club et de voir Vanessa, de la faire s'asseoir sur ses genoux. C'était la seule façon au monde qu'il avait de trouver la paix. Chaque être humain mérite d'être en paix. La question n'était pas là, en fait. Il avait besoin d'un certain nombre de choses pour se sentir bien, dont Vanessa. Il avait besoin du noir et de rideaux épais, à cause de ses problèmes d'insomnie. De clonazépam, à cause de ses problèmes de nerfs. D'oxycodone, à cause de ses problèmes de douleurs. De gnôle, à cause de son problème d'alcool. D'argent, à cause du problème de sa survie, et qu'on lui présente donc quelqu'un qui n'a pas besoin d'argent. De cette fille, à cause de son problème avec les femmes. Peut-être que problème n'était pas le bon mot. Il avait un objectif. Elle s'appelait Vanessa, c'était son nom de scène, mais pour lui c'était son vrai nom puisqu'il l'avait connue sous ce nom-là. Vanessa stabilisait toutes les pensées qui flottaient dans son esprit avec un truc spécifique, authentique. Près d'elle, il se sentait bien. Tout le monde mérite de se sentir bien. Spécialement lui, puisqu'il était lui.

« Bien sûr qu'on peut emporter du vin dans l'avion », a-t-il assuré à la vieille hôtesse, dont la bouche s'est crispée en entendant sa réponse. Il a désigné les compartiments à bagages au-dessus des sièges, remplis des bouteilles de vin hors taxes d'autres passagers.

« Vous ne pouvez malheureusement pas le boire à bord. »

Trop tard, a-t-il susurré, à part lui. Il avait vidé les deux bouteilles, la première à la porte d'embarquement, la seconde après le décollage.

Il a insisté pour qu'elle lui apporte un autre verre. A fait valoir qu'il restait une heure à passer et qu'il avait un problème de bouche sèche.

Tout à coup elle est devenue conciliante, trop. Elle m'arnaque, a-t-il compris. En effet, elle lui a rapporté un Coca, et pas de mignonette, prétendant que le rhum était déjà dans le verre.

Un couple était assis à côté de lui, l'homme et la femme tournés l'un vers l'autre comme s'ils n'avaient aucune envie de discuter, mais il a quand même essayé d'engager la conversation. Ça tue le temps quelquefois de papoter avec des gens. Il leur a parlé de son bateau, il n'en avait pas en réalité mais ça faisait si longtemps qu'il racontait qu'il en avait un que, maintenant, c'était comme si c'était le cas. Cela ne les a pas intéressés. Alors il s'est adressé au gamin, de l'autre côté de l'allée, et lui a parlé de son bateau. Il lui arrivait de considérer des gens comme des gosses, de traiter des adultes de gosses, mais celui-ci était un gamin, un vrai de vrai, s'est aperçu Kurt.

Tu as quel âge ? lui a-t-il demandé.

« Treize ans.

– Super », s'est exclamé Kurt, comme s'il le félicitait, comme s'il lui disait bravo. Les gamins aiment être encouragés. Il complimentait ce gamin d'avoir treize ans. Treize ans, c'était la puberté, déjà l'âge de prendre son pied. Il aurait aimé montrer au gamin une photo de Vanessa. L'initier au miracle des femmes qui savent se comporter en femmes. Non pas comme cette hôtesse, comme la plupart des femmes de cet avion, comme toutes les femmes de l'époque actuelle, qui se comportaient à peine en femmes. S'il avait eu une photo d'elle, il l'aurait montrée au gamin. Une actrice porno lui ressemblait un peu, mais il n'avait pas non plus de photo d'elle.

Une femme s'est avancée dans l'allée et s'est penchée vers le gosse. Il s'est levé. Un homme les a rejoints et s'est assis sur le siège du gosse. Les membres de cette famille changeaient de place.

« Content d'avoir fait ta connaissance, a dit Kurt.

– Moi aussi », a dit le gosse.

Personne ne voulant lui parler ou, plutôt, l'écouter, Kurt a sorti son livre, *Chickenhawk*, un truc sur le Viêtnam qu'il tentait de lire depuis trois ans. Ça l'intéressait parce qu'il racontait depuis des lustres qu'il avait combattu là-bas, alors que c'était faux. Il était stationné en Allemagne. Le bouquin parlait d'un pilote d'hélicoptère ; Kurt en était à peine à la moitié. Comme il mettait un temps fou à le lire et que c'était un livre de poche d'occasion, il le rangeait dans un sac Ziploc. Il a parcouru quelques pages tout en buvant son rhum Coca sans rhum grâce à cette connasse d'hôtesse. Il avait du mal à lire. Le problème avec la lecture, c'est que c'était interminable. On parvenait à se concentrer assez longtemps pour arriver au bout d'un paragraphe, et puis il y en avait un autre, et encore un autre, ça n'en finissait pas. Il le faisait surtout pour se donner un genre, pour les autres passagers, sauf que personne ne regardait ni ne le remarquait. Il a remis *Chickenhawk* dans le sac de congélation. Il n'a pas réussi à allumer son écran, du coup il a fermé les yeux et réfléchi à ce qu'il ferait à son retour à la maison et au moment où il pourrait aller voir Vanessa.

*

Le brouillard s'engouffrait dans la rue ce soir-là quand le taxi l'a déposé devant son appartement. Dans cette ville, il faisait quelquefois plus froid que n'importe où sur Terre. Il portait un short comme les touristes qui attendaient le tramway dans Powell Street ; ces débiles ne prenaient jamais les infos concernant la météo de San Francisco. Il savait qu'il faisait froid. Il avait dû mettre un short pour prendre l'avion parce que son unique pantalon sentait la pisse.

Le lendemain, il s'est levé et il est allé au Mars Club. C'était un samedi et Vanessa travaillait toujours le samedi.

Elle n'était pas là.

Il était parti une semaine à Cancún et pendant son absence elle avait quitté la boîte, d'après le caissier à l'entrée. Kurt ne connaissait pas ce type et en a conclu qu'il n'avait aucune idée de qui il était, un client régulier qui dépensait beaucoup d'argent dans ce club. Il a levé les yeux – le guichet du caissier était sur une estrade, comme les distributeurs de jetons dans les casinos – et intimé au caissier d'appeler le patron. L'estrade faisait paraître tous les gens qui se tenaient à proximité petits, mais le caissier aurait pu lui-même être un nain tant elle était surélevée, ce qui était toutefois improbable. Le patron est arrivé, a serré la main de Kurt. Kurt était un client régulier, le patron ne le laisserait pas complètement tomber. Mais il a dit la même chose que le caissier : il n'y a aucune Vanessa au programme. Aucune Vanessa. Comme s'il y avait différentes Vanessa et qu'aucune ne travaillait le samedi, voire jamais.

*

N'ayant rien d'autre à faire, il est allé manger un burger chez Clown Alley. C'était à North Beach, pas loin d'une boîte que Kennedy fréquentait quand il ne connaissait rien de mieux. Ne connaissait pas le Mars Club ni Vanessa.

Dans cette boîte, il y avait une scène avec des cabines individuelles. Des femmes se pavanaient et se caressaient tandis que des hommes, dans les cabines le long de la scène, les regardaient en se touchant. On avait le choix entre une vitre sans tain ou une vitre normale, de sorte que les femmes qui se caressaient pouvaient vous voir vous toucher, ou pas. Qu'on veuille un contact visuel ou qu'on soit un exhibitionniste, tout était possible, il suffisait de banquer, comme pour tout dans la vie. Cette boîte lui plaisait parce qu'il ne connaissait pas mieux. Après qu'il avait commencé à fréquenter le Mars Club, il n'y était plus retourné, mais il continuait d'aller manger chez Clown Alley parce qu'ils faisaient de bons burgers et qu'il pouvait garer sa moto, une BMW K100, devant la vitrine et la surveiller au cas où une tête de nœud l'aurait flanquée par terre, un de ces guignols, et il y en avait beaucoup, qui titubaient comme des zombies.

Il est retourné au Mars Club ce soir-là, dans l'espoir qu'elle y travaillerait, mais Vanessa n'était pas au programme.

Avait-elle changé de nom de scène ? Des filles en changeaient souvent. Une semaine elles s'appelaient Cherry ou Secret, la suivante Danger, Versace, Lexus ou quelque chose d'aussi nul. Vanessa était un prénom féminin traditionnel et crédible, il lui allait bien et elle n'en avait pas pris un autre, c'est ce qu'il s'est dit parce que après avoir payé son droit d'entrée, il a passé une heure à scruter la salle du regard sans la trouver, ni ce soir-là, ni dans la journée du lendemain, ni le lendemain soir, ni aucun autre jour qui a suivi.

*

La première fois que Kurt l'avait vue, il était avec une excitée qui s'appelait Angelique. Ils dansaient dans cette espèce de tunnel au fond du Mars Club. Danser, c'était comme ça qu'elles disaient, alors qu'en fait vous passiez votre temps à essayer de vous frotter contre elles. Il y avait un autre couple dans le tunnel, un homme d'affaires et Vanessa. Elle se serrait contre cet homme. Elle dansait avec lui comme si c'était vraiment du sérieux. Elle se collait contre son costard, en soutien-gorge et petite culotte. Angelique avait lancé d'une voix forte que Vanessa ne respectait pas la règle, elle était défoncée ou quoi, qu'est-ce qu'elle avait pris comme came, parce que baiser dans le tunnel, c'était interdit. Masser les cuisses d'un mec avec son cul, OK, mais si on le faisait de face, les autres allaient pas vous rater.

« Ouais, je plane, avait admis Vanessa en jouant des hanches contre l'homme d'affaires. C'est une came qui s'appelle le bonheur. Tu devrais y goûter, un jour. » Elle continuait de se frotter contre l'homme d'affaires, et lui, indifférent à la querelle entre les deux femmes, se trémoussait contre la jolie Vanessa comme un homme dansant avec son épouse, le jour de leurs noces d'or, ou dans une pub à la télé promouvant ce genre d'occasions pour vendre du Viagra.

Kurt avait trouvé ça drôle. Quand Vanessa était passée devant lui, plus tard, dans le couloir, il le lui avait dit. Parler, c'est pas mon truc, avait-elle répondu, mais si t'as envie d'une lap dance, c'est vingt dollars la chanson. Il lui avait donné un Andrew Jackson, le nom que les filles donnaient à ce billet où figure le septième président des États-Unis, et c'est comme ça que tout avait commencé. Comme toujours au Mars Club avec une fille, sauf que cette nana-là n'en avait pas qu'après son argent. Il se passait quelque chose entre eux.

Elles faisaient toutes un numéro, ou étaient censées en faire un, et quand c'était le tour de Vanessa, il s'asseyait plus près de la scène. En voyant qu'il était seul, Angelique avait proposé de lui tenir compagnie ; il lui avait dit de dégager.

Vanessa se produisait sur une chanson manifestement faite pour elle. Elle s'y abandonnait comme si elle parlait d'elle. Le chanteur avait une voix étrange. Kurt n'arrivait pas à savoir si c'était un homme ou une femme, ce qui était vraiment bizarre, mais ça allait bien avec cette nana, même si elle, c'était une femme à cent pour cent. « *Come on down to my place, baby, we'll talk about love*[1]. » Vanessa portait des lunettes de soleil miroirs qui donnaient à son numéro un côté comique. Elle levait les jambes en l'air, les jambes les plus magnifiques qu'il ait jamais vues. Certaines filles ici avaient des jambes blanches et molles, des tubes informes qui le faisaient penser à des seringues en verre. Les jambes de Vanessa étaient des vraies jambes, longues et fuselées. Que cette nana de classe internationale soit sur la scène du Mars Club était une plaisanterie – une comédie. Elle était pleine d'une joie de vivre dont tout le monde devrait essayer de faire preuve de temps en temps, mais personne n'y arrivait ou ne s'y était risqué parce que, pour ça, il fallait être libre comme elle, cette nana sexy aux jambes fabuleuses. Un beau cul. Des beaux nichons aussi. Attrapables. Pile à

1. « Viens chez moi, bébé, on parlera d'amour », paroles de la chanson *Hot Child in the City*, de Nick Gilder, 1978.

la taille de la main. Et ensuite, elle montrait tout en se renversant totalement en arrière. C'était ce que Kurt préférait, la façon dont tout semblait être suspendu quand les filles se renversaient comme ça. Elle le faisait seulement pour lui. Elle savait. Cette nana savait parfaitement. C'était ça, le truc de Vanessa. Elle n'était pas idiote, elle ne se trompait pas. Elle avait tout bon. Elle savait comment l'allumer et elle le faisait.

Elle le rejoignait à la fin de son numéro.

« Tu sais ce qui me plaît chez toi ? » Répondre à sa propre question faisait partie du jeu. « Tout. »

Il aimait être celui qui parlait. Il se sentait bien avec elle. À l'aise. Il adorait la toucher. Il mettait ses mains partout.

Il lui donnait un billet de vingt après l'autre, allait tirer de l'argent et le lui donnait, en tirait encore et le lui donnait aussi, parce que cette fille lui plaisait vraiment, vraiment, vraiment beaucoup.

*

Il s'est rendu plus souvent au Mars Club. Il recevait des indemnités de l'assurance à la suite de son accident du travail et avait du temps libre. Et puis, il était envoûté. Il dépensait tout pour cette fille. Elle n'avait qu'à se tourner vers lui pour le regarder, s'asseoir sur ses genoux, et il lui filait des billets.

Avant de travailler comme huissier, un boulot bien payé, mais qui avait quand même failli le tuer, il avait été vigile au Warfield Theatre, situé à un pâté de maisons du Mars Club. Bon sang, c'est qu'il en connaissait des histoires. Huit concerts du Jerry Garcia Band. Dix de Jerry Garcia. Des hippies pitoyables campaient sur toute la largeur du trottoir, un village répugnant, avec des joueurs de percussions et des mecs qui se tapaient des bad trips à cause de la drogue, les agents de sécurité devaient dégager le campement, maintenir l'ordre. Il était resté assez pote avec certains d'entre eux, et quand il s'était mis à fréquenter le Mars Club, il garait sa bécane devant le Warfield et leur demandait de garder un œil dessus.

À San Francisco, des femmes roulaient à moto. Ça l'embêtait. Parce que les femmes, qu'est-ce qu'elles y comprenaient à la physique de la moto. Et quand on n'y comprend rien, impossible de contrôler sa vitesse. De prendre Vanessa sur une moto. Elle portait des petites chaussures à talons et des robes courtes quand elle sortait du Mars Club. N'empêche, il pourrait la mettre derrière. Lui apprendre à s'accrocher à lui, à se pencher en même temps que lui. Il y avait tellement de gonzesses qui n'étaient pas fichues d'être de bonnes passagères, qui se penchaient du mauvais côté quand il prenait un virage. Tiens-toi à moi comme si tu faisais partie de la machine, essayait-il d'expliquer. Peine perdue, elles ne comprenaient rien.

Il était censé rester chez lui pour se remettre de son accident, mais il s'ennuyait. Il s'était viandé devant la cité de Potrero Hill, s'était broyé la jambe, glissant sur toute la longueur du carrefour, le genou coincé sous l'énorme et horriblement lourd réservoir d'essence de sa K100. Il avait subi quatre opérations et marchait en boitant maintenant. On avait appelé ça un accident mais pour Kurt c'était une tentative de meurtre. Des jeunes de la cité avaient répandu de l'huile de moteur sur la chaussée pour lui régler son compte. Il s'était présenté à plusieurs reprises sans succès, à une certaine adresse de la cité, afin de notifier des actes de justice, de faire son boulot tout simplement. La sixième fois, dès qu'il avait commencé à glisser en travers du carrefour, il avait deviné ce qu'ils lui avaient fait. Mais il n'y avait aucune possibilité de retrouver les coupables et de le prouver.

Il était enfermé chez lui, à attendre que son genou guérisse. Ce qui risquait de ne pas se produire, l'avait-on prévenu. Son appartement de Woodside était devenu une salle d'attente, où l'attente était sans fin. Il traînait, s'asseyait dans son canapé, feuilletait un magazine, passait sur une autre chaîne, scrutait l'intérieur du frigo, regardait les voitures rouler dans la rue, effectuait ses dix mouvements, regardait les bagnoles faire des créneaux, presque personne ne réussissait à en faire un correctement, s'asseyait sur son lit, relisait cinquante fois la même phrase de son livre, *Chickenhawk*, s'en rendait compte, rangeait le livre dans le Ziploc, zappait et, en fin de compte, se levait et partait à moto au Mars Club, où il entrait en boitillant pour voir si Vanessa travaillait.

Il connaissait un tas de filles à présent là-bas, mais Vanessa était la seule qui lui plaisait. Il lui avait raconté qu'il était un enquêteur de la brigade criminelle. Ce n'était pas totalement un mensonge. Il voulait enquêter sur les gamins qui avaient tenté de le tuer en répandant des litres d'huile de moteur au milieu du carrefour, à l'entrée de la cité. Il avait appris à ne pas dire aux gens qu'il travaillait comme huissier, parce que, quand il décrivait la façon de notifier un acte, les tactiques qu'on était forcé d'employer, c'était loin d'être noble. Les gens le traitaient comme s'il était un salopard d'agent de recouvrement.

Il parlait à Vanessa de toutes les difficultés qu'il avait dans sa vie, sans préciser le moindre détail. Il parlait encore et encore.

Il touchait sa peau nue, racontait des choses, exprimait des sentiments et s'attachait de plus en plus.

30

J'ai couru le long d'une rangée d'amandiers. Suis passée deux rangées au-dessus, une en dessous, encore deux au-dessus, puis de nouveau une en dessous, encore, encore. Je n'avais pas d'autre choix que courir. Courir et trouver un endroit où me cacher jusqu'à la tombée de la nuit.

J'ai repéré l'est grâce aux montagnes. Toutes les allées sont tracées en ligne droite dans un verger, et au bout de l'une d'elles je suis arrivée sur une route, les routes aussi étaient rectilignes, ce qui correspondait au souvenir que j'en avais gardé lors du trajet vers la prison. J'ai traversé, continué de courir, traversé, continué de courir. S'ils étaient déjà lancés à ma poursuite, ils auraient peut-être du mal à me localiser du fait de mes zigzags. Je slalomais tout en tenant le cap à l'est, vers les hautes montagnes.

Je suis arrivée à un fossé de drainage. Il y avait un tuyau de canalisation où je pouvais me faufiler, me cacher jusqu'à ce qu'il fasse noir.

Dans le fossé, je me suis aperçue que je saignais. Je n'avais rien senti, même pas l'humidité de mon pantalon. L'eau froide a arrêté le saignement. Je m'étais fait une longue coupure à la cuisse avec les barbelés.

J'ai écouté le bruit de l'eau pendant quelques instants, et seulement ensuite j'ai réussi à en percevoir d'autres. Des insectes. Un corbeau. Le vroum d'une voiture roulant sur une route toute proche. Les mains en coupe, j'ai bu de l'eau du fossé d'irrigation.

À la tombée de la nuit, je suis sortie du tuyau. Mes vêtements de prisonnière étaient trempés et en loques. Je suis partie d'un pas rapide en direction de ce que je savais être l'est. Même si je ne distinguais pas les montagnes, je savais où elles étaient. Tout était rectiligne ici. Je me trouvais à l'intérieur d'une gigantesque grille ; vide de toute présence humaine, puisque ce n'était pas la saison de la récolte, et même alors, ils utilisaient des machines. Aucune présence humaine, mais l'œuvre de l'homme. Le monde entier, du moins celui de Central Valley, depuis les montagnes jusqu'à l'horizon à l'ouest, était une gigantesque prison. Les vergers et les lignes à haute tension remplaçaient les barbelés et les miradors. Une zone sans hommes aux commandes et créée par l'homme.

La grille m'aidait à m'orienter. Je pouvais éviter de me perdre en restant loin des routes et en empruntant les allées des plantations.

J'ai marché toute la nuit, à pas lents ou rapides.

Avant l'aube, je suis arrivée près d'une maison entourée de carcasses de voitures. La lumière froide d'une lampe à vapeur de mercure filtrait de la cuisine. Une odeur de goyave s'échappait de la cour. Des vêtements pendaient sur une corde à linge. Des vêtements que j'aurais dû piquer, mais c'était dangereux à cause de la lumière dans la cuisine. J'ai entendu un bruit à l'intérieur, alors je me suis remise en chemin. Je suis passée devant d'autres baraques tout aussi délabrées, plongées dans l'obscurité, mais sans aucun vêtement prêt à être fauché. J'ai marché un long moment encore le long de la route avant de voir une autre maison, et cette fois, des vêtements séchaient sur des chaises en plastique, près de la véranda. J'ai pris le risque, je me suis approchée à tâtons et j'ai attrapé un pantalon et une chemise.

*

Au point du jour, j'étais à l'entrée d'une petite ville. Il y avait un jardin public où j'ai planqué, au fond d'une poubelle, mes vêtements de la prison. Puis j'ai enfilé les autres, un jean d'homme au tissu raide et rêche, un T-shirt. Je me suis entraînée à marcher, à ne pas courir, à me comporter normalement, pas anormalement, comme une personne ayant le droit de marcher sur une route.

Il n'y avait plus de plantations par ici, plus de routes rectilignes. Cette route-ci serpentait, bordée d'arbres, d'affleurements rocheux et de prairies. J'ai repéré des taillis à l'écart, sous lesquels j'ai dormi. Par intermittence, jusqu'au crépuscule. Je me sentais très faible, mais je me suis obligée à marcher alors que la nuit tombait. Je n'avais rien bu depuis le fossé de drainage, ni rien mangé.

Un animal a hurlé. Mon cœur battait à tout rompre depuis que je m'étais enfuie de la prison, un martèlement incessant tellement j'étais tendue sur ma peur, les flics, le moindre signe révélant qu'ils étaient en train de me rattraper. À présent, j'avais aussi peur du noir. De cet animal, qui a de nouveau hurlé. Un hurlement presque humain, cette sonorité presque humaine qu'a le cri d'un animal dans la nature.

Je marchais depuis longtemps quand j'ai aperçu des lumières. C'était une station-service à un croisement, une route en lacets montait en direction des montagnes. On était en plein milieu de la nuit, et la station était ouverte.

Un pick-up est arrivé. Un type en est descendu pour prendre de l'essence. Un homme seul. J'ai senti que c'était l'occasion. La personne à qui demander. Je me suis approchée.

« Qu'est-ce qu'il y a ? » a-t-il dit. Un rondouillard, avec une veste Marlboro délavée.

« Vous pouvez m'emmener ?

– Peut-être. Vous êtes mariée ?

– Non.

– Il y a un mec qui se planque quelque part, et vous allez me sauter dessus tous les deux, ou quoi ? »

Je lui ai assuré que j'étais seule.

« Vous voulez aller où ?

– Là-haut. » J'ai montré les montagnes d'un signe de tête.

« C'est-à-dire ?

– Au sommet.

– Au Sugar Pine Lodge, vous travaillez là-bas, c'est ça ?

– Ouais.

– Il faut juste que je fasse le plein. Mais d'accord, je veux bien vous emmener. »

Il avait prononcé la dernière phrase d'une voix chantante, comme s'il y avait tout le temps des inconnues dans des stations d'essence paumées qui lui demandaient un service et que, une fois de plus, il acceptait de le rendre.

Il a attrapé un gigantesque gobelet de soda sur le siège de sa camionnette. C'était une boisson énergisante, du Thirst Destroyer, un gobelet de trois litres et demi.

*

Il a réglé le chauffage sur trente degrés, bu à petites gorgées sa boisson stupide dans l'énorme gobelet, puis s'est mis à jacasser, racontant qu'il allait se lancer dans la vente de distributeurs. Ma blessure s'était rouverte, si bien que du sang coulait sur le siège de sa camionnette. La soif me donnait le vertige. Mais si je lui laissais entrevoir à quel point j'avais besoin qu'il me file un peu de sa boisson, il risquait de comprendre.

Je l'ai regardé boire avec une paille aussi épaisse que le bec verseur d'un jerrican, m'efforçant de ne pas tomber dans les pommes.

« Il y a juste à faire l'investissement et ensuite à les réapprovisionner et à récupérer le fric. » Après, avec les bénéfices, il achèterait une franchise. « Faut trente mille dollars pour ouvrir un Dunkin' Donuts. Un Taco Bell, c'est plus cher. Ce qu'il faut, c'est commencer avec les distributeurs, puis continuer avec un Dunkin' Donuts, récupérer son capital et, là, ouvrir un Taco Bell. »

On montait la route en lacets, à gauche, à droite, et parfois un virage en épingle à cheveux. Il buvait son soda. Rotait.

« J'ai des tas de projets. J'ai envie de me lancer dans l'immobilier. Vous connaissez le dicton ? »

Il guettait ma réponse.

« Non.

– Qui vend un œuf, vend un bœuf. C'est génial, non ? C'est pas parce que personne n'embauche qu'y a pas de pognon à se faire. Faut savoir repérer les occases. Vous avez vu ces affiches "On achète des maisons moches point com" ? Ces types ramassent du fric à la banque et s'emparent d'une mauvaise situation pour la tourner à leur avantage, OK ? Un autre dicton : Un homme qui sort des sentiers battus reste en dehors des sentiers battus. C'est profond.

« Et celui-là encore : Dis-moi qui sont tes amis et je te dirai qui tu es. Moi, je fraternise pas avec les losers. Je suis les règles du jeu. Bon, faut que je m'arrête pisser. »

Il a ralenti et s'est garé sur le bas-côté. Il n'est pas descendu. Le moteur tournait. Il m'a regardée.

« T'aimes faire la fête ?

– Non.

– N'empêche, tu pourrais t'amuser avec moi.

– Je crois pas, non.

– Tu m'as bien demandé de t'emmener, et tout et tout.

– Parce que j'avais besoin que quelqu'un le fasse.

– Ben alors, on peut se la jouer gagnant-gagnant.

– Tu me conduis là-haut et on verra.

– C'est bon. D'accord. Super. » Il est sorti, s'est avancé au bord de la route, a ouvert sa braguette. Il avait bu à peu près la moitié de son Thirst Destroyer.

Je me suis glissée à la place du conducteur pendant qu'il pissait dans les buissons. J'ai embrayé et j'ai roulé.

31

Un soir, Kurt Kennedy avait suivi Vanessa au moment où elle sortait du Mars Club. Il n'avait rien d'un sale type, il était juste tellement attaché à cette fille qu'il voulait s'assurer qu'elle rentrait bien chez elle. Il l'avait regardée monter dans un taxi Luxor Cab et l'avait suivie à moto jusqu'à un hôtel meublé dans Taylor Street. C'était tout en haut de Tenderloin, à Nob Hill, le Tenderknob, un immeuble plus miteux qu'il ne l'aurait imaginé, mais c'était là qu'elle habitait. Il l'avait regardée rentrer à l'intérieur, ce soir-là. Et d'autres soirs. Beaucoup d'autres soirs.

De temps en temps, elle se rendait chez un enfoiré qui habitait dans un appartement à North Beach. De l'avis de Kurt, il y avait de fortes chances que ce type soit un homosexuel, et puis elle n'allait pas le voir assez souvent pour que ce soit une histoire sérieuse.

Il avait le sentiment que c'était son boulot de veiller sur elle. Une responsabilité. Certains matins, il se garait près de son immeuble, à l'angle de la rue, dans O'Farrel Street, d'où il avait une large vue sur l'entrée. Le dimanche, il lui arrivait de rester là toute la journée puisque le Mars Club était fermé. Si elle sortait, il baissait la visière de son casque, tournait dans le coin sur sa moto, et si elle montait dans le bus sur Geary Street ou dans un taxi Luxor Cab, il pouvait la suivre. Pourquoi ne prenait-elle que des taxis Luxor Cab ? Il craignait que le chauffeur ne soit un autre petit copain ou un type cherchant à la draguer, mais grâce à sa filature il a été rassuré : chaque fois, c'était un chauffeur différent.

Si elle allait à pied quelque part, il tournait en rond et roulait doucement pour ne pas la perdre. Il la voyait sortir de l'immeuble parfois avec un petit garçon. Qu'elle tenait par la main. Si c'est pas mignon. Comme une maman, sauf qu'il était convaincu qu'elle n'était pas la mère de l'enfant. Ça ne collait pas. Peut-être que le gosse habitait dans son immeuble. Une fois, elle était avec lui, une femme et deux autres gosses ; Kurt en avait conclu qu'il y avait fort à parier que les trois gamins soient ceux de l'autre femme, et voilà l'explication. Ça l'ennuyait de ne pas avoir accès à des pans entiers de l'existence de Vanessa, même si les jours où il la pistait, rien de ses faits et gestes ne lui était étranger. Tant qu'il pouvait la regarder sortir de son immeuble, voir où elle allait, vérifier le moment où elle rentrait, le lien n'était pas totalement rompu.

Garder le contact, la trace, rester concentré sur elle, c'était ce qu'il faisait, ce qu'il voulait.

D'abord, elle ne s'était doutée de rien. C'était plus correct. C'était au début. Mais à un moment elle ne s'était plus pointée au Mars Club, si bien qu'il avait eu envie de lui parler, évidemment. C'était si mal ? Cela lui semblait bien peu de chose. Il avait simplement envie de lui dire bonjour. Comme il ne la voyait plus au Mars Club, il avait tourné plus près de chez elle. L'avait rencontrée dans le quartier. Elle avait réagi comme si le fait qu'il fasse des courses dans son petit supermarché merdique était illégal. Un magasin est un endroit public. Tout le monde a le droit d'y aller.

Après qu'elle l'avait vu dans la supérette et qu'elle était partie, vexée, le jour où elle était enfin revenue au boulot, au Mars Club, il avait émis son sifflement, son pssst, pour qu'elle vienne s'asseoir, et elle l'avait ignoré, elle avait traversé la salle et rejoint un autre type. Le même régime tous les jours. Elle ne lui tenait plus compagnie. Soudain son argent ne suffisait plus. Il continuait de venir, d'essayer. D'attendre, devant la scène, qu'elle danse.

Bon Dieu, qu'est-ce qu'elle lui manquait. À un point ! Il avait tenté de le lui dire. Il n'avait d'autre choix que de continuer d'essayer. Il s'asseyait avec Angelique, lui filait des billets moites, même pas de cinq dollars.

*

Il avait eu le numéro de Vanessa en fouillant dans sa poubelle, une grande benne à proximité de son immeuble. Elle était sur le trottoir, donc, en quelque sorte, publique. Il l'avait vue y balancer un sac. Il l'avait récupéré, attaché avec un tendeur sur sa moto et emporté chez lui. Il avait trié ce qu'il y avait dedans, déterminé et content. Il avait trouvé des factures qu'elle avait jetées. Il connaissait son nom, à présent, mais ne pensait pas à elle sous ce nom-là. Il lui semblait qu'en disant « Je m'appelle Vanessa », elle avait pris un engagement envers lui, ou envers quelqu'un, c'était quelque chose de supérieur. Il s'y tenait. C'était un accord et il ne comptait pas la laisser le remettre en cause comme si de rien n'était.

Le numéro de téléphone était imprimé en haut de la facture. Il a appelé. Elle a répondu. Il a coupé. Il n'avait pas le choix, n'est-ce pas ? S'il s'était présenté, « C'est Kurt », elle lui aurait raccroché au nez. Il le savait parce que chaque fois qu'elle l'apercevait devant le Mars Club ou devant son immeuble, ou à côté, ou dans son petit supermarché, dans n'importe quel endroit où il trouvait un moyen d'arranger une rencontre, elle l'ignorait. De sorte qu'il ne disposait que d'un bref instant pour entendre sa voix quand il appelait, ensuite il raccrochait avant qu'elle le fasse. Il appelait, elle répondait, il raccrochait. Il appelait, elle répondait, il raccrochait.

Parfois, les jours difficiles, les jours d'ennui et d'insoutenables douleurs au genou, les jours où il avait l'impression que le monde qu'il connaissait, où il vivait était une feuille de brouillon qu'un dieu avait froissée, balancée vers une corbeille, froissée, balancée, ratant sa cible, c'était plus fort que lui. Il appelait, vingt, trente fois, avant qu'elle ne débranche, devinait-il, ne sorte le petit truc en plastique de la base du combiné, et cela avait beau continuer de sonner, cela ne sonnait plus dans son appartement. À ce stade, il n'avait pas d'autre choix qu'aller là-bas, se garer et attendre qu'elle sorte. Fort de son expérience d'huissier, il savait que filer quelqu'un exigeait de la vigilance. Il l'avait fait à de multiples reprises. On ne pouvait pas rouler Kurt. C'était un pro, même s'il n'était plus capable de travailler.

Il était plus ou moins en planque vingt-quatre heures sur vingt-quatre quand le jour du départ de son voyage à Cancún était arrivé. Un voyage organisé bon marché qu'il avait réservé des mois plus tôt, avant sa rencontre avec Vanessa. Jusque-là, il aimait bien voyager et c'était vraiment triste qu'il en ait si peu envie, cette fois. Il s'était pourtant dit que ne plus penser à elle pendant quelque temps lui ferait du bien. En plus, s'il reportait la date, on ne le rembourserait pas. Il avait tout payé d'avance, il devait donc y aller. Il n'avait pas vraiment fait de pause. Il n'avait cessé de penser à elle durant tout son séjour à Cancún en s'efforçant de ne pas penser à elle.

*

Comme elle n'était pas au Mars Club à son retour, il avait dû se rendre chez elle.

Il a d'abord attendu devant son immeuble. Puis il est entré. Dans le hall, il y avait une loge où se tenait un vieil homme aux cheveux gras et jaunissants.

« Cinq dollars », a-t-il dit.

Quoi ?

« Cinq dollars pour monter », a crié le vieux à Kurt, comme si ça éclaircissait les choses. C'était du racket. Des dealers vivaient dans l'immeuble et la direction exigeait sa part. Le vieillard a arraché le billet des mains de Kurt. Il avait des ongles longs qui paraissaient brûlés à leur extrémité, on aurait dit du plastique fondu.

Au premier étage, il y avait des gens sur le palier, et oui, il n'y avait pas d'autre mot pour le dire, ils tournaient en rond. Ils avaient une attitude louche, parlaient à voix basse, ouvraient et fermaient des portes. Kurt a essayé d'avoir l'air naturel. Dit qu'il cherchait une de ses amies.

Une Blanche, hein ? Tu la cherches ? Porte huit, mon pote.

Porte huit.

Deux types ont commencé à se bagarrer. Une femme a surgi d'une chambre et s'en est prise à l'un d'eux. Kurt a frappé à la porte huit au milieu de leurs cris. Il n'y a pas eu de réponse.

Il a surveillé son immeuble pendant trois jours. Autant qu'il pût le savoir, elle n'était ni entrée ni sortie.

Il s'est rendu dans tous les endroits habituels. Le traiteur où il l'avait vue acheter des sandwichs pendant une de ses pauses au Mars Club. La supérette près de son hôtel meublé.

Un jour, il a reconnu un des types du palier dans Taylor Street, penché entre deux voitures, vendant ou achetant de la came, peu importe, et ce type s'est adressé à lui : « Ta nana a déménagé. »

Kurt est entré dans l'immeuble pour parler au vieux gardien aux cheveux gras. Il lui a expliqué qu'il cherchait quelqu'un, une locataire.

« Les locataires, ici, il y en a qui arrivent et qui partent tout le temps. Presque tous les jours. »

Elle avait habité ici un certain temps, a précisé Kurt. Une fille brune. Jolie. Des belles jambes. Le reste aussi. Tu vois ce que je veux dire ?

Le vieux a secoué la tête. Sa façon de répondre non. Non à toutes les questions que vous aviez l'intention de poser.

« Je suis enquêteur », a lancé Kurt, sans plus de précision, se disant qu'il prétendrait être flic. Il l'avait fait plein de fois pour notifier des documents. Ça n'a pas marché.

« Reviens avec un mandat, trou du cul, et tu pourras jeter un œil au registre des loyers. »

*

L'opération de son genou avait échoué, il allait devoir en subir une autre. Il avait mal en permanence et s'était installé dans une nouvelle routine, petits-déjeuners à la bière et siestes de six heures. Quand c'était possible, il se rendait au Mars Club en clopinant, appuyé sur la canne dont il était obligé de se servir, mais elle n'était pas là. Angelique avait beau lui affirmer qu'elle ne travaillait plus ici, il la soupçonnait de faire semblant d'avoir des infos pour lui soutirer de l'argent.

*

Puis Pâques est soudain arrivé, sans rime ni raison. Il s'est pointé au Mars Club et a remporté la chasse aux œufs.

Le videur, un barbu costaud, a dit : « Tu cherches Vanessa, c'est ça ? Elle a laissé un message pour toi, m'a demandé de te filer son adresse. »

Elle avait déménagé à Los Angeles. Pourquoi ce type lui donnait son adresse ? Il croyait sans le croire que Vanessa avait voulu qu'il l'ait. Le videur avait un sourire de faux cul. Kurt ne voyait pas ce qu'il y avait de drôle. Il ne savait pas si le mec l'enfumait ou était sérieux, mais il devait vérifier. Il est rentré chez lui, a emballé quelques affaires, enfourché sa moto et roulé jusqu'à Los Angeles, ne s'arrêtant que pour prendre de l'essence, avaler des barres protéinées et boire du Red Bull pour faire passer ses médicaments.

*

Quand il est arrivé à l'adresse dite, le carénage de sa moto était vert d'insectes éclatés. Les plis de ses gants aussi. Il souffrait atrocement. Il avait la sensation que son genou était un objet en plâtre friable sur lequel quelqu'un s'était acharné à flanquer des coups de marteau, il craquait à chacun de ses pas. Il avait dû se servir de cette jambe pour changer de vitesse tout au long du trajet sur la 5. Il n'était pas censé faire de la moto. Il n'était pas censé être debout, même pas marcher. Quand il marchait, c'était avec deux cannes, une dans chaque main.

Il s'est garé. Est parvenu à monter les trois marches au prix de gros efforts, a frappé. Personne n'a répondu. Il aurait dû se douter qu'il n'y aurait personne. C'était un duplex avec une porte vitrée, ce qui lui a permis de voir à l'intérieur. Ça avait l'air inhabité. Il faisait chaud en cette fin d'après-midi. Il y avait une véranda. À l'ombre, avec un fauteuil. Il s'est assis dedans, a avalé deux analgésiques de plus. Il se reposerait en l'attendant. Il avait le temps. Il n'était pas pressé.

*

Des voix l'ont réveillé. Il faisait noir, il avait dormi jusqu'à la tombée de la nuit et, l'espace d'une minute, il a été désorienté, n'a pas su où il se trouvait.

Il y a eu des bruits de pas sur les marches. Au bout de tant de temps, la voilà enfin. Avec le môme, dont il avait décidé depuis des lustres qu'il n'était pas le sien, mais celui d'une autre.

« Vanessa », a-t-il appelé.

Son genou était tellement gonflé que, s'il tentait de se tenir debout, il tomberait aussitôt. Il lui fallait ses cannes. Les deux avaient glissé par terre, hors de sa portée.

La véranda était plongée dans l'obscurité. Il avait du mal à la distinguer mais, à en juger par sa voix, elle était folle de rage. Elle lui a dit de se barrer.

« Vanessa, trésor. Vanessa, je veux simplement te parler. »

Il a tendu le bras. Elle lui manquait tellement. Il avait un si grand besoin de la toucher. De sentir la chaleur de sa peau. Elle a reculé, a ouvert la porte à toute vitesse. Après avoir fait entrer le môme à l'intérieur, elle est revenue.

Tout ce qu'il voulait, c'était lui parler. Il avait seulement besoin de lui parler. Il l'a répété.

« Dégage, a-t-elle ordonné. Fous le camp d'ici. »

Il ne pouvait pas se lever. Un sac de poussière remplaçait un genou qui avait reçu d'innombrables coups de marteau, il ne supporterait jamais son poids.

Il s'est penché vers une canne, la plus proche. Elle s'en est approchée comme si elle allait la lui tendre. Mais elle a ramassé autre chose, un pied-de-biche apparemment. Toujours est-il que ça a tinté lourdement sur le ciment quand elle l'a soulevé. À cause de l'obscurité, il ne voyait pas grand-chose.

« Je t'ai demandé de partir. De me laisser tranquille.

– Hé ! »

Elle l'avait violemment frappé avec le machin. Et elle remettait ça.

Il a vu des damiers. Un motif noir et blanc. Des motifs. Un bourdonnement assourdissant lui a transpercé les tympans. La douleur lui a vrillé le cerveau. Le sol en ciment de la véranda s'est soulevé et lui a cogné le visage. Des coups ont de nouveau plu de cette lourde barre de fer.

« Arrête ! a-t-il hurlé. Arrête ! »

V

32

Aucune ville sur la route, seulement une forêt touffue, percée par les phares du pick-up. J'étais en pleine montagne lorsque je suis arrivée à un croisement. Des grilles en métal verrouillées bloquaient les accès dans toutes les directions. Fermé l'hiver, disaient les panneaux. Si je faisais demi-tour et redescendais dans la vallée, les flics auraient certainement eu le temps d'installer des barrages.

J'ai enlevé le couvercle du gobelet pour terminer la boisson du mec. Les glaçons m'ont fait mal à la gorge lorsque je les ai avalés. J'ai abandonné le pick-up sur la route et me suis enfoncée dans les bois.

L'air était plus froid à cette altitude. Froid et sec, rare dans mes poumons. La lune était apparue. Une demi-lune assez lumineuse pour éclairer mon chemin. J'étais entourée d'arbres. Je n'entendais que le crissement des aiguilles de pin et le craquement des branches sous mes pas.

*

À l'aube, le brouillard était tombé. Très bas. Une nappe vaporeuse planant au milieu des arbres. Je m'étais écartée du sentier. J'ai enjambé des troncs, longé une crête, dévalé une pente et contourné un coteau, au pied duquel j'ai buté contre un arbre dont le tronc était aussi large que dix arbres. Ou douze. Ou vingt. Il avait la largeur d'une petite maison, avec d'immenses racines noueuses, pareilles à des pattes de lion, qui s'étalaient à sa base. Le tronc était strié d'épaisses rayures d'écorce rouge, semblables à des bandes de velours. Des lambeaux de brume s'accrochaient aux branches, dont les premières s'évasaient bien au-dessus de moi, au milieu de l'arbre. Celui-ci n'était qu'écorce et tronc sur sa plus grande hauteur, et, tout là-haut, dans ce qui aurait pu être le ciel, c'était une ville de branches. Je l'ai contourné. De l'autre côté, il était percé d'une ouverture. Cet arbre gigantesque était creux à l'intérieur ; un autre, tout aussi immense, se dressait en face. Ils avaient poussé là, ensemble.

J'en ai encore découvert quelques-uns à mesure que le brouillard se levait et se dissipait, que la clarté s'infiltrait, la forêt se révélant peu à peu avec le jour. À présent que je savais qu'un arbre d'une telle dimension existait, j'en ai repéré d'autres sur ce versant de montagne. Sans m'en rendre compte, j'étais passée devant eux. Ils se camouflaient dans leur énormité. Tellement plus larges que n'importe quel autre arbre. Des secrets en pleine lumière.

Je suis entrée dans la caverne de l'arbre. C'était grand à l'intérieur, fermé par un toit, là où l'arbre se fermait sur lui-même, loin au-dessus de moi, à une hauteur inaccessible. Les parois étaient couvertes de coulées de sève noire, brillante et épaisse. J'en ai touché une, m'attendant à ce que ce soit collant. Au contraire, c'était lisse et frais comme du verre. Il y avait de la sève rouge, pareille à du verre aussi. Et de la sève jaune. On considère parfois qu'un roux est blond. Ils l'appelaient Güero, ils m'avaient dit que ça signifiait blondinet, mais Jackson avait des cheveux châtain clair.

Le sol de la caverne était tapissé de minuscules pommes de pin. Cet arbre immense accouchait de bébés pommes de pin. J'avais faim et soif. Mal aux jambes. De la fièvre peut-être. Je ne me sentais pas bien. Ils me traquaient sûrement. J'avais abandonné le pick-up à l'embranchement. J'avais marché toute la nuit. Je me suis allongée et j'ai dormi.

*

Un bourdonnement m'a réveillé. Il n'était pas loin, plutôt proche même.

Je me suis levée et je suis sortie de l'arbre. Le volume du bourdonnement augmentait, mais près de l'arbre, comme si c'était lui qui l'émettait. Le soleil s'était levé et peignait la cime de sa lumière jaune d'or. C'étaient des abeilles qui faisaient ce bruit. Je les ai vues danser comme des grains de poussière dans les rayons qui illuminaient les hautes branches. Elles vivaient là-haut. Le son qu'elles produisaient descendait le long du tronc, il faisait tout bourdonner, même le sol.

À l'intérieur du tronc, le bourdonnement des abeilles devenait le bourdonnement de l'arbre.

Le silence était la langue de l'arbre, alors les abeilles parlaient pour lui. Leur bruit était le sien, celui qu'il m'avait donné à entendre.

J'en ai entendu un autre, un tchip-tchip. Une famille d'oiseaux détalait. Les petits déboulaient d'un talus escarpé, comme des balles de ping-pong, dans le sillage des grands. Ils se sont précipités sous un buisson, d'où ils n'ont plus bougé.

Par endroits, les troncs des deux arbres étaient calcinés, à l'intérieur comme à l'extérieur, du bois carbonisé et desséché, fissuré par un lacis de craquelures. Sans doute avaient-ils été frappés par la foudre. La forêt entière avait brûlé autour d'eux et ils avaient survécu, parce qu'ils survivaient. Parce qu'ils le pouvaient. Ils avaient mille ans. Deux mille ans.

Pour un arbre, ce n'était peut-être pas si vieux. La vie, simplement. De même que la vie pour un être humain a une durée. Il y avait d'autres échelles en matière de vie. L'arbre était tellement grand que je n'en voyais pas la cime, uniquement les petits bras, les petites branches qui commençaient à pousser très haut, à la hauteur du ciel, il était assez grand, cet arbre, pour atteindre un autre monde, ou parvenir aux confins de celui-ci.

L'avenir dure longtemps. De qui était-ce et qu'est-ce que cela signifiait ? L'arbre pointait sa flèche vers le haut, vers un temps où Jackson serait un homme, et au-delà, bien au-delà. Aurait son propre enfant. Mourrait.

J'ai entendu un nouveau bruit. Un tambourinement. Bref, rapide. Sont-ils ici ? Qu'est-ce qu'ils font ? De nouveau ce bruit. C'était un pic-vert attelé à sa tâche solitaire. Ils n'étaient pas encore là.

*

Vous courez jusqu'à trouver un abri sûr, et cet arbre, c'était le mien.

La forêt, la nuit, est plongée dans de profondes ténèbres. Je suis sortie de l'arbre à tâtons. Et me suis retrouvée sous le scintillement des étoiles. J'ai entendu un bruissement, le souffle du vent. J'ai entendu les petits oiseaux se nicher sous le buisson, ou faire ce qu'ils avaient à faire.

J'ai vu l'épais ruban de la Voie lactée, ou ce qui m'a semblé l'être, là-haut au-dessus de moi. Je ne l'avais jamais vue. À moins que si ? Je savais de quoi il s'agissait. Des étoiles brillaient parmi celles dont l'éclat avait faibli. Le ciel est bourré d'étoiles et, si vous habitez une ville, vous ne le savez pas. Si vous êtes enfermé en prison, vous ne voyez pas une seule étoile à cause des lumières. Ici, je me trouvais à mi-chemin du firmament. Là où les gens disparaissent, le monde s'ouvre. Là où les gens disparaissent, la nuit s'élève en tombant, noire et vide.

*

Des faisceaux lumineux quadrillaient la forêt.

Ils étaient là.

Un hélicoptère vrombissait dans le ciel. Des projecteurs balayaient le sol à un rythme saccadé.

Le placard de grand-maman, disaient les gamins. C'est ainsi qu'ils appelaient une planque où s'abriter du vent pour allumer un joint. Sous l'escalier d'un stade ou dans un abribus. Celui puant la pisse à Forest Hill. Le placard de grand-maman. N'importe quel endroit pouvait faire l'affaire.

Le regret. Ils vous obligent à centrer votre vie sur un acte, l'acte que vous avez commis, et vous devez évoluer à partir de ce qu'il est impossible d'abolir : ils veulent que vous fassiez quelque chose à partir de rien. Ils finissent par vous pousser à les haïr, à vous haïr. Ils créent l'illusion qu'ils sont le monde et que vous l'avez trahi, que vous les avez trahis, mais le monde est tellement plus vaste.

Le mensonge du regret et d'une vie qui s'écarte du bon chemin. Quel chemin. La vie, c'est le chemin. Elle est son propre chemin et elle va là où il la mène. Elle trace sa voie. Et ma voie m'a menée ici.

Si seulement Jackson pouvait voir ces arbres. Je ne l'ai jamais emmené ici. Je ne connaissais pas cet endroit. J'ignorais qu'il existait. Existe. Jackson a vu des séquoias à Point Reyes. Ceux-ci sont d'une essence différente, plus grands, plus étranges. Les gens savent-ils que ces arbres sont ici ? Peut-être en verra-t-il de semblables ou autre chose – du même genre – d'inconnu, et d'inattendu, aussi.

Il y a des gens bien dans le monde. Des gens vraiment bien.

L'hélicoptère volait à basse altitude. Une voix a résonné, comme à travers le haut-parleur dans la cour de promenade.

Hall. Tu es en zone interdite, Hall.

La vie, c'est le chemin, et j'étais dans les montagnes qui me faisaient rêver depuis la cour de promenade. J'y étais, mais ce qu'on voit de près ne correspond jamais à ce qu'on voit de loin.

Oui, je crois être quelqu'un de spécial. À condition que je sois moi. Je n'ai personne d'autre à prendre en compte, hormis Jackson, et je le prends en compte. Croyez-moi. Ils l'appelaient Güero bien qu'il ne soit pas blond. Ils l'appelaient Güero parce qu'ils l'aimaient. Ils ne m'aimaient pas, ils n'y étaient pas forcés. Ce n'était pas la peine. Ils l'aimaient et je l'aimais.

L'humidité du brouillard, comme en ce moment, est à l'intérieur de moi. Je suis immunisée. Ça ne me fait même pas frissonner. Ce froid-là constitue un de mes souvenirs les plus anciens, datant de mon enfance là-haut, des rues sans arbres construites sur du sable, et l'océan délétère, l'océan de bouteilles cassées avec la grande courbe de son mur en béton. « Attention, risque de noyade », prévenaient des panneaux en haut des escaliers. Des escaliers qui conduisaient aux feux de joie, aux tags, aux bagarres. À la plage, le placard de grand-maman, c'était n'importe quelle voiture. Ou derrière une voiture. Ou, en fonction du sens du vent, dans ces escaliers. Attention, risque de noyade.

On nageait tout habillés. On n'a jamais eu une seule fois peur de se noyer. La mort n'était pas au programme de notre avenir. Personne ne vit dans le futur. Le présent, le présent, le présent. La vie ne cesse d'être ça.

Hall, tu es cernée.

Ils s'adressaient à moi. On aurait dit des ordres criés dans la cour de promenade.

Me disant de me réjouir que Jackson ne soit pas là. Que la vie ne s'écarte pas du bon chemin parce qu'elle est le chemin, elle va là où il la mène.

Des chiens qui aboient. Plus près maintenant.

La forêt est baignée de lumière, il fait clair comme en plein jour.

Mains en l'air, disent-ils. Sors lentement, les mains bien visibles.

Si Jackson était là, je ne pourrais pas le protéger. Il est à l'abri de tout ça.

J'ai émergé des arbres, je me suis tournée vers la lumière, mais pas lentement. J'ai couru vers eux, vers la lumière.

*

Il est sur son chemin comme je suis sur le mien. Le monde poursuit sa course depuis bien, bien longtemps.

Je lui ai donné la vie. C'est beaucoup. C'est le contraire de rien. Et le contraire de rien, ce n'est pas *quelque chose*. C'est tout.

Remerciements

Pour ses idées et sa compétence dans le domaine pénal du monde entier, un écheveau visible et invisible – et pour des milliers d'autres choses qu'elle connaît comme par miracle –, toute ma reconnaissance va à Theresa Booboo Martinez.

Je remercie Mychal Concepción, Hakim, Tracy Jones, Elisabeth Lozano, Christy Clinton Phillips et Michele Rene Scott pour tout ce qu'ils m'ont appris. Merci également à Ayelet Waldman, Joanna Neborsky, Maya Andrea Gonzalez, Amanda Scheper, Justice Now of Oakland, Californie, et à Paul et Lori Sutton.

Je remercie Susan Golomb pour son soutien, incroyable et protéiforme, Nan Graham pour sa confiance en moi, pour l'efficacité remarquable de ses conseils éditoriaux au sujet de ce roman.

Je remercie Michal Shavit et Ana Fletcher pour leur apport éditorial ainsi que Don DeLillo, Joshua Ferris, Ruth Wilson Gilmore, Emily Goldman, Mitch Kamin, Remy Kushner, Knight Landesman,

Zachary Lazar, Ben Lerner, James Lickwar, Cynthia Mitchell, Marisa Silver, Dana Spiotta et, surtout, Jason Smith pour ce qui me semble être le don d'une inépuisable générosité intellectuelle.

Je remercie Emily pour les multiples façons dont elle s'est montrée disponible et attentive.

Je remercie Susan Moldow, Katie Monaghan, Tamar McCollom, Daniel Loedel, et tout le monde chez Scribner.

Le documentaire intitulé *Two Cabins* de James Benning et son film *Stemple Pass* ont directement inspiré ma réflexion sur Henry David Thoreau et Ted Kaczynski. Je remercie James pour son amitié et son aide, son empressement à engager de longs dialogues ces dernières années et pour la mise à disposition de ses journaux intimes de Ted.

La fondation Guggenheim, l'Académie américaine des arts et des lettres, et Civitella Ranieri, m'ont chacune apporté une assistance vitale pendant l'écriture de ce roman.

la cosmopolite

Collection créée par André Bay
(Extrait du catalogue)

Kôbô ABÉ	*La femme des sables*
	La face d'un autre
	L'homme-boîte
Vassilis ALEXAKIS	*Talgo*
Jorge AMADO	*Tieta d'Agreste*
	La bataille du Petit Trianon
	Le vieux marin
	Dona Flor et ses deux maris
	Cacao
	Les deux morts de Quinquin-La-Flotte
	Tereza Batista
	Gabriela, girofle et cannelle
	La découverte de l'Amérique par les Turcs
	La boutique aux miracles
Maria Àngels ANGLADA	*Le violon d'Auschwitz*
	Le cahier d'Aram
Reinaldo ARENAS	*L'assaut*
Elisabeth ÅSBRINK	*1947*
Jo BAKER	*Une saison à Longbourn*
James BALDWIN	*Si Beale Street pouvait parler*
	Harlem Quartet
Elena BALZAMO (sous la dir. de)	*Masterclass et autres nouvelles suédoises*
Herman BANG	*Tine*
	Maison blanche. Maison grise
Julian BARNES	*Le perroquet de Flaubert*
	Le soleil en face
Jon BAUER	*Des cailloux dans le ventre*
Mario BELLATIN	*Salon de beauté*
Karen BLIXEN	*Sept contes gothiques*
Britta BÖHLER	*La décision*
Ivan BOUNINE	*Le monsieur de San Francisco*
André BRINK	*Un turbulent silence*
	Une saison blanche et sèche
	Les droits du désir
Louis BROMFIELD	*La mousson*
Ron BUTLIN	*Appartenance*
Karel ČAPEK	*La vie et l'œuvre du compositeur Foltyn*
Dulce Maria CARDOSO	*Le retour*
Raymond CARVER	*Les vitamines du bonheur* suivi de *Tais-toi, je t'en prie* et *Parlez-moi d'amour*
Paolo COGNETTI	*Les huit montagnes*
Gabriele D'ANNUNZIO	*Terre vierge*
Robyn DAVIDSON	*Tracks*
Kathryn DAVIS	*À la lisière du monde*
	Aux enfers
Federico DE ROBERTO	*Les princes de Francalanza*
Lyubko DERESH	*Culte*
Anita DESAI	*Un héritage exorbitant*

Karim DIMECHKIE	*Comme un Américain*
Tove DITLEVSEN	*Printemps précoce*
Carmen DOMINGO	*Secrets d'alcôve*
Emma DONOGHUE	*Room*
	Égarés
	Frog Music
Jennifer EGAN	*Qu'avons-nous fait de nos rêves ?*
	Le donjon
Monika FAGERHOLM	*La fille américaine*
	La scène à paillettes
Lygia FAGUNDES TELLES	*Les pensionnaires*
Kjartan FLØGSTAD	*Grand Manila*
	Des hommes ordinaires
Tomomi FUJIWARA	*Le conducteur de métro*
Claire FULLER	*Les jours infinis*
Horst Wolframm GEISZLER	*Cher Augustin*
Alberto GERCHUNOFF	*Les gauchos juifs*
Margherita GIACOBINO	*Toutes nos mères*
Witold GOMBROWICZ	*Kronos*
	Les envoûtés
Robert GRAVES	*King Jesus*
Wendy GUERRA	*Tout le monde s'en va*
	Mère Cuba
	Poser nue à La Havane
	Negra
Farjallah HAÏK	*L'envers de Caïn*
	Joumana
Samantha HARVEY	*La mémoire égarée*
	La vérité sur William
Alfred HAYES	*In Love*
Mark HELPRIN	*Conte d'hiver*
Hermann HESSE	*Demian*
E.T.A. HOFFMANN	*Les élixirs du diable*
Nick HORNBY	*Funny Girl*
Yasushi INOUÉ	*Le fusil de chasse et autres récits*, édition intégrale des nouvelles de l'auteur publiées dans La Cosmopolite
	Histoire de ma mère
	Les dimanches de Monsieur Ushioda
	Paroi de glace
	Au bord du lac
	Le faussaire
	Combat de taureaux
	Le Maître de thé
	Pluie d'orage
	Histoire de ma mère
J.W. IRONMONGER	*Le génie des coïncidences*
	Sans oublier la baleine
Jens Peter JACOBSEN	*Niels Lyhne*
Henry JAMES	*L'autel des morts* suivi de *Dans la cage*
	Le regard aux aguets
Tania JAMES	*L'atlas des inconnus*
Eyvind JOHNSON	*Le roman d'Olof*
Ismaïl KADARÉ	*La ville sans enseignes*
Yoram KANIUK	*Adam ressuscité*
	Confessions d'un bon Arabe
Jack KEROUAC	*Maggie Cassidy*
Ken KESEY	*Vol au-dessus d'un nid de coucou*
Katie KITAMURA	*Les pleureuses*
Rachel KUSHNER	*Le Mars Club*
	Les lance-flammes

Pär LAGERKVIST	*Le nain*
	Le bourreau
	Barabbas
Selma LAGERLÖF	*L'anneau du pêcheur*
	Jérusalem en Terre sainte
	L'empereur du Portugal
Eduardo LAGO	*Appelle-moi Brooklyn*
	Voleur de cartes
Timothy S. LANE	*Devenir une légende*
D.H. LAWRENCE	*Île, mon île*
Sinclair LEWIS	*Babbitt*
Davide LONGO	*L'homme vertical*
Amy Grace LOYD	*Le bruit des autres*
LUXUN	*Le journal d'un fou*
Thomas MANN	*Tonio Kröger*
	La mort à Venise
Katherine MANSFIELD	*Nouvelles*
	Lettres
	Cahier de notes
Trude MARSTEIN	*Faire le bien*
Ronit MATALON	*Le bruit de nos pas*
Predrag MATVEJEVITCH	*Entre asile et exil*
Carson MCCULLERS	*Le cœur est un chasseur solitaire* suivi de *Écrivains, écriture et autres propos*
	Le cœur hypothéqué
	Frankie Addams
	La ballade du café triste
	L'horloge sans aiguilles
	Reflets dans un œil d'or
Gustav MEYRINK	*Le Golem*
Henry MILLER	*Tropique du Capricorne*
	Un dimanche après la guerre
	Entretiens de Paris
	Virage à 80
	Tropique du Cancer suivi de *Tropique du Capricorne*
Henry MILLER / Anaïs NIN	*Correspondance passionnée*
Wu MING-YI	*L'homme aux yeux à facettes*
Antonio MONDA	*Le goût amer de la justice*
Vladimir NABOKOV	*Don Quichotte*
	Austen, Dickens, Flaubert, Stevenson
	Proust, Kafka, Joyce
	Gogol, Tourgueniev, Dostoïevski
	Tolstoï, Tchekhov, Gorki
Ramita NAVAI	*Vivre et mentir à Teheran*
William NAVARRETE	*La danse des millions*
	En fugue
Nigel NICOLSON	*Portrait d'un mariage*
Anaïs NIN	*Les miroirs dans le jardin*
	Les chambres du cœur
	Une espionne dans la maison de l'amour
	Henry et June
	Journaux de jeunesse (1914-1931)
Joyce Carol OATES	*Eux*
	Bellefleur
	Blonde
	Confessions d'un gang de filles
	Nous étions les Mulvaney
	La Fille tatouée
	La légende de Bloodsmoor
	Zombi
	Les mystères de Winterthurn

	Marya, une vie
	Corky
Kenzaburo OÉ	*Une affaire personnelle*
Sofi OKSANEN	*Purge*
	Les vaches de Staline
	Quand les colombes disparurent
	Baby Jane
	Norma
O. HENRY	*New York tic-tac*
Robert PENN WARREN	*La grande forêt*
Julia PIERPONT	*Parmi les dix milliers de choses*
Jia PINGWA	*La capitale déchue*
Kevin POWERS	*Yellow birds*
	Lettre écrite pendant une accalmie dans les combats
Ruth PRAWER JHABVALA	*La vie comme à Delhi*
Lucia PUENZO	*L'enfant poisson*
	La malédiction de Jacinta
	La fureur de la langouste
	Wakolda
Midge RAYMOND	*Mon dernier continent*
Virginia REEVES	*Un travail comme un autre*
Erich Maria REMARQUE	*À l'ouest rien de nouveau*
	Cette terre promise
Thomas ROSENBOOM	*Le danseur de tango*
Vita SACKVILLE-WEST / Virginia WOOLF	*Correspondance*
Moshe SAKAL	*Yolanda*
Rebecca SCHERM	*Le passé aux trousses*
Arthur SCHNITZLER	*Madame Béate et son fils*
	La ronde
	Mademoiselle Else
	La pénombre des âmes
	Vienne au crépuscule
	Mourir
	L'étrangère
James SCUDAMORE	*La clinique de l'amnésie*
	Le dédale du passé
Mihail SEBASTIAN	*Journal (1935-1944)*
Kamila SHAMSIE	*Là où commencent et s'achèvent les voyages*
Isaac Bashevis SINGER	*Ennemies*
	La couronne de plumes et autres nouvelles
	La famille Moskat
	La mort de Mathusalem
	Les aventures d'un idéaliste et autres nouvelles inédites
	Le blasphémateur
	Le domaine
	L'esclave
	Le fantôme
	Le magicien de Lublin
	Le manoir
	Satan à Goray
	Shosha
Ersi SOTIROPOULOS	*Eva*
	Ce qui reste de la nuit
Muriel SPARK	*Le pisseur de copie*
Elena STANCANELLI	*La femme nue*
Saša STANIŠIČ	*Le soldat et le gramophone*
	Le soldat et le gramophone (théâtre)
	Avant la fête
Sara STRIDSBERG	*La faculté des rêves*

	Valerie Jean Solanas va devenir Présidente de l'Amérique (théâtre)
	Darling River
Junichiro TANIZAKI	*Deux amours cruelles*
Bilal TANWEER	*Le monde n'a pas de fin*
Rupert THOMSON	*L'église de Monsieur Eiffel*
Carl Frode TILLER	*Encerclement*
Léon TOLSTOÏ	*La mort d'Ivan Ilitch* suivi de *Maître et serviteur*
Ivan TOURGUENIEV	*L'abandonnée*
	Dimitri Roudine
	L'exécution de Troppmann et autres récits
B. TRAVEN	*Le visiteur du soir*
Magdalena TULLI	*Le défaut*
Anne TYLER	*Toujours partir*
	Le voyageur malgré lui
	Le déjeuner de la nostalgie
	Le compas de Noé
	À la recherche de Caleb
	Leçons de conduite
	Une autre femme
	En suivant les étoiles
	Les adieux pour Débutant
Fred UHLMAN	*La lettre de Conrad*
	Il fait beau à Paris aujourd'hui
Sigrid UNDSET	*Olav Audunssøn*
	Kristin Lavransdatter
	Vigdis la farouche
	Printemps
Birgit VANDERBEKE	*Le dîner de moules*
Mariapia VELADIANO	*La vie à côté*
Ernst Emil WIECHERT	*La servante du passeur*
Oscar WILDE	*Intentions*
	De profundis
	Nouvelles fantastiques
	Le procès d'Oscar Wilde
Christa WOLF	*Scènes d'été*
	Incident
	Trois histoires invraisemblables
	Cassandre
	Médée
	Aucun lieu. Nulle part
	Trame d'enfance
	Le ciel divisé
Jacqueline WOODSON	*Un autre Brooklyn*
Virginia WOOLF	*La chambre de Jacob*
	Au phare
	Journal d'adolescence
	Journal intégral (1915-1941)
	Instants de vie
	Orlando
Kikou YAMATA	*Masako*
	La dame de beauté
Samar YAZBEK	*La marcheuse*
	Les portes du néant
A YI	*Le jeu du chat et de la souris*
Stefan ZWEIG	*Nietzsche*
	Vingt-quatre heures de la vie d'une femme
	Le joueur d'échecs
	La confusion des sentiments
	Amok
	Lettre d'une inconnue